NO SOLO
VECINOS

NO SOLO VECINOS

JAMIE BECK

Traducción de Beatriz Villena Sánchez

AMAZON **CROSSING**

Título original: *Worth the Risk*
Publicado originalmente por Montlake Romance, Estados Unidos, 2016

Edición en español publicada por:
Amazon Crossing, Amazon Media EU Sàrl
38, avenue John F. Kennedy, L-1855 Luxembourg
Octubre, 2020

Impreso por: Ver última página

Primera edición digital 2020

ISBN: 9782496703726

www.apub.com

SOBRE LA AUTORA

Jamie Beck es una antigua abogada con pasión por escribir historias sobre amor y redención, entre las que cabe incluir su primera obra romántica y la primera publicada en español, *No solo amigos* (2019), a la que siguió *No solo socios* (2020), ambas antecedentes de esta nueva entrega. Además de novelas, también escribe artículos para una organización sin ánimo de lucro dedicada al empoderamiento de los jóvenes y al fortalecimiento de las familias. Cuando no está aporreando el teclado de su ordenador, Jamie disfruta pasando tiempo con su siempre paciente y comprensiva familia.

Para Christie.

Gracias por toda una vida de amistad y amor, y por las incontables horas que has pasado hablando conmigo sobre mis historias.
Te perdono por haberme dejado sola camino de vuelta a casa después de haber pasado mi primer día de jardín de infancia en una nueva escuela

CAPÍTULO 1

Jackson St. James no había vuelto a rezar desde que echara tierra sobre el féretro de su madre hacía ya casi tres años. En ese momento, decidió que a Dios poco le habían importado él y sus oraciones. Desde entonces, todo lo que le ha pasado no ha hecho más que confirmar su impresión. Pero en ese instante, cuando otro trueno hizo temblar su SUV, consideró la posibilidad de entonar una avemaría.

Un cielo negro como el carbón descargaba una lluvia torrencial en la serpenteante carretera de montaña que lleva a Winhall (Vermont). Las hojas otoñales, arrastradas por el viento, revoloteaban en todas direcciones y terminaban pegadas en su parabrisas. Los árboles se inclinaban hasta casi romperse, aferrándose a la tierra mientras luchaban contra vientos implacables. Solo sus profundas raíces impedían que salieran volando.

Alguien supersticioso pensaría que semejante meteorología era señal de un viaje mal planeado y se lo replantearía, pero, afortunadamente, Jackson no era supersticioso. Y aunque en esos momentos no apreciara demasiado el sentido del humor retorcido de Dios, jamás le daría la satisfacción de esa avemaría.

Enfadado por el enésimo corte de la radio vía satélite en veinte minutos, Jackson la apagó de un puñetazo. Solo el rápido ruido sordo de los limpiaparabrisas, que sonaban, curiosamente, como un fuerte latido, le distrajo de sus tristes pensamientos.

Si los arcenes de la carretera hubieran sido más anchos, se habría echado a un lado y habría esperado a que pasara lo peor de la tormenta. Sin esa opción, encendió las luces de emergencia, redujo la velocidad y fijó la mirada en los pocos centímetros de línea central todavía visibles.

Se aferró a aquellas dobles líneas amarillas como a un salvavidas que le guiaría en la oscuridad hasta un lugar seguro. Si no hubiera estado tan pegado al carril de la izquierda, se habría comido a un idiota que no solo había sido incapaz de dejar su enorme camioneta Chevy lejos del borde de la carretera, sino que además había aparecido de la nada y se había pegado a su parte de atrás.

¿Necesitaría ayuda?

Durante una milésima de segundo, Jackson consideró seguir adelante. Después de todo, bastante tenía con sus propios problemas.

Por supuesto, su conciencia le golpeó y le recordó que jamás había ignorado a una persona que necesitara ayuda, aunque fuera un extraño. Ni siquiera a un estúpido que casi los mata a los dos.

Apartó su Jeep lo más a la derecha que pudo dentro del arcén para evitar meterse en el río que había al otro lado. Mirando a un lado, consideró la posibilidad de coger el paraguas. Entonces, el viento huracanado cambió de dirección y la lluvia empezó a golpear los laterales del coche. Maldiciendo, dejó el paraguas bajo el asiento del acompañante y salió del vehículo.

En tan solo tres segundos, ya tenía la ropa tan mojada como si se hubiera metido en el río desbordado que había a diez metros escasos de distancia.

Mascullando, corrió hasta donde estaba precariamente aparcada la camioneta, intentando no sentir que sus vaqueros se habían transformado en una especie de trampa de dedos china que se tensaba cada vez más a cada paso.

En ese momento, una pequeña silueta surgió de detrás del vehículo. Una mujer, una chica joven, se paró en seco, con los ojos como platos y castañeteando los dientes.

—¡Oh!

La joven estaba tan empapada como él. El pelo, largo y castaño, se le había pegado a las mejillas, el cuello y los hombros. Las gotas de lluvia rebotaban en las gruesas pestañas que enmarcaban sus ojos redondos increíblemente claros.

No obstante, el aspecto de aquella joven no era tan lamentable como el suyo. De hecho, estaba guapa envuelta en su enorme parka, con la falda de su vestido de flores de colores pegada a unas piernas delgadas y largas a pesar de su pequeña estatura. Como un niño ante su primer amor, sintió que la comisura de sus labios dibujaba una leve sonrisa.

—Parece que necesita ayuda —gritó por encima del estruendo de otro trueno—. ¿Un pinchazo?

—Sí. —La chica retrocedió despacio. Esbozó una sonrisa valiente, aunque tensa, y dio otro paso atrás—. Pero no se preocupe. Estaré bien, gracias.

La lluvia hacía que le resultara difícil verle la cara con esa distancia entre los dos, pero la chispa de la atracción corrió por su cuerpo. Una atracción que hacía tiempo que no había sentido. Una atracción que no tenía derecho a satisfacer por muchas razones, entre otras, que la chica parecía una colegiala.

Demasiado joven e inocente para un tipo como él.

—El gato de su coche debe de pesar más que usted. —Dio un cauto paso hacia la parte de atrás del vehículo para no asustarla—. ¿Alguna vez ha cambiado una rueda?

—Por favor, no se moleste —dijo ella, levantando una mano—. De todas formas, no puede ayudarme. No tengo rueda de repuesto.

Jackson frunció el ceño al ver la rueda delantera pinchada. Se inclinó para observar más de cerca el pinchazo. Ningún sellador podría arreglar el desgarro y su rueda de repuesto no serviría en una llanta tan grande. Miró la publicidad de la puerta lateral: Gabby's Gardens.

Gabby. Bonito nombre también.

—¿Ha llamado para pedir ayuda?

Jackson se puso en pie, con las manos en las axilas y el agua rodando por cada centímetro de su cuerpo.

—No hay cobertura —dijo ella con un escalofrío.

Curiosamente, la fría lluvia no le había enfriado. De hecho, a pesar de las impetuosas condiciones meteorológicas, su temperatura corporal no había dejado de aumentar desde que la había visto.

Un camión hizo sonar el claxon mientras pasaba a toda velocidad a la vez que levantaba una oleada de agua y hacía temblar la camioneta de Gabby. Jackson se apartó el flequillo de los ojos, liberándose de una buena cantidad de agua en su cara.

—¿Por qué no nos alejamos del borde de la carretera antes de que nos atropellen? —Hizo un gesto por encima del hombro—. Véngase a mi coche y la acercaré al primer lugar seco que encontremos con cobertura.

Suponiendo que el sentido común la haría aceptar, empezó a caminar hacia su coche. Cuando se percató de que no lo seguía, se giró para mirarla.

—¿No viene?

—Mejor no, pero muchas gracias. —Corrió hacia la puerta de su vehículo—. Eso sí, si cuando llegue a una zona con cobertura llama a una grúa, se lo agradecería.

—Señorita, ha parado justo en el borde de la carretera. Me preocupa que la acaben atropellando. —Cuando no consiguió persuadirla, añadió—: Si quisiera hacerle algún daño, ya se lo habría hecho.

—De todas formas, prefiero quedarme aquí. No hay mucho tráfico a estas horas.

Se despidió con la mano antes de meterse en su camioneta con un rápido «¡Adiós!».

Oyó los seguros de las puertas de su coche. Durante tres segundos, Jackson se quedó ahí, perplejo... y sintiéndose ofendido. Nunca nadie había rechazado antes su ayuda, ni lo habían considerado un peligro. Por otra parte, una mujer menuda como ella probablemente no tendría ninguna posibilidad de defenderse frente a un extraño.

Otro estruendo sobre su cabeza le obligó a encogerse de hombros y volver a su Jeep. Por las docenas de viajes que había hecho para esquiar allí, sabía que la zona turística de Stratton no estaba lejos, así que dejó los peligros atrás y se alejó conduciendo.

Dejarla sola no era algo que le sentara demasiado bien, pero no tenía sentido para ninguno de los dos que siguieran allí, parados indefinidamente, encajados entre la carretera y el río crecido. No le habría costado mucho echársela al hombro y meterla en su coche. No obstante, esa idea le provocó un nudo de deseo en el estómago.

Estaba claro que hacía demasiado tiempo que no estaba con una mujer. Agitó la cabeza para borrar la imagen de su mente y se volvió a centrar en la carretera. Por supuesto, en solo unos segundos, su cabeza se aceleró más que su coche, dándole vueltas, en primer lugar, al motivo por el que se encontraba en aquel lugar.

No había ido a Vermont por placer y era mejor no dejarse distraer por una mujer. Ni siquiera por una tan adorable como una gatita mojada, por muy brillantes que fueran sus ojos o agradables sus hoyuelos.

Se había fijado un plazo de seis semanas para recomponerse. Su negocio lo necesitaba y su familia, también. De hecho, según decían, su vida dependía de ello.

Desde la intervención sorpresa que su hermano mayor, David, había organizado, no había bebido en absoluto mientras preparaba aquel paréntesis.

Por supuesto, el estrés de tener que pasarle temporalmente las riendas de sus proyectos de construcción a su amigo Hank no había facilitado las cosas. Anhelaba la lenta abrasión del *whisky* al bajar por su garganta. Echaba de menos que el entumecimiento se apoderara de sus extremidades y de su mente.

Le había costado mucho resistirse al impulso.

El orgullo había impedido que se rindiera al canto de sirena del Glenfiddich. Estaba decidido a demostrarle a todo el mundo que podía dejarlo cuando quisiera.

Ni David ni su hermana, Cat, lo entendían. Los dos se parecían a su reservado padre y escondían sus emociones todo el tiempo. Pero Jackson siempre había transpirado sentimientos, temperamento y pasión. Es cierto que últimamente los había escondido, ya le habían hecho daño demasiadas veces.

Sin embargo, ocultar el dolor no significaba que los insultos no le afectaran ni que el desprecio le resbalara. No, esas cosas se te clavan dentro, como una bala en los huesos. E incluso cuando te las extraes, siempre queda cicatriz.

El *whisky* le había ayudado a suavizar los bordes dentados de la amargura. El hecho de que añorara su olor y sabor no significaba nada. Todo el mundo bebe, algunos incluso más que él.

Una vez en Vermont, todo sería más fácil. Unas buenas vacaciones, con muchas actividades al aire libre y días sin nada que hacer, le permitirían relajarse, pensar y decidir qué hacer a continuación. Había escogido esa zona porque estaba lo bastante cerca de casa como para regresar en caso de emergencia, pero a la distancia suficiente como para escapar del microscopio familiar.

Ni hablar de ir a desintoxicación. Eso es para los adictos, no para los tipos que han caído en malos hábitos. Pero se había comprometido a buscar ayuda, así que había llamado a un médico local para pedirle cita, por si servía de algo.

Si al menos esa maldita demanda no pendiera sobre su cabeza.

Por algún motivo, no había detectado que Doug era un mal tío cuando lo contrató. Gran error. Jackson no entendía cómo había podido convencer a un abogado para que presentara cargos contra él por despido improcedente y un montón de cosas más, todas falsas. Al menos podía confiar en que el bufete de su hermano David le ofrecería la mejor defensa posible. Lo único que sentía de verdad de todo aquel incidente era que Hank hubiera acabado con la muñeca rota. Rezaba para que los daños no fueran definitivos y pudiera seguir fabricando muebles o trabajando como carpintero. Si Jackson no hubiera encontrado una forma de compensar a su amigo, su hermana se habría asegurado de que lo hiciera.

Cat y Hank, una pareja más improbable incluso que David y Vivi, que ya había supuesto toda una sorpresa en su momento.

Ni en un millón de años Jackson habría imaginado que acabaría siendo el único St. James sin pareja en la treintena. ¡Maldita sea, siempre había sido el más romántico de los tres hermanos! Se entregaba en todas sus relaciones, sin medida. En una época en la que la mayoría de los hombres huyen del compromiso, él corría hacia delante como un delantero de *lacrosse* buscando la portería.

Hasta que Alison lo bloqueó con su decisión.

Su nombre se había convertido en un cuchillo de caza que le destrozaba el corazón con tan solo oírlo. Sin *whisky* para amortiguar el dolor, tenía que encontrar la forma de olvidar su traición. De olvidar la pérdida. Pasar página podría haber sido más fácil si ella hubiera sido la única que lo hubiera decepcionado.

El sonido de un mensaje entrante lo devolvió al presente, y recordó a la chica que había dejado atrás hacía unos cuantos kilómetros.

Dio un volantazo y paró en un aparcamiento vacío para buscar en Google un servicio de grúa local. Después de llamar, dio media vuelta y volvió a Gabby y su camioneta.

Gabby's Gardens.

Una jardinera. Se preguntaba si se dedicaría al paisajismo o a las huertas. Entonces frunció el ceño. Gabby y sus jardines no eran la respuesta a sus problemas. Quizá pudiera ser la fuente de otros nuevos.

Cuando llegó a su camioneta, la joven parecía estar leyendo en el asiento delantero. Se situó detrás, encendió las luces de emergencia y paró el motor. A través de la ventana trasera, vio cómo se daba la vuelta para mirarlo. Estaba demasiado lejos como para determinar si su vuelta le provocaba alarma o alivio.

Jackson salió del coche y agradeció que la lluvia ya solo fuera llovizna constante. Abrió el maletero, buscó el kit de emergencia y sacó dos triángulos reflectantes. Se alejó corriendo la distancia equivalente a dos coches, colocó uno en el arcén y luego, como a mitad del camino de regreso al vehículo, dejó el otro, algo más metido en la carretera. Satisfecho con su trabajo, volvió a su Jeep.

Vaqueros mojados sobre un asiento empapado, muy incómodo todo. El tejido frío se pegaba a él como una desagradable segunda piel. A pesar de todo, se sentó y esperó a que llegara la grúa para asegurarse de que ella no corría ningún riesgo.

Le sonaron las tripas, recordándole así que hacía horas que había comido. Se dio cuenta de que Gabby se había girado hacia él una o dos veces más, bien por incomodidad, bien por confusión. ¿Acaso creía que la dejaría tirada e indefensa en mitad de ninguna parte?

Cuando se abrió la puerta de su camioneta, se irguió, curioso por saber qué haría a continuación. Estaba claro que ya no le tenía miedo. Sacó una de sus esbeltas y tentadoras piernas de la cabina, como si todavía no se hubiera decidido a salir. Mientras Jackson esperaba su siguiente movimiento, algo en su interior le susurraba al oído: «*Tú sí que tienes problemas*».

Temeraria. Eso es lo que siempre había sido ella, una temeraria cuando se trataba de hombres. Creía que tener a Luc la calmaría, pero estaba claro que un niño no hace que te crezca el sentido común en el cerebro. Amor sin límites, enorme responsabilidad y un largo periodo de castidad, sí. ¿Inteligencia? No tanto.

Solo eso podría explicar por qué estaba poniendo en riesgo su seguridad para ir a intercambiar unas cuantas palabras con un loco al que le gustaba ir de caballero andante por la vida en plena tormenta. Por otra parte, las últimas semanas de meditación —un desesperado esfuerzo por lidiar con las exigencias de la maternidad— le habían enseñado a experimentar todo con mayor apertura de mente y sin prejuicios. Aquí y ahora. Presente. Y, en estos momentos, llena de curiosidad.

Bajó de la camioneta y empezó a acercarse. Entonces vio la matrícula de Connecticut en el frontal del coche. Un turista. Con un poco de suerte, no sería ni un violador ni un asesino. Hasta donde ella sabía, los asesinos no solían atraer la atención con triángulos reflectantes. Aunque, todo sea dicho, jamás había conocido ningún criminal violento.

No sabía si por costumbre o por nervios, pero se acicaló el pelo mojado. ¡Cómo si eso sirviera de algo!

Medio decidida, se acercó a la ventanilla del copiloto y le hizo gestos para que la bajara. Jackson adoptó una expresión amable pero permaneció sentado, sin intentar acerarse a ella ni a la puerta del copiloto. Ella supuso que lo hacía para no asustarla.

Cuando estuvo lo suficientemente cerca como para poder ver el interior, se dio cuenta de que estaba impecable. Nada de envoltorios ni pañuelos arrugados, no había vasitos para bebés tirados ni rozaduras en los asientos. O era un tipo muy limpio o no tenía hijos.

—No quiero ser desagradable, ¿pero qué está haciendo?

—Asegurarme de que no la atropellan —respondió, sonriendo.

Una amplia sonrisa de infarto que rodeaba una dentadura blanca contrastaba con su tono de piel oliva.

Al haber crecido en una pequeña población rural de ochocientos habitantes, solo había visto hombres como él en las revistas. Por la zona, simplemente ir afeitado ya era un extra, así que era sorprendente lo que suponía ver a alguien así de atractivo. Estaba claro que aquel hombre estaba de muerte, solo que se había equivocado en el motivo.

—Oh. —Su corazón empezó a latir como si estuviera escalando el monte Equinox—. Gracias, pero estoy segura de que la grúa no tardará en llegar. Ya le he dicho que los martes por la noche no pasan muchos coches. No hace falta que se quede. Estoy bien.

Gabby se pasó la mano por la cara para quitarse el agua. Maldita lluvia. Estaba segura de que tendría trazos de rímel por toda la mejilla.

—Yo también estoy bien. —Su mirada se apartaba de las gotas de lluvia que entraban por la ventana abierta. Ladeando la cabeza, dijo—: Si lo prefiere, puede tomar asiento y continuar su interrogatorio desde un lugar más seco.

Gabby dio un paso atrás y negó con la cabeza.

—No, gracias.

Jackson puso los ojos en blanco.

—¿Tengo pinta de ser un asesino?

—Sinceramente, no tengo ni idea. No conozco a ninguno. —Al ver a Jackson abrir los ojos como platos, la animó a provocarlo un poco—. Pero Ted Bundy era un tipo bastante guapo, bien podría ser un asesino en serie.

En vez de discutirlo, Jackson esbozó una sonrisa traviesa que despertó un millar de mariposas en el estómago de Gabby. Una sensación mágica y alegre que no había sentido en años y que ahora le gustaría poder meter en una caja para llevársela a casa y sentirla una y otra vez.

Su sonrisa se agrandó aún más.

—¿Cree que soy guapo?

¡Cómo si no lo supiera ya! Todas las mujeres del planeta lo considerarían guapo... y sexi. Solo podía imaginarse lo bien que le quedaría ese pelo oscuro y rizado cuando se secara. Lo que sí sabía es que tenía mucho pelo. Hombros anchos —muy anchos— y mandíbula cuadrada. Ojos color ámbar bajo unas cejas oscuras y densas, ojos que, a pesar de su enorme sonrisa, parecían llenos de melancolía.

Gabby se cruzó de brazos y soltó una carcajada.

—¿Eso es todo lo que ha oído?

—Tengo un talento especial para quedarme con lo más importante.

Y, entonces, su expresión juguetona cambió de repente, como si se reprendiera por flirtear. Quizá tuviera novia o estuviera casado. Era poco probable que un chico de su edad, guapo y considerado, estuviera todavía soltero.

—Pues vuélvase a su coche y cobíjese de la lluvia antes de que caiga enferma —dijo Jackson, señalando la camioneta con la barbilla—. No se preocupe, no soy un acosador. En cuanto venga la grúa, me iré de aquí. Tengo hambre.

Si hubiera tenido sentido común, Gabby habría asentido con la cabeza y se habría vuelto a su coche, pero estaba claro que no lo tenía. Puede que aquel hombre estuviera muy por encima de sus posibilidades, pero, por el momento, los dos estaban allí, atrapados. Con todas aquellas mariposas en el estómago, era incapaz de irse.

—He visto que no es de aquí. ¿Le gusta la comida francesa? Hay muchos lugares por aquí. ¿O prefiere una hamburguesa con patatas?

Se quitó más lluvia de la cara, en un fútil intento de recuperar la compostura.

—Hamburguesa.

Por supuesto. No parecía de esos que toman pato y vino para almorzar. Demasiada testosterona y demasiada fanfarronería. Aunque permanecía sentado, quieto, Gabby podía sentir la masculinidad que emanaba de su cuerpo como el calor que irradia el asfalto. Solo mirarlo hacía que subiera su temperatura desde dentro. Este tipo de reacción química estremecedora debería haberla puesto en guardia. La última vez que se produjo, las consecuencias fueron Luc y un corazón roto. Adoraba a su hijo, pero no necesitaba que se volviera a desestabilizar su mundo solo por una dosis saludable de lujuria. Solo con pensar en Noah, el arrogante policía local que la había dejado embarazada para luego abandonarla, se le encendían las mejillas por la vergüenza.

—Si va hacia Manchester Center, pasará por Bob's Diner, en la autopista 11 —dijo—. O puede seguir un poco más hasta una taberna llamada The Perfect Wife.

—El Diner me vale, gracias.

Tuvo que pasar un latido de corazón para que se diera cuenta de que no quedaba nada más que decir. Debería volver a su camioneta, no quedarse bajo la lluvia comiéndose con los ojos a un desconocido. Aquel maldito hombre solo era un extraño. Un extraño muy atractivo que, por desgracia, no le había preguntado siquiera su nombre.

El hecho de que ese simple pensamiento se le pasara por la mente demostraba lo patética que se había vuelto su vida personal. De verdad, ¿no le quedaba ni un ápice de autoestima? Él no había dicho ni hecho nada desde la conversación sobre Ted Bundy que sugiriera que la encontraba mínimamente atractiva.

—Muchas gracias por preocuparse por mí. Disfrute de nuestra pequeña esquina del mundo durante su estancia.

Los ojos de Jackson se nublaron por algo que se parecía bastante a un remordimiento, emoción que conocía muy bien por su adolescencia rebelde y otros errores.

—Gracias.

Gabby se despidió con la mano y volvió corriendo a su camioneta. Durante los diez minutos siguientes, fingió leer su revista

People. Saber que él la seguía observando le produjo una sensación de hormigueo en el cuero cabelludo.

Un hormigueo agradable. Ese que ya casi había olvidado.

Daba gracias a Dios por que no viviera cerca porque, de esa forma, jamás se sentiría decepcionada al averiguar que no era tan bueno como parecía. Podría seguir fingiendo que los héroes no solo estaban en las películas y las novelas románticas. Simplemente disfrutaría de su breve encuentro por lo que había sido, ni más ni menos.

Sí, y mucho mejor que no supiera su nombre.

Luc necesitaba una madre para la que él fuera su prioridad, y no una madre pastillera como la suya que se largó dejándola tirada a ella y a su padre hacía unos siete años. Gabby sería una madre en la que su hijo podría confiar para que lo cuidara, lo protegiera y le enseñara a diferenciar lo correcto de lo incorrecto. No la chica alocada que había sido hasta su embarazo no planificado. Una chica con tendencias a un comportamiento impulsivo. Alguien que había perdido la cabeza demasiado rápido por una cara bonita.

El señor Caballero Andante de Connecticut jamás dejaría de ser una simple fantasía sin nombre. Una fantasía que posiblemente tendría que satisfacer más tarde, ya sola.

Aunque se había convencido de que era mucho mejor no volver a verlo nunca más, una pequeña parte de su corazón se estremeció cuando la grúa llegó.

—Hola, Paul. No has tardado demasiado —dijo, sonriendo a través de la ventanilla.

—Gabby, no sabía que te encontraría aquí. —Miró al señor Caballero Andante, que estaba recogiendo sus triángulos de emergencia de la carretera—. ¿Quién es ese?

—Un buen samaritano.

Gabby sonrió aunque se le encogió el pecho un poco cuando se subió a su coche y se alejó sin ni siquiera despedirse.

—Vamos a sacarte de aquí. —Paul dio un golpe en el faldón trasero de la camioneta—. Súbete mientras engancho esta preciosidad.

—Suena bien.

El interior de la grúa de Paul dejaba bastante que desear. Dos latas aplastadas de refresco, una bolsa vacía de Doritos y recibos arrugados apilados en el asiento. Nada como el interior limpio y ordenado del Jeep de su caballero andante. Con un suspiro, apartó la basura, cerró los ojos y apoyó la cabeza en el respaldo del asiento.

Antes de que pudiera evitarlo, le vino a la mente una imagen de la sonrisa de su buen samaritano a modo de escena estelar de una película antigua. Para una vez que había decidido ser precavida con un extraño de fuera del estado... Pero de nuevo, su lado temerario, un rasgo de su personalidad que había intentado enterrar con todas sus fuerzas, volvió a ir en contra de su conciencia, haciéndole pensar que, quizá, se podía haber perdido algo especial.

CAPÍTULO 2

Jackson se quitó la chaqueta empapada y la tiró al asiento del acompañante antes de entrar en el restaurante de carretera. Si no estuviera tan muerto de hambre, se habría pasado primero a recoger las llaves del apartamento y a cambiarse de ropa.

Empujó la puerta y entró en la vieja cafetería. Como muchos otros sitios en esa parte de Vermont, seguramente no la habrían renovado desde su construcción. Bajo sus pies tenía un suelo de pequeñas baldosas blancas y negras y, a su alrededor, taburetes de vinilo redondos junto a la barra y un derroche de aluminio. El olor que desprendía la plancha grasienta invadió sus fosas nasales, agudizando aún más su apetito.

Se sentó en la barra.

—Parece que lo ha pasado mal.

La joven camarera, pelirroja de bote, le dedicó una sonrisa. Arqueó la cadera mientras le entregaba la carta. Tenía un tatuaje de rosas de un rojo intenso cuyos tallos trepaban por su brazo, varios agujeros decoraban sus orejas y llevaba las uñas pintadas de gris oscuro.

—¿Quiere una cerveza mientras decide qué tomar? ¿Una Bud o quizá mi favorita, una Switchback?

Una cerveza bien fría sonaba genial. Miró a su alrededor, seguro de que nadie se inmutaría allí si un tipo se pidiera una cerveza con la comida. Tras la tormenta a la que se había tenido que enfrentar, también se la había ganado. Su familia jamás se enteraría. Solo una cerveza fría para relajarse.

Empezó a salivar, pero se llamó al orden. Jamás había sido un mentiroso y no iba a empezar entonces. Algo dulce siempre le calmaba el ansia, así que pidió un batido de chocolate.

Los ojos fuertemente perfilados de la camarera se abrieron como platos por la sorpresa.

—Ahora te lo traigo, guapo.

Algunos hombres envidiaban la atención que Jackson solía recibir de las mujeres. La mayor parte del tiempo, habría deseado pasar más desapercibido. Sobre todo en este caso, porque no le interesaba en absoluto ir por ahí con una chica que, obviamente, adoraba la fiesta. Además, el flirteo estéril solía hacerle sentir todavía más solo, más vacío. Le hacía anhelar aún más ese tipo de amor y la familia que siempre habría creído que tendría cuando llegara a la treintena.

—Gracias.

Estudió un instante la carta, la dejó a un lado y le echo un vistazo al local. Había un matrimonio mayor en un reservado de la esquina, y dos madres de mediana edad con sus hijos en otro. Y, al final de la barra, estaba sentado un tipo de aspecto desaliñado de más o menos la misma edad que Jackson bebiéndose esa cerveza que a él le habría gustado pedir.

Algún día. Una vez que se hubiera demostrado a sí mismo y a los demás que habían exagerado en cuanto a su costumbre de beber.

La camarera dejó un enorme batido helado frente a él.

—¿Ya sabes lo que vas a pedir?

—Hamburguesa con queso cheddar, cebolla y tomate, y patatas fritas.

Jackson sonrió, le devolvió la carta y decidió responder con una llamada telefónica al mensaje que le había enviado su hermano.

—Hola, Jackson. ¿Qué tal el apartamento? —preguntó David.

—No lo sé. He parado primero a comer.

—¿Ah, sí? ¿Te has encontrado mucho tráfico?

—La tormenta me ha ralentizado, y luego me encontré con una chica que necesitaba ayuda por un pinchazo.

Se hizo el silencio. Jackson se imaginó que David estaba sopesando si debía preguntar o no por la chica.

—¿Te sientes optimista en cuanto a tu viaje? Me habría gustado que te quedaras más cerca o que hubieras ingresado en un programa formal.

Jackson sospechaba que su familia lo quería donde ellos o alguien por ellos pudieran vigilarlo de cerca. Sin embargo, lo que él necesitaba era un poco de intimidad para intentar encontrar la manera de enfrentarse al hecho de que sus dos hermanos, entre otros, hubieran traicionado su confianza de una forma u otra. Ese simple pensamiento enronqueció su voz.

—Necesito espacio. Hank y yo tenemos un plan para gestionar cualquier problema que pudiera surgir en el trabajo del que él no pudiera hacerse cargo. Tengo mi primera sesión de terapia mañana. Acabo de pedir un batido en vez de una cerveza. ¿Alguna otra preocupación?

Oyó a David exhalar.

—Sé que todavía estás enfadado conmigo por lo de Hong Kong y por la intervención. Cuando vuelvas, me gustaría que lo habláramos.

—¿Y qué tal si me dejas ir paso a paso?

—Por supuesto —respondió deprisa David.

Durante años, los amigos de Jackson le habían confesado estar contentos por no tener que vivir a la sombra de un hermano mayor como David. David, el estudiante y el atleta estrella que siempre acata las normas, adorado por todos los profesores, por las chicas y por el resto de padres. Pero a Jackson jamás le había importado todo eso. David y él nunca habían competido. Si acaso, admiraba a su hermano tanto como lo hacían los demás y siempre había creído que estaría ahí para él.

Pero entonces, cuando su madre murió, David se mudó a la otra esquina del mundo y cortó con todos durante dieciocho meses. No le prestó el más mínimo apoyo mientras Jackson lloraba a su madre, momento en el que realmente necesitaba la compañía de su hermano mayor. Después de eso, Alison le partió el poco corazón que le quedaba al interrumpir su embarazo, y todo mientras su hermano permanecía feliz en su ignorancia.

Para cuando David volvió a la familia, el abismo entre ellos era ya del tamaño del Gran Cañón. Jackson ya no sabía cómo tender puentes, así que se limitó a ser educado a pesar de seguir emocionalmente distante. Ya no confiaba en que David, ni ningún otro, estuviera allí para él en las duras y en las maduras, en la dicha y en la adversidad. ¿Cómo se recupera la confianza perdida?

Con un poco de suerte, lo averiguaría allí, en Vermont.

—Antes de que me cuelgues —empezó David—, he hablado con Oliver y le gustaría que consideraras la posibilidad de llegar a un acuerdo con Doug.

Oliver Nichols, su abogado para este caso y uno de los socios de su hermano en el bufete, era un burócrata cobarde de clase alta que jamás le había dado a Jackson una respuesta clara. Le habría gustado que David llevara el caso, pero su especialidad eran las fusiones y adquisiciones, no los litigios.

—¿Un acuerdo?

Jackson bebió un sorbo de su batido a través de la gruesa pajita. Bajo ningún concepto. Doug jamás había sido un buen trabajador y su bocaza había creado problemas en el equipo, pero estaba claro que el chico tenía agallas. Para empezar, le había faltado el respeto a Jackson delante de los demás empleados, luego lo había amenazado con propagar rumores exagerados sobre el consumo de alcohol de Jackson entre clientes y competidores. Cuando Jackson lo despidió en el acto y lo echó de la obra, Doug lo empujó. Maldita sea, no había hecho nada malo, ni siquiera había pegado a Doug.

—No hice nada malo. Doug fue un insubordinado, un difamador y quien empezó todo.

Honestamente, ¿qué clase de imbécil creería que puede conservar su trabajo después de semejante comportamiento?

—Aunque todo eso sea verdad, los litigios prolongados solo son buenos para nosotros, los abogados —suspiró David—. Lo último que necesitas en estos momentos es más estrés y unos honorarios legales desorbitados. El litigio puede durar hasta dos años y dañar tu reputación. Es mejor llegar a un acuerdo rápido con una cláusula de confidencialidad. No tienes que admitir nada, solo ofrecer una cantidad y olvidarte de todo.

—No —el tono tranquilo de Jackson ocultaba su furia. Lo que de verdad le apetecía era gritar al teléfono que antes muerto que ceder.

—¿Ni siquiera vas a considerarlo?

—No.

Tiró la pajita y bebió directamente de la copa de batido.

—Oliver no cree que Doug vaya a recular. Tiene menos que perder que tú.

—Eso es lo que él cree. Pero si su intención es hundir mi reputación, yo puedo hacer lo mismo e incluso más que él. Tengo un buen historial y cientos de amigos en el negocio. Soy yo el que tiene una larga lista de clientes satisfechos que pueden responder por mi carácter y mi reputación. Él es un niñato con una mierda de trayectoria profesional y, si me aprieta más, haré lo imposible para que no pueda trabajar en Connecticut.

—No le digas eso a nadie, Jackson. —Tras otra pausa, añadió—: Puede que sea bueno que te hayas ido de la ciudad un tiempo.

—Eso parece.

David resopló y Jackson se lo imaginó cerrando los ojos y contando hasta tres, como siempre hacía cuando Cat o Jackson lo exasperaban.

—Está claro que quieres pelea, así que será mejor que lo dejemos aquí. Le diré a todo el mundo que has llegado bien y te volveré a llamar en unos días.

—Vale —dijo antes de añadir—: Gracias.

—Jackson, lo único que quiero es que todo mejore, por ti y por nosotros.

El tono tranquilo y sincero de David dio en el clavo.

—Yo también.

Eso era cierto. A pesar de las recientes decepciones y la distancia, sabía que David lo quería y que echaba de menos tanto como él la cercanía de antaño.

—Acaban de servirme la comida. Ya daré señales de vida en unos días.

Se metió el teléfono en el bolsillo y unas cuantas patatas fritas en la boca. Ricas patatas fritas, saladas y calentitas. Sabían a gloria.

Mientras engullía la comida más grasienta que había ingerido en semanas, dos policías entraron en el local. Uno tenía una prominente barriga y el pelo canoso, mientras que el otro parecía extremadamente delgado y joven. Jackson calculaba que rondaría los veinticinco. Pelo rubio rojizo y ojos azules.

El agente mayor le dio una palmada en el hombro al cliente desaliñado e inició una conversación.

Cuando el más joven llegó a la barra y sonrió con coquetería a la camarera, Jackson pudo verlo mejor. Había algo en él que lo hizo sentir incómodo. Parecía más falso que malévolo. Habilidoso. Poco fiable. Algo arrogante. Igual de imbécil que Doug. No son exactamente las cualidades que uno buscaría en un policía.

—Noah, ¿qué puedo hacer por ti y por Lou?

La camarera libidinosa se acercó al guapo policía para atraer su atención.

—Dos refrescos y una de patatas fritas para llevar, Missy.

La sonrisa del agente provocó el intenso pestañeo y la risita de la aludida. Entonces, el joven fijó su mirada en Jackson y entornó los ojos.

—¿Ha perdido una pelea con una manguera?

Soltó una risita como si fuera Stephen Colbert o algo así.

A Jackson le empezó a picar todo solo por la forma en la que el hombre le habló: centrado en él, curioso, escudriñándolo.

—Algo así.

Le dio otro mordisco a su hamburguesa con la esperanza de que captara que no estaba interesado en seguir conversando.

Pero no hubo suerte. Al parecer, el aspecto extraño de Jackson había despertado el interés del agente, porque no daba señales de estar dispuesto a dejarlo pasar.

—Me llamo Noah. —El joven policía le ofreció su mano y luego señaló a su compañero con la cabeza—. Y ese es Lou.

—Jackson —respondió mientras estrechaba la mano del hombre.

—No me suena tu cara. —Inclinó la cabeza para inspeccionar más de cerca a Jackson—. ¿De dónde eres?

—Connecticut. —Jackson se limpió la boca y le devolvió la mirada fija al policía—. He venido a pasar unos días y desconectar.

Tras dudar un instante, Noah asintió.

—La pesca con mosca resolverá el problema. Orvis organiza algunos programas en Manchester Center.

Por suerte, Missy volvió con una bolsa de patatas fritas y dos refrescos. Se los dio a Noah mientras le enseñaba el escote.

—Aquí tenéis, chicos. Volved luego para un café.

—Por supuesto. —Noah le guiñó un ojo, inclinó la cabeza e hizo ademán de despedirse de Jackson—. Ya nos veremos por aquí, Jackson.

Puede que se hubiera vuelto excesivamente paranoico este último año, pero algo en el tono de Noah hizo que aquello le sonara un poco a advertencia. La mirada de Missy siguió al policía hasta que salieron de la cafetería, antes de apoyar la cadera en la barra y mirar fijamente y sin pudor a Jackson.

—Entonces, ¿has venido solo?

Jackson consiguió esbozar una sonrisa amable, aunque en realidad habría querido salir corriendo antes de que dijera algo que les hiciera sentir incómodos a los dos.

—Sí, he venido en busca de algo de soledad. —Jackson optó por una huida rápida, así que se puso en pie y dejó veinte dólares sobre el mostrador—. Quédate con el cambio, Missy.

La ropa mojada le irritaba la piel a cada paso. Hasta entonces, nada en aquel día había salido como esperaba. En cuanto recogiera las llaves, se daría una ducha caliente y se cambiaría. Encendió el motor y puso rumbo a Winhall para reunirse con su casero, Jon Bouchard, y echar un vistazo al apartamento que había alquilado sobre su garaje.

Trescientos dólares después, Gabby por fin pudo llegar a la parte de atrás de la casa que ella y su hijo compartían con su padre. Al menos había dejado de llover, y su vestido había pasado de empapado a húmedo.

Cogió su libreta del asiento delantero y puso rumbo a la puerta trasera, pasando por su huerto de calabazas. No era fácil cultivar calabazas en Vermont, pero le había prometido a Luc que sembraría algunas para Halloween. Un rápido vistazo le indicó que, en unas semanas, no solo tendría una, sino más bien una docena o así para vender.

Aquel pequeño terreno le recordaba sus vacaciones de verano en casa de su abuela, en Burlington, donde se pasaban horas trabajando en el jardín. Bajo su tutela, una Gabby preadolescente se había sentido orgullosa de sus primeras cosechas de pepinos, lechugas, tomates y zanahorias. Su abuela también le había enseñado horticultura, y las dos habían trabajado juntas alrededor de su casa, planificando y plantando parterres. Gabby había aprendido mucho con ella y también había experimentado un poco en su propia casa, como si hacerla más bonita por fuera pudiera arreglar todo lo que se había roto dentro. Craso error.

Sin embargo, trabajar en el jardín le daba esa sensación de control y paz que tanto necesitaba en un momento en el que su vida se había convertido en una turbulencia constante. En el instituto se había unido al club de jardinería local y había aprendido aún más sobre diseño. Había pasado algunos días de verano trabajando con su padre en los jardines de las casas de cuyo mantenimiento se encargaba. Sus clientes siempre alababan su ingenio y creatividad. Si no se hubiera quedado embarazada, habría ido a la universidad a estudiar paisajismo. Pero mejor no obsesionarse con ese viejo sueño. Se las apañaba bastante bien con las habilidades y los recursos de los que disponía.

Cuando entró en la casa por la puerta de la cocina, oyó a su padre, Jon, gritar:

—Gabby, ¿eres tú?

—Sí, soy yo. Siento llegar tarde. He pinchado.

Cogió un plátano del cuenco de la fruta y se dirigió al salón. Luc estaba sentado en el suelo, jugando con los viejos camiones Tonka que le había comprado en un mercadillo. Se agachó para darle un beso en la cabeza antes de hacer lo mismo con su padre.

—¿Luc te ha dado problemas?

Pregunta tonta. ¿Qué niño no da problemas ni se coge berrinches? Puede que ya hubiera cumplido los tres, pero su comportamiento de los «terribles dos años» se estaba alargando demasiado. La forma en la que su padre se encogió de hombros le confirmó todo lo que ella ya sospechaba.

—Al menos se ha echado una siestecita.

Cuando se levantó de la silla, le crujieron las rodillas, haciendo patente su edad. A sus cincuenta y tres años, parecía estar en forma, pero en su pelo ya empezaban a verse algunas canas. Ella siempre había pensado que era un hombre guapo y se sentía culpable de que no hubiera encontrado alguien a quien amar, posiblemente por su culpa y la de Luc. Tanto ella como su padre habían acabado en una situación en la que encontrar el amor resultaba complicado, sino imposible.

—¡Dios mío, chica! Estás empapada.

—Lo sé. —Gabby se aferró a su vestido, recordando su interludio en la autopista con el guapo forastero—. Tengo que cambiarme.

—¿A qué se debe esa sonrisa? —preguntó su padre, ladeando la cabeza y arrugando sus brillantes ojos azules hasta dejar ver sus patas de gallo.

—Ah, ¿pero estaba sonriendo? ¡Qué vergüenza!

Entre su padre y ella había confianza, pero no pensaba confesarle la pequeña fantasía que acababa de tener con el buen samaritano. Tras tres años llenos de obligaciones y poco romance, la idea de un pequeño idilio con alguien como él le resultaba tremendamente atractiva. Por desgracia, fantasías es todo lo que tendría. Eso sí, a diferencia de la realidad, las fantasías nunca te decepcionan.

Su padre no parecía haberse dado cuenta de su respuesta evasiva, porque siguió hablando.

—Nuestro inquilino llegará en cualquier momento. Te has acordado de limpiar el apartamento del garaje esta mañana, ¿no?

—Por supuesto.

Su padre, incapaz de ver más allá del drama que supuso el embarazo de su hija, todavía no se había dado cuenta de lo responsable que se había vuelto. Tampoco podía culparlo. La responsabilidad no era un factor que hubiera influido demasiado en la mayoría de sus decisiones antes de la llegada de Luc. Al menos su padre jamás se lo había echado en cara. Así que, hasta que Luc y ella se pudieran valer por sí mismos, tendría que tolerar que la siguiera tratando como una niña.

—Bien. —Se cruzó de brazos y adoptó esa expresión de «papá sabe lo que es mejor»—. Esos dos mil dólares extra nos vendrán muy bien para pagar la guardería de Luc.

—Una pena que necesite una parte de ese alquiler para pagar la nueva rueda que acabo de comprar. —Gabby le dio un trozo de su plátano a su hijo. No pudo evitar preguntarse si ella también seguiría viendo a su hijo como un niño para siempre—. Lo bueno es que los Clarks me han enviado un correo para preguntarme si puedo volver a encargarme de su jardín esta primavera.

—¡Eso es estupendo!

Su sonrisa de orgullo sacó la espina de su condescendencia parental previa.

El timbre de la puerta puso fin a su conversación. Gabby arrugó la nariz al ser consciente de que su ducha caliente y la ropa seca tendrían que esperar unos minutos más.

—Voy yo.

Cuando Gabby cruzó el vestíbulo a toda prisa y abrió la puerta, casi se desmaya. El corazón casi se le sale por la boca, así que le llevó unos segundos poder articular palabra.

—¿Tú?

Los ojos de su buen samaritano se abrieron como platos antes de fruncir el ceño. Dio un paso atrás para comprobar la dirección en el porche y luego miró su teléfono.

Por fin, levantó las manos, sorprendido y muerto de risa a partes iguales.

—Le juro que no la estoy acosando.

Gabby esbozó una sonrisa sin que pudiera hacer nada por evitarlo.

—O eso dice usted.

—¡En serio! Busco a Jon Bouchard. ¿Me he equivocado de dirección?

¿Es nuestro inquilino? Deseó que la tormenta volviera a estallar para que él no pudiera oír el latido de su corazón desbocado.

—¡Papá! —gritó mientras abría la mosquitera para dejar pasar al guapo desconocido—. Tu inquilino está aquí.

Miró a su caballero de brillante armadura. Ya se le había secado el pelo. Un pelo descuidado y sexi, tal como ella había sospechado. Medía como un metro ochenta, suficiente para superar su metro cincuenta y ocho. El calor que desprendía parecía volver a encender su piel cuando se detuvo junto a ella.

Apretó los labios para evitar que una oleada de vertiginoso placer saliese de sus pulmones y la dejara en evidencia. Un segundo después, se apresuró a poner fin a aquel extraño silencio.

—Bueno, menuda coincidencia, ¿no?

—¿Afortunada coincidencia? —respondió él haciendo una mueca—. Lo dudo.

—Me halaga con su entusiasmo.

Entonces el buen samaritano sonrió, con aquella misma sonrisa juguetona que había presenciado antes. Esa que había hecho que le temblaran las rodillas ese mismo día.

—No tiene nada que ver con usted. Es solo que hace mucho tiempo que la suerte no juega a mi favor.

La tristeza que había visto antes en su mirada volvió a hacer acto de presencia. Antes de que pudiera responder, llegó su padre.

—¿Jackson St. James? —dijo su padre mientras le ofrecía la mano.

—Sí, señor. —La mirada de Jackson iba y venía entre su padre y ella antes de estrecharle la mano—. Perdón por mi aspecto. Me sorprendió la tormenta.

—De hecho, papá, le sorprendió la tormenta mientras me intentaba ayudar con la rueda pinchada.

Gabby le dedicó una sonrisa a Jackson. Jackson St. James. Le gustaba su nombre, mucho. Masculino pero refinado. Le iba bien o al menos le iba bien a lo que sabía de él hasta ese momento.

—Jackson ha sido todo un caballero. Se quedó conmigo hasta que apareció la grúa.

—Muchas gracias por cuidar de mi niña.

Su padre la rodeó con el brazo y la estrujó con una sonrisa. Sintió cómo se le sonrojaban las mejillas cuando su padre la llamó «niña» delante de Jackson, que por lo menos debía tener como media docena de años más que ella, quizá más.

—Ahora estará deseando ponerse algo seco. Voy a buscar la llave, luego Gabby puede encargarse y enseñarle lo que necesite.

Su padre desapareció por el pasillo, seguramente para ir al cajón de sastre de la cocina.

Volvió a mirar a Jackson, con los pulmones henchidos de irracional alegría. Esa sensación más ligera que el aire agudizó sus sentidos. El viejo pasillo parecía estrecharse a su alrededor. El parqué bajo sus pies crujió cuando dejó caer todo su peso en una pierna. Incluso el salón detrás de Jackson se iluminó, como si el sol luchara por esclarecer el cielo cubierto de nubes exterior. Era como si la sola presencia de Jackson hubiera transformado un momento mundano en uno lleno de emocionantes expectativas.

—Por cierto, muchas gracias por lo de hoy. Una vez que vi que no era una amenaza, me alegró que se quedara cerca.

—De nada.

Una vez más sonrió y una vez más la sonrisa no iluminó sus ojos.

Luc apareció por el pasillo y trotó hasta ella, con los brazos en alto.

—Mamá, arriba.

Antes de agacharse para subirlo a su cadera, se dio cuenta de que Jackson había arqueado las cejas antes de suavizar la mirada y fijarla en su hijo.

—Luc, di hola a Jackson. Va a vivir encima del garaje unas cuantas semanas.

El niño, tímido, apoyó la cabeza en el hombro de su madre y miró detenidamente al extraño con un ojo.

Jackson dio un paso adelante y, con cuidado, le dio un golpecito en la nariz.

—Eh, tío. Encantado de conocerte.

Entonces se tensó su expresión. No parecía enfadado, sino más bien distante. El aire a su alrededor se volvió tan denso que pudo sentir su peso en los hombros.

La tristeza que había visto antes se intensificó. ¿Había desatado Luc algo en su interior o era producto de su imaginación?

Cuando su padre volvió con las llaves, intentó soltar a Luc.

—Quédate con el abuelo mientras mami lleva a Jackson al apartamento. Vuelvo pronto.

—¡No!

Luc se aferró a ella usando sus deditos a modo de garras de gato.

—Escucha a mami, Luc.

Gabby consiguió arrancárselo del cuerpo y se lo pasó a su padre, mientras lágrimas de manipulación estaban a punto de rodar por sus mejillas. Si no hubiera estado tan avergonzada por el comportamiento de su hijo, se habría sentido molesta.

—Venga, cariño, sabes que llorar no te va a servir de nada.

—Vete, ya me encargo yo. —Su padre agitó la cabeza y se giró hacia la cocina mientras le hablaba a un abatido Luc—. ¿Vamos a por algo de comer?

Tras dedicar una pequeña sonrisa de disculpa a Jackson, Gabby le señaló la puerta delantera.

—Vamos.

La mirada de Jackson volvió a ir de su padre a ella una y otra vez y, entonces, abrió la mosquitera y la sujetó para que pudiera salir antes de seguirla al exterior. Si tenía preguntas sobre su hijo, se las guardó para él.

—Deje que vaya por mi equipaje —dijo, corriendo hacia su Jeep.

Segundos después, apareció con un enorme bolso de viaje en el hombro y la siguió por el camino de entrada hasta el garaje.

Gabby tenía un montón de preguntas. ¿De dónde era? ¿Por qué, de todos los lugares del mundo, había escogido Winhall? ¿Por qué se iba a quedar seis semanas? ¿Y por qué parecía tan triste? Por supuesto, no le hizo ninguna. No le parecía que fuera el tipo de persona que se abría con facilidad, si es que alguna vez se abría. Y desde luego no a una casera cotilla.

Aun así, su comentario sobre su poca suerte ya era algo. Jackson St. James era todo un enigma, un enigma fascinante. Su vida aburrida sería algo más interesante ese otoño gracias a él, y estaba decidida a aprovechar aquel paréntesis en la monotonía. Primero tenía que observarlo algo más hasta encontrar la forma de atravesar la gruesa armadura tras la que se escondía.

Después de subir por la escalera exterior, giró la llave en la cerradura. Por suerte, había hecho un buen trabajo con la limpieza aquella mañana. Seguro que un tipo que tenía un coche tan limpio y que podía permitirse cogerse seis semanas de vacaciones debía de tener una bonita casa.

—Espero que le guste —dijo Gabby al abrir la puerta.

Una vez dentro, Jackson dejó su bolso junto a la puerta.

Mientras él observaba aquel gastado espacio, ella intentó imaginarse cómo podría resultar a sus ojos. Una cama de matrimonio con una colcha de *patchwork* tras un biombo de tres cuerpos, un sofá de dos plazas de polipiel y una butaca reclinable apiñados en torno a una mesita de café antigua delante de una vieja televisión y una pequeña cocina americana en la pared del fondo con una mesa para dos.

De repente, al ser consciente de la falta de estilo de aquel apartamento, espetó:

—Es un poco antiguo, pero está limpio y seco, dos cosas que no se pueden decir de muchos lugares de Winhall. El baño está por ahí —dijo, apuntando a la zona del dormitorio— y todo lo demás está a la vista. Vermont es estricto en cuanto al reciclaje, así que use las bolsas transparentes para todo lo reciclable y hay bolsas especiales para el resto de la basura bajo el fregadero. Puede dejarlo todo en los contenedores que hay fuera del garaje y nosotros nos encargaremos de ir al vertedero.

—Estupendo, gracias.

Jackson se quedó mirándola, a la espera, y al ver que ella no decía nada, le preguntó:

—Su padre me dijo que hay wifi. ¿Me podría facilitar la contraseña?

—Sí. GGguest. GG por Gabby's Gardens, por si eso le ayuda a recordarla. —Le entregó las llaves—. Soy Gabby, por cierto.

La mano de Jackson acarició la suya cuando se la dio, enviando una oleada de calor brazo arriba.

—Sé cómo se llama. Está escrito en su camioneta.

Cuando le guiñó un ojo, el calor subió directo a la cara.

—Oh, sí, es cierto.

Sus miradas se cruzaron un segundo o dos más de lo que cabía esperar, lo que desencadenó otra oleada en sus extremidades, haciendo que su interior se volviera más pegajoso que el interior de una nube de algodón asada.

Los puntitos dorados de sus ojos color ámbar ahora brillaban con algo que ya no era pena. Gabby esperaba que hubiera sido ella quien había puesto ahí ese destello y hubiera hecho que aparcara por un instante aquello que tanto le preocupaba.

Una vez más, incapaz de articular palabra, prácticamente tartamudeó:

—Imagino que querrá instalarse y yo estoy deseando quitarme esta ropa mojada.

En cuanto aquellas palabras salieron de su boca, deseó haber escogido una frase que no sonara a invitación. Su subconsciente temerario probablemente había asumido el control y lo había dicho a propósito.

Los ojos de Jackson volvían a arder, y ella estaba a punto de empeorar su error sugiriéndole que su suerte estaba a punto de cambiar cuando él apartó la mirada.

—Buen plan. Nos vemos.

Y eso fue todo. Iba a salir de allí sin respuesta a ninguna de sus preguntas. Enfadada consigo misma por que aquello le importara, asintió con la cabeza.

—Que tenga un buen día.

Salió del apartamento y bajó por las escaleras metálicas. Mientras cruzaba el camino de entrada, se giró para echar un vistazo a la ventana sobre el garaje. Habían tenido otros inquilinos antes, gente que iba y venía sin atraer lo más mínimo su atención. Estaba claro que Jackson era diferente.

¿Quién era? ¿Acaso importaba? La aflicción en su mirada debería haber sido una señal de alerta para ella. La vida con su madre le había enseñado qué significaba aquella mirada vacía, una mirada que ella suponía que todo aquel que había vivido alguna vez en una pequeña población rural debía conocer de una forma u otra.

En cualquier caso, el destino los había unido dos veces. Y, a pesar de esa pizca de tristeza que había visto en sus ojos, no podría escapar a los sentimientos que él le inspiraba. La ilusión crecía en su corazón baldío como los frágiles brotes de una planta invernal que tienen que atravesar un suelo apenas descongelado.

Entonces, riéndose con o de sí misma, se dio la vuelta y entró, de vuelta a la realidad. Lo que pasara o dejara de pasar entre ella y Jackson, se iría en seis semanas de allí, como todos, y jamás echaría la vista atrás.

Capítulo 3

Jackson, al ritmo de los crujidos bajo sus pies mientras corría por el camino bordeado de árboles, intentaba ignorar los calambres que le recordaban que hacía mucho tiempo que no hacía ejercicio. Su trabajo de constructor lo había mantenido delgado, pero no estaba en forma.

Al principio avanzaba pesadamente, incapaz de moverse a mayor velocidad que un simple trote lento, hasta que los antiguos hábitos se empezaron a abrir paso y su cuerpo respondió con la agilidad y fuerza de costumbre.

Su piel, cubierta de sudor, ya no apestaba a *whisky*, un cambio que tuvo que reconocer a regañadientes. Con cada inspiración revitalizante, inhalaba los aromas de la tierra, como el moho de los árboles, el suelo arcilloso y los pinos. El reciente amanecer todavía no había disipado la neblina que lo rodeaba mientras corría de vuelta a su hogar temporal.

Sin tráfico, sin teléfono móvil. Solo el sonido de sus pisadas regulares y el canto matutino de los gorriones, interrumpido de vez en cuando por el repiqueteo de un pájaro carpintero. A su ritmo actual, disfrutaría de unos veinte minutos de paz y soledad mientras pequeñas nubes de vaho salían de su boca como anillos de humo.

Aunque luchaba por centrar sus pensamientos en la belleza a su alrededor, seguían dispersos en la cita que tenía fijada para las ocho en punto.

Podía cancelarla.

No es que le hubiera prometido a su familia que hablaría con un loquero durante su estancia en Vermont. Había aceptado enfrentarse a sus preocupaciones, pero no había renunciado a su derecho de tomar sus propias decisiones en cuanto a cómo hacerlo. Con todo, se lo había mencionado a David la víspera y tampoco quería que aquel viaje no sirviera para nada.

Fueran cuales fueran los errores que hubiera cometido y las promesas que hubiera roto, tenía que reconocerlos.

Los últimos minutos de su carrera consistieron en medio kilómetro de subida. Su respiración cada vez se hizo más pesada y los pulmones le quemaban cuando giró la esquina desde la que ya se vislumbraba el acceso arbolado a la casa de los Bouchard.

El día anterior había estado demasiado cansado y empapado como para prestar demasiada atención al edificio. Sin embargo, aquel día, los suaves rayos de sol de la mañana, tamizados por la neblina, bañaban la vetusta casa de estilo rural con una luz maravillosa. Algo bueno, teniendo en cuenta el hecho de que, vista de cerca, todo parecía bastante deteriorado por el tiempo.

Redujo la marcha y estudió la escena. El tiempo húmedo de Vermont exigía un enorme mantenimiento si el propietario quería impedir el desgaste. Los trozos de madera podrida dañaban la belleza del porche delantero. Tanto la casa como el garaje también necesitaban una buena capa de pintura. A pesar de su estado, tenía mucho potencial y más si los Bouchard decidieran invertir en unas ventanas modernas y optaran por un color verde oscuro en vez de por el rojo tradicional.

La idea de transformar la casa hizo que fluyera la creatividad de Jackson.

Su mirada cruzó el jardín. El paisajismo era mucho mejor. Acertados grupos de pequeñas piedras, arbustos y crisantemos tapizaban la zona que rodeaba la casa. Un sendero de piedrecitas y hierba unía el camino de entrada y las escaleras delanteras, aumentando ese ambiente de cuento de hadas.

Intentó visualizar qué otras flores podrían brotar en primavera y verano, que en esos momentos estarían podadas y protegidas. Entonces se imaginó a Gabby de rodillas, junto al parterre, cavando con sus manos el suelo y con su bonito trasero sobrevolando como medio metro por encima de sus talones.

Esa imagen también hizo fluir su creatividad, pero de una forma completamente inadecuada.

De camino al garaje, llamó su atención la actividad que se desarrollaba en el jardín lateral. Un pequeño grito de emoción de Luc impregnó el aire mientras corría con paso inseguro. Gabby había dejado una taza de café sobre un poste de la valla mientras se agachaba para inspeccionar algo en su huerto. Una réplica casi exacta de su fantasía.

Luc se detuvo y se dio cuenta de que Jackson los estaba observando.

—¡Mamá!

Se abrazó a un pequeño juguete con una mano y, con la otra, señaló a Jackson.

Gabby miró por encima de su hombro. Con una sonrisa en los labios, más propia de alguien ante un buen amigo que ante un recién llegado, gritó:

—Buenos días.

Lo habían cazado, sin posibilidad de huida.

No es que le importara hablar con ella. Parecía agradable y extrovertida... y también era muy guapa. Y justo ese era el problema.

Las mujeres suponían una complicación que no necesitaba en esos momentos, sobre todo aquella mujer, con esa sonrisa que le hacía perder el equilibrio, y su hijo.

—Buenos días.

Saludó con la mano y se sorprendió a sí mismo cruzando el jardín para llegar hasta ella, como si su cuerpo hubiera dejado de responder a su cerebro y hubiera decidido ir a buscar lo que quería.

Parecía tan joven, pero ahí estaba, criando a su hijo y dirigiendo su propio negocio. Mucho para cualquiera, no digamos para alguien de tan tierna edad. Merecía su respeto, no su lujuria.

Gabby se levantó y se sacudió las manos antes de coger la taza de café. Mientras tanto, Luc no dejaba de mirarlo, con los ojos bien abiertos, cauteloso.

Para evitar seguir comiéndose con la mirada a Gabby, Jackson se agachó para ponerse a la altura de Luc.

—¿Quién es este? —preguntó, señalando al animal de peluche marrón y blanco al que se mantenía aferrado.

—Bingo.

Luc giró su torso para que Jackson no pudiera coger a su perro.

—Bingo es un gran nombre. ¿Lo escogiste tú?

Jackson sonrió a Luc, cuyos redondos ojos azules se parecían a los de su madre.

Asintió con la cabeza. Al parecer, Luc ya había aprendido a economizar palabras, un rasgo masculino que Jackson podía apreciar. ¿Le habría enseñado su padre? Desde su llegada, Jackson no había visto a ningún otro hombre por allí, aparte de Jon, pero quizá estuviera de viaje por trabajo.

No obstante, Gabby no llevaba anillo, así que puede que estuviera divorciada o fuera viuda. La simple idea de que hubiera tenido que sufrir alguna de esas pérdidas le provocó malestar, pero decidió hacer caso omiso a ese sentimiento. Puede que no llevara anillo porque siempre estaba trabajando con tierra y piedras. Sin embargo, el hecho de que viviera con su padre sugería que el padre de Luc no formaba parte de su vida.

Bueno, basta ya de pensar en Gabby. Jackson volvió a centrar su atención en Luc.

—Parece que cuidas mucho a Bingo. Es un perro con suerte.

Resultaba algo incómodo mantener una conversación sobre un supuesto perro con un niño al que apenas conocía. Jackson se puso en pie y se arriesgó a echar un vistazo rápido a Gabby.

Sonreía, con la cabeza ladeada y ambas manos sujetando la taza, sin importarle lo más mínimo que su pelo, alborotado por el viento, formara una enorme maraña de rizos castaños, que su sudadera tuviera una mancha de mermelada o que la hubieran sorprendido en pantalones de pijama.

—Ya despierto y dándolo todo bien temprano. —Pequeños hoyuelos se dibujaban en sus mejillas—. ¿Empezando tu día de forma saludable?

—Probando algo nuevo.

Intentó que sus palabras sonaran a broma, pero sabía que, en realidad, eran una triste verdad. Entonces recordó el aspecto que debía de tener. Sudoroso, sucio y cansado.

Gabby pasó los dedos por el pelo de su hijo cuando se acercó a ella para aferrarse a su pierna.

—Mamá tiene calabazaz.

El mentón de Luc permaneció pegado a su madre a pesar de haberse dirigido a Jackson.

—¿Para Halloween? —Jackson pudo ver, al menos, una docena de calabazas naranjas a las espaldas de Gabby—. Y habrá bastantes para hacer un buen pastel de calabaza.

Los ojos de Luc se abrieron de par en par al caer en la cuenta de que las calabazas también servirían para hacer pasteles. Le clavó a su madre una mirada de súplica.

—¡Paztel, también, mamá!

Gabby se rio entre dientes.

—Pastel con muchas especias.

Jackson aprovechó la oportunidad para estudiar su huertecito de verduras. Las ramas, llenas de calabazas casi maduras, reposaban sobre una cama de paja.

—¿Por qué esa capa de paja?

—Ayuda a reducir el crecimiento de malas hierbas y la proliferación de hongos y otros daños que son consecuencia de que las calabazas estén apoyadas directamente sobre la tierra.

—Entonces, ¿los jardines de Gabby están llenos de frutas y verduras?

¿En serio esa era la mejor conversación que se le había ocurrido para intentar no flirtear con ella? ¿Tan desconectado estaba de la vida real que ahora era incapaz de recordar cómo mantener una conversación normal?

—No, esto es solo por placer personal.

Gabby alargó esas dos últimas palabras como si ambas quedaran suspendidas entre los dos.

En ese momento, Jackson se dio cuenta de que la atracción era mutua. Eso no era nada bueno, pero, a la vez, era muy bueno. Hacía mucho tiempo que no se había sentido realmente atraído por una mujer por algo más que por su aspecto físico. Mira tú por dónde, había tenido que pasar en el momento menos oportuno de su vida. Parecía ser que con la única suerte con la que podía contar últimamente era con la mala.

—Diseño jardines. Me gustaría ser arquitecta paisajista, pero eso requiere años de estudio. Me he desviado un poco del camino. —Sonrió mientras señalaba con la cabeza a su hijo—. Me he unido al negocio de mi padre, y ahora diseño y desarrollo pequeños proyectos de jardinería en las residencias de vecinos del pueblo y de otros clientes de fuera.

Emprendedora, decidida, amante del aire libre. Maldita sea, cumple todos los requisitos. Podría haberse alejado de ella e irse a la ducha, pero sus pies, cabezotas, seguían anclados al suelo.

—Tu padre es conserje, ¿no? ¿De casas de veraneo?

—Sí. Entre los dos, de alguna forma, hemos conseguido levantar los dos pequeños negocios y criar a Luc.

Jackson se tuvo que contener para no preguntar por el padre de Luc. Eso habría cruzado todo tipo de límites personales. En su lugar, señaló el otro extremo del jardín, donde un camino lo atravesaba y desaparecía en el bosque.

—¿Adónde lleva?

—A un estanque precioso, lleno de nenúfares y gavias. —Bebió otro sorbo de café—. A menos de medio kilómetro de distancia bajando el sendero. Ahora hace demasiado frío como para ir a nadar, pero sí que puedes pescar o montar en kayak.

Luc debió de asumir que las indicaciones de Gabby eran una invitación, porque puso rumbo al camino mientras gritaba:

—¡Pezcar!

—¡Luc, mueve tu culo de vuelta aquí ahora mismo!

Gabby arrugó sus facciones en un intento de parecer severa. Jackson se contuvo para no reírse ante lo poco amenazante que había sonado su rítmica voz al intentar gritar y lo poco que su mirada transmitía enfado. Toda su puesta en escena le recordaba más bien a Blancanieves enfrentándose a Gruñón.

Como era de esperar, Luc frunció el ceño y, desafiante, dio unos cuantos pasos más en dirección al sendero. Tal como Jackson había supuesto, el niño no temía la reacción de su madre.

—Lo digo en serio, Luc. Nada de ir a pescar hoy.

Jackson no pudo evitar comparar la reprimenda, firme aunque silenciosa, de Gabby con la forma en la que él solía echarle la bronca últimamente a su equipo cuando estaba enfadado. Eso le recordó la demanda de Doug, hecho que ensombreció lo que, hasta entonces, había sido una mañana bastante agradable.

Luc dejó caer su trasero al suelo y gimoteó en señal de protesta. Gabby cerró los ojos y empezó a contar en silencio, algo solo perceptible por un leve movimiento de sus labios. Uno, dos, tres...

Jackson sospechó que eso era algo que tenía que hacer con bastante frecuencia. Debía de ser agotador correr detrás de un niño pequeño, sobre todo teniendo en cuenta que tenía que hacerlo más o menos sola. No tenía claro que, en esos momentos, tuviera la paciencia para ser un buen padre.

—Deberías construir esa valla alrededor de la casa para que pudiera corretear por ahí —dijo Jackson, señalando con la cabeza un montón de madera dispuesto junto al garaje.

—De hecho, eso es un parque de juegos que compramos para Luc como en mayo. Mi padre iba a encargarse de montarlo, pero los tablones vinieron sin etiquetar y lo ha dejado ahí para encajar las piezas más tarde. —Gabby se encogió de hombros con un suspiro, nada perturbada por la incapacidad de su padre—. Uno de estos días.

Por fin, Luc volvió corriendo al jardín y tiró de la sudadera de Gabby, dejando una mancha de tierra a juego con la de mermelada.

—Hambre, mamá.

—Vale. —Se inclinó para darle un beso en la cabeza—. Vamos a preparar unos cereales con pasas.

Entonces, se giró hacia Jackson.

—¿Te apetece?

Mucho.

—No, gracias. De hecho, tengo que darme prisa para no llegar tarde a una cita. —Se despidió de Luc, que estaba empezando a amontonar piedrecitas—. Que tengas un buen día, hombrecito.

Entonces, se dio la vuelta y fue directo al garaje antes de cambiar de opinión. Subió corriendo las escaleras metálicas, no sin antes echar un último vistazo a la madre y el hijo mientras desaparecían en la parte de atrás de la vetusta casa rural.

Jackson suspiró. Hacía semanas que no bebía y todavía más que no tenía sexo. Ahora sabía que las seis semanas que iba a pasar allí pondrían a prueba algo más que su capacidad para controlar sus impulsos con el alcohol.

Como a las ocho y media de la mañana ya había cambiado de postura en el sofá del médico unas cuatro veces. Una moqueta verde aguacate recubría el suelo de la pequeña consulta. Una estantería abarrotada de libros y cachivaches contribuía aún más a la sensación de claustrofobia de Jackson. El reloj anticuado que marcaba cada segundo tampoco ayudaba. Si no fuera por la gran cantidad de luz que entraba por el enorme ventanal que había a su izquierda se habría vuelto loco.

El doctor Joseph Millard, también conocido como Doc, como le había pedido que lo llamara, estaba sentado en un sillón estilo Eames, bolígrafo y libreta en mano. El pelo canoso de aquel hombre encajaba a la perfección con su barba recortada. Sus ojos y su boca estaban unidos por las profundas arrugas que cabría esperar de alguien que había pasado mucho tiempo a la intemperie, sometido a climas rigurosos. Sus ojos, verdes y despiertos, transmitían lo que parecía ser buen humor. Llevaba un jersey fino de manga larga, unos pantalones color caqui hasta los tobillos y unas Birkenstocks que parecían el doble de antiguas que sus muebles.

A pesar del semblante amistoso y relajado de Doc, Jackson había estado transpirando como si estuviera esposado a una silla bajo un único foco de luz brillante. Tortura. Un castigo cruel y aberrante. Cualquiera de los dos términos se podría aplicar a la experiencia de verse obligado a hablar sobre cosas personales con alguien en aquellos momentos, ni qué decir a un extraño.

—Sabes que no voy a dispararte, ¿verdad? —Doc se echó a reír, dejó a un lado su libreta y se inclinó hacia delante—. No tengo todas las respuestas, pero sí que hay algo que tengo claro: por más que podamos vernos todos los días durante las próximas seis semanas, si no hablas, no haremos muchos progresos.

Jackson se frotó la cara con las manos.

—Lo siento.

—No te disculpes. Lo que estoy intentando decirte es que este es un lugar seguro. Nada de lo que digas saldrá de estas paredes. Y tampoco voy a juzgarte.

—Buen truco. —Jackson se acarició los muslos con las manos sin mirar directamente a Doc—. Enséñame a no juzgar y seré tu esclavo para siempre.

—¿Te resulta difícil?

—A mí y a casi todo el mundo. —Cuando Doc lo observó sin decir nada, prosiguió—. Nos educan para diferenciar el bien del mal, para vivir de acuerdo con la «regla de oro», y todo eso no es más que basura. Así que cuando la gente hace algo malo o te jode la vida, resulta bastante difícil no juzgar, ¿no crees?

—¿Y cuál es la ventaja de juzgar?

Jackson frunció el ceño mientras se cruzaba de brazos.

—Te sientes mejor.

—¿Es ese tu caso?

Mientras pronunciaba esas palabras, la luz del sol se fraccionaba a través del prisma del colgante de cristal que había en la ventana de la consulta, dibujando motitas de colores en las paredes. Al igual que las perspectivas opuestas, los rayos de luz parecían completamente diferentes en función del lado del prisma en el que estuvieras.

—Sí, así es.

La mirada escéptica de Doc hizo que Jackson emitiera un nuevo juicio, uno relacionado con esa sensación generalizada suya de que aquel amuleto *new age* no le ayudaría a encontrar respuestas. Si Doc se ponía a canturrear, saldría corriendo de allí.

—Escucha, Doc, ando algo corto de tiempo, así que te agradecería que no lo malgastáramos en hipótesis y suposiciones. Solo dime, directa y claramente, qué tengo que hacer y ya está.

Doc sonrió y se reclinó en su sillón, cruzando uno de sus pies con sandalias sobre su rodilla.

—Siento decirte que esto no funciona así. Tienes que estar dispuesto a enfrentarte a tus pensamientos y comportamientos, a identificar tus detonantes y, entonces, empezar a modificar todo aquello que acaba metiéndote en problemas.

Jackson prácticamente clavó la cabeza en los cojines del sofá.

—Mierda.

—No pierdas la esperanza. Hoy no ha sido un día improductivo. Sé que la muerte de tu madre no fue el primer revés de tu vida. Has comentado algunas cosas sobre tus hermanos y tu exnovia y veo que eres un hombre que prefiere la acción a la palabra. Podemos trabajar a partir de ahí, siempre que estés dispuesto a ponerte a prueba, a ser realmente sincero y a dejar de fingir que tus problemas no tienen nada que ver contigo.

Jackson se crujió los nudillos con la mirada fija en el suelo. Estaba claro que Doc no tenía nada de estúpido al haber planteado todo aquello como un reto. Al parecer, se las había arreglado para apelar al orgullo y el espíritu competitivo de Jackson durante esta primera cita de cuarenta y cinco minutos. Puede que, después de todo, aquel tipo tuviera algo que ofrecer.

Tras unos instantes, Jackson levantó la cabeza para encontrarse con la mirada inquisitiva de Doc.

—¿Viernes por la mañana a la misma hora?

—Viernes por la mañana.

Jackson se levantó y estrechó la mano de aquel hombre antes de salir corriendo a su coche. En el camino de vuelta a su apartamento, se dio cuenta de que le quedaba un día entero por delante. Ya había hecho deporte y había desayunado, y no quería perder el tiempo viendo la televisión y menos en el trasto viejo de su apartamento.

Sin trabajo. Sin distracciones. Sin alcohol.

Rascándose la cabeza, no pudo evitar preguntarse qué le había convencido de que aquello era una buena idea.

Subió con su Jeep hasta el garaje. No había ningún Bouchard en el jardín y la camioneta de Gabby había desaparecido. Se disponía a subir por las escaleras de su apartamento, cuando sus ojos se fijaron en el montón de madera que estaba allí, esperando que alguien le prestara atención.

Un proyecto sería una forma productiva de invertir su tiempo y talento y, además, hacía tiempo que no era un héroe para nadie. ¡Y qué mejor que para un niño cuyo padre parecía estar desaparecido en combate! Además, había pocas cosas que le resultaran más satisfactorias para liberar tensión que el contenido de su caja de herramientas.

Se dio la vuelta y fue a buscarla a la parte trasera de su Jeep. Un hombre de su profesión jamás viajaba sin un juego básico de herramientas a mano. Echó un vistazo al jardín preguntándose dónde preferiría Gabby que instalara el columpio. Solo pudo ver dos opciones viables por el tamaño del terreno, y una parecía demasiado próxima al jardín.

Aunque lo mejor habría sido esperar y consultarlo con ella o con su padre, tener un objetivo para aquel día le resultó en aquel momento vital. Además, el elemento sorpresa de su plan lo emocionaba. En cualquier caso, si Gabby no aprobaba su elección, lo peor que podría pasar es que tuviera que desmontarlo y volver a montarlo en otra parte. Como si le faltara el tiempo…

Gabby sacó a Luc del asiento del coche y lo instaló en el asiento del carrito del supermercado antes de cerrar la puerta de un golpe.

Una vez que entraron en la tienda, rebuscó en su bolso la lista de la compra.

Por supuesto, Luc empezó a intentar coger cada chisme de plástico y colores brillantes que había a lo que él consideraba su alcance.

—No, Luc. Mamá tiene prisa. Tenemos que volver a casa para preparar la cena.

Y para fregar los platos, darte un baño, leerte un cuento, arroparte en la cama y entonces, quizá, si tengo suerte, tendré como diez minutos para mí antes de caer rendida en la cama.

Pasaron por un expositor lleno de Oreo de Halloween. Las piernecitas de Luc empezaron a dar patadas, una de las cuales le dio en el estómago.

—Mamá, galletaz. Quiero galletaz.

Su cara de angelito se volvió roja por la fuerza de su deseo, lo que la hizo sentir culpable por decir:

—No, cariño. Hoy no.

—Venga ya, Gabs. Cómprale unas galletas a mi chico.

La voz melosa de Noah la pilló por sorpresa, algo que se esforzó por ocultar antes de girarse para enfrentarse a él. Qué propio de Noah aparecer cuando menos se le esperaba o se le quería para minar su autoridad.

—Hola.

Bajo una sonrisa educada, escondió el dolor, la indignación y el profundo enfado que le provocaba verlo así. *No habría tenido a Luc sin él.* Era algo que se repetía cada vez que se había cruzado con Noah, lo que había impedido que le pegara un puñetazo en la cara el año siguiente de haberla dejado.

Debía de funcionar bastante bien porque parecía no ser consciente de lo negativos que eran sus sentimientos por él. Todavía seguía intentando cautivarla cada vez que surgía una oportunidad. «Como ahora», pensó ella, mientras él se inclinaba para besarla en la mejilla.

—¡Papi!

Luc estiró los brazos hacia Noah.

—Eh, Luc.

Chocó los cinco con su hijo, pero no le dio un beso ni lo abrazó a pesar de llevar quince días sin verlo, que no es que ella los hubiera estado contando, claro. Noah reservaba su afecto para las chicas.

—¿Por qué Luc no puede comer galletas? —preguntó Noah.

—Porque están llenas de colorantes artificiales, que no son buenos para él ni para su cerebro. —Entonces Gabby frunció el ceño—. Sabrías los efectos que tienen en él si te hubieras fijado mejor.

Noah le lanzó una mirada de desaprobación.

—No empieces, Gabs. Sé que no me porté nada bien aquel primer año, pero estoy mejorando. Ya sabe que soy su padre.

—A duras penas —masculló ella.

Podría pasarse horas hablando de las muchas formas en las que Noah les había fallado tanto a ella como a Luc, como hombre y como padre, pero no lo haría, no en ese momento y, desde luego, no en mitad del supermercado.

—Eso va a cambiar —dijo Noah con seguridad, como siempre, pero ella ya no lo creía. Había aprendido por las malas a no contar con él para nada que realmente importara.

Se le quedó mirando, allí de pie, con su uniforme de policía y las manos apoyadas en las caderas. Elegante. Igual de guapo que aquel verano que se pasaron haciendo el amor siempre que podían. *Dos idiotas.*

Cuando le dijo que estaba embarazada, él le sugirió que abortara. Ella se negó, pero, por miedo a perderlo, se comprometió a darlo en adopción.

Noah se quedó con ella hasta que su tripa empezó a crecer. En ese momento, las cosas se volvieron demasiado reales. O puede que las bragas de abuela y la barriga de embarazada ya no le pusieran. Lo único que sí tenía claro es que le dio el pasaporte y estuvo con Linda Wallace unos cuantos meses, y con otras tantas después de ella.

Para cuando nació Luc, ya había superado lo de Noah y se enamoró de alguien que merecía mucho más la pena: su hijo. Con la ayuda de su padre, se quedó con Luc y jamás se había arrepentido de su decisión.

Al final, Noah empezó a mostrar algo de interés por su hijo, aunque parecía tan fiable como el interés que solía tener por cualquier mujer. Por suerte, Noah jamás había pedido ningún tipo de custodia compartida, principalmente porque no quería tener que responsabilizarse de pagar la manutención del crío. Gabby nunca le había pedido nada porque no quería tener que compartir la custodia. Honestamente, no se le ocurría nada que le apeteciese menos que tener que tratar con Noah con regularidad.

Así que allí estaban los dos, practicando algún tipo de danza educada delante de su hijo. Jamás le ocultaría a Luc quién era su padre, pero le preocupaba que su hijo desarrollara algún tipo de apego por él. Noah no se comprometía con nadie, así que solo sería cuestión de tiempo que acabara con el corazón roto por culpa de su padre, igual que le había pasado a ella con su propia madre.

Hay personas que jamás deberían de ser padres, así de simple. Pobres los hijos de esas personas, porque ese tipo de rechazo reverbera una y otra vez, como el eco en un desfiladero. Gabby tenía planeado proteger a su hijo de tan siquiera experimentar el dolor de sentirse pisoteado por alguien en quien confías.

—Eh, colega, ¿de qué te vas a disfrazar en Halloween? —le preguntó Noah a Luc mientras cogía una caja de galletas del expositor y la echaba en el carro, provocando el aplauso entusiasta de su hijo.

Luc levantó ambas manos y separó bien los dedos de sus manecitas.

—¡De moztruo de laz galletaz!

—¿Eh? —La expresión de insatisfacción de Noah desinfló el entusiasmo de Luc—. ¿Y por qué no de policía, futbolista o superhéroe?

—Papá tonto. —Gabby le dio un codazo para apartar a Noah—. El monstruo de las galletas es un disfraz estupendo.

Y, con un suspiro, añadió:

—Además de calentito.

—Tarde o temprano tendrá que dejar los animalitos de peluche y hacerse un hombre, Gabs —dijo Noah en voz baja.

Al menos no lo había dicho en voz alta para no seguir hiriendo el pequeño ego de su hijo. Tuvo que contenerse para no soltarle a Noah que antes tendría que aprender esa lección él mismo.

—Quizá el año que viene prefieras comprarle tú mismo el disfraz y salir con él a por caramelos, ¿no?

Noah se sonrojó, algo que ella sabía que pasaría, de la misma forma que sabía que se mostraría esquivo y jamás se comprometería a hacerlo, al menos no con tanto tiempo de antelación.

Como suponía, esbozó su mejor sonrisa.

—Echaba de menos esa lengua viperina tuya, Gabs... y todas las cosas que solías hacerme con ella.

Ahora le tocaba a ella sonrojarse. Noah jamás había ocultado que estaba interesado en volver a tener relaciones sexuales con ella, pero Gabs jamás volvería a arriesgar su corazón, o el de Luc, con él.

Hasta donde sabía, él no había cambiado nada en tres años, pero ella sí.

—Ahora la utilizo para decir adiós. Tengo cosas que hacer, Noah. Nos vemos.

—Sí, ignórame ahora, pero sabes que tarde o temprano tú y yo nos besaremos y recuperaremos el tiempo perdido. Después de todo, nosotros —dijo, dibujando un círculo entre él, Luc y ella— somos familia.

El tono posesivo de su voz la cogió tan por sorpresa que se le quedó la mente en blanco. Noah, interpretando su silencio como un asentimiento, le guiñó un ojo y se dirigió a las cajas.

Cuando por fin le dio la espalda, Gabby devolvió las Oreo al expositor y se preparó para soportar los gemidos de disgusto de Luc. Su hijo dejó escapar uno, pero ella empujó el carrito a toda prisa por el pasillo antes de que Noah tuviera tiempo de girarse y ver la causa de la conmoción.

Veinte minutos —y, muy a su pesar, una bolsa de Oreo de naranja y chocolate— después, Gabby recorría el camino de entrada de su casa. El día, el encontronazo con Noah y la batalla que con tanta valentía había peleado y perdido con su hijo la habían agotado y hecho sentir mucho más mayor, que no más sabia, que sus veintidós años.

Ya había anochecido, pero las sombras del jardín parecían diferentes. Parpadeó varias veces. En el jardín interior, debajo del manzano, vio cómo Jackson dejaba sus herramientas junto a un parque de juegos.

El parque de juegos de Luc.

La gratitud subió más rápido que un refresco de burbujas tras agitar la botella. ¿Quién era aquel hombre? Apagó el motor y se llevó la mano a la base de la garganta para intentar calmar su pulso acelerado.

Jackson levantó la mirada y la saludó con la mano.

Gabby bajó de la camioneta y sacó a Luc de su sillita. Le dio la mano y lo condujo hasta la parte delantera de la cabina. De rodillas, señaló a Jackson.

—Eh, Luc, mira lo que ha construido Jackson.

Los ojos de Luc se abrieron como platos y dibujó una enorme sonrisa antes de correr hacia el tobogán, casi tropezando con sus propias piernas.

—¡Eh, colega! Despacio, no te vayas a caer.

Se echó a reír al ver a Luc tirarse en picado hasta la base del tobogán y luego intentar escalar por él. Jackson, a la velocidad del rayo, se puso junto a Luc.

—Quizá deberías usar las escaleras, Luc.

Su sonrisa se hizo más grande cuando Luc rodeó corriendo el parque de juegos gritando de alegría.

Quien dijera que Tom Cruise tenía la mejor sonrisa del mundo era porque jamás había visto sonreír a Jackson St. James. Hasta sus ojos se arrugaron de alegría esta vez. Impresionante.

Jamás nadie había hecho algo tan generoso por ella ni por su hijo sin esperar nada a cambio. De alguna forma, sin ni siquiera preguntar, sabía que aquel regalo de Jackson venía sin ataduras de ningún tipo, algo tan raro e inesperado como la nieve en Florida o encontrar un trébol de cuatro hojas.

La calma la abandonó y lágrimas efervescentes, cálidas y de felicidad brotaron de sus ojos. Sin pensar en nada, caminó hasta Jackson y lo abrazó por la cintura.

—¡Gracias!

Apretó su mejilla contra la de él durante un segundo —tiempo suficiente para escuchar el latido entrecortado de su corazón—, luego lo soltó y dio un paso atrás, algo desorientada.

Incluso en la penumbra, pudo ver las mejillas de Jackson teñirse de rojo. Él se frotó la coronilla, señal de modestia.

—No ha sido nada.

Ella no pudo evitar pensar que Jackson no tenía ni la más mínima idea de lo increíble que era, ni de lo extraordinario que había sido su regalo.

—Sinceramente, esto es lo más bonito que alguien ha hecho por Luc o por mí. —Sus ojos se volvieron a empeñar—. ¿Qué puedo hacer para pagártelo?

—Me gusta mantenerme ocupado. —Hizo un gesto con la mano como para quitarle importancia—. Me ha permitido mantenerme ocupado hoy.

Gabby puso los ojos en blanco mientras se reía.

—Como si no pudieras encontrar nada mejor que hacer hoy que montar este columpio.

El grito repentino de dolor de Luc hizo que los dos se giraran en su dirección. Se había deslizado por el tobogán a demasiada velocidad y se había caído de cara.

En menos de un segundo, Gabby ya estaba de rodillas junto a él, le había quitado una brizna o dos de hierba de la frente y le había dado un beso en la herida.

—No ha pasado nada, cariño. Ahora, ¿qué se le dice a Jackson por el magnífico trabajo que ha hecho hoy?

Luc se aferró a su camisa y miró a Jackson a través de sus pestañas mojadas.

—Graziaz.

—De nada. Quizá mañana podríamos enseñarle a tu madre lo alto que puedes llegar en el columpio. —Le dio un empujoncito al columpio vacío y levantó las manos a la altura de su pecho—. ¿Quizá hasta aquí?

Luc negó con la cabeza.

—¡Maz arto!

—¡Vale! Sabía que eras un tipo duro.

Entonces Jackson le enseño a chocar los puños.

Gabby sabía que estaba mirando boquiabierta a Jackson, ¿pero cómo evitarlo? Esa misma tarde el padre de Luc había creído ser «el hombre» solo por haberle dado una caja de galletas, mientras Jackson había estado montando el parque de juegos y después hablaba relajadamente con el pequeño.

Si fuera una persona desconfiada, el gran gesto de Jackson habría puesto fin a todo tipo de bandera roja. Afortunadamente, no era especialmente desconfiada. En el fondo, creía que, en esencia, todo el mundo era bueno y sincero. En veinticuatro horas, Jackson ya había demostrado ser ambas cosas e incluso mucho más.

—Si tu madre nos da permiso, veremos lo alto que puedes volar.

Le guiñó un ojo a Luc y cogió la caja de herramientas del suelo. Mirando de refilón a Gabby, dijo:

—Hora de meterme en la ducha.

—Jackson —dijo Gabby agarrándolo por el antebrazo—, al menos únete a nosotros para la cena. Asado de cerdo, zanahorias y compota de manzana casera.

La mirada de Jackson no se apartaba de su mano, que permanecía sobre su brazo. La aprensión parecía haber asumido el control de su cuerpo, tensando sus músculos. Cuando sus ojos se volvieron a encontrar, ella contuvo la respiración hasta que él suspiró y sonrió.

—Suena delicioso, gracias.

—Te veo en una hora. Entra directamente por la puerta de la cocina.

Jackson asintió sin decir nada más y se alejó camino de su apartamento. Ella lo vio alejarse y, cuando desapareció de su vista, se dio la vuelta y dejó que la sonrisa de satisfacción que había estado conteniendo por fin se mostrara en todo su esplendor. Aunque no tuviera el más mínimo sentido, se aferró a su loco enamoramiento. Hacía mucho tiempo que su corazón no cantaba esa canción y no deseaba acallarlo.

Luc se subió al columpio sobre su barriga, dejando piernas y brazos fuera, fingiendo ser un avión.

—Venga, Luc, vamos a ver si el abuelito está en casa.

Cuando lo cogió de la mano, recordó que se había dejado la compra en la camioneta.

Debería haberse preocupado por el hecho de que la presencia de Jackson hubiera desatado unas sensaciones que había enterrado hacía ya tres años. Ocultar sus impulsos le había ayudado a no perder el buen juicio estos últimos años. Buen juicio y aburrimiento.

Pensándolo bien, ¿qué mal podría hacerle buscar un poco de emoción a corto plazo?

Capítulo 4

Jackson cruzó el jardín, incómodo porque no sabía muy bien qué le había llevado a aceptar la invitación a cenar de Gabby. Quizá se debiera a los meses que llevaba sin disfrutar de una buena comida casera. O a que la gratitud de Gabby y Luc habían restaurado una fracción de su oxidada sensación de bienestar. O quizá, simplemente, a no saber qué hacer durante las próximas horas.

Admitir esta última parte le dio escalofríos y se preguntó cuándo se había convertido en ese tipo sin objetivos. Tragarse el orgullo resultaba más corrosivo que beberse una botella de *whisky* barato, algo que aún le tentaba en esos momentos. Se le hizo la boca agua en respuesta a la opción fácil de tirarse en el sofá con una buena copa —o más— de *whisky* para ahuyentar su estrés, su resentimiento, su soledad y cualquier inquietud.

A diferencia de lo que opinaban los demás, no estaba en contra del entumecimiento como mecanismo de enfrentamiento. ¿Qué tenía de malo suavizar el dolor de los golpes bajos que te infringe la vida? El entumecimiento ayuda al hombre a sanar. Es solo que a él le costaba curarse.

Daba igual lo que pensara su familia o el resto de la gente, el alcohol solo había sido su elección, no su vicio. Además, parecía bastante hipócrita por parte de la sociedad tragar Trankimazin y oxicodona como si fueran caramelos, mientras menospreciaba con santurronería a un hombre que valoraba los beneficios del *bourbon*.

Una fría brisa de otoño clavó sus dientes en los hombros de Jackson. Algunos árboles todavía conservaban un puñado de hojas susurrantes sobre su cabeza. Un rayo transformó el rugido apagado de los árboles grises en armaduras plateadas, creando un ejército de soldados que protegían la casa de los Bouchard.

Resultaba curioso lo intenso que parecía, sonaba y sabía todo ahora.

Durante las últimas semanas, sus sentidos se habían despertado, eso sí, con algo de dolor, como esos pinchazos punzantes que sientes en las manos frías cuando las metes en agua caliente. Quizá eso explicara por qué tenía el vello de todo el cuerpo en un incómodo estado de conciencia constante. ¿Por qué no paraba de cuestionarse cada pequeña decisión? ¿Por qué la ansiedad se había arrastrado hasta su cuello como un ciempiés?

Jackson subió los dos peldaños hasta la puerta trasera. Se sopló en los nudillos antes de llamar.

Jon lo recibió con una agradable sonrisa.

—Entre.

—Gracias, señor.

Cuando entró en la cocina, quizá demasiado caldeada por el viejo horno, el aire le hizo llegar un olor dulce y salado. El aroma invadió sus fosas nasales y esa esencia hogareña le recorrió el cuerpo como una suave caricia, relajando sus tensos músculos.

—Huele genial.

Jon cerró la puerta.

—Gabby ha preparado su cerdo glaseado con jarabe de arce y mostaza. Ha tenido mucha suerte.

—Aprecio mucho su hospitalidad.

—Soy yo quien debe darle las gracias. —Jon le dio una palmadita en el hombro—. Solo con ver la montaña de madera sin marcar me daban ganas de salir corriendo. ¿Cómo ha hecho para montarlo en tan poco tiempo?

—Experiencia.

Jackson se desabrochó la chaqueta de lana. Miró hacia el pasillo cuando oyó unos pasos acercándose. Gabby apareció en la puerta con Luc a remolque.

Se había arreglado un poco desde la última vez que la había visto. Los vaqueros viejos habían dado paso a unas mallas y un jersey calentito, su pelo desordenado ahora estaba peinado en bucles largos y sueltos y se había dado un toque rosado en los labios.

Dudaba mucho que se vistiera así solo para cenar con su padre. Jackson ocultó una oleada de pura satisfacción masculina tras una discreta sonrisa.

—Eh, Jackson. —Gabby subió a Luc a su trona—. Espero que tengas hambre.

Su alegre rostro brillaba como el sol vespertino, tintando sus mejillas de tonos melocotón y rosas. Tenía que dejar de pensar en su belleza y en su frescura, pero su mente era incapaz de centrarse en nada más cada vez que la miraba.

Jackson se esforzó en devolver su pensamiento a la conversación y se dio una palmadita en el estómago.

—Siempre.

—Tome asiento —dijo Jon, señalando una de las sillas de madera que había en torno a una pequeña mesa de roble.

Mientras los Bouchard se afanaban en poner en la mesa una jarra de limonada y servir compota fresca de manzana en un cuenco comunal, Jackson aprovechó la oportunidad para estudiar la cocina, que no se había renovado desde los años setenta. Muebles laminados de madera oscura, fórmica color mostaza y suelo de vinilo. La estructura de los escasos treinta metros cuadrados de espacio era buena, solo necesitaba unas cuantas mejoras estéticas.

Sustituir la gran ventana panorámica que había sobre el fregadero y una puerta francesa al jardín cambiaría por completo el aspecto de aquella estancia. Su mente se imaginó al instante las paredes equipadas con muebles de madera reciclada, vigas decorativas en el techo, un suelo de pizarra y electrodomésticos de acero inoxidable.

—¿Y dónde se ha familiarizado con el montaje de parques de juegos? —preguntó Jon mientras acercaba su silla a la izquierda de Jackson—. ¿Tiene hijos?

—No, no tengo hijos, aunque en unos seis meses o así seré tío por primera vez.

Jackson sonrió al recordar la imagen de Vivi embarazada, lo que le había alegrado mucho a pesar de ser un recordatorio de la oportunidad de convertirse en padre que le habían robado. Dejó a un lado su furia y miró a Jon.

—Soy contratista, especializado en proyectos residenciales. Montar un parque de juegos no es nada del otro mundo, créame, pero me doy por pagado con esta cena.

El timbre del teléfono de la casa interrumpió la conversación. Gabby colocó el asado de cerdo en una tabla de corte antes de responder.

—Es para ti, papá.

Le pasó el teléfono a su padre, cortó el asado y sirvió las zanahorias asadas en otro cuenco mientras su padre hablaba con su interlocutor. Jackson se sorprendió a sí mismo admirando la eficiencia multitarea de Gabby.

Jon colgó y suspiró.

—Ha saltado la alarma en una de las casas de veraneo que cuido. Tengo que ir con la policía para echar un vistazo.

—Dejaré tu cena en el horno.

Gabby quitó su plato de la mesa.

—Gracias. —Jon miró a Jackson, encogiéndose de hombros—. Supongo que tendremos que terminar esta conversación otro día.

Entonces descolgó las llaves de su coche de un gancho que había junto a la puerta y desapareció en la oscuridad.

—¡Abu! —gritó Luc mientras golpeaba la mesa con un pequeño tenedor con el mango de goma.

—Cálmate, Luc. —Gabby se apresuró a cerrar la puerta, frotándose los brazos con las manos para entrar en calor—. Está haciendo mucho frío para estar a principios de octubre. Dentro de nada empezará a helar.

—Probablemente —respondió Jackson mientras la observaba camino de vuelta a la placa de la cocina.

Se movía con fluidez pero con determinación, imperturbable ante las interrupciones. Le hacía parecer más madura de lo que él sospechaba que sería.

—¿Necesitas ayuda?

—No, todo está controlado. Relájate.

Empezó a servir la mesa mientras canturreaba, lo que le recordó a su madre en la cocina.

Jackson había hecho las paces con su pasado o eso creía hasta que ese recuerdo concreto entró rodando en su presente como un bolo, irrumpiendo en sus pensamientos y haciéndolos volar por los aires.

Como el de Gabby, el nombre de su madre empezaba por G, Graciela. Como Gabby, se enfrentaba al mundo con una mezcla de candor y buen humor. Como con Gabby, su simple presencia tenía el don de calmarlo.

Podía gestionar un pequeño cuelgue por una chica que apenas conocía, pero lo que desde luego no podía permitirse era empezar a verla como alguien o algo... más. Más interesante, más profunda, más atractiva. Teniendo en cuenta cuántas personas en las que había creído lo habían decepcionado últimamente, pensar en ella como algo más solo demostraba su estupidez.

Si no fuera por el hecho de que Gabby parecía feliz en su compañía esa noche, habría salido corriendo para escapar de aquellos sentimientos tan desconcertantes. Como por reflejo, aquella incomodidad lo hizo desear una copa de *whisky*.

Fulminó con la mirada la jarra de limonada, aquel refresco no lo entumecería lo más mínimo. Tampoco lo ayudaría a encontrar algo que decir para que la situación resultara menos incómoda. Ni de lejos parecía ser tímida. Jackson la envidió por su aparente paz mental.

Recomponiéndose, sonrió a Gabby cuando por fin se sentó en la mesa. Después de echar compota de manzana y zanahorias en el plato de Luc, empezó a cortar el cerdo en trozos pequeñitos. Llevaba las uñas cortas y sin pintar, pero sus manos eran de movimientos gráciles. Jackson se sorprendió a sí mismo extrañamente cautivado observándola con su hijo. A pesar de su juventud, Gabby llevaba su maternidad con bastante naturalidad.

Cuando ella lo miró, trató de ocultar sus pensamientos antes de que pudiera darse cuenta. Señalando los platos humeantes, Gabby dijo:

—No me esperes. Sírvete antes de que se enfríe. Estoy acostumbrada a las cenas frías.

Aquel comentario que quizá pudiera considerarse una queja no contenía ni una pizca de resentimiento. Debía de estar acostumbrada a hacer docenas de sacrificios de ese tipo por su hijo todas las semanas. ¿De verdad habría estado tan preparado para ser padre como había creído cuando Alison le negó esa posibilidad?

Dejando las cuestiones triviales a un lado, recordar esa pérdida —y su falta de voto— lo encendía como ascuas de carbón frente a un ventilador. Jackson llenó su plato, rezando por que el glaseado de olor celestial con el que Gabby había cubierto el asado lo distrajera de sus pensamientos.

La mezcla de jarabe de arce y mostaza no lo decepcionó.

—¡Jo... —empezó Jackson antes de recordar que Luc estaba allí—, lines, Gabby, esto está delicioso!

El cumplido le valió una de sus sonrisas de medio hoyuelo.

—Gracias.

Un hombre podría hacerse adicto a esa sonrisa.

Jackson le echó unos cuantos vistazos mientras troceaba su cena y limpiaba un charco de compota de Luc sin quejarse. Observarla hacía que le surgieran miles de preguntas, pero guardó silencio, todavía incapaz de conversar con una mujer que deseaba pero a la que no trataría de seducir, a pesar de que se hubiera arreglado para él.

Sospechaba que ella también se estaría haciendo preguntas mientras se hacía un extraño silencio.

Luc solucionó el problema dándole una patada en el pie e intentado coger el gran cuenco de compota que había en el centro de la mesa.

—¡Maz!

Gabby le dedicó una mirada estrábica.

—Nada de repetir hasta que no te hayas comido la carne, amigo.

Luc, sin hacerle caso, empezó a tantear con ambas manos en un desesperado intento de alcanzar la cuchara de servir mientras gritaba:

—¡Maz, mamá!

—Debería haberte avisado de que no sería una cena tranquila.

Gabby se disculpó con Jackson con la mirada. Entonces pinchó un trozo de carne con el tenedor y empezó a hacer el avioncito.

—Rum, rum. A ver esa boca, ábrela bien para mami.

¿De verdad algún niño picaba alguna vez con ese truco? Luc, desde luego, no, pero al menos le obligaba a dejar de quejarse lo justo como para que cerrara la boca. Jackson no pudo evitar echarse a reír. Apiadándose de Gabby, Jackson se inclinó hacia Luc.

—Si no quieres comerte esa carne, me la comeré yo.

Sin previo aviso, Jackson cogió un trozo de cerdo del plato de Luc y se lo metió en la boca, chupándose después los dedos para no dejarse ni una pizca. Tanto Gabby como Luc se quedaron anonadados. Jackson levantó el brazo izquierdo y sacó músculo mientras miraba a Gabby con gran seriedad.

—¡Funciona! Eso significa que mañana voy a ganar el concurso del columpio, ¿no?

En ese momento, Gabby lo entendió.

—Eso creo. Si te comes todo el cerdo, serás muy muy fuerte.

—Yo creo que sí.

Jackson cogió otro trozo de la cena del pequeño.

Luc frunció el ceño y le dio un golpecito torpe en la mano.

—Ezo ez mío.

—Oh, ¿ahora sí lo quieres? Porque me gusta mucho.

Jackson acercó la mano por última vez a la comida de Luc, pero este apartó su plato de plástico. Entonces, con cierta bravuconería, se metió un trozo de cerdo en la boca con sus deditos mugrientos.

La pequeña victoria de Jackson dibujó una sonrisa en la cara de Gabby, lo que a su vez insufló nueva vida en sus propios pulmones. Resulta curioso lo mucho que un simple momento podía hacer por él. Jackson le guiñó un ojo a Gabby, y entonces se topó con la mirada de recelo de Luc, el pequeño no quería terminar derrotado.

—Vale, tú ganas. Tendré que encontrar otra forma de hacer crecer mis músculos.

Luc no apartaba los ojos de Jackson mientras masticaba un segundo trozo de cerdo con mirada desafiante. Jackson necesitó cada gramo de autocontrol disponible para no echarse a reír y no dejar entrever su alegría, una agradable novedad respecto a esa sensación de tensión que siempre tenía en el pecho.

—Serás un gran tío, Jackson.

Las suaves palabras de Gabby lo estremecieron y agradaron a partes iguales. Por supuesto, desconocía por completo su historia con Alison y las razones que lo habían llevado a Vermont. Cuando Vivi y David se preguntaron si su alcoholismo acabaría afectando algún día a su hijo, incluso sin ellos saberlo, habían puesto fin a su lucha interior. De hecho, lo hicieron sentir profundamente avergonzado. Esa fue la principal razón por la que decidió ceder a las exigencias de su familia para que «revaluara» sus hábitos.

Cada vez que recordaba la emboscada —eh, bueno, la intervención—, eso lo llamaba al orden. Aunque no creía que de verdad, alguna vez, hubiera sido un borracho, retrocedía cada vez que recordaba la mirada desamparada y abatida de Vivi o la firmeza que se percibía en su promesa de proteger a su hijo. El hecho de que le preocupara que Jackson se convirtiera en un hombre como su padre le hacía daño.

—¿Por qué frunces el ceño?

Gabby lo miró, con la cabeza inclinada en señal de pregunta.

—Ah, ¿pero estaba frunciendo el ceño?

Jackson se comió la última cucharada de compota y decidió dejar de ser él el tema de conversación. Aunque esperaba recuperar algún día aquel espíritu abierto que había sido su segunda piel, ahora parecía demasiado preocupado por las consecuencias.

—¿Has vivido aquí toda tu vida?

—Casi toda. Nací en Burlington. Mis bisabuelos emigraron allí desde Montreal, pero mis padres y yo nos mudamos aquí cuando tenía más o menos la edad de Luc.

Al mencionar a sus padres, Jackson cayó en el hecho de que no había visto ni oído nada sobre la señora Bouchard. Se reclinó hacia atrás y estiró las piernas, asumiendo que Gabby, al igual que él, había perdido a su madre demasiado joven.

—Mi madre murió hace unos años, así que sé lo duro que es perder a una madre, sobre todo cuando la tuya podría haberte ayudado con Luc.

—Oh, siento mucho tu pérdida, Jackson, pero mi madre no está muerta. —Ella arrugó la nariz—. Al menos no en el sentido literal de la palabra.

Antes de que Jackson pudiera seguir preguntando, Luc los interrumpió, con las mejillas brillando por la compota.

—Fin, mamá. ¡Fin!

Ella premió su plato vacío con un aplauso y lo besó en los mofletes. Cuando se lamió los labios para comprobar su dulzor, fue como si hubiera lamido el cuello de Jackson a juzgar por la reacción de todo su cuerpo.

—Buen chico, Luc. Vas a ser grande y fuerte, como Jackson.

—Como papi —dijo, felizmente ignorante de la forma en la que su madre hizo un gesto de dolor con tan solo mencionar a ese hombre.

—Ajá. —Gabby ayudó a Luc a bajar de su trona y le echó un rápido vistazo a Jackson—. Espera un segundo aquí. Voy a ponerle un vídeo para que no destroce la casa mientras nos tomamos un café.

Cuando Gabby salió de la cocina, Jackson se preguntó qué clase de hombre la podría haber abandonado o, lo que es peor, podría haber abandonado a su propio hijo. Un imbécil, por supuesto. ¿Y cómo es que una chica tan guapa y capaz se había enamorado de un imbécil? Por otra parte, el padre de Luc seguramente sería demasiado joven y estaría asustado y poco preparado. Jackson sabía de primera mano que los embarazos no deseados eran la forma más rápida de romper la magia de una relación.

Se puso en pie para hacer algo útil en vez de malgastar el tiempo molesto por un tío que ni siquiera conocía. Recogió los platos, los enjuagó y ya había empezado a llenar el lavavajillas cuando Gabby volvió.

—¡Por favor, para! Eres nuestro invitado. —Corrió hacia él y lo apartó—. No tienes que fregar los platos.

—Seguro que conoces la principal norma en una cocina: el cocinero no limpia. —Jackson señaló con la cabeza la bandeja del horno—. Dame esa fuente. Hago maravillas con el estropajo.

Gabby esbozó una sonrisa y siguió sus órdenes.

—No lo dudo. —Cogió un paño de cocina limpio—. Yo me encargo de secar.

Gabby apoyó la cadera en la encimera y, con una sonrisa en la cara, esperó en un silencio amistoso. En vez de intentar deshacerse de esa sensación de comodidad que ella le inspiraba, decidió disfrutar del momento.

Sumergió la bandeja en agua caliente, imaginándosela en la cocina noche tras noche, preparando la comida y limpiando para su hijo y su padre. Debía de ser agotador y, a veces, solitario. Una vez más, no pudo evitar preguntarse por el padre de Luc y si Gabby lo echaría de menos o estaría resentida con él.

Al darse cuenta de que solo estaría unos días en la ciudad, decidió curiosear.

—Tengo que preguntarlo, pero no tienes que responderme si no quieres. ¿Dónde está el padre de Luc?

Jackson mantuvo la mirada fija en la bandeja mientras la frotaba para dejarle algo de intimidad a pesar del interrogatorio al que la estaba sometiendo.

—Anda por aquí, sí. —Un largo suspiro precedió a la avalancha de palabras que vino después—. Solo tenía dieciocho años cuando me quedé embarazada. Él tenía veintiuno y no quería ser padre. Cuando por fin nació Luc, empezó a interesarse un poco, pero no es lo que se podría decir un padre «comprometido».

Gabby se encogió de hombros y añadió:

—A mí me va bien. Lo único que necesito de él es la promesa de que no se va a meter en cómo educo a mi hijo. Eso complicaría bastante mi vida y, sinceramente, es algo que me preocupa. En general, nuestro acuerdo informal parece irle bien también a él, así que bien está lo que bien acaba, ¿no?

Su forzada sonrisa no ocultó por completo lo que Jackson supuso que era un sentimiento muy arraigado de decepción, no tanto por ella, sino por Luc.

Le pasó la bandeja a Gabby para que la secara. Aunque no diría que aplaudía su alegría por limitar el papel del padre de Luc, no podía evitar respetar su fortaleza.

—Mereces todo mi respeto. Pocas mujeres en tu lugar habrían hecho lo que tú.

Mujeres como Alison. Una vez más, el frío recuerdo de su escalofriante mensaje de texto en el que le notificaba que había abortado a pesar de sus súplicas le recorrió las venas cauterizándolas a su paso.

¿Por qué Alison no podía haber sido más como Gabby en vez de como el inútil del padre de Luc? En momentos así, Jackson no podía recordar por qué demonios había llegado a convencerse a sí mismo de que estaba enamorado de aquella mujer. Quizá Gabby se sintiera igual respecto al padre de Luc. Sea como sea, su estado de ánimo empezó a marchitarse.

—Consideré la posibilidad de darlo en adopción, pero para cuando iba a dar a luz ya no había ninguna otra opción para mí. — El suspiro femenino de Gabby lo sacó de sus recuerdos macabros—. Dios me prohibió que fuera como mi madre.

Tras haber invadido ya su privacidad sobre el padre de Luc, decidió no seguir presionando sobre su madre «muerta no en el sentido literal de la palabra» y optó por esperar y ver.

Durante un brevísimo instante, bajó la guardia y la luz de sus ojos se atenuó. Reconoció esa sensación desoladora de traición, pero no se le ocurrió nada que pudiera hacer o decir para reconfortarla.

Después de todo, su método favorito por defecto —una botella y un vaso de tubo— no había funcionado demasiado bien.

Gabby dejó la bandeja seca en la encimera y lo miró, de frente, como parecía hacerlo con casi todo. En un momento de pura envidia, Jackson descubrió que su coraje era mucho más que impresionante.

—Nos abandonó a mi padre y a mí justo antes de mi decimosexto cumpleaños. Todo empezó cuando le diagnosticaron un caso severo de herpes zóster. Luego tuvo complicaciones, concretamente neuralgia postherpética, y sufrió un intenso dolor neurológico durante meses, así que el médico le recetó calmantes, pero acabó enganchada. Cuando la enfermedad empezó a remitir y se los dejaron de recetar, encontró otras formas de conseguir las pastillas en el pueblo. Con el tiempo, esos camellos la llevaron a la heroína, que es más barata. Cuando mi padre se plantó por fin, ella prefirió esa vida a la rehabilitación y a nosotros. Es un asco porque una parte de mí siempre se preguntará por qué, dónde está y si algún día volverá a mi vida en mejores circunstancias.

—¿Y qué harías si se pusiera en contacto contigo?

Jackson sabía que su pregunta tenía tanto que ver con su propia situación como con la de ella.

—No lo sé. —Entonces arrugó la frente—. Tengo buenos recuerdos de antes de que enfermara, pero aquellos últimos años fueron feos, así que cuando por fin se fue, casi que me sentí aliviada.

Gabby hizo una mueca antes de continuar:

—¿Soy mala persona por sentirme así? Porque el alivio fue, al menos, equiparable al dolor. Echo de menos a la mujer que fue, pero no echo nada de menos esa preocupación diaria. Una vez que pasaron la conmoción y la pena, recuperamos la paz en casa, excepto las contadas veces en que me porté mal.

Se encogió de hombros, arrepentida.

Tras aquel desahogo emocional, Jackson se esforzó por mantener una expresión serena, pero, por dentro, el estómago se le había hecho un nudo. ¿Habrían sentido David, Vivi, Cat y Hank algún tipo de alivio en su ausencia?

¿Había estado tan absorto en su propio dolor que ni siquiera había sido capaz de reconocer que quizá era él quien estaba provocando el dolor de los suyos?

—Entonces, ¿no quieres verla?

Tras una pausa pronunciada, Gabby suspiró, con la mirada perdida en algún punto distante mientras hablaba.

—Por lo general, suelo creer en las segundas oportunidades, pero, en este caso, no estoy segura. De todas formas, no merece la pena ni siquiera planteárselo porque eso es algo que nunca va a pasar. —En su último comentario, se podía percibir un punto de tristeza—. Lo más importante que me enseñó esa experiencia es que tengo que ser una madre de la que Luc siempre se pueda sentir orgulloso. Una con la que pueda contar. No dejaré que le haga daño alguien en quien debiera poder confiar. Incluso si esa persona es su propio padre.

La mirada de Gabby se volvió a centrar en él.

—Estás pálido. ¿Tanto te horroriza mi sórdida historia familiar?

¿Pálido? Eso era mejor que el rojo sangre, que era lo que habría cabido esperar teniendo en cuenta el aumento de su temperatura corporal. Una inapropiada oleada de ira recorrió su cuerpo gracias al indeseado espejo ante el que lo había colocado. Pero Gabby desconocía por completo su vida y sus secretos, así que no había manera de que supiera hasta qué punto sus sentimientos sobre el comportamiento de su madre podían afectarle.

Su melancolía lo había llenado de preocupación, poniendo fin a su enfado. Dios, admiraba su fuerza y su sinceridad. Su resistencia le recordaba un poco a la de Vivi. Bueno, excepto por el pequeño hecho de que jamás había visto a Gabby como a una hermana.

De alguna forma, la pequeña y fiera guerrera que tenía delante de él no había perdido su alegría ni su compasión a pesar de haber sido abandonada, haberse quedado embarazada de un imbécil y llevar viviendo toda su vida en aquel pueblo. Una vergüenza más densa que el alquitrán lo tensó al comparar su relativa debilidad con la fuerza de aquella mujer.

—No eres tú. —Se aclaró la garganta—. Soy yo.

—¿Ah, sí? —Gabby frunció el ceño—. ¿Tú también tienes alguien cercano que lucha contra su adicción?

—Se podría decir así.

Giró el cuello, estudiando cada elemento de aquella habitación excepto a ella, incapaz de recordar por qué había llegado a pensar que abrir aquella puerta era un movimiento valiente. La camiseta se le pegó al cuerpo por un goteo repentino de sudor.

—Enigmático.

Esbozó una sonrisa de resignación, pero no lo presionó.

De repente, furioso consigo mismo por ser comparativamente débil y deshonesto, en un esfuerzo por merecer su respeto, buscó su mirada. Una pena que la verdad seguramente acabaría haciendo añicos su opinión sobre él.

—Según mi familia, yo soy el desastre. Estoy en este «paréntesis» porque me tendieron una emboscada y me dijeron que tenía que cambiar mis hábitos con la bebida si quería formar parte de la vida de mi sobrino o sobrina. —Jackson vio cómo se quedaba boquiabierta y, entonces, con cierta desazón, añadió—: Ya te dije que no pensarías que nuestro encuentro había sido «providencial» durante demasiado tiempo.

Gabby se había quedado en blanco al escuchar su inesperada confesión. Una confesión que explicaba la melancolía ocasional que había visto tras su sonrisa.

Buscó las palabras adecuadas mientras intentaba reconciliar aquella noticia con el hombre que la había protegido durante la tormenta, que había montado el parque de juegos de Luc, que había irrumpido en su mundana existencia y que, sin saberlo, le había hecho albergar la esperanza de que podía esperar algo más de la vida, algo mejor, a lo que ya prácticamente había renunciado.

¿Cómo aquel hombre podía parecerse en algo a su madre?

Aquella desagradable nueva percepción lo envolvió con una oscuridad que la hizo desconfiar de sus instintos. Por un día él brilló como un oasis en el desierto y, al parecer, eso era exactamente lo que siempre había sido: una fantasía, cuya rápida y repentina pérdida le dolió profundamente.

Por supuesto, a diferencia de su madre, Jackson había elegido a su familia sobre su adicción. Él había elegido intentar cambiar por amor a ellos. Y había sido honesto con ella a pesar de saber cómo podría verlo al conocer su pasado.

Al percibir que no era de los que se abrían con demasiada frecuencia, no se lo tomó a la ligera.

—Por si sirve de algo, creo que lo llevas bastante bien.

Gabby se quedó inusitadamente quieta, con el leve murmullo de la televisión de la otra habitación de fondo.

—Solo llevo aquí veinticuatro horas o tres grandes monos, según se mire. —Se metió las manos en los bolsillos—. El tiempo lo dirá.

Poco a poco, ese Jackson amable y alegre que había engañado a su hijo para que se comiera el cerdo se ocultó tras una gruesa coraza. Con la cabeza algo baja, echó un vistazo a su alrededor evitando la mirada de Gabby, con el ceño fruncido luchando por hacerse con el control de sus gestos.

Ella sabía lo duro que era exponer una verdad tan poco halagadora sobre uno mismo. Cómo debía de sentirse allí, ante ella, vulnerable, preparado para el juicio y la decepción. Exactamente como se sintió ella cuando tuvo que anunciar su embarazo no planeado.

Así que, aunque era incapaz de fingir entusiasmo o indiferencia, se esforzaría por no tratarlo con desdén.

—Y en esas veinticuatro horas has demostrado dos veces que eres una persona generosa y afectuosa. También una persona que, por supuesto, quiere lo suficiente a su familia como para hacer cambios. Así que yo apuesto por ti.

Gabby se dio cuenta de que las comisuras de los labios de Jackson se elevaron un instante, pero luego volvieron a una línea seria.

—Si no te importa, creo que esta noche no tomaré café.

Dejó caer los brazos a ambos lados de su cuerpo.

Justo entonces su padre cruzó la puerta de la cocina.

—El viento está arreciando ahí fuera. Creo que se acerca una tormenta.

—Entonces no es tan mala idea que me vaya antes de que empiece a llover. —Jackson agitó la cabeza en dirección al padre de Gabby, y una sonrisa educada sustituyó a su semblante serio—. Espero que su «emergencia» no haya sido nada.

—No faltaba nada, pero la puerta corredera trasera estaba abierta. Creo que algún jovencito de la zona sabía que la casa estaba vacía e intentó colarse dentro para beber o cosas por el estilo y salió corriendo en cuanto sonó la alarma. —Jon agitó la cabeza—. Supongo que no debería sorprenderme. La gente siempre toma malas decisiones cuando se trata de bebida y sexo.

Gabby miró a la puerta, sabía que su padre había hablado sin pensar. No era su intención insultarla, pero teniendo en cuenta su propia historia y todo sobre lo que habían estado hablando Jackson y ella, el comentario tensó los ánimos.

Su padre parecía ajeno a la tensión que se mascaba en el ambiente al acercarse al horno para coger su cena. Metió el dedo en el glaseado y lo chupó antes de mirar con entusiasmo a Jackson.

—Estaba bueno, ¿verdad?

—Riquísimo, señor. —Jackson sonrió—. Disfrute de la cena.

Gabby siguió a Jackson y se quedó en la puerta mientras él bajaba las escaleras de entrada. La luna jugaba al escondite detrás de unas nubes grises que pasaban deprisa, pero su luz se reflejaba de vez en cuando en los mechones oscuros de su pelo.

—¡Jackson!

La miró por encima del hombro.

—¿Sí?

—Gracias por confiar en mí...

No sabía muy bien cómo acabar la frase.

Jackson se limitó a hacer un gesto con la cabeza y a dirigirse con paso ligero al garaje.

—¡Cierra la puerta! Hace frío —gritó su padre desde la mesa.

Gabby dudaba que el calor de la cocina pudiera descongelar la esperanza que todavía albergaba en su corazón, pero cerró la puerta y fue a sentarse con su padre para hacerle compañía mientras cenaba.

La revelación de Jackson no borró toda la amabilidad que le había mostrado, pero sí que hizo añicos esa imagen de hombre en el que se podía confiar que ella se había hecho de él.

Sabía que no se podía confiar en un adicto. No se debía confiar. Podía hacerle daño a ella y, lo que es más importante, a Luc. Pero todavía quería seguir creyendo en Jackson. Quería aferrarse a los sentimientos que despertaba en ella. Confirmar que él no era como su madre ni como Noah, las dos personas que más la habían decepcionado.

—¿Todo va bien?

Su padre entrecerró los ojos exigiendo una respuesta.

—Sí, ¿por qué?

—Pareces preocupada. —Dejó el tenedor en la mesa—. Jackson no te habrá faltado el respeto, ¿verdad?

—¡No, papá! Es un caballero. Ha conseguido que Luc se comiera la cena y ha fregado los platos.

Su padre arqueó una ceja, escéptico.

—No fijes tu mirada en ese hombre. Volverá a su vida dentro de un mes.

Se apresuró a señalar que, por supuesto, no había olvidado que se marcharía dentro de unas semanas, bueno, quizá no lo hubiera olvidado pero sí lo había apartado de su cabeza. Lo había ignorado por voluntad propia para convencerse a sí misma de que le bastaría con un breve flirteo.

Ese tipo de estupidez solo venía a confirmar la teoría de su padre sobre la bebida y el sexo. Como si aún fuera necesario, el estruendo de cientos de piezas de Lego cayendo al suelo puso de relieve ese hecho.

CAPÍTULO 5

Jackson oyó el zumbido del motor de un soplador de hojas. Miró por la ventana de su apartamento y vio a Gabby apartando las hojas del camino de entrada para que terminaran aterrizando en la extensión de césped. ¿Por qué haría eso?

Podía ayudarla, pero dudó al pensar que sería mejor guardar las distancias. Desde la conversación que habían mantenido en la cocina hacía dos días, había estado incómodo. Incómodo por lo que le había contado. Incómodo por la atracción que sentía por ella. Incómodo por todo, incluido por lo que quiera que se suponía que había ido a hacer en Vermont.

Aparte de respetar la promesa de jugar con Luc en el columpio, había mantenido su contacto con Gabby más o menos al mínimo. Tras alejarse de la ventana, se sirvió otra taza de café y le echó un vistazo al largo correo que Hank le había enviado sobre dos de sus mayores proyectos de reforma.

Cada vez más nervioso, cogió las viejas botas de senderismo que había metido en la maleta. Subir a buen ritmo la parte cercana del sendero de los Apalaches sería una forma saludable de quemar aquella tensión. Al menos así pasarían dos o tres horas del día, lo que también significaría mucho menos tiempo para obsesionarse con sus problemas o para sucumbir y beberse una cerveza fría.

Se estaba haciendo una doble lazada cuando oyó un fuerte estruendo procedente del exterior. Se levantó de la silla de la cocina y se acercó a la ventana a tiempo para ver a Gabby subiéndose con cuidado a una escalera extensible con dos cubos en las manos. Por el amor de Dios, una leve racha de viento y acabaría volando. *¡Se acabó lo de irme de senderismo!*

Corrió a la puerta y bajó las escaleras.

—¡Eh! Espera.

Gabby se quedó inmóvil, con las cejas arqueadas, y miró hacia abajo.

—¿Qué pasa?

Jackson sujetó la escalera para estabilizarla.

—No deberías subirte ahí. Es peligroso.

—Sé lo que me hago.

Gabby le dedicó una sonrisa condescendiente antes de subir otro peldaño. Aunque, en otras circunstancias, le habría encantado quedarse allí, admirando su redondo trasero, no quería que subiera más alto.

—Gabby.

Ella resopló.

—¿Qué?

Jackson se frotó la cara con una mano.

—Puede que sepas lo que haces, pero me estás poniendo nervioso.

—Pues entonces no mires, pero yo tengo que limpiar el canalón. Hoy es el día perfecto: poco viento y sol.

—Vale. —Podía entender su razonamiento—. Entonces baja y termina con las hojas. Yo me encargaré del canalón.

Gabby abrió y cerró la boca y, entonces, frunció el ceño.

—No me digas que eres machista.

—Estoy seguro de que lo que querías decir es «Gracias por ser tan caballeroso».

Jackson sonrió porque no quería seguir discutiendo mientras ella seguía encaramada a una escalerilla varios metros por encima de su cabeza.

Al menos se había reído.

—¿Lo dices en serio? ¿Te estoy poniendo nervioso?

—Sí, lo digo muy en serio. Por favor, yo me subo a escaleras y me cuelgo de vigas prácticamente todos los días. Déjame hacerlo.

—Vale.

Gabby se bajó de las escaleras. Tras dejar los cubos en el suelo, se quitó los guantes.

—Dudo mucho que te quepan estos, pero necesitarás ponerte algo si vas a quitar el barro.

—Tengo mis guantes de trabajo en el coche, gracias.

—Entonces parece que tienes todo lo que necesitas.

Gabby parecía ofendida y eso lo confundía. Jackson se rascó la coronilla.

—Creo que te he molestado, aunque la verdad es que la respuesta habitual cuando alguien ofrece su ayuda es decir «Gracias».

—Lo siento. —Gabby apartó la mirada—. Está claro que he perdido la práctica.

Por algún motivo, eso lo molestó. Y esa reacción lo molestó todavía más. No quería que le importara tanto que su vida pareciera difícil y solitaria. Bastante tenía él con sus propios asuntos. Pero, a pesar de todo, parecía una chica que se merecía mucho más de lo que la vida le estaba ofreciendo.

Cuando él tenía su edad, acababa de terminar la universidad, recibía su salario y vivía la vida despreocupada de un joven soltero. Nunca le habían faltado ni amigos ni diversión. En los pocos días que llevaba en Vermont, no había visto la más mínima prueba de que ella tuviera esas cosas en su vida. De hecho, se preguntaba si recordaría cómo divertirse. Entonces, el diablillo de su hombro le susurró que quizá él podría enseñarle lo que era pasárselo bien.

—Perdonada.

Jackson se disculpó para ir a buscar sus guantes antes de que ella hiciera alguna estupidez, y entonces se subió a la escalera y empezó con el desagradable proceso de limpiar el canalón.

Mientras él trabajaba, Gabby volvió a soplar las hojas. No hablaron durante un buen rato. Cuando Gabby desapareció, Jackson se preguntó dónde se había ido hasta que oyó el motor de una cortadora de césped.

Miró por encima de su hombro y la vio empujando un cortacésped triturador en dirección a la casa. Se quedó inmóvil sobre la escalera, rezando para que no lo tirara con aquel trasto.

Empezó a cortar la hierba de forma sistemática, en rayas perfectas, parando de vez en cuando para rastrillar la zona cortada y volver a cubrirla con las hojas que pudieran quedar. Entonces, atacó un enorme montón de hojas con el cortacésped, metió las restantes en una carretilla con ayuda de una pala y se las llevó al jardín para esparcirlas por allí.

Una vez más, Jackson tuvo la oportunidad de ver lo laboriosa que era. Incluso podría jurar que la había visto sonreír en algún momento. Dudaba que Alison ni ninguna otra mujer con la que hubiera salido alguna vez hubiera sonreído mientras acolchaba la tierra... si es que sabían siquiera en qué consistía esa tarea. Lo absurdo de aquella situación hizo que Jackson sonriera, y entonces se dio cuenta de que había sonreído más en los últimos días que en más tiempo de lo que podía recordar.

Cuando acabó con el canalón, plegó la escalera y dejó todo en el garaje. Antes de que él acabara, ella entró con la carretilla vacía.

—¿No te gusta el acolchado de corteza? —preguntó Jackson mientras se quitaba los guantes.

—Las hojas son gratis. —Gabby se encogió de hombros—. Cada céntimo cuenta.

Jackson asintió con la cabeza, aunque, la verdad, jamás había tenido problemas económicos. Al menos, hasta esa maldita demanda.

—Escucha, Jackson, siento mucho si antes he parecido un poco desagradecida. Valoro mucho tu ayuda. Ahora tengo tiempo de llamar a Trax Farms para preguntar por la entrega de las balas de heno que quiero para nuestra pequeña fiesta de Halloween antes de recoger a Luc de la guardería.

Jackson oyó casi todo lo que había dicho, pero su mente se había quedado atascada en…

—¿Balas de heno?

Los ojos de Gabby brillaron como los de un diablillo.

—Quiero construir un pequeño laberinto para los niños allí. Haremos la tradicional pesca de manzanas y todo eso. ¡Deberías venir! Eso sí, el disfraz es obligatorio.

—Mucho trabajo…

—Valdrá la pena. —Gabby sonrió—. De todas formas, tengo que irme a preparar la cena y meter la ropa en la lavadora, nos vemos luego.

Trabajo, trabajo, trabajo. ¿Alguna vez se cansaba o sentía resentimiento?

—Pues como ya sabes, yo tengo un montón de tiempo libre. Si necesitas que te eche una mano, solo tienes que pedirlo.

—Gracias, pero...

Se quedó en silencio, inusitadamente insegura.

—¿Pero?

—Me preocupa que aceptar tu ayuda una y otra vez haga que todo resulte más difícil cuando te vayas. Ya sabes, como se suele decir, no se echa de menos lo que nunca se ha tenido. Como el dinero, supongo. Imagino que resulta más fácil ser pobre cuando siempre lo has sido, que perder todo tu dinero de repente y tener que seguir adelante sin todo aquello que solías dar por sentado.

Su voz fue a la deriva, seguramente al mismo punto distante que se reflejaba en sus bonitos ojos.

A Jackson le llevó un segundo adicional o dos seguir su lógica, pero al final lo entendió, aunque le fastidiara. No quería hacer que las cosas fueran más difíciles para ella, así que decidió ceder.

—¿Es esa tu forma educada de decirme que me guarde mi caballerosidad?

Gabby sonrió y sus bonitos hoyuelos ocuparon su lugar.

—Exactamente.

En realidad, al diablo todo. Lo que ella necesitaba era alguien que la sacudiera y le recordara que había cosas igual de importantes que sus malditas responsabilidades.

Dudó antes de decir:

—Quizá esto pueda sonar un poco fuera de lugar, pero me disgusta verte tan dispuesta a conformarte con la soledad, sin nadie que te ayude.

—No estoy sola. —Gabby parecía realmente conforme—. Tengo a Luc, y mi padre me ayuda mucho ofreciéndonos un lugar seguro y gratuito para vivir.

—Eres tan joven. ¿Qué pasa con la espontaneidad? ¿Qué pasa con salir y conocer a alguien, ir a bailar o al cine? ¿Qué pasa con los amigos que te echan una mano y aligeran tu carga? ¡Haz que el padre de Luc asuma más responsabilidad para que puedas disfrutar de la vida!

Entonces se detuvo, consciente de que su tono había sido más brusco de lo que pretendía. Agitó la cabeza, inquieto. Un solo vistazo a su rostro enrojecido le dejó claro que había ido demasiado lejos.

—No quiero que el padre de Luc asuma más responsabilidades, gracias. Además, creía que habías venido a Vermont a arreglar tus asuntos. —Arqueó una ceja—. ¿O es esta una de esas historias de miserias compartidas en las que tu situación de mierda parece mejor cuando te centras en lo que tú crees que son mis problemas?

—Eh, no me merezco eso.

Quizá se hubiera entrometido, pero no creía haber dicho nada que pudiera haberla ofendido.

—No necesito que precisamente tú me analices, alguien a quien apenas conozco y que, al parecer, ha dejado que la «diversión» controle su vida hasta el punto de que su familia le diera un ultimátum. —En cuanto acabó la frase sus ojos se abrieron como platos, como si estuviera arrepentida de la reprimenda—. Jackson, lo siento mucho. No quería...

—No importa. —Se despidió con la mano—. Creo que volveré a mi plan inicial de hacer senderismo hasta que te vi encaramada a la escalera.

Antes de que Gabby pudiera decir algo más, se fue del garaje, enfadado con ella, pero aún más consigo mismo. De todas formas, ¿qué diablos le había llevado a iniciar aquella conversación?

Maldita sea, necesitaba una copa.

Gabby estaba sentada cerca de la ventana del salón, viendo cómo el Jeep de Jackson entraba en la propiedad. Le habría gustado no estar tan pendiente de sus idas y venidas desde su discusión de la semana pasada. Después de echarle en cara su problema con la bebida, deseó haberse mordido la lengua. ¿Lo habrían alejado sus feas palabras? ¿Habría puesto en riesgo de alguna forma su recuperación?

Los omnipresentes tentáculos de la ansiedad que tanto conocía desde su adolescencia —aquellas largas horas pasadas estudiando el estado de ánimo y el comportamiento de su madre para poder predecir cuándo estaba de subidón o al borde del desmayo— habían vuelto con fuerza.

El resentimiento hacia Jackson se había exacerbado por haber traído de vuelta a su vida aquella carga, aunque quizá fuera injusto por su parte, teniendo en cuenta que él no le había pedido su preocupación ni le debía nada. Con todo, le preocupaba que hubiera vuelto a beber y rezaba por que no lo hubiera hecho. Lo más preocupante es que, a pesar de que no tenía por qué involucrarse en aquel drama, quería ayudarlo a evitar la tentación.

Su mente volvió a aquel agradable día en que Jackson había estado jugando con Luc en el parque de juegos. Gabby los había estado observando desde la distancia, escuchando los gritos de emoción de su hijo. Ella se quedó en el jardín, recolectando algunas calabazas y encargándose de su plantel de verduras otoñales, aunque su pensamiento seguía enredado en una buena dosis de atracción imposible y algo de curiosidad por si Jackson sería capaz de superar su adicción.

Ver a Luc cobrar vida ante la total atención de Jackson había plantado un nudo agridulce de emoción en el pecho de Gabby.

Por supuesto, le había encantado oír aquella mezcla de risas y trinos. Luc había vibrado de felicidad bajo el brillante sol de octubre. Incluso Jackson había apilado un montón de hojas al final del tobogán para que Luc pudiera tirarse con entusiasmo una y otra vez al grito de «¡Otra vez!», como si cada nuevo intento fuera una experiencia totalmente diferente.

Incluso el recuerdo de la cara atolondrada y quemada por el viento de su hijo todavía la hacía sonreír.

Pero el hecho de que fuera Jackson en vez de Noah el que jugara con Luc hurgaba aún más en sus propias heridas. Tenía que reconocer que, a pesar de su inmenso amor, Luc crecería como ella, pudiendo confiar tan solo en uno de sus padres. Que nada de lo que pudiera hacer podría llenar aquel pequeño vacío en su corazón que le haría preguntarse una y otra vez por qué su padre nunca lo había querido lo suficiente.

Y lo que es peor, se dio cuenta de que, a pesar de las muchas y persuasivas mentiras que había usado para convencerse a sí misma de lo contrario, Luc necesitaba un padre. Un hombre entregado a la paternidad, justo lo opuesto de ese padre biológico suyo que se dejaba caer por allí de vez en cuando para invitar a su hijo a un helado.

Y dejando a un lado el hecho de que era guapísimo y sus destellos de humor, Jackson jamás sería ese hombre. No vivía allí, tenía un problema con la bebida y —oh, sí— jamás había dado muestras de tener el más mínimo interés por ejercer ese papel.

Desde aquella discusión, había restringido sus encuentros a pequeñas charlas sobre las mejores rutas de senderismo o los restaurantes del pueblo. De vez en cuando, Luc lo había arrastrado a un breve pilla pilla, pero entonces se disculpaba y se iba antes de que la conversación se volviera más personal.

Quizá lo había ahuyentado o puede que simplemente no quisiera compartir su lucha personal con ella. En cualquier caso, la había dejado con una mezcla caótica de ansiedad y deseo.

—¿Qué haces?

La mirada incrédula de su padre la hizo sentir avergonzada.

—Nada. El coche de Jackson ha atraído mi atención, eso es todo.

Su padre refunfuñó intencionadamente, así que ella optó por evitar su mirada.

—Me paró ayer y se ofreció para arreglar los trozos de madera podrida de la casa.

—¿Ah, sí? —Gabby se sentó más recta y luchó por no fruncir el ceño—. ¿Nos lo podemos permitir? Creía que íbamos a reservar su alquiler para pagar la guardería de Luc.

Su padre agitó las manos.

—Dijo que lo haría gratis. Solo tendría que pagar por los materiales, que él puede comprar a un mayorista.

—¿Eso ha dicho?

Con el ceño fruncido, apartó varias piezas de un juego de construcción con los dedos de los pies. ¿Sería de verdad así de generoso o simplemente le daba pena su humilde presupuesto? ¿Acaso le darían pena ella y su triste vida?

—Dice que le gusta mantenerse ocupado. —Su padre cogió el mando a distancia y encendió la televisión—. Me parece que tiene muchas cosas en la cabeza. A algunos hombres les gusta sentarse y pensar en sus problemas, pero otros necesitan mantenerse activos.

Gabby no le había contado a su padre nada sobre la confesión de Jackson, principalmente porque intuía que necesitaba algo de intimidad. Como aquello no suponía ninguna amenaza para su padre, no había razón para compartir con él esa revelación.

—¿Deberíamos aprovecharnos de esa forma?

Gabby repiqueteó con las uñas mientras pensaba.

—Tampoco es que yo le haya pedido ayuda. Se ha ofrecido. Quiere hacerlo. —Jon tiró de la palanca del viejo sillón reclinable, cogió el mando a distancia y se acomodó—. Los Patriots contra los Giants en cuarenta minutos.

Gabby se solía acomodar a su lado para ver juntos el partido. Solían hacer palomitas y abrir unas cervezas, pero la inquietud se apoderó de ella. La diatriba de Jackson volvió a su mente, haciendo que pensara en esa socialización de la que rara vez disfrutaba. Quizá tuviera razón. Para alguien de su edad, había pasado demasiado tiempo en aquel salón. Aunque no cambiaría a Luc por una vida de diversión, sí que echaba de menos la espontaneidad con que vivía antes de la maternidad.

—Si consigo dormir a Luc, ¿te importaría que me fuera al Mullingan's para ver la primera parte del partido con Tess? —Se mantuvo de pie, enviando a su padre una mirada esperanzada—. Estaré de vuelta para cuando Luc se despierte.

—¿Me podrías preparar un sándwich antes?

Su sonrisa pícara siempre la había hecho sonreír. Su padre era su roca y jamás había subestimado hasta qué punto su amor y su aceptación le habían permitido tener un techo sobre la cabeza de Luc y comida en su estómago.

—Vale. —Gabby acarició su antebrazo cuando pasó a su lado camino de la cocina—. Gracias, papá.

Gabby llegó al bar justo antes del saque, ataviada con su sudadera favorita de los Patriots y unos vaqueros desgastados. Experimentó un pico de energía ante la expectativa de ver el partido con más gente. Además, su amiga Tess siempre se ofrecía para atender la barra los días de partido porque le daban buenas propinas. La gente borracha también tendía a hablar mucho y muy alto, así que Tess siempre se enteraba de los cotilleos más jugosos, de manera que pondría al día a Gabby.

Cuando entró en el bar, el estruendo de los comentaristas deportivos hablando por encima del escándalo de fondo de un estadio abarrotado bramó en sus oídos. Mientras se abría paso entre los allí reunidos, saludó a Tess con la mano camino de la barra.

El interior del Mulligan's imitaba de alguna forma a la cadena Applebee, con sus grandes ventanas, sus mesas alrededor de una barra cuadrada en el centro de la habitación y varias televisiones reproduciendo al mismo tiempo. Limpio, agradable, siempre con la misma calidad, todo lo que se necesita en un *pub* de pueblo.

—No esperaba verte hoy. —Tess sonrió mientras llenaba una jarra de cerveza en el grifo—. ¿Qué te pongo?

El griterío repentino de los clientes por una decisión de un árbitro asustó a ambas mujeres.

—Bud Light, patatas asadas y el chismorreo más jugoso del que dispongas.

Gabby dejó quince preciados dólares en la barra y se acomodó en uno de los últimos taburetes libres. Ambas observaron cómo los Pats avanzaban cinco yardas.

—La verdad es que todo ha estado muy aburrido últimamente, pero he oído que Jan está engañando a Tim otra vez, con un jugador profesional de golf de Stratton.

—¿Por qué no la deja?

Tess se encogió de hombros.

—A algunos hombres les encantan las chicas malas.

—Tim es buen tipo. Se merece algo mejor.

—Quizá debería probar suerte con él. —Tess limpió la barra de la zona de Gabby—. Ya hace un tiempo, no sé si me entiendes.

—¿Tú y Tim? Ya veo, ya. Es demasiado tranquilo para ti.

—Mira a tu alrededor, Gabs. No es que haya muchas más opciones. Es mejor aceptar lo que hay que desear lo que nunca habrá. —Tess se rio entre dientes—. Voy a traerte lo que has pedido.

Gabby rechazó la idea de aceptar el *statu quo*, incluso sentada en mitad de una barra llena de personas que conocía de toda la vida. Puede que aquel pueblo no estuviera lleno de opciones, pero había hombres como Jackson ahí fuera. Quizá debería registrarse en un servicio de citas en línea y ampliar su zona de operaciones unos cincuenta kilómetros. Por supuesto, ¿qué chico de su edad querría salir con una mujer soltera y madre que todavía vivía con su padre?

Con un suspiro, centró su atención en la televisión más cercana. Los Giants tenían la posesión del balón, lo que había impedido el primer *down* de los Pats.

Mientras esperaba su comida, echó un vistazo a la barra en busca de compañía adecuada, pero nadie en concreto le hizo querer cambiarse de sitio. La mayoría estaba acurrucada en las mesas en torno a sus jarras de cerveza. Algunos señores más mayores estaban sentados en la barra y un grupo de parejas estaba aferrado a una excelente esquina, debajo de una de las televisiones más grandes.

Su visión periférica captó a un hombre de pelo oscuro con una gorra de los New York Giants entrando en el bar. Oh, Dios mío, ese tipo se está buscando problemas. Entonces, miró hacia arriba y se quedó inmóvil. Afortunadamente, Gabby consiguió no caerse del taburete cuando los ojos color caramelo de Jackson se abrieron como platos al reconocerla.

¡Ha venido a un bar!

CAPÍTULO 6

La oscuridad se hizo a su alrededor, como una noche cerrada de luna nueva. Jackson se paró en seco, mirando a su alrededor como si, de forma milagrosa, pudiera ver a alguien más que conociera para sentarse con él. Una vez resignado, sonrió y se subió al taburete que había a la izquierda de Gabby.

—Parece que tienes la noche libre —dijo.

Seguramente debió de darse cuenta de que se había quedado mirando el logotipo de los Giants.

—¿Puedo contar contigo para defenderme aquí, en territorio enemigo?

—Haré lo que pueda, pero no prometo nada. —Gabby bebió un sorbo de su cerveza—. Tengo que decir que este es el último lugar en el que esperaba verte.

Jackson le lanzó una mirada de reprobación. Una mirada que, una vez más, le advertía de que no debía sermonearlo ni utilizar su confesión en su contra. Gabby no podía evitarlo. Haber visto a su madre perder la partida contra sus adicciones había hecho que no creyera en una auténtica rehabilitación.

Jackson, finalmente, suspiró.

—He empezado a ver el partido en la vieja televisión del apartamento, pero está lejos de ser de alta definición. Además, no es divertido ver el partido solo. Tarde o temprano tenía que ser capaz de ir a un bar sin apretar los dientes o emborracharme y... ¿por qué no hoy?

Oh. Gabby dejó que un dulce alivio recorriera sus venas. No estaba allí para beber. En realidad, tenía sentido. Si hubiera querido beber, se habría comprado unas cervezas y se habría refugiado en el apartamento. Eso es lo que siempre había hecho su madre: consumir en privado.

—Lo siento.

Gabby arrugó la nariz. Por suerte, él sonrió, aparentemente feliz de haber apaciguado sus sospechas.

—¿Podemos empezar de cero? ¿Fingir que nos acabamos de conocer o, al menos, fingir que no viste mi lado oscuro la semana pasada?

—¿Qué lado oscuro?

Jackson esbozó una sonrisa y ella se relajó, hasta que Tess le sirvió las patatas asadas.

Entonces, su autoproclamada cachonda amiga procedió a inclinarse sobre la barra para acercarse a Jackson, con sus pechos de talla D desbordando por su camiseta ajustada. Tess se quedó mirando de manera intencionada su gorra de béisbol.

—¿Quieres morir?

—Quizá.

Jackson sonrió, pero sin que esa sonrisa suya le llegara a los ojos, los mismos que se quedaron fijos en su chapa identificativa un segundo más de lo necesario.

—Tess, ¿verdad?

Gabby cogió una patata asada con la esperanza de que calmara su estómago revuelto. Ni siquiera podía culpar a Jackson por flirtear con su amiga. Tess, con su melena rubia lisa. Tess, con sus piernas largas y su falda corta. Tess, con su voz gutural. Y, por supuesto, Tess, la chica sin hijos del bar.

Nunca antes había odiado tanto el sonido del nombre de Tess. Y entonces se odió a sí misma por ser tan mezquina.

—¿Y tú eres?

Tess se apartó el pelo del hombro.

—Jackson.

—Bien, Jackson —murmuró Tess—, espero que sepas perder porque tu equipo está a punto de palmar.

—Oh, ¿en serio? —Jackson se giró hacia Gabby—. ¿Estás de acuerdo, Gabby?

Gabby se encogió de hombros y, para distraerse y dejar de estar celosa, evocó la imagen de su antiguo amor platónico.

—Tom Brady es el hombre... en todos los sentidos.

Jackson puso los ojos en blanco.

—¡Pero si es un imbécil!

—¿Celoso?

Seguro que todos los hombres envidiaban al guapo y atlético dios que era Tom Brady.

—¿De un niño bonito acusado de desinflar balones, que también plantó a su novia embarazada para irse con una supermodelo? —Jackson se echó a reír—. No, ni lo más mínimo.

Antes de que Gabby pudiera recuperarse del golpe contra su adorado héroe deportivo, Tess preguntó:

—¿Vosotros os conocéis?

—Jackson será nuestro inquilino durante las próximas semanas.

Gabby volvió a dar un trago de cerveza, incómoda con el escrutinio de Tess.

—Pues qué suerte la tuya. —Tess movió la cadera, claramente ansiosa por dar la bienvenida al recién llegado y, ahora, nada interesada por probar suerte con Tim—. Eh, Jackson, hagamos una apuesta. Si los Pats pierden, yo invito. Si los Pats ganan, me debes una cena.

Gabby casi se atraganta con la patata. Tess y ella jamás habían competido por el mismo chico, por eso nunca le había molestado su flirteo agresivo. No es que Gabby tuviera intención de liarse con Jackson, pero aun así...

—Lo de la cena no es posible —empezó—, pero si los Pats ganan, te daré una propina del cien por cien.

Otro suspiro de alivio recorrió a Gabby cuando Jackson rechazó la nada sutil invitación de su amiga.

Tess arrugó la nariz, pero no insistió.

—El frío y duro dinero no es precisamente lo que andaba buscando, pero me parece una apuesta justa. Trato hecho.

Jackson asintió con la cabeza y echó un vistazo rápido al menú.

—Empezaré con la ración de nachos más grande que tengas y —dijo, recorriendo con la mirada las botellas detrás de la barra mientras su mano formaba un puño— una zarzaparrilla.

—¿Zarzaparrilla?

Tess abrió los ojos como platos.

Gabby percibió cómo Jackson echaba los hombros un poco hacia atrás.

—Me encanta el dulce.

Tess asintió con la cabeza y luego le echó un vistazo rápido a Gabby.

—¿Quieres algo más, Gabs?

—Estoy bien, gracias. Parece que aquellos tipos de allí quieren otra jarra de cerveza.

Gabby hizo un gesto con la cabeza al otro lado de la barra, agradecida por tener una excusa legítima para alejar a Tess.

Entonces, se giró hacia Jackson y se tuvo que morder la lengua para no hacer un comentario sarcástico sobre las rubias.

—Mi padre me ha dicho que te has ofrecido para reparar la madera podrida. Primero el parque de juegos y ahora esto. Me pregunto qué piensas sobre nosotros, y sobre todos nuestros defectos.

Su pregunta le valió una mirada cortante. Jackson se giró en su taburete y se acercó lo suficiente como para que ella y solo ella pudiera escucharlo.

—Que yo sepa, tú no tienes ningún defecto, Gabby.

La mirada de Gabby bajó hasta su boca, pero entonces él se apartó.

Tamborileando con los pulgares en la barra, dijo:

—Francamente, teniendo en cuenta lo que sabes sobre mí, me sorprende que te preocupe lo que pudiera pensar, sobre todo en lo que respecta a tus defectos, de tener alguno.

Una vez más, Jackson la había dejado a la deriva. La cabeza le daba vueltas, mientras buscaba desesperadamente algo a lo que aferrarse para mantenerse a flote.

¿Por qué le importaba? Permitirse sentir algo por él, invitarlo activamente a entrar en sus pensamientos o en su corazón, la entristecería cuando se marchara, quizá antes. Si solo fueran sus sentimientos los que estuvieran en juego, asumiría el riesgo, pero el corazoncito de Luc no se merecía el infierno de un apego malgastado.

Afortunadamente, el partido de fútbol ofreció a Jackson y Gabby la excusa perfecta para salir de aquella extraña conversación. Jackson soltó un pequeño grito cuando su equipo avanzó cuarenta y tres yardas en un solo juego.

Tess reapareció con la zarzaparrilla de Jackson.

—Ahora vienen los nachos. ¿Estáis bien vosotros dos?

—Teniendo en cuenta la posición en el campo de los Giants después de esa patada de despeje, diría que estoy mejor que bien. —La sonrisa relajada de Jackson bien podría ser algún tipo de rayo láser a juzgar por la forma en la que Tess se derretía en su presencia—. De hecho, quizá debería pedirme un festín, pues parece que va a correr a cuenta de la casa.

Gabby se aclaró la garganta.

—Si tienes hambre, ve comiendo patatas.

—Gracias.

Cogió una y le dio un mordisco, lamiendo la crema agria de sus labios mientras la masticaba. No lo había hecho con la intención de provocarle un aumento repentino de la temperatura entra los muslos, pero eso era exactamente lo que le pasó. *Mierda.*

—Ahora vuelvo con tus nachos.

Tess le guiñó un ojo a Jackson, y luego pasó al siguiente cliente. Al menos dos hombres de la barra siguieron su trasero con la mirada. Normal que ganara tanto dinero los días de partido.

—Eres uno de los pocos hombres que he visto rechazar a Tess.

En cuanto esas palabras salieron de su boca, Gabby apretó los labios. Desde luego tenía que aprender a pensar antes de hablar.

—¿Y por qué suena como si eso te hubiera alegrado? ¿No te cae bien Tess?

Jackson se inclinó hacia ella, sonriente.

—Por supuesto que me cae bien Tess. Es amiga mía.

—Entonces, ¿no quieres verla conmigo?

Dibujó una sonrisa sutil que sugería que tenía fundadas sospechas sobre sus motivos.

Avergonzada, le soltó:

—¿Por qué debería preocuparme que estés con Tess o con cualquier otra?

—Dímelo tú.

Jackson se giró hacia ella de tal forma que sus rodillas rozaban los muslos de Gabby. La temperatura en la barra subió como la espuma. Su sonrisa de flirteo —al menos, hasta donde podía recordar, se trataba de ese tipo de sonrisa— le provocó un hormigueo en el torso. Jackson le tocó el brazo.

—Me alegra ver que sales de casa y te relajas un poco.

—A mí también.

Jackson parecía estar aguantando la respiración, como si estuviera sopesando sus siguientes palabras, pero se limitó a girarse de nuevo hacia la televisión.

Gabby echó de menos al instante el roce de sus rodillas contra su pierna, y se sorprendió a sí misma mirando el espacio entre ellas cuando dijo:

—No estabas del todo equivocado la semana pasada.

—Sí que lo estaba. —La miró—. Equivocado por insistir o por juzgarte. Tienes todos tus asuntos en orden y eso es más de lo que puedo decir yo. Eso no dice mucho de mí, teniendo en cuenta que soy, al menos, una década mayor que tú, aunque no más sabio.

—Quizá, en vez de machacarte por tus errores, deberías estar orgulloso de esforzarte por cambiar. Quiero decir, es bastante, ¿no crees? No es fácil cambiar. Dios sabe que me encantaría poder cambiar algunas cosas de mí misma.

Gabby le dio un mordisco a su patata para evitar mirarlo.

—¿Como qué?

Jackson entrecerró los ojos.

—Para empezar, no suelo mirar antes de saltar, como mi padre siempre me recuerda. —Gabby se encogió de hombros—. Luc es la prueba viviente de adónde me puede llevar la impulsividad.

—Algo me dice que has madurado mucho desde que te convertiste en madre.

—Eso quiero creer, pero entonces hago o digo algo estúpido por no pararme un segundo a pensar en las consecuencias.

—Yo no me preocuparía. Tu tendencia a decir exactamente lo que piensas es atractiva. Al menos, así lo veo yo.

—¿En serio?

Su cuerpo se inclinó involuntariamente hacia él.

Jackson la miró directamente a los ojos, con una mirada cálida y tranquilizadora.

—En serio.

Por encima del hombro de Jackson, Gabby vio a la última persona con la que querría hablar esa noche.

—Noah.

—Gabs.

Rodeó a Jackson y se plantó entre los dos antes de darle un beso a Gabby en la mejilla. Entonces clavó la mirada en Jackson, tratando así de medirse en algún tipo de enfrentamiento masculino. Jackson no fue consciente de ello, pero Gabby conocía a Noah.

—Eh, creo que nos conocimos la semana pasada a la hora de la cena. —Noah apoyó la mano en el respaldo de la silla de Gabby—. Estabas empapado, ¿verdad?

—Sí, así era.

Jackson se puso en guardia.

La mirada de Noah iba de la gorra de Jackson a Gabby.

—¿Por qué estás aquí alimentando al enemigo? —El tono de broma de Noah no camufló demasiado el quid de la cuestión—. Seguro que es ilegal.

Se echó a reír por su estúpido chiste de poli.

—Jackson será nuestro inquilino durante las próximas semanas —respondió Gabby.

—¿Ah, sí? —Noah esbozó una sonrisa, la misma que Gabby en su momento había encontrado adorable, pero que ahora sabía que estaba fríamente calculada—. ¿Has ido a pescar con mosca?

—No, todavía no. He estado bastante ocupado.

Jackson echó un rápido vistazo a Noah y luego se obligó a volver al partido. Todo rastro de calidez había desaparecido.

—¿Senderismo? —insistió Noah.

—Un poco.

Jackson le lanzó a Noah una mirada de soslayo antes de darle un gran mordisco con indiferencia a los nachos que Tess acababa de servir.

—Noah, deja de interrogar al chico. Está de vacaciones.

Gabby deseó poder cerrar los ojos y que Noah desapareciera.

—Lo siento. —Noah levantó las manos en señal de rendición para, a continuación, dejar caer su mano sobre el hombro de Gabby, como si ese fuera su sitio—. Bueno, ¿cómo está nuestro chico? Estaba pensando en pasarme por allí y llevarme a Luc a tomar un helado.

Jackson se encogió de dolor, pero no tanto como para atraer la atención de Noah. De hecho, al resto de clientes, Jackson les habría parecido cautivado por la pantalla. Gabs, al conocerlo mucho mejor, sí lo había detectado.

Gabby se encogió de hombros para quitarse la mano de Noah de encima.

—A Luc le encantará verte. —Y entonces, porque no podía evitarlo ni poner fin a sus estúpidos impulsos más de lo que era capaz de contener la respiración debajo de agua, añadió—: Podrías jugar con él en el columpio que ha construido Jackson.

Durante un milisegundo, Noah abrió los ojos como platos. Gabby jamás lo había visto asombrado, así que saboreó su pequeña victoria antes de que el inevitable arrepentimiento se la llevara por delante. Debería saber mejor que nadie que no se puede provocar a Noah. No solía terminar bien.

—Bien, ha sido muy amable por tu parte, Jackson. —Noah entrecerró los ojos un poco—. Ahora entiendo en qué has estado tan... ocupado.

Gabby contuvo la respiración.

Jackson echó un vistazo rápido a Noah.

—Encantado de ayudar. —Entonces el bar empezó a vitorear, y la cara de Jackson se retorció agobiado por la recuperación del balón—. ¡Mierda!

Aunque solo era el final de la primera parte, Gabby había perdido el apetito. Durante unos preciados minutos, se había vuelto a sentir como una chica soltera, flirteando con un chico guapo, pero

93

entre la presencia indeseada de Noah y Tess flirteando con Jackson, ya estaba harta de su excursión al bar. Quizá, después de todo, la comodidad y la seguridad de su salón era lo mejor para ella.

—Chicos, me ha encantado veros, pero Luc no tardará en despertarse. No quiero abusar de mi padre. —Se bajó del taburete—. Nos vemos luego.

Jackson se despidió de ella de manera despreocupada y animó a su equipo cuando bloqueó un pase largo. Cuando Noah se sentó en su taburete y llamó a Tess, Gabby vio cómo Jackson entornaba los ojos, como si rezara para que Dios le diera paciencia.

Amén, hermano.

De camino a casa, ella también entonó su propia oración. *Por favor, no dejes que Jackson crea ni una sola palabra de lo que le cuente Noah.*

Excepto por las frecuentes interrupciones de Noah y Tess, Jackson repartió su atención entre la televisión y los nachos. Sin embargo, para el final del tercer cuarto, sus esperanzas de pasar un buen rato viendo el partido se habían evaporado por completo.

Apenas recordaba los días en los que divertirse resultaba fácil. Cuando podía disfrutar de un bar, un partido, una comida, sin preocuparse. Cuando vivía el momento, sin preocupaciones, porque se creía invencible. Porque creía que el futuro era prometedor. Porque confiaba en los demás tanto como en sí mismo.

¡Ja! Porque era estúpido.

—Parece que le gustas a Tess. —Noah se tragó un puñado de frutos secos—. Yo ya he pasado por ahí, gracias, pero si te interesa, no te cortes.

Noah no era el primer tío que Jackson había conocido que alardeara de sus conquistas, pero teniendo en cuenta que apenas se conocían… Jamás habría creído que aquel imbécil pudiera ser el padre de Luc. ¿Hablaría Noah de Gabby de la misma forma?

—De hecho, es la chica perfecta para un tipo como tú.

Noah le dio otro sorbo a su cerveza y se giró hacia Jackson, quien, en un primer momento, no quiso responder a su provocación, pero ahora que el alcohol no refrenaba sus nervios, fue incapaz de dejarlo pasar.

Con forzada serenidad, se comió otro nacho antes de responder:

—¿Un tipo como yo?

—Sí. —Noah le dio una palmadita a Jackson en el brazo, como si fueran amigos desde hacía años—. Un turista que busca pasar un buen rato, no una buena chica.

Si alguien hablara alguna vez así de su hermana, acabaría con un ojo morado en menos de dos segundos. Tess no era ni de su familia ni una amiga, pero la defendería de todas formas.

—Dudo que Tess apreciara semejante elogio.

—No lo sé. —Noah sonrió con satisfacción—. Pero a juzgar por la forma en la que te mira, puede que sí.

Jackson no tenía demasiado claro cuáles podrían ser las verdaderas intenciones de Noah, pero dudaba mucho que quisiera ser su amigo. Y tampoco es que él estuviera buscando un amigo y aún menos uno como Noah.

—De todas formas, no estoy interesado.

Se comió otro nacho, deseando que Noah captara el mensaje y se fuera.

—¿En ella o en las mujeres en general?

Noah se echó a reír. El tipo tenía la mala costumbre de reírse de sus propios chistes. ¿Por qué, de todas las personas del mundo, Noah tenía que ser el ex de Gabby? El poli de un pequeño pueblo con el que era mejor no enemistarse. Con esa idea en mente, dejó pasar aquella burla.

—En lo que estoy realmente interesado es en ver el resto del partido.

Jackson volvió a fijar la mirada en la pantalla con la esperanza de que Noah perdiera el interés y se largara.

Pero él volvió a tragarse un puñado de frutos secos antes de acercarse más.

—Entonces, supongo que no tendré que preocuparme por Gabby, ¿no? Guapa como ella sola, aunque ya no tan divertida como antes. Ha perdido mucho sentido del humor desde que es madre.

Jackson no había nacido ayer. Había reconocido la estratagema de Noah: primero lo anima a ir tras Tess y ahora socava el atractivo de Gabby en un intento de desalentarlo. Solo un auténtico cretino hablaría así de la madre de su hijo para marcar su territorio. Gabby se merecía algo mejor.

Jackson debería haber dejado de pensar en cómo lo que había dicho podría afectarle a ella, pero Noah había apretado demasiados botones.

—Seguramente porque ser madre soltera no es demasiado divertido.

—No estará soltera por mucho tiempo. —Noah se acabó la cerveza de un solo trago y estudió el cuello de la botella mientras le arrancaba la etiqueta—. Éramos demasiado jóvenes como para saber qué diablos estábamos haciendo cuando se quedó embarazada, pero he podido divertirme estos últimos años. Ahora estoy preparado para sentar la cabeza.

Jackson se tuvo que morder la lengua para no soltar una palabrota.

—¿Crees que te ha estado esperando?

—No exactamente. Sé que le he hecho daño. Estábamos bien juntos antes de que naciera Luc, así que solo tengo que recordárselo. Al fin y al cabo, soy el padre de Luc.

Noah se giró hacia Jackson y, por primera vez, Jackson consideró la posibilidad de que Noah no solo estuviera tocándole las narices. A pesar de ser un completo gilipollas, quería a Gabby. Eso era algo que se podía leer en su cara, tan claro como el sol en el cielo.

—Seamos realistas. No tengo demasiada competencia en este pueblo. Además, al venir de una familia rota —continuó Noah—, Gabby siempre ha querido formar su propia familia. Aunque todavía tenga dudas sobre mí, puedo convencerla de que le dé a Luc lo que ella nunca tuvo.

Aquella admisión espontánea de su estrategia de manipulación hizo que Jackson se mordiera accidentalmente la lengua al comerse los nachos.

Tras su reacción inicial de «por encima de mi cadáver», Jackson no pudo evitar preguntarse si las afirmaciones de Noah serían verdaderas.

Jackson no conocía lo suficiente a Gabby como para saber si de verdad había olvidado a Noah, o si sus duras opiniones sobre él de la otra noche no eran más que un orgullo que camuflaba sus sentimientos heridos. A fin de cuentas, aquel desastre que se hacía llamar hombre era el padre de Luc. Si tan preparado estaba para comprometerse con su hijo y con Gabby, ¿qué derecho tenía Jackson a interferir o juzgar?

De todas formas, se iría de aquel pueblo en un mes. El hecho de que Gabby se mereciera a alguien diez mil millones de veces mejor que Noah no debería importarle lo más mínimo, pero le importaba... En doce días, su felicidad dejaría de importarle.

—No temo perder a mi chica. De una forma u otra, me aseguraré de que acabemos juntos.

Al igual que la primera vez que se habían visto, el tono de Noah le provocó un helador escalofrío que recorrió toda su espalda. No diría que era un mal tipo, pero sí resuelto y potencialmente peligroso.

—Bueno, amigo —suspiró Noah—, disfruta del resto del partido. Me aseguraré de que nadie se pase contigo cuando los Pats ganen.

Noah soltó veinte dólares en la barra y se acercó a las mesas en las que otros tres hombres estaban bebiendo. Al parecer, el único fin de la pequeña visita de Noah había sido investigar al «nuevo amigo» de Gabby para hacerle esa advertencia.

Jackson miró con lujuria las botellas de *whisky* que había detrás de la barra, como un adolescente viendo tetas por Internet. El sonido de la muchedumbre se difuminó y atenuó, mientras se le hacía la boca agua y su garganta anhelaba la suave abrasión que prácticamente podía rozar con los dedos. Nadie pestañearía si pidiera una copa.

—¿Estás seguro de que no quieres algo más fuerte que una zarzaparrilla? —lo provocó Tess—. Te sacaría la espina de la interceptación de Butler.

Espera. ¿Los Patriots ahora ganaban por tres y, además, habían interceptado? ¿Pero qué había pasado?

Entre Gabby, Tess y Noah, apenas había podido ver nada. Estaba claro que haber ido allí a ver el partido había sido una pésima idea. De hecho, toda su escapada había sido una auténtica pérdida de tiempo.

En vez de avanzar en la resolución de sus viejos problemas, se estaba metiendo de cabeza en otros nuevos. Ese resultado parecía ser la consecuencia natural de estos últimos días.

Se quedó mirando otra vez la botella de Jameson: después de todo, aquello solo le incumbía a él, aquella era su elección.

CAPÍTULO 7

Si hubiera sabido que los Giants iban a perder, Jackson se habría bebido esa copa. Completamente sobrio entre una multitud de seguidores eufóricos y entusiasmados de los Pats, tuvo que esforzarse mucho para tomárselo con calma. Su equipo había perdido, pero había ganado otra batalla contra el alcohol.

Tess se acercó a él cuando se bajó del taburete para irse.

—No te preocupes. Yo siempre pago mis deudas. —Jackson parpadeó y dejó sesenta dólares en la barra para pagar tanto lo que había consumido como la apuesta—. Enhorabuena.

Antes de guardarse el dinero en el bolsillo, Tess preguntó:

—¿Seguro que no quieres aceptar mi oferta original?

—No, gracias. No estoy disponible.

Aunque ella pudiera malinterpretarlo como que ya tenía novia, no estaba mintiendo.

No estaría disponible ni sería bueno para ninguna chica hasta que averiguara cómo podía volver a ser feliz. Cómo podría volver a creer en la bondad de las personas, otra cosa que le había robado Alison. Cómo podría resolver el asunto de la demanda, convencer a su familia de que no era un borracho, volver a sentir que su vida tenía sentido. Hasta que no cumpliera esos objetivos, sería egoísta arrastrar a otra persona a su infierno personal.

Puede que su escapada a Vermont no hubiera sido un plan perfecto, pero le gustaba Doc, le encantaba la zona y no se le había ocurrido nada mejor.

Durante el trayecto de vuelta a su apartamento, Hank llamó.

—Hola, Hank. ¿Has visto el partido?

—Brutal.

—Dímelo a mí. Lo he visto rodeado de seguidores de los Pats.

—¡Ay! —Se hizo un breve silencio y Jackson casi pudo sentir el recelo al otro lado del teléfono—. ¿Y eso por qué?

—La televisión del apartamento es muy mala, así que me he ido a un bar. Con mi gorra de los Giants puesta.

Jackson se quitó la gorra y se pasó la mano por el pelo.

—Oh.

Hank guardó silencio y no hizo la pregunta que Jackson sabía que se estaría haciendo.

—No te preocupes, no he bebido una sola gota desde la intervención. Estoy bien, no te oculto nada.

No consideró que el hecho de que pensara en beber al menos una vez al día fuera digno de mención. Admitirlo no haría más que alimentar sus inquietudes. No necesitaban preocuparse porque no estaba dispuesto a perder el control de una de las pocas cosas que todavía dominaba.

—Bueno, ¿has llamado para algo más que para quejarte del partido?

—De hecho, sí —dudó Hank—. ¿Has hablado últimamente con tu abogado o con David?

—Desde que llegué aquí, no. ¿Por qué? ¿Qué pasa?

Hank hizo una pausa antes de responder.

—Según se rumorea, los abogados de Doug están planeando llamar a declarar a Ray, Jim y a mí sobre lo que pasó ese día.

—¿Y?

—Y esperaba que pudierais llegar a un acuerdo para que no nos viésemos involucrados. No quiero que un montón de abogados me acribillen a preguntas que podrían hacerte daño a ti y a tu negocio. Además, sería mejor poner fin a todo esto antes de que afecte a tus clientes.

Jackson contó hasta tres, totalmente consciente de que Hank solo quería ayudar, pero aquella salida le seguía molestando.

—No pienso llegar a un acuerdo. Di la verdad y no te preocupes por mí.

—El caso no está tan claro como crees. En función de lo lejos que lleguen con sus preguntas, me temo que sí que podría hacerte daño.

El ego de Jackson envió una oleada de fuego por todo su cuerpo. ¿Cómo podría llegar a pensar alguien que Doug podía hacerle daño?

Jackson tenía un historial perfecto: él siempre cumplía con los plazos previstos y siempre se ajustaba a los presupuestos. Eso es todo lo que le importaba a sus clientes.

—¿Alguna vez se ha quejado un cliente por mi, nuestro, trabajo?

—No —suspiró Hank.

—Aparte de ese día, ¿alguna vez he hecho algo cuestionable en la obra?

—Nada que afectara directamente al proyecto, no.

Jackson resopló, triunfante.

—Entonces, ¿cuál es el problema?

—Has tenido resaca en el trabajo más de una vez durante el último año, y tu mal humor ha acabado afectando al equipo. Todos se dieron cuenta.

«¡Menudo problema!», pensó Jackson, pero no lo dijo.

—¿Alguna vez traté mal a alguien o juzgué injustamente su trabajo, a pesar de estar de resaca?

—No exactamente.

—Pues sigo sin ver el problema. Mientras mi comportamiento no le hiciera daño a nadie más que a mí mismo, no veo por qué debería importarle a nadie.

—Olvidas que al final yo sí que acabé herido, aunque fuera sin querer. Y sí que le importa a todos los que se preocupan por ti.

La serena reprimenda de Hank lo golpeó como un martillo.

Su incapacidad para ofrecerle una respuesta sencilla de repente le provocó náuseas.

Jackson giró hacia el camino privado que llevaba a la casa de los Bouchard, recordando la expresión de Hank justo después de que cayera sobre su muñeca. No habría pasado si no hubiera intentado parar la pelea entre Doug y Jackson.

—Siento mucho tu lesión, Hank, y no espero que mientas por mí, pero no cambiaría mis acciones. Doug empezó todo por su gran bocaza, y luego me empujó.

—Después de que lo agarraras por la camiseta.

—¿Qué?

Jackson estaba de resaca, pero no borracho, sus recuerdos debían de ser correctos.

—Él te empujó después de que tú lo agarraras por la camiseta.

—Eso no fue lo que pasó.

Jackson se aferró todavía con más fuerza al volante, mientras se esforzaba por recordar el incidente.

—Sí, fue así. Lo despediste y tiraste sus herramientas por el suelo. Soltó algunas amenazas de listillo, lo cogiste de la camiseta y entonces fue cuando te empujó. Intervine porque te vi apretar el puño.

Todo Jackson rechazaba la versión de la historia de Hank, pero también sabía que Hank no tenía motivos para mentir. ¿Habría agarrado a Doug él primero?

Le había indignado mucho escuchar a Doug insultándolo delante de los demás y amenazando con destruir su reputación.

Jackson jamás había sido un tipo violento hasta aquel día, pero, a decir verdad, jamás había sido muchas cosas en las que luego se había convertido.

—¿Sigues ahí? —preguntó Hank.

—Sí.

Sus pensamientos todavía iban a mil por hora cuando entró en la propiedad. Vio a Luc correteando por el parque de juegos, justo delante de Jon, que parecía arrastrar el pie izquierdo tratando de agarrarse al tobogán. El hombre no parecía estar bien.

—Hank, tengo que dejarte. Creo que mi casero necesita ayuda.

Jackson saltó del Jeep sin dar tiempo a Hank para que se despidiera y gritó:

—Jon, ¿está bien?

No respondió. Jackson cruzó corriendo el jardín y lo ayudó a sentarse al final del tobogán. Parpadeaba a gran velocidad y parecía confuso.

Jackson se arrodilló delante de él.

—Jon, ¿le duele el pecho o el brazo?

Jon negó con la cabeza y balbuceó:

—No.

—Vale, eso es bueno.

Gracias a Dios. Jackson se recompuso. Le habló despacio y con voz suave para que mantuviese la calma, mientras lo sometía a la breve prueba del ictus que alguien le había enseñado.

—¿Puede sonreír?

Las cejas de Jon se juntaron y solo pudo arquear el lado derecho de su boca.

Solo puede mover el lado derecho. No lo olvides.

—¿Y ahora podría levantar los brazos, lo más alto que pueda?

Una vez más, solo vio subir el brazo derecho de Jon y entonces balbuceó algo parecido a...

—Hormigueo.

Maldita sea. Un ictus.

Jackson recordó que Luc estaba allí, entretenido con una montaña de piedras. Echó un vistazo a Jon.

—¿Está Gabby en casa?

En cuanto Jon asintió con la cabeza, Jackson lo levantó y lo acompañó hacia la casa. Entonces, miró por encima del hombro.

—Luc, venga, ve a buscar a mamá.

Luc empezó a correr mientras chillaba:

—¡Mamá, mamá!

Jackson entró por la puerta delantera y gritó:

—Gabby, trae una aspirina y llama al 9-1-1.

La oyó correr por las escaleras del sótano.

—¿A qué viene todo este jaleo? —Entonces apareció en escena y dejó caer la cesta de la colada—. ¿Qué te pasa, papá?

—Creo que le está dando un ictus. —Jackson dejó a Jon en su sillón—. Trae una aspirina y llama al 9-1-1, a menos que sea más rápido llevarlo directamente al hospital.

Gabby se quedó paralizada y pálida al instante.

—Gabby, aspirina, 9-1-1 —la instó Jackson—. ¡Ahora!

Las lágrimas brotaron de sus ojos y entonces se obligó a reaccionar. En cuestión de segundos, estaba de vuelta con una aspirina y un vaso de agua en sus temblorosas manos.

—Llamaré al 9-1-1.

Jackson se dio la vuelta y se alejó de ella y de su padre para poder hablar con la operadora de urgencias.

El temblor se apoderó del pequeño cuerpo de Gabby azotado por la adrenalina.

—Luc, cariño, ven aquí. Nos vamos de aventura.

Teniendo en cuenta lo alterada que ya estaba Gabby, Jackson sabía que tener que cuidar de Luc mientras se encargaba del ictus de su padre acabaría desbordándola.

Se agachó frente a ella, le cogió la mano y se la apretó con fuerza para tranquilizarla.

—Gabby, yo me quedo con Luc y tú céntrate en tu padre.

—No, no podría. No puede... Luc no te conoce mucho —dijo con la voz aguda por la tensión y la mirada yendo de su padre a Luc y luego a Jackson—. De hecho, ¿sabes cuidar de un niño?

—Ya son las cuatro y cuarto. Creo que puedo apañármelas un par de horas hasta que se vaya a la cama.

Gabby se quedó mirándolo, con una mirada tan desesperada como desafiante.

—¿Bebiste algo después de que me fuera del bar?

Se miraron fijamente mientras Jackson se contenía para no mandarla a paseo. Soltó su mano y se puso de pie. ¿Cuándo se había convertido en un tipo en el que no se podía confiar? Él jamás dejaba tirada a la gente; más bien hacía todo lo contrario.

—No. —No podía culparla por su instinto maternal de proteger a Luc, pero eso no suavizaba el golpe—. Puedes confiar en mí. Te lo juro por la memoria de mi madre.

Gabby miró a su padre, que cada vez parecía más confuso. Por suerte, la sirena de la ambulancia resonó fuera de la casa.

—Gracias a Dios, han llegado deprisa.

Gabby se levantó corriendo de su silla y abrió la puerta. Luc empezó a llorar, como si le hubiera asustado aquel sonido tan fuerte y el comportamiento frenético de su madre.

Los sanitarios interrogaron a Gabby, pero ella no había estado fuera con su padre cuando todo sucedió.

—Gabby, llévate a Luc un segundo mientras hablo con estos chicos.

Parecía aliviada al ver que Jackson había asumido el control.

Tras las explicaciones de Jackson sobre los hechos y la cronología, los sanitarios hicieron un rápido examen neuronal y comprobaron las constantes vitales de Jon, confirmando sus sospechas. Al subirlo a la camilla, Luc gritó con más fuerza.

Gabby se puso al niño en la cadera, lo calmó y le dio un beso en la cabeza.

—Vale. El abuelo está bien. Es solo que está cansado, Luc. Necesita descansar.

Intentó dejarlo en el suelo, pero el pequeño se aferró con todas sus fuerzas a su madre, llorando todavía con más intensidad.

—Por favor, cariño, no puedes venir. Quédate aquí con Jackson. Vuelvo en un rato. Te lo prometo.

—No, mamá. —Luc trepó por el cuerpo de su madre como un mono en un árbol—. ¡No!

Jackson no tenía la más mínima idea de cómo ayudar, pero decidió probar con lo primero que se le vino a la cabeza.

—Eh, Luc. Esperaba que me enseñaras dónde puedo ir a pescar. Podríamos atrapar una rana o algo.

Luc siguió llorando, mirando con cautela a Jackson.

—Si nos damos prisa, aún tendremos algo de luz. Y podríamos llevarnos unas cuantas galletas. —Jackson se encogió de hombros—. O puede que no te gusten las galletas.

—Zí que me guztan laz galletaz —dijo Luc entre sollozos.

—Oh, genial. A mí también me gustan las galletas. ¿Sabes dónde las guarda mamá?

Luc asintió con la cabeza mientras soltaba un poco a su madre.

Jackson se tapó la boca con la mano, como si fuera a contarle un secreto a Luc.

—¿Sabes? Cuando se vaya tu madre, serás el jefe porque yo no sé dónde están las cosas. Quizá tengamos galletas para cenar.

Gabby debió de sentir que la determinación de Luc flaqueaba porque se las arregló para escabullirse.

—¿Estás bien para conducir? —le preguntó Jackson.

—Ajá. —Le dio un beso a Luc en la cabeza—. Mamá volverá en un rato.

Volvió a llorar, pero Gabby corrió a buscar su bolso y luego se fue a su coche, ignorando los llantos de su hijo para poder alcanzar a su padre. Jackson alzó en brazos a Luc para que pudiera mirar por la ventana. El niño se estiró hacia el cristal, pero Jackson lo sujetó con fuerza.

Una vez que la ambulancia y las luces traseras del coche de Gabby desaparecieron, la crisis de Luc cambió radicalmente. Se dio la vuelta y se puso a gritar como un loco. El pequeño estaba aterrorizado. Habían atado a una camilla con una correa a la única figura masculina sólida de su vida y luego se lo habían llevado y, además, su madre lo había dejado solo.

Jackson sabía que en momentos así aprendes mucho sobre confianza y fe y, aunque últimamente dudara bastante sobre la bondad de la humanidad, se sentiría muy mal si no hiciera todo lo posible para que la fe de aquel niño no se viera comprometida a una edad tan temprana.

Para que Luc no se hiciera daño, Jackson se lo echó a un costado y puso rumbo a la cocina como si el pequeño no se hubiera cogido un berrinche. Aquello supuso todo un reto porque, a pesar de su diminuto cuerpo, el ataque de histeria le daba la fuerza del Increíble Hulk.

—Vamos a buscar las galletas. Tu madre dice que en el estanque hay nenúfares, así que también debería haber ranas.

Luc por fin dejó de retorcerse, pero el llanto no cesó, así que Jackson empezó a abrir las puertas de los muebles hasta que encontró las Oreo de Halloween.

—¡Ajá!

Sujetó el paquete con la mano libre, lo que atrajo la atención de Luc, que dejó de llorar lo justo para coger las galletas.

—Hasta que lleguemos al estanque, nada de galletas. Si te dejo en el suelo, ¿dejarás de llorar y me llevarás al estanque?

Luc se estiró hacia las galletas, que Jackson había alejado lo suficiente como para que no pudiera alcanzarlas.

—Luc, me respondes o vuelvo a dejar las galletas en su sitio. —Jackson adoptó una expresión solemne—. ¿Qué va a ser, grandullón, galletas y ranas o llorar?

Jackson agitó la cabeza ante lo estúpido que había sonado aquello. La expresión poco amistosa de Luc hizo que tuviera que aguantarse la risa. Supo que había ganado cuando los ojos de Luc permanecieron fijos en las Oreo.

—Galletaz —gimoteó Luc.

—¿Y ranas? —Cuando Luc asintió con la cabeza, Jackson lo dejó en el suelo—. Genial. Llévame al estanque, hombrecito.

Jackson abrió la puerta de la cocina y esperó a que Luc liderara la marcha. El niño corrió hacia el extremo del jardín, camino del sendero de madera. Verlo corretear con paso inestable hizo sonreír a Jackson, algo que, dadas las circunstancias, le pareció del todo inapropiado.

Con todo, ver a Luc viviendo aquel momento le trajo recuerdos de él mismo corriendo por los bosques cercanos a la casa de su infancia con David, cuando eran niños, jugando con soldaditos en el barro y entre las raíces de los árboles hasta que las uñas y las rodillas terminaban negras. Por aquel entonces, David ya era el cuidador prudente y Jackson el niño impulsivo que corría como loco día tras día.

Habían sido buenos amigos y no podía engañarse diciéndose que no quería que volvieran aquellos tiempos, pero David todavía tenía secretos y por eso no contaba con él en muchas circunstancias.

Las pisadas de los piececitos de Luc sobre las hojas secas lo sacaron de su ensimismamiento. El pequeño le sacaba ya unos cuantos metros, así que Jackson aceleró el paso.

Retazos de luz se filtraban entre las hojas doradas y rojas y los grillos cantaban de fondo. El bucólico paisaje chocaba por completo con lo que estaba pasando realmente en la vida del chico.

El camino de madera terminaba en un idílico lago de montaña, tal y como había prometido Gabby. Cualquier niño lo consideraría un paraíso, Jackson incluido. Navegar en kayak entre la bruma de la mañana, patinar sobre su superficie helada, pasear por sus orillas. Un lugar tranquilo del que nunca querrías irte.

Una colección de nenúfares flotaba a lo largo de la pantanosa orilla izquierda.

—Vayamos allí. Las ranas deben de andar por esa zona.

—Galletaz, por favor.

Luc paró en seco, con la mirada fija en las Oreo.

Con cada interacción, Jackson tenía cada vez más claro que Luc jamás sería el felpudo de nadie.

—Vale. Nos comeremos dos ahora. Después de la cena, nos podemos comer otras dos.

Luc extendió las manos, reclamando su premio. Antes de que Jackson pudiera coger una galleta para comérsela, Luc ya se había metido una entera en la boca.

—¡Eh, Luc! A mordiscos pequeños. Te vas a atragantar.

Luc partió la segunda galleta en dos trozos, una pequeña victoria para Jackson.

—Venga, ahora vamos a buscar una rana. —Jackson le revolvió el pelo y lo guio hasta la orilla fangosa del lago—. ¿Has cazado ranas alguna vez?

De la boca de Luc salieron volando trocitos de galleta, pero se las arregló para negar con la cabeza.

Jackson sonrió, encantado de ser el primero en hacer aquello con Luc, aunque no tenía demasiado claro por qué eso le importaba. Dejó las galletas a un lado y se agachó junto al banco de agua.

—Cazar ranas es bastante viscoso. ¿A que suena divertido?

—Ajá.

Luc se agachó junto a él, esperando.

—Tenemos que quedarnos calladitos y estar atentos por si aparece una rana. Sería más fácil si tuviéramos una red, pero somos muy rápidos con las manos, ¿verdad?

Luc imitó a Jackson, que permanecía con las manos en las rodillas, y estiró el cuello de un lado para otro buscando algo interesante. Jackson esbozó una sonrisa ante la imitación y fingió tomarse muy en serio la búsqueda, cualquier cosa para que el pequeño se olvidara de lo que le había pasado a su abuelo.

Luc no tardó en impacientarse. Jackson murmuró:

—Chsss. Creo que veo algo allí.

En realidad no había visto nada, pero llamó la atención de Luc y le dio otro minuto o dos.

—No hay ranaz, Jackzon.

La divertida pronunciación de Luc siempre le alegraba un poquito el corazón.

—Ten paciencia.

Y entonces, milagro de los milagros, Jackson divisó una minúscula rana sobre uno de los nenúfares. Con un dedo en los labios para que Luc guardara silencio, la señaló con la otra mano.

Los ojos de Luc se iluminaron y se puso en pie.

—¡Allí!

Jackson tiró de él para que se volviera a agachar y se acercaron al lugar en el que estaba la ranita.

—¿Quieres ir a por ella o lo hago yo?

Las pequeñas cejas rubias de Luc se juntaron en señal de concentración mientras intentaba decidirse.

—Tú.

—Vale. Mira bien para que tú puedas hacerlo la próxima vez.

Jackson estiró las manos con cuidado, preparándose para saltar. Se acercó un poco más con la esperanza de estar lo suficientemente cerca como para atrapar al dichoso bicho. Justo cuando se abalanzó, Luc gritó:

—¡Cógela, Jackzon!

Por supuesto, el susto hizo que la rana saltará fuera de su alcance y Jackson acabó hundido hasta las rodillas en el fango y los juncos. Se habría sentido fatal metido en agua helada si no hubiera oído carcajadas en la orilla del lago.

—¿Te estás riendo de mí? —preguntó Jackson antes de ponerse en pie.

—Erez muy graciozo.

Luc se echó a reír nervioso y, entonces, vio el paquete de Oreo abandonado.

—¡Ni se te ocurra!

Jackson se puso en pie, con agua goteando de sus brazos. Decidió que un ataque sorpresa era su mejor opción para impedir que Luc se hiciera con las galletas, así que salpicó un poco de agua en dirección a la orilla.

—Si te pillo, te haré cosquillas.

Luc gritó, se dio la vuelta y salió corriendo hacia el camino, con esa risa de miedo pero a la vez de diversión tan única de los niños pequeños.

Jackson agarró el paquete de Oreo y salió corriendo detrás de Luc, fingiendo gruñir.

—Voy a atraparte.

Otro chillido cruzó el aire antes de que Luc desapareciera en el sendero. Jackson le dio cierta ventaja hasta que llegaron al jardín, donde dejó las galletas, lo agarró y lo puso bocabajo, agarrándolo por los tobillos.

—Ya te tengo.

Lo agitó un poco para que el niño se riera. Diez segundos más tarde, le volvió a dar la vuelta y lo dejó en el suelo, con cuidado para asegurarse de que no estuviera demasiado mareado. Cogió las galletas y miró a Luc.

—Vale. Ven conmigo mientras me cambio de ropa y luego prepararemos la cena.

Jackson le ofreció la mano.

Nada podría haberlo preparado para el intenso orgullo que sintió cuando Luc le dio la mano. Todo lo demás se desvaneció y la mano regordeta y suave de Luc, minúscula en comparación con la suya, se convirtió en el centro de todo.

Entonces la tristeza puso fin a su satisfacción.

Hacía bastante tiempo que nadie había puesto su fe en él. Había estado tan ocupado desconectando de todo y de todos que había olvidado, hasta que Luc se lo había recordado, lo bien que sentaba que contaran contigo. Que alguien se sintiera seguro a tu lado.

Puede que Hank tuviera razón. Todo ese tiempo, Jackson había creído que no había hecho daño a nadie al alejarse, con su angustia apenas reprimida. Se había considerado la única persona en la que se podía confiar o con la que se podía contar para lo que fuera cuando, en realidad, se había convertido en justo lo contrario, en alguien poco fiable.

Luc se agarró a la barandilla de las escaleras, arrastrando sus piernecitas para subir los escalones. Una vez que Jackson se puso unos viejos pantalones de chándal y un jersey de manga larga, decidió llevarse a Luc y las Oreo de vuelta a la casa principal.

—Bueno, ¿qué quieres para cenar, grandullón?

—Hanga-burgueza.

Luc levantó una mano por encima de su cabeza como si estuviera proponiendo un brindis.

Jackson se echó a reír con la esperanza de encontrar carne picada en el frigorífico de los Bouchard. Y entonces, por primera vez desde hacía un buen rato, recordó por qué estaba cuidando de Luc y se preguntó cómo le estaría yendo a Gabby. Incluso aunque

Jon solo hubiera sufrido un ictus leve, ella había perdido su único sistema de apoyo durante un tiempo y su pequeño negocio también correría peligro.

Aunque Gabby le había dicho que no quería depender de él, Jackson tendría que convencerla de que no tenía nada que perder si aceptaba su ayuda hasta que volviera a su vida en Connecticut el mes siguiente.

Capítulo 8

El cerebro de Gabby, inundado de jerga médica, infinitas preguntas y una dosis importante de ansiedad, se había quedado bloqueado. Lo último que necesitaba en su lista de preocupaciones era preguntarse por qué su casa parecía tan oscura cuando entró en la propiedad.

El Jeep de Jackson estaba aparcado junto al garaje. Lo había llamado hacía unas horas y no le había comentado ninguna preocupación o queja. Con todo, aquella escalofriante calma le puso los pelos de punta.

Por supuesto, eran más de las diez. Puede que se hubiera quedado dormido delante de la televisión, pero no se veía ninguna luz parpadeante en la ventana del salón.

Cuando entró en la cocina, solo iluminada por la luz de la estufa, vio la primera pista de cómo le había ido la tarde a Jackson. A pesar de ser tan fanático del orden, se había dejado una caja de Oreo a medio comer en la mesa. En el fregadero había una sartén en remojo, pero también migas y pegotes de kétchup alrededor de la trona de Luc.

A medida que iba adentrándose en las oscuras entrañas de la casa, se las fue arreglando para apartar la cesta de la ropa sucia que se había dejado y los juguetes esparcidos por el suelo del salón. En silencio, subió las escaleras.

La luz del baño del pasillo estaba encendida. Dentro, pinturas de baño y pasta de dientes decoraban el lavabo.

Se deslizó hacia el dormitorio de Luc, todavía medio iluminada por la luz de la mesita, y abrió la puerta. El cuerpo de Jackson ocupaba casi toda la cama infantil de Luc, donde los dos estaban profundamente dormidos. Había varios libros de *Jorge el curioso* esparcidos por la cama y el suelo. Luc tenía su peluche favorito bajo el brazo y la cabeza tranquilamente apoyada en el pecho de Jackson.

Lucky Luc. A diferencia de ella, él había encontrado alguien que le hacía sentir seguro.

Se acercó al borde de la cama y estudió sus caras mientras dormían, con un nudo en la garganta. Luc parecía feliz, si algo así fuera posible mientras se duerme. Seguramente no habría tardado en olvidar el drama y habría saboreado cada minuto del tiempo que había pasado con un hombre joven y alegre.

Aquello le recordaba una vez más que, a pesar de sus esfuerzos por ser la mejor madre del mundo, ella y su padre no eran suficientes para Luc. Que a pesar de sus ardientes deseos de que no fuera así, un hombre completaría su familia. Y aunque Luc sobreviviría sin el amor de un padre, ver a su hijo tan tranquilo acurrucado junto a Jackson volvía a estremecerle el corazón. Después de la tarde que había tenido, eso era lo último que necesitaba para terminar de sentirse mal.

Egoístamente, aprovechó la oportunidad para estudiar los bonitos rasgos de Jackson en reposo. Parecía realmente adorable... y muy incómodo. Dormido toda la noche en esa postura, seguro que acababa con dolor de cuello. Arropó a Luc y se inclinó para besarlo en la mejilla. Jackson debió de percibir su presencia, porque se despertó algo confuso.

Gabby se apretó los labios con un dedo para recordarle que no debía hacer ruido. Miró hacia abajo y, como si acabara de recordar dónde estaba, sonrió.

Jackson se retorció para liberarse, mientras Luc dormía casi en esa fase del sueño cercana a la muerte que los adultos suelen envidiar. Gabby se alejó en silencio y luego bajó las escaleras. Oyó los pasos de Jackson detrás, pero no redujo la marcha hasta que llegó a la cocina.

—Gracias por cuidar de Luc. —Gabby se atrevió a mirarlo, con la esperanza de que no se percatara de lo mucho que le había afectado ver a Luc acurrucado junto a él—. Tenías razón, habría sido una pesadilla si me lo hubiera llevado conmigo.

—Me alegro de haber ayudado. Nos lo hemos pasado bien.

Gabby pudo ver un cálido brillo en sus ojos. Arqueó una ceja.

—A juzgar por el rastro de cosas que habéis dejado por toda la casa, supongo que te ha tenido bastante ocupado.

—Mucho. —Jackson sonrió y se cruzó de brazos—. Una vez que dejó de llorar, solo quería enseñarme cada rincón del jardín y de la casa.

—¿Entonces no ha estado rebelde ni te ha dado problemas?

Al fin y al cabo, conocía bastante bien a su tozudo hijo.

—En cuanto le dejé las cosas claras, no.

Jackson, sin proponérselo, tenía la típica mirada engreída de canguro que no tenía la más mínima idea de lo que suponía ser padre todos los días. Gabby no pensaba robarle esa sensación de victoria, pero se apostaría la casa a que Luc lo acabaría agotando si le dieran suficiente tiempo.

—Me alegro de que todo haya ido bien. Te debo una, por todo.

—¿Qué han dicho los médicos?

Jackson bostezó, estirando los brazos por encima de la cabeza. Estaba despeinado y somnoliento, pero en aquella penumbra no había perdido ni un ápice de su atractivo, hecho que la ponía nerviosa. Ese destello de deseo también la hizo sentir culpable, teniendo en cuenta lo que le había pasado a su padre.

—Ha sufrido un ictus, pero no ha sido tan grave como podría haber sido gracias, en gran medida, a ti. El hecho de que recibiera atención médica de inmediato marcó la diferencia.

De repente, las largas horas que había pasado y la ansiedad le pasaron factura. Fue hasta el fregadero para lavar la sartén, con la esperanza de que la tarea impidiera que le fallaran las rodillas.

—Puede hablar bien, pero todavía tiene afectado el lado izquierdo. Pasará unos días ingresado en el hospital para que le hagan un montón de pruebas neurológicas y cardiacas. Cuando le den el alta, necesitará ir a rehabilitación un tiempo.

Dejó la sartén limpia en el escurreplatos. Al mirar por la ventana, sus preocupaciones la desbordaron.

—No sé cómo vamos a poder pagar las facturas del hospital, por no mencionar que ahora voy a tener que encargarme de nuestros dos pequeños negocios y de Luc hasta que mi padre pueda volver a conducir.

El pánico que había estado reprimiendo desde que había visto a su padre en los brazos de Jackson se multiplicó, y la avalancha de adrenalina hizo que su cuerpo empezara a temblar. Las lágrimas brotaron de sus ojos y, a pesar de la vergüenza que le provocaba llorar delante de Jackson, un gemido tenso y agotado salió de su garganta.

Sintió que Jackson se le acercó por la espalda, pero no la tocó. Se dio la vuelta para mirarlo a la cara, con un río de lágrimas rodando por sus mejillas.

—Tengo miedo. Tengo mucho miedo, porque no sé cómo voy a conseguir seguir adelante. ¿Y qué habría pasado si hubiera sido peor o hubiera sucedido lo peor? Solo tengo a mi padre. A nadie más.

Jackson la rodeó con sus brazos y apoyó una de sus grandes y firmes manos en su espalda mientras acariciaba su pelo con la otra.

—Chsss, chsss. Todo va a salir bien. Te lo prometo, estarás bien.

Contra su pecho, Gabby casi podía creerlo. El cuerpo y la voz ronca de Jackson le ofrecieron el consuelo que tanto necesitaba y cierta seguridad. Disfrutó cada segundo de aquel abrazo, el tacto sedoso de su camiseta de algodón contra su mejilla, el roce de su mano en la cabeza, el suave arrullo de su voz, su pulcro olor masculino.

Allí, de pie, suspendida en aquel momento de indefensión junto a él, los años que llevaba viviendo sin el contacto, el afecto y el deseo de un hombre se comprimieron en pura necesidad.

Sin pensarlo, subió sus manos por su pecho y se aferró a sus hombros mientras inclinaba su cabeza hasta que sus labios rozaron el cuello de Jackson.

Su cuerpo se tensó, pero no la soltó, al menos no de inmediato.

—Gabby.

¿Un susurro, una plegaria, una súplica de rechazo?

Gabby no lo sabía, pero tampoco quería darle la oportunidad de aclararlo. Abrió la boca y lo besó en la mandíbula.

Jackson inspiró profundamente antes de bajar la cabeza. Su abrazo se intensificó un instante mientras sus labios se rozaban, pero entonces puso su frente contra la de ella.

—Para.

El cuerpo de Gabby, tan caliente y necesitado de consuelo, se negó a escuchar. Acarició el pelo de su cuello con los dedos.

—Jackson.

Se miraron fijamente, sus respiraciones se sincronizaron y sus corazones se aceleraron. Cuando los ojos ambarinos de Jackson se llenaron de deseo, Gabby sonrió.

Entonces, tras maldecir entre respiraciones, él se apartó. Su mirada, penetrante y llena de dudas, se mantuvo fija en ella. Gabby pudo oír su respiración irregular, y bajo sus finos pantalones de chándal advirtió su excitación.

A pesar de todo, insistió:

—No.

El calor de la vergüenza sonrojó sus mejillas y nuevas lágrimas, esta vez de humillación, brotaron de sus ojos.

—Lo siento.

—No te disculpes. —Jackson estiró su mano y acarició su mejilla—. Ha sido un día muy largo, pero ambos sabemos que esta no es la respuesta.

—Yo solo... —Gabby dudó, apartando la mirada—. ¿Por qué no?

—Para empezar, porque no soy el tipo de tío que se aprovecha de una mujer emocionalmente alterada.

Jackson se puso en jarras.

—No es aprovecharse si soy yo la que lo pide. —Sintiéndose extrañamente valiente y decidida, añadió—: Y, como bien sabes, no soy virgen.

Los labios de Jackson esbozaron una leve sonrisa, pero luego volvieron a formar una línea recta.

—Nada bueno puede salir de esto. Volveré a mi vida en unas semanas.

Como si ella necesitara que se lo recordaran.

Su vida real. Su vida con sus amigos reales y su familia. Por su parte, la confusa aunque potente conexión entre ellos era puramente temporal. Ella lo sabía, pero en ese momento le daba igual.

—No espero nada. Solo una noche juntos. Para escapar. Para volver a sentir. Para ser una mujer y no una madre o una hija asustada.

—Te mereces mucho más que ser una aventura de una noche, Gabby.

—Pero me conformo con esta noche.

Sinceramente, no podía creerse que aquellas palabras estuvieran saliendo de sus labios. Algo de las desgracias de aquel día debía de haberla desquiciado. Haberla hecho creer que ya solo le quedaba el orgullo. Pero teniendo en cuenta lo que podría ganar, estaba dispuesta a que su ego recibiera el golpe.

—¿Un beso?

Jackson negó con la cabeza.

—No podría parar ahí.

—¿Por qué no?

—Porque, al parecer, parar algo no es mi fuerte. Eso ha sido precisamente lo que me ha traído aquí.

Gabby frunció el ceño al sentirse exactamente como Luc debía sentirse cada vez que le negaba una hornada de galletas recién hechas.

—Seamos buenos amigos, ¿vale? —Jackson se cruzó de brazos—. Hace un rato, me sorprendió lo mucho que hacía que no había actuado de forma totalmente desinteresada. Ganarme la confianza de Luc me ha hecho sentir algo que necesitaba. Si te llevo a la cama ahora mismo, algo que me encantaría hacer, créeme, ambos lo sentiríamos mañana. Me gustas, y te admiro lo suficiente como para no querer que me recuerdes como un error que cometiste en un momento de debilidad.

Le llevó un segundo o dos procesar el cumplido. Eso, unido a los demonios contra los que ella sabía que estaba luchando, hizo que sus alegaciones le parecieran irrefutables. No quería poner en riesgo ninguna fase de su rehabilitación. Y, aunque sus explicaciones ayudaron a suavizar el golpe, lo único que le apetecía en esos momentos era quedarse sola.

—Entonces, esto es lo que hay, ¿no? —Se apretó la frente con la mano—. Estoy agotada. Será mejor que me vaya a descansar. Una vez más, gracias por ayudar a mi padre y por cuidar de Luc.

—Como ya he dicho, ha sido todo un placer. Mañana solo tengo una cita a las ocho, así que también puedo encargarme de él.

—Gracias, pero ahora que mi padre está fuera de peligro, creo que ver a Luc podría animarlo. Y también puede ser bueno para Luc.

—Vale. Pero recuerda que mientras yo esté aquí, no estás sola. Puedo echarte una mano, pero solo si me lo pides.

No estaba nada contenta por la forma en la que estaba acabando la noche, pero Gabby sonrió.

—Vale, ahora lo entiendo. Tú lo que quieres es que te suplique.

Jackson soltó una carcajada, rebajando así un poco la tensión.

—Buenas noches, Gabby.

Jackson puso rumbo a la puerta de la cocina. Al pasar, acarició el brazo de Gabby con el reverso de su mano. Una tierna caricia antes de irse, dejando el corazón de Gabby atrás como a un patito.

No es que él lo supiera.

Las rodillas de Jackson rebotaban mientras jugaba con la escultura de bolas magnéticas que había en la mesa auxiliar de la oficina de Doc. Podía sentir el peso de la mirada paciente del terapeuta en sus hombros, pero se tomó su tiempo para levantar la cabeza.

—Ya han pasado unas cuantas semanas desde la intervención y no he bebido ni una gota, así que no, no creo que tenga un problema serio.

—Entonces, ¿por qué se descontroló tanto?

Doc se acomodó en la silla, cruzando un pie sobre su otra rodilla.

—¿Y quién dice que lo hizo?

—Tú.

—¡Yo no he dicho eso!

Jackson se inclinó hacia delante, resistiéndose con cada fibra de su cuerpo.

—Con esas palabras, no.

El comentario prosaico y la expresión pasiva de Doc no hicieron más que irritar a Jackson, que rozaba el agotamiento por culpa de la noche movidita que había tenido fantaseando con los carnosos labios, el pelo rizado y el pequeño cuerpo prieto de Gabby. Con la forma en la que lo había mirado, como si fuera un salvador, a diferencia de cómo lo miraban últimamente todas las demás personas que estaban en su vida.

—Di lo que tengas que decir —resopló Jackson.

—No me pareces un tipo al que se le pueda obligar a hacer algo que no quiere, así que supongo que no habrías organizado esta escapada o estas sesiones si no pensaras que necesitas ayuda.

Jackson apretó los puños dos veces antes de acomodarse en los cojines del sofá y suspirar.

—Admito que no me vendría mal algo de ayuda para superar algunas cosas que me han estado agobiando, pero tomarse tiempo para reflexionar sobre qué hacer ahora no supone reconocer ser un borracho.

—Ah, vale. Pues dime entonces, ¿qué piensas hacer ahora?

—No lo sé, porque no ha cambiado nada en realidad. Cuando vuelva a casa, volveré a ponerme al frente de mi empresa y, luego, pues no sé.

—¿Nada ha cambiado? Si no recuerdo mal —empezó Doc, echando un vistazo a sus notas—, tu hermana va en serio con tu amigo y la mujer de tu hermano está embarazada. Esos son dos cambios importantes en tu familia. La mayoría de la gente estaría emocionada por ellos, pero, cuando me lo comentaste, percibí cierta animosidad latente.

—No estoy celoso, si eso es lo que crees. No, no lo estoy. Estoy muy contento por ellos, de verdad.

—Nunca he dicho que lo estuvieras, pero resulta interesante que hayas utilizado esa palabra precisamente.

Jackson levantó las manos.

—Sabes que no me gusta esa forma indirecta que tienes de hablar conmigo. Si tienes una opinión, suéltala.

Doc se echó a reír.

—Mis opiniones no importan. Son tus opiniones, tus pensamientos, tus sentimientos los que importan.

—Vale. De acuerdo. Sí, resulta un poco irónico que mi hermano y mi hermana tengan relaciones sanas cuando, durante la mayor parte de nuestras vidas, siempre he sido yo el que mejor se relacionaba con la gente. Yo era el divertido, el que siempre lo daba todo por un amigo. Era el que quería amor y una familia.

—Entonces, ¿por qué no los tienes?

Doc se quitó la libreta de los muslos y la dejó en la mesa que tenía a su izquierda.

—¡Porque soy incapaz de confiar en nadie!

Jackson parpadeó, sorprendido por las palabras que habían salido de su boca sin poder medirlas.

Las cejas de Doc se arquearon como queriendo expresar que era algo que ya sabía.

—¡Por fin!

Jackson ladeó la cabeza.

—¿Y qué se supone que significa eso?

—Que por fin hemos llegado al quid de la cuestión.

—¡Pues claro que lo hemos hecho, Doc!

Si no fuera porque sabía que era imposible, habría jurado que la habitación había encogido hasta alcanzar la mitad de su tamaño. Una ira silenciosa impidió que la presión lo aplastara.

—No bebo porque esté solo —espetó, indignado.

—Eso es lo que dices tú.

—Lo digo alto y claro. La bebida me ayudaba a relajarme. Me servía para desahogarme por algunos problemas.

—Podrías haber recurrido a tu padre, tus hermanos o tu amigo Hank.

—David se mudó a la otra esquina del mundo cuando él y mi padre dejaron de hablarse. Eso hizo que las cosas se volvieran un poco raras para todos, y el hecho de que ninguno de los dos quiera decir por qué se han peleado hace que me cueste confiar en ellos ahora. Mientras tanto, Cat rompió con su ex y todo acabó en desastre. Hank tenía sus propios problemas. Así que estaba solo.

—Pero tu hermano volvió a Estados Unidos hace más de un año, y tu hermana y su ex rompieron más o menos por la misma época. A diferencia de ti, ambos parecen haber encontrado la forma de pasar página y relacionarse sin recurrir al *whisky*.

Vete a la mierda. Las palabras se amontonaron, preparadas para saltar desde la punta de su lengua. En vez de gritar, su tono se volvió incisivo.

—La «relación» de David y Vivi se remonta a hace catorce años, así que no cuenta. En cuanto a Hank y Cat —dijo Jackson antes de hacer una pausa mientras se rascaba el cuello—, todavía estoy intentando acostumbrarme a esa relación, pero me disgustó la forma en la que ella intentó llevárselo de mi equipo de trabajo.

Le dolió recordar cómo, tras años de lealtad como hermano, empleado y amigo, Cat y Hank habían confabulado para crear su propio negocio de diseño de muebles, dejándolo totalmente fuera del proceso. Por supuesto, su aventura no acabó demasiado bien y, desde entonces, Hank había dado un paso adelante y lo había ayudado, así que quizá había llegado el momento de dejarlo pasar.

—¿Estás intentando decirme que el alcohol es mejor mecanismo de enfrentamiento que la amistad y el amor? —Doc arqueó una ceja—. ¿Estás intentando decirme que no has conocido ni una sola persona en dos años con la que pudieras hablar, a la que pudieras acudir o en la que pudieras confiar?

La imagen de la sonrisa de Gabby lo frenó. Había confiado recientemente más en ella que en todos los demás, aparte de Doc.

Eso seguramente significaba algo, pero desechó ese pensamiento de inmediato.

Gabby vivía en Vermont, con su hijo, cuyo padre biológico quería volver a sus vidas. Aunque, de alguna forma, ella se sentía atraída por él, dudaba que quisiera un hombre con problemas con el alcohol en su vida... o en la de Luc. Además, su vida estaba en Connecticut.

—Primero me dices que soy un alcohólico y luego me animas a buscar el amor. Creía que los adictos en rehabilitación no deben iniciar relaciones.

—Para empezar, jamás he utilizado las palabras «alcohólico» ni «amor». Durante los últimos años, el paradigma del alcoholismo ha cambiado mucho. Alcoholismo, abuso del alcohol, «casi alcohólico»... Ahora algunos creen que hay grados. El alcoholismo está relacionado con la dependencia. Si aceptamos lo que me has contado como la verdad absoluta, quizá hayas rozado la línea, pero no la hayas cruzado. Restringías tu consumo de alcohol a las noches, lo que descarta la dependencia física. Lo has dejado simplemente con proponértelo, sin recaídas, al menos por ahora, lo que hace poco probable la dependencia psicológica, pero es bastante probable que lo eches de menos en los momentos de estrés y, solo por la cantidad, está claro que has abusado del alcohol.

—Eso es una exageración. Un par de copas por la noche no es abusar.

—Jackson, el sesenta por ciento de los americanos beben menos de una copa a la semana. El treinta por ciento bebe entre una y catorce copas a la semana. Solo el diez por ciento de los adultos bebe más, con algunos casos extremos que rondan las cuatro botellas de *whisky* a la semana.

Oh, Dios mío, hacía tan solo unas semanas, él estaba en ese diez por ciento. Se movió, incómodo, en el sofá, evitando el contacto visual mientras procesaba esa información. David había mencionado algo parecido durante la intervención, pero Jackson lo había desechado por venir de, bueno, David.

—En resumen, si te estás automedicando con alcohol, tienes un problema con la bebida. Así que no deberías beber hasta que hayas encontrado una forma saludable de gestionar el estrés y la decepción. Te recomendaría, al menos, un año sin alcohol y luego ver cómo lo llevas. En ese momento, si crees que puedes tomarte una copa de vez en cuando sin que se convierta en tres o cuatro, perfecto. —Doc se inclinó hacia delante, apoyando los codos en los muslos—. El año anterior a la muerte de tu madre y los problemas con David y Alison, no parecías necesitar alcohol. Creo que debemos bucear hasta encontrar el origen de tu dolor, para volver al punto en el que eras capaz de recurrir al deporte, los amigos y las aficiones para lidiar con tus problemas.

Jackson se frotó la palma izquierda con el pulgar derecho, recordando el tacto de la mano de Luc y la ola de alegría que le había producido. Entonces, un escalofrío recorrió su cuerpo al recordar el beso cálido de Gabby en su cuello. Puede ser...

—Así que, ¿me estás diciendo que podría iniciar una relación ahora con alguien si quisiera?

—No una relación romántica. Creo que es un poco pronto porque, si no sale bien, puede que no estés preparado para gestionar la decepción sin recurrir al alcohol.

Como si fuera un fuelle, la opinión de Doc lo apretó, expulsando la esperanza de su pecho con un silbido.

—Estás siendo contradictorio, Doc. Primero me dices que tengo que conectar con la gente, pero luego afirmas que soy demasiado frágil para soportarlo. ¿En qué quedamos?

—Cuando he dicho que tenías que trabajar en tus relaciones, me refería a tu familia y tus amigos. Aclara las cosas con tus hermanos y con tu padre. Reconstruye la confianza y el amor que antes te sostenía. Entonces, asumiendo que eres capaz de hacer todo eso sin beber, podrías aventurarte en una nueva relación romántica.

Reconstruir la confianza. *¡No me jodas, Sherlock!*

Jackson inspiró y contó hasta tres. El sarcasmo y la negación no le harían cambiar de opinión. Y, a pesar de sus protestas, el día anterior le había servido para darse cuenta de que quería volver a experimentar felicidad sin que eso fuera algo excepcional ni requiera un esfuerzo.

Tragándose su orgullo, que le costó tanto como si se hubiera tragado una manzana entera, preguntó:

—El problema es: ¿cómo reconstruyo esa confianza cuando la gente guarda secretos?

Doc inhaló lentamente, agitando la cabeza, pensativo.

—Quizá deberíamos empezar invitando a tu familia a una sesión en grupo.

Jackson se inclinó hacia delante, con una sonrisa en los labios.

—Doc, conseguir que ese grupo se abra es como intentar abrir una ostra con los dientes.

Doc entrecruzó las manos detrás de su cabeza y se acomodó en la silla.

—Me gustan los retos, ¿a ti no?

Capítulo 9

Mientras empujaba a Luc en el columpio, los pensamientos de Gabby divagaban sobre su visita al hospital. No podía culpar a su padre por estar algo gruñón. En aquellos ruidosos hospitales no se podía dormir bien y la comida estaba asquerosa. Eso, unido a la prohibición de conducir durante un mes, había eclipsado la gratitud que debería haber sentido cuando los médicos también le auguraron una recuperación total.

El sonido de los neumáticos sobre la gravilla hizo que levantara la mirada.

—¡Papi! —gritó Luc cuando apareció el coche patrulla de Noah.

Oh, genial. Gabby paró el columpio por si acaso Luc saltaba para ir a abrazar a su padre. Luc se quedó sentado, con las piernas colgando, aparentemente conforme.

Noah se acercó a ellos, vestido con su uniforme, tan guapo como de costumbre. Sería mucho más fácil para ella si hubiera tenido un caso grave de acné adulto, si se hubiese quedado sin pelo o algo, cualquier cosa, que hubiese resquebrajado mínimamente su actitud engreída.

—Eh, Gabs, me he enterado de lo de tu padre. Lo siento mucho. —Entonces Noah se agachó y pellizcó los pies de Luc—. ¿Te estás divirtiendo en el columpio?

Luc asintió con la cabeza de forma entusiasta.

—Mírame, papá. —Entonces miró hacia arriba y le ordenó a su madre—: ¡Empújame, mamá!

Gabby obedeció, antes de volver a centrar su atención en Noah.

—Gracias. Ha tenido mucha suerte. El médico dice que volverá a ser el de antes para navidades.

—Eso es genial.

La mirada de Noah recorrió el parque de juegos, y entonces dio un golpecito a uno de los travesaños del columpio. Entornó los ojos y habló con tono plano y cierta envidia.

—Jackson hizo un buen trabajo.

—Es constructor, no le costó mucho.

Gabby volvió a empujar a Luc con una sonrisa en los labios. Solía sonreír cada vez que recordaba la imagen y la expresión de Jackson al ver la reacción de Luc a aquel regalo en concreto.

—Y, además, lo hizo gratis.

Noah ladeó la cabeza y apartó la mirada un instante, según parecía, algo atormentado.

—Quizá tenga otra forma de pago en mente.

Noah le lanzó una mirada maliciosa, por si no había captado la advertencia en su acusación.

Ojalá.

—Así es como funcionas tú, él no.

Gabby esbozó su mejor sonrisa sarcástica. Jackson tendría sus problemas, estaba claro, pero, desde luego, no usaba a las mujeres. Al parecer, ni siquiera a las mujeres que se le tiraban encima.

—¡Maz alto, mamá! —resonó la orden de Luc.

Entonces, a medida que iba alcanzando más altura, gritó:

—¡Mira, papá!

—Buen trabajo. —Noah le ofreció una breve sonrisa a su hijo y luego se burló de Gabby—. Para tu información, así es como funcionamos todos los tíos. Créeme.

Gabby resopló, preguntándose por qué no había visto esa parte de Noah mucho antes de quedarse embarazada.

—Es triste que creas eso, pero, bueno, paso de discutir contigo.

—Bien. —Se quitó el sombrero y empezó a juguetear con su ala, con una expresión inusualmente rara antes de volver a su modo de flirteo habitual—. Solo he venido a ver cómo estabais Luc y tú. Si necesitas algo, no tienes más que decirlo.

Durante una décima de segundo, Noah pareció casi vulnerable y sincero. Si experiencias anteriores no le hubieran enseñado que no se podía confiar en él, habría pensado que era un ángel, con el sol creando una especie de halo alrededor de su pelo rubio. Pero, en cualquier caso, había dejado bien claro que no sería capaz de pasar ni la más simple prueba de sinceridad.

—De hecho, ¿podrías quedarte con Luc mañana mientras visito a mi padre?

—Oh, ah, bueno, ¿a qué hora? —Se golpeó el muslo con el sombrero—. Tengo que trabajar, ya sabes.

Una evasiva. ¡Qué sorpresa! Salvo al poner su seguridad personal en riesgo en el trabajo, Noah rara vez se molestaba por los demás. Incluso las cosas bonitas que hacía, las hacía a su conveniencia y, por lo general, con su propia agenda en mente. Gabby se preguntaba por qué habría hecho su entusiasta oferta, y por qué le importaba a ella.

—Tengo pensado ir a la hora de la comida para poder llevarle algo mejor para comer.

Gabby dejó de empujar a Luc, dejando que él mismo se impulsara.

—Lo siento, Gabs. —La mirada de alivio de la cara de Noah casi hizo que ella soltara una carcajada—. Mañana tengo turno de día. No puedo hacer de niñero durante el almuerzo.

Gabby puso los ojos en blanco y apoyó su puño en el pecho.

—Que un padre pase algo de tiempo con su hijo no es «hacer de niñero».

Noah suspiró mientras agitaba la cabeza.

—Nunca me das tregua. Y te preguntas por qué no quiero pasar por el altar.

—No, Noah. No me lo pregunto en absoluto.

A los dieciocho años quería un compromiso. Echando la vista atrás, suponía que parte de esa necesidad se debía al miedo de ser madre adolescente. Otra parte del deseo de tener su propia familia después de que su madre destrozara la suya. El orgullo de adolescente y las hormonas debían de haber hecho el resto para que creyera que estaba enamorada.

Para cuando Luc nació, ya había descubierto algunas duras verdades sobre ella misma y sobre Noah. No obstante, a pesar de su obvia falta de interés, parecía que Noah todavía quería algo de ella.

Justo entonces, el Jeep de Jackson entró por el camino. Los hombros de Noah se tensaron y se volvió a poner el sombrero, tirando del ala hacia abajo para parecer más amenazador, al menos eso supuso Gabby.

En cuanto a ella, no había visto a Jackson desde que se pusiera en evidencia la noche anterior. Oh, Dios mío, habría preferido que la pillaran desnuda en público que tener que enfrentarse a él en ese momento, delante de Noah. Por suerte, pudo mantener la cabeza alta y la expresión relajada. Solo tenía que actuar como si no hubiera pasado nada la noche anterior, algo que, para ser exactos y muy a su pesar, había sido así.

Cuando Jackson salió del coche, Luc se tiró del columpio, en un intento de cruzar rápido el jardín.

—¡Jackzon! —Se levantó del suelo y salió corriendo hacia el camino de entrada, con los brazos en alto—. ¡Quiero jugar a loz moztruoz!

Tras un rápido saludo con la cabeza a Gabby y Noah, Jackson le dedicó esa sonrisa arrebatadora suya a Luc y lo cogió, levantándolo por encima de su cabeza y agitándolo en el aire como si pesara poco más que un paquete de azúcar.

—Ya sabes lo que pasa si te atrapo, ¿verdad?

—¡Cozquillaz!

Las risas de Luc alegraron el corazón de Gabby, pero la expresión de Noah se volvió oscura.

Jackson dejó a Luc en el suelo y empezó a contar.

—Uno, dos, tres...

Luc corrió de vuelta hacia Gabby, chillando de alegría y terror. Jackson rugió y avanzó pesadamente hacia él, con los brazos estirados.

—¡Voy a por ti!

Luc se coló entre las piernas de Gabby, temblando, con las manos reclamando su protección.

—¡Mamá, mamá!

Gabby lo cogió en brazos y entonces le gritó a Jackson:

—Aléjate, monstruo, o te encerraré en el sótano y te daré arañas para cenar.

—Vale, vale. —Jackson se detuvo al instante, fingiendo horror y levantando las manos en señal de rendición—. Las arañas están asquerosas.

Jackson le guiñó un ojo a Gabby y luego le ofreció su mano a Noah.

—Noah, encantado de volver a verte.

Mentiroso. Gabby ocultó sus pensamientos tras una agradable sonrisa.

—Parece que a mi hijo le caes bien.

La voz de Noah, tensa aunque educada, cruzó el aire.

—Es un gran chico. —La sonrisa de Jackson desapareció—. Eres un hombre con suerte.

—Vamoz a coger ranaz.

La mirada de Luc se fijó en Jackson.

—No, no —dijo Jackson agitando la cabeza y negando con un dedo—. Solo quieres volver a verme manchado de barro, ¿verdad?

Luc se rio nervioso, asintiendo con entusiasmo.

—Mira, Gabs. Al parecer, después de todo, no necesitas mi ayuda. —Noah gesticuló en dirección a Jackson—. Ya tienes una niñera interna con este hombre ocioso.

La animosidad en la voz de Noah disparó una pequeña alarma temblorosa, pero Gabby no le dio importancia y lo achacó a la testosterona masculina. Sabía que era el ego de Noah, no su corazón, lo único herido allí por el hecho de que su hijo hubiera establecido lazos con otro hombre.

—Y una bastante buena, además —respondió, no demasiado orgullosa de su burla, sobre todo cuando la reacción de Jackson reflejó disgusto.

—No hay mejor niñera que un padre.

Jackson le lanzó a Noah una mirada cargada de elocuencia, pero Gabby no creyó que eso lo calmara. De repente, Noah decidió mostrar afecto a Luc. Si Gabby no hubiera estado apoyada en uno de los postes del columpio, se habría caído.

—Dale a papi un abrazo de despedida.

Noah despegó a Luc de las caderas de su madre y le dio un abrazo.

—Adioz, papá.

Los abrazos de Luc siempre iban acompañados de una buena cantidad de tierra y babas, así que a Gabby no le sorprendió ver a Noah limpiándose después de devolverle el niño.

—No olvides decirme cómo puedo ayudar... si no estoy trabajando, claro —instruyó Noah a Gabby antes de pavonearse en dirección a su coche—. Te veo luego.

En cuanto salió de la propiedad, Gabby suspiró profundamente, agitando la cabeza.

—¿Cómo está tu padre hoy?

Los bonitos ojos de Jackson se clavaron en los de Gabby, llenos de genuina preocupación.

—Le darán el alta en un par de días, pero no podrá conducir durante varias semanas. Con rehabilitación, debería estar ya bien para navidades.

—Me alegra oírlo.

Luc intentó liberarse, así que Gabby lo dejó en el suelo y se fue directamente al tobogán. Ahora que su red de seguridad estaba ocupada, no le quedaba más remedio que enfrentarse a Jackson y a su frontal aunque amable rechazo de la víspera.

Antes de que Gabby se lanzara a una nueva disculpa, Jackson dijo:

—He estado pensando.

La esperanza tuvo el efecto del helio en sus pulmones, elevando su estado de ánimo. Bromeó:

—Ten cuidado, no vayas a hacerte daño.

Su pequeña broma le arrancó una sonrisa divertida.

—En serio, tengo una propuesta. En vez de reemplazar la madera podrida, ¿qué tal si me encargo del negocio de tu padre? Seguro que cuenta con una agenda semanal de las tareas que tiene que hacer en las casas de las que se ocupa, ¿no? Me quedan aquí unas cuatro semanas, que bastarían para cubrir, al menos, la mitad de su rehabilitación.

Aquella oferta no era exactamente lo que tenía en mente, pero no podía rechazarla. El orgullo jamás se había interpuesto en su camino a la hora de aceptar ayuda.

—Si no estuviera desesperada, te diría que no. Se supone que deberías estar ocupándote de tus propios problemas, no distrayéndote con los míos, pero, por suerte para ti, sí que estoy desesperada, así que vale, no hay problema, úsame como distracción.

Vaya, en su mente, aquello sonaba diferente. No había forma de ocultar el hecho de que, en lo que respectaba a Jackson St. James, solo tenía una cosa en mente. Por suerte, aparte de una rápida sonrisa, no hizo ningún comentario sobre las connotaciones sexuales de su afirmación.

—De acuerdo entonces. En cuanto Luc se duerma, podrías hacerme un resumen de todo. Podría empezar mañana mismo, pero primero... —elevó la voz, se dio la vuelta para mirar a Luc y volvió a su voz de monstruo—, tengo que comerme a un niño.

Los ojos de Luc se abrieron llenos de alegría. Carcajadas de risa nerviosa lo acompañaron mientras corría en dirección a la puerta del jardín.

Jackson empezó a correr detrás de él, pisando con fuerza y haciendo todo tipo de gruñidos siniestros y otros sonidos. Y aunque no había nada que la hiciese más feliz que oír las risas de su hijo, esta vez se formó una pequeña capa de melancolía sobre su estado de ánimo, como ceniza fina.

Algunos niños disfrutaban de ese tipo de situaciones cada día de sus vidas, pero su hijo no. Algunas mujeres llegaban a casa para reunirse con un hombre como él —bueno, puede que no exactamente como Jackson— cada día, pero ella no.

Su mente le dio vueltas a ese pensamiento mientras recorría el camino de entrada hasta el buzón para recoger el correo. Lo puso bajo su brazo e hizo el camino de vuelta hasta la casa, todavía preocupada por las malas elecciones de su vida.

Sí, Noah la había abandonado, pero ella también se había abandonado a sí misma. Había dejado que pasaran tres años sin hacer el más mínimo intento de salir con nadie. Al hacerlo, se había abandonado a sí misma y a su hijo. Aquello no podía seguir así.

Quería una figura paterna para Luc. Quería un hombre al que amar. Quería que la amaran.

Los chillidos de felicidad de Luc la devolvieron al presente. Jackson levantó a Luc por los aires y todo rastro de problema desapareció temporalmente de aquellos bonitos ojos.

Por desgracia, Gabby se dio cuenta entonces de que quería lo imposible, porque en esos momentos solo quería a Jackson.

Allí, de pie, sintiéndose estúpida, quitó la goma del montón de cartas y repasó el correo. Facturas, publicidad, un catálogo de cosas que jamás se podría permitir y una carta. ¿Una carta dirigida a ella? Esa letra...

Se quedó paralizada y ni siquiera se asustó cuando un insecto pasó zumbando junto a su oreja. Su boca se volvió pastosa mientras su mirada se dirigía a la dirección del remitente: Hammill, 15 Mills Avenue, Burlington, VT.

Hammill.

De alguna forma, su corazón había subido hasta su garganta, donde ahora latía. ¿Podría ser? ¿Por qué ahora? ¿Por qué su madre se pondría en contacto con ella después de todo ese tiempo?

—¿Gabby? —gritó Jackson desde el jardín—. Tengo que ocuparme de unos asuntos, pero te veo luego. Luc está mirando las calabazas.

Gabby tragó y asintió con la cabeza cuando Jackson se despidió con la mano y se fue a su apartamento.

—¡Luc, vamos dentro! —Cruzó hasta la casa con las piernas temblando y abrió la puerta de atrás—. Venga, cariño.

Tras dejar las facturas sobre la mesa de la cocina, tiró la publicidad y la carta sin abrir de su madre a la basura.

Veinte minutos de tortura después, Gabby se obligó a volver a la cocina. De pie, mirando fijamente la basura, trató de tomar una decisión.

Jackson se comió las sobras de chili del almuerzo. Un rápido

Jackson se comió las sobras de chili del almuerzo. Un rápido vistazo al reloj del microondas le dijo que ya podía ir a la casa principal, porque Luc ya debía de estar en la cama.

Ver a Gabby y Noah en el jardín había sido un recordatorio práctico de una de las muchas razones por las que no debía dejarse llevar por su atracción. En unas semanas, estaría de vuelta en Connecticut. Si permitía que Gabby y Luc se encariñaran demasiado con él, podría hacerles daño y, como había sugerido Doc, él también podría salir mal parado. Además, tampoco necesitaba a un policía cabreado pisándole los talones.

A pesar de su civilizado comportamiento, los ojos de un azul glaciar de Noah se habían dilatado durante aquel encuentro. Si Jackson se hubiera parado a pensarlo un segundo, quizá se habría dado cuenta de que hacer el tonto con Luc delante de Noah no había sido una buena idea, pero ¿cómo podría resistirse a semejante bienvenida del niño? Le hacía sentir un superhéroe.

Al menos, la presencia de Noah le había ahorrado una conversación embarazosa con Gabby sobre su casi beso. La noche anterior, a mitad del jardín, había considerado la posibilidad de volver y darle lo que quería. Incluso se paró en seco y miró por encima de su hombro. Afortunadamente, había dudado lo suficiente como para que ella apagara las luces y subiera las escaleras sin él.

Punto para el equipo responsable, cero para el equipo cachondo, justo así era como él estaba. De hecho, tampoco debería estar pensando en ello en esos momentos. No. Había prometido ayudarla a superar la crisis con su padre y eso era todo lo que iba a hacer, aunque eso supusiera tener que darse al onanismo.

Dejó el plato limpio en la encimera y apagó las luces. En cuanto abrió la puerta, olió el humo. Insuficiente como para preocuparse, pero sí lo bastante como para despertar su curiosidad porque no había visto ninguna nube saliendo de la chimenea de los Bouchard.

Una vez que pudo ver todo el jardín, atisbó a Gabby en el patio, echando más leña a una fogata que estaba empezando a arder. A diferencia de la mayor parte del tiempo, su expresión parecía seria, incluso sombría, lo que le hizo preguntarse si habría recibido alguna mala noticia del hospital.

Cuando ella lo vio, le saludó con la mano sin sonreír.

—¿Te importa si hablamos fuera? El cielo está despejado. De aquí a una hora estará lleno de estrellas. Incluso puede que veamos algún satélite cruzando el cielo.

Jackson miró hacia arriba y vio débiles estrellas brillando en la cada vez más oscura inmensidad. Hacía siglos que no se relajaba delante de una hoguera, rodeado del olor de las hojas secas.

—Suena bien.

—He preparado chocolate. —Señaló un termo y una taza vacía—. ¿Quieres?

¿Chocolate? Una de esas cosas propias de una madre, supuso él. Todo un detalle. Un detalle realmente bonito. Y, a falta de algo más fuerte, el chocolate parecía un buen sustituto.

—Ya me sirvo yo, muchas gracias.

Se llenó la taza hasta arriba y luego se sentó en una de las sillas Adirondack que había apiladas cerca del brasero redondo de cobre.

—Gracias otra vez por ayudarnos. No sé cómo te lo voy a pagar.

Su nada habitual falta de vivacidad afectó mucho a Jackson. Había pasado algo. Podría preguntar, pero mejor esperar a que ella se lo contara cuando estuviera preparada. O no.

Jackson frunció el ceño con ese último pensamiento.

—Ni lo pienses.

—Si cambias de opinión en algún momento, solo tienes que decirlo.

Gabby se sentó en una silla que tenía una libreta en el brazo. La puso en su regazo, la abrió y, sin preámbulo alguno, se lanzó a una explicación.

—En resumen, mi padre supervisa treinta casas. Afortunadamente, la temporada de nieve todavía no ha empezado, así que no será necesario levantarse a las cuatro de la mañana para despejar los caminos de entrada de la gente —Gabby esbozó una sonrisa burlona—, pero eso sí podría pasar a principios de noviembre. Si no estás dispuesto a hacer esa tarea, cosa que comprendería, puedo subcontratar a alguien o algo así.

—He dicho que quiero ayudar, suponga lo que suponga, así que cuenta conmigo. Últimamente no me cuesta nada madrugar.

Jackson bebió un sorbo de chocolate, avergonzado al ser consciente de sentirse mucho mejor por las mañanas. Sin dolor de cabeza, ni la boca seca, ni dolor de barriga. Incluso había perdido algo de peso.

Gabby parecía haberse mordido la lengua para no hacer ningún comentario ni pregunta. Si hubiera tenido que apostar, estaba seguro de que ella habría tratado de averiguar si seguía bebiendo o no. No podía culparla por su gran sensibilidad. En vez de estar molesto, se sintió agradecido por que se preocupara, teniendo en cuenta el poco tiempo que hacía que se conocían. Con todo, no era algo de lo que le apeteciera hablar esa noche, así que mantuvo la boca cerrada.

—Con un poco de suerte, no habrá ninguna nevada fuerte antes de que mi padre se recupere. —Gabby suspiró y pasó una página—. Octubre suele ser un mes de problemas con los roedores. Las temperaturas bajan y los ratones, las serpientes y similares buscan cobijo en las casas. Mi padre tiene un programa rotativo para buscar plagas, fugas, problemas en calderas y electrodomésticos, etcétera en cada casa. El lunes es el día de la basura, así que se lleva la camioneta y hace varios viajes al vertedero para la gente que viene a pasar el fin de semana. En noviembre, empezamos a comprobar los niveles de propano y añadimos un día extra por casa para comprobar que no hay problemas eléctricos ni con la calefacción. Hacemos viajes especiales los viernes para encender la calefacción y alguna luz para los propietarios que llegan esa tarde. Cosas así.

—Parece bastante sencillo.

Jackson inclinó la cabeza.

—Solo se complica cuando algo va mal, algo que preferiríamos que no sucediera, por supuesto. —Gabby rodeó su taza con las manos y bebió un sorbo—. He pensado que esta semana podríamos hacerlo juntos y, en cuanto te hayas familiarizado con la rutina, podemos repartirnos el trabajo o algo así. Todavía tengo que ocuparme de mi negocio, quitar hojas y preparar todo para la estación fría y, además, llevar y traer a Luc de la guardería.

—Por lo que pude oír, Noah se ha ofrecido a ayudar. —Jackson vio cómo la mirada de Gabby bajaba hasta su regazo—. Quizá él podría llevarlo o traerlo, lo que mejor encaje en sus horarios. Supongo que a Luc le hará ilusión montar en el coche patrulla.

Gabby miró hacia arriba, triste.

—A Luc probablemente le encantaría, pero, a diferencia de ti, Noah no ha demostrado ser digno de confianza. No me extrañaría que se olvidara de recogerlo algún día.

Jackson agitó la cabeza, sin saber exactamente por qué la había animado a involucrar a Noah en todo eso cuando no parecía ser un tío estupendo, precisamente. Debía de ser que la parte de él a la que le habían negado la paternidad odiaba ver que se le negaba esa oportunidad a otro hombre.

—Quizá lo estés subestimando. Puede que si le dieras alguna responsabilidad, se la tomara en serio. Luc es su hijo. Eso debe significar algo para él.

Se hizo un silencio que duró unos quince segundos. Al parecer, había cruzado la línea. Curioso, teniendo en cuenta que Gabby no le parecía una chica que impusiera muchos límites. Ese era uno de los rasgos que más le gustaban de ella, esa predisposición a abrirse, fueran cuales fueran las consecuencias.

—Mejor no hablemos de Noah, ¿vale? —Gabby cerró la libreta—. No es mal chico, pero tampoco bueno. Arrogante, egoísta y me dejó tirada. No me fío de que no acabe rompiéndole el corazón a Luc...

Y, entonces, de repente, paró. Jackson supuso que el final de la frase debía ser «como me lo rompió a mí». El hecho de que dirigiera su propio negocio, su casa y la vida de su hijo como una jabata a veces le hacía olvidar lo joven que era. Pero ahora, su bravata le recordaba a él.

—Vale. —Jackson esbozó una sonrisa de disculpa y bebió otro sorbo de chocolate—. Por cierto, está buenísimo. ¿Le has puesto algo de menta?

—Sí. —Gabby soltó un suspiro de alivio—. Deberíamos salir a las ocho. Puedo llevar a Luc antes y después reunirme contigo aquí. Podemos darle una vuelta a la mitad de las casas mañana y al resto el día siguiente. Calcula unos diez o quince minutos por casa más el tiempo del desplazamiento, por lo que nos llevará hasta media tarde, última hora del día.

Jackson estiró las piernas hacia la hoguera.

—Supongo que, para cuando vuelva a casa, ya me conoceré todas las carreteras secundarias de Winhall.

Casa.

Salvo por las sesiones de terapia y la falta de celebraciones, Jackson se había tomado aquel viaje lejos de casa como unas vacaciones. La sugerencia de Doc de invitar a la familia para una sesión de grupo volvió a su cabeza, algo que hizo que se moviera, incómodo, en su silla.

—¿Todavía la echas de menos? —preguntó Gabby.

—¿Hum? —Jackson se encontró con su mirada, confuso por haber estado perdido en sus pensamientos—. ¿A qué te refieres?

—Tu casa.

Gabby dejó la libreta en el suelo y se acercó las rodillas al pecho. Así, hecha una bola, parecía incluso más dulce que de costumbre. Aquel aire de inocencia nada impostado le atraía mucho.

Jackson encogió un solo hombro.

—Echo de menos mi cama.

En cuanto esas palabras salieron de su boca, se imaginó a Gabby en su cama. El calor que subió por su cuello no tenía nada que ver con el hecho de que estuviera sentado frente a una hoguera crepitante. Puede que Gabby se imaginara algo parecido, porque apartó la mirada un segundo antes de aclararse la garganta.

—¿Y a tu familia y tus amigos? —Gabby se abrazó con más fuerza a sus rodillas, mientras que Jackson solo era capaz de pensar en lo mucho que le gustaría tenerla en su regazo—. ¿Tienes ganas de volver con ellos?

Por lo general, no respondería esa pregunta con honestidad, pero algo en aquella fresca noche de otoño y en el chocolate, además de su creciente atracción por ella, lo animó a abrirse. O quizá Gabby tuviera el don especial de sonsacarle información.

—No exactamente.

Volvió a removerse en su silla.

Ella no le preguntó por qué. Jackson supuso que volvería a estar preocupada por sus propios pensamientos. Gabby se colocó la taza a la altura del mentón, como si la usara para darse algo más de calor. Su mirada seguía fija en las llamas, que chisporroteaban de vez en cuando, lanzando chispas hacia arriba, como pequeños fuegos artificiales.

Jackson la observó, como si así pudiera obligarla a compartir sus pensamientos. Extraño, teniendo en cuenta todo el tiempo que hacía que no le interesaban los pensamientos de nadie sobre nada. Supuso que lo que realmente quería era encontrar una forma de que volvieran sus hoyuelos. En esos momentos, ya se había formado una bóveda de estrellas sobre sus cabezas, vívida y tupida como un planetario. También había vivido aquella experiencia en las Montañas Rocosas. Realmente espectacular. La enormidad de la galaxia, del universo, podía hacer que un hombre se sintiera minúsculo o con una suerte inmensa por estar vivo.

Dependía del estado de ánimo.

—¡Un satélite!

Gabby señaló al horizonte en dirección oeste y luego trazó una línea hacia el este, siguiendo el recorrido del tenue punto blanco que cruzaba el cielo.

Jackson sonrió porque casi parecía una niña, con el rostro bañado en el brillo dorado del fuego, emocionada al ver algo que, sospechaba, aburriría a la mayoría de mujeres con las que había estado durante el último año.

Gabby lo miró y frunció el ceño.

—Quizá sería mejor no sacar el tema, pero necesito disculparme por lo que pasó la última noche. Siento mucho si te hice sentir incómodo. Yo solo... Yo solo quiero aclarar las cosas para que podamos empezar de cero. Como amigos.

—Ya te lo he dicho. No hacen falta disculpas. Ni tampoco explicaciones. —Entonces, una vez más, de alguna forma su coraje lo animó y confesó—: Y, la verdad, me vendría bien un amigo.

No es que, en otras circunstancias, no se hubiera sentido tentado a querer más. Mucho más. Algo como rodearla con sus brazos y no dejarla marchar.

—A mí también.

Su melancolía le afectó tanto como la ráfaga fría de viento que recorrió el jardín. Una chica fuerte y cariñosa como Gabby debería tener una larga lista de amigos en vez de uno temporal como él.

Su actitud, tan impropia de ella, durante toda la noche lo convenció de que algo grave debía estar preocupándola. A pesar de ir en contra de la naturaleza St. James, se lanzó de cabeza al territorio personal.

—Pareces preocupada esta noche. ¿Tu padre ha empeorado?

—No. —Gabby apretó los labios mientras observaba el fuego. Entonces, apoyó una mejilla en sus rodillas y lo miró a los ojos—. He recibido una carta de mi madre.

—¿En serio? —Jackson se inclinó hacia delante, sin saber muy bien qué decir—. Tiene que haber sido toda una sorpresa.

—Al parecer, me ha estado escribiendo desde hace unos años, pero resulta que mi padre me lo ha estado ocultando. —Gabby dejó caer su cabeza un segundo—. Ahora vive en Burlington y trabaja en un hostal. La semana pasada fue el fin de semana de los padres en la Universidad de Vermont y se topó con nuestros vecinos, los Dressler. Le hablaron de Luc. Por supuesto, mi madre no tenía ni idea de que era abuela. Me ha escrito para preguntar si podía venir a verme a mí y a Luc.

Una avalancha de pensamientos se agolpó en la mente de Jackson, uno de los cuales fue que aquella conversación lo superaba. Odiaba dar consejos, así que decidió usar uno de los trucos de Doc y limitarse a escuchar, validar sus sentimientos y dejar que llegara a sus propias conclusiones.

—Hay mucho que pensar ahí.

—¿Tú crees? —El tono hostil de su voz lo pilló por sorpresa—. Me refiero a que, honestamente, ¿por qué debería preocuparme por ella o por lo que ella quiera? ¿Por qué debería siquiera dejar que se acerque a mi hijo después de las decisiones que tomó?

«Validar y dejar que ella decida», no dejaba de repetirse Jackson.

—Buena observación. —Hizo una pausa—. Pero diría que la pregunta no es por qué debería importarte, sino si te importa.

Jackson no podía ver demasiado bien sus ojos en la oscuridad, pero creyó oír un resoplido. *Mierda.* La ha hecho llorar.

—¿Gabby?

—Estoy bien. O puede que no. Puede que esté enfadada y no solo con mi madre. Mi padre me ha ocultado las cartas como si fuera una niña pequeña. Como si no tuviera derecho a tener contacto con mi madre. Y estoy enfadada con mi madre por haber sido tan débil. Por marcharse en vez de luchar por nuestra familia, por mí.

Su voz, siempre melodiosa, se entrecortó por la emoción.

—Siento mucho que todo esto te afecte tanto. —Jackson se arrellanó en su silla—. Tus sentimientos están totalmente justificados.

La incomodidad se asentó en su cuerpo por la ponzoña en la voz de Gabby cuando le habló de las adicciones de su madre. ¿Lo habría considerado débil por su supuesto problema con el alcohol? Y lo que era peor, ¿ese tipo de angustia subyacería bajo la preocupación que Cat y David habían demostrado en estos últimos tiempos?

—Justificados sí, pero útiles no. No cambian nada ni lo hacen más fácil. —Gabby volvió a mirar el fuego, profundizando aún más en sus pensamientos—. La cuestión es que estoy siendo una hipócrita. Si quiero que me vean como algo más que mis errores, ¿no le debo a mi madre la oportunidad de resarcirse?

Gabby volvió a mirarlo.

—Mírate. Tú estás intentando superar tu problema. Puede que mi madre también haya conseguido superar el suyo. Dice que lleva veintidós meses limpia. Parece bastante tiempo, ¿no?

—No lo sé.

Jackson cruzó los tobillos y evitó su mirada.

Sin saber cómo, había conseguido que la conversación girara en torno a él.

—¿Cuánto tiempo llevas sobrio?

—Espera. —Frunció el ceño—. Para empezar, mi problema con el alcohol no es el tema. En segundo lugar, no puedes comparar a tu madre conmigo. Puede que bebiera más de lo que aprobaba mi familia, pero no soy alcohólico ni drogadicto. Jamás he abandonado mis responsabilidades ni a la gente que me importa.

Jackson respiró profundamente para ralentizar el latido de su corazón, que se había empezado a desbocar. ¿Realmente creía que lo suyo era comparable a lo de su madre? Gabby, sin embargo, parecía tranquila y agitó la mano con un gesto de desdén.

—Solo es cuestión de semántica. Me refiero a que tu familia pudo forzarte la mano. Te has tomado un tiempo para venir aquí y reorganizarte. Así que sabes más que yo sobre cómo luchar contra tus impulsos.

—Teniendo en cuenta la mala opinión que tienes sobre tu madre, no me gusta nada la comparación. Y no voy a decirte qué tienes que hacer respecto a tu madre o tu padre.

—¿No? —Por primera vez desde su única otra pelea, frunció el ceño—. Entonces, ¿esta amistad no incluye honestidad ni consejo?

Tenía dos opciones. Podía haberse cabreado con ella por ser borde con él o podía considerar la posibilidad de que la carta de su madre la hubiera puesto nerviosa y no tenía nadie más con quien pagarlo. No era nada personal. Ella necesitaba desahogarse y él tenía que aceptarlo. Pero eso no significaba que tuviera que animar su ira ni dejar que aumentara.

—Gabby... —Sin saber muy bien cómo redirigir la conversación, decidió bromear para relajar el ambiente—. ¿De verdad somos tan patéticos como parece?

Pero el tono de Gabby se mantuvo serio.

—Quizá.

Jackson frunció el ceño mientras se tragaba el resto de su bebida, que se había quedado algo fría.

—Eso te molesta, ¿eh? —Gabby ladeó la cabeza—. ¿Es porque te importa lo que piensen los demás o porque no siempre has sido «patético»?

Madre mía, podría ser la ayudante de Doc. Su franqueza siempre lo tenía en un estado constante de suspense. Antes de que tuviera tiempo de pensar, Jackson soltó:

—Ambas.

Gabby arqueó una ceja.

—Eso me parecía a mí.

—Oh, ¿en serio? —Jackson se inclinó hacia delante, medio coqueteando, y feliz por haber alejado el tema de su madre—. ¿Crees que me has calado?

—No por completo, pero tengo mis teorías.

Gabby se enderezó en su silla.

Jackson, expectante por lo que podía decir a continuación, no podía apartar la mirada de ella.

Gabby apretó los labios, como si estuviera intentando convencerse de no hablar, pero lo hizo.

—Alguien te hizo mucho daño. Te hizo dudar de ti mismo.

Golpe directo.

Todo el cuerpo de Jackson se encendió. Le gustaba Gabby e incluso confiaba en ella, pero tampoco iba a contarle todo. En ese momento, no. Allí, no. Y menos después de haber dado en el blanco.

Su mente iba de pensamiento en pensamiento mientras dejaba la taza en el brazo de su silla. Inclinándose hacia delante, dijo:

—Si tenemos que empezar tan temprano mañana, será mejor que me vaya a dormir pronto. Gracias por el chocolate caliente.

—Jackson. —Gabby continuó sentada mientras él se levantaba, pero volvió a poner los pies en el suelo—. Fuera quien fuera ella es idiota.

Ahogó una carcajada divertida.

—Ellos, en plural… Así que lo más probable es que el idiota sea yo.

Los ojos de Gabby se abrieron como platos, pero dejó de centrarse en su expresión cuando las imágenes de Alison, David y Cat empezaron a pasearse por su mente, haciendo que frunciera el ceño. Tirándose del lóbulo de la oreja, por fin consiguió apaciguar sus pensamientos.

—Solo para que sepas que puedo ser un amigo que da consejos, si yo fuera tú, iría a ver a mi madre, sola, sin Luc. De lo contrario, la duda me comería por dentro. —Jackson resopló—. Te veo mañana.

Cruzó el jardín en silencio, agradecido al ver que Gabby parecía estar ensimismada en sus propios pensamientos, contenida frente al fuego y considerando sus opciones. Él necesitaba retirarse y reagruparse. Calmar todas las emociones que, una vez más, ella había agitado.

Cuando subió las escaleras del apartamento, pudo ver la luz parpadeante de la hoguera acariciando los límites del jardín, como dedos optimistas que se extendían por la oscuridad, ofreciendo la promesa de comodidad.

Capítulo 10

Los días siguientes fueron un torbellino de quehaceres durante los cuales el humor de Gabby voló como la montaña de hojas caídas que no había podido rastrillar. Entre tener que ocuparse de su padre, Luc, Jackson y Cami, la inagotable fisioterapeuta de su padre, rara vez tenía un momento de paz.

—Gracias, Cami. Nos vemos el viernes.

Gabby le dijo adiós con la mano desde la puerta, pero hacía tanto viento que la cerró deprisa.

Con la frente apoyada en la pared, inspiró profundamente. La mayoría de los días, las sesiones de rehabilitación de su padre lo dejaban malhumorado. No había motivos para pensar que ese día sería diferente. Aquello no habría sido tan malo si no hubiera sido porque la tensión persistente de su pelea por haberle escondido las viejas cartas de su madre estuviera añadiendo todavía más fricción.

El zumbido estridente de un taladro resonó en el baño de la planta de arriba donde, tras una larga discusión con el cabezota de su padre, Jackson por fin había conseguido permiso para instalar una barandilla en la ducha.

Jackson podría haberse mantenido alejado de la casa de los Bouchard para evitar que lo liaran con tantas tareas. Gabby ya había aprendido a esperar lo inesperado de aquel hombre, y tampoco parecía importarle tener a Luc pegado a su lado allí donde estuviera.

No cabía la menor duda de que Luc debía de estar en el baño en ese preciso instante «ayudando» a Jackson con el proyecto.

Aunque no debiera, la imagen de su hijo observando con entusiasmo el trabajo de Jackson la hacía sonreír. Como «amiga», tampoco debería hacerle ojitos cada vez que aparecía, pero se temía que eso era exactamente lo que hacía. De hecho, últimamente había estado pensando y haciendo un montón de cosas que no debería haber pensado ni hecho, como soñar despierta, en vez de centrarse en lo realmente importante, como sus problemas de la vida real. Como tomar una decisión sobre su madre.

De vuelta en la cocina para echar un vistazo al guiso de ternera que estaba cocinando, se detuvo junto a su padre, que estaba sentado en su sillón.

—Cami dice que hiciste muchos progresos la semana pasada.

—No los suficientes —dijo con la mirada fija en su mano izquierda mientras estiraba los dedos—. Tengo hambre. ¿Cuándo estará la cena?

—Le falta poco.

Ella sabía lo mucho que odiaba que le dieran de lado. Con un poco de suerte, empezaría a hacer lo más conveniente en vez de enfrentarse a ella a cada paso.

—¿Necesitas ayuda para levantarte?

Su padre agitó la mano, con el ceño fruncido.

—No, ya puedo yo. Deja de preocuparte por mí o jamás volveré a la normalidad.

—¡Lo siento!

Gabby frunció el ceño, dejando entrever su crispación. Al darse la vuelta, murmuró:

—Te veo en la cocina.

Como su padre se movía despacio, Gabby ya había empezado a servir el guiso cuando llegó a la mesa.

—¿Cuatro platos? —Se sentó en una silla—. Supongo que eso significa que Jackson se queda a cenar otra vez.

Gabby dejó un plato de guiso humeante delante de él.

—Teniendo en cuenta lo mucho que nos está ayudando con el negocio, con Luc e, incluso, por aquí, esto es lo mínimo que podemos hacer.

Su padre le lanzó una mirada airada.

—Puede que esté algo más débil, pero no ciego. Te estás encariñando con él. Y lo que es peor, Luc también.

—¿Acaso ahora no puedo hacer nuevos amigos?

Gabby se giró hacia la placa de la cocina, contenta de tener una excusa para ocultar su rostro. ¡Madre mía, qué obvios debían de ser sus sentimientos si hasta su padre se había dado cuenta a pesar de lo preocupado que estaba por su rehabilitación! De todas formas, se trataba de su vida, no de la de él. Tenía que dejar de tratarla como si fuera una niña.

—No interfieras con Jackson como lo hiciste con las cartas de mamá.

—Como si pudiera evitar que hicieras lo que te diera la gana. Y no empieces otra vez con esa tontería de que te trato como a una niña. Eres mi niña. Hice lo que hice para protegernos de los altibajos de tu madre. —Se puso la servilleta en el regazo—. Sinceramente, creía que serías más lista y no dejarías que Luc se encariñara con alguien que se va a ir, por no hablar de un hombre que tiene el problema que tiene Jackson.

Gabby se dio la vuelta.

—¿A qué te refieres?

Los ojos de su padre se quedaron fijos en ella.

—Sabes exactamente a qué me refiero. Me sorprende que te expongas al mismo tipo de decepción que tuviste con tu madre.

—¿Cómo sabes que...?

La voz de Gabby se detuvo porque no quería traicionar la confianza de Jackson.

El movimiento despectivo de la mano de su padre le dolió.

—El día de mi ictus, escuché la forma en la que le preguntaste a Jackson si había bebido. Por no hablar de los rumores que corren por el pueblo acerca del guapo y reservado forastero que jamás bebe, ni siquiera en un bar, durante un partido de fútbol. La vida con tu madre me enseñó a ver las señales.

—¿Y por qué el hecho de que no beba debería suponer un problema para ti?

El tono severo de Gabby hizo que su padre volviera a arquear las cejas.

—No me malinterpretes. —Su padre puso ambas manos sobre la mesa—. Me gusta y le agradezco mucho su ayuda, pero también quería a tu madre y tanto tú como yo aprendimos de primera mano que cortos periodos de buen comportamiento no significan que se haya resuelto el problema. ¿Quién te asegura que te está contando la verdad sobre su situación? No seas ingenua, Gabby, ni sobre Jackson ni sobre tu madre.

La expresión de su padre pasó de crítica a triste y ella sabía que lo que, en realidad, estaba pensando era «No seas tan estúpida como yo».

Suponía que algo de razón tenía. Su madre había sido una joven preciosa, vivaz e ingeniosa. Su padre nunca tuvo nada que hacer ante semejante belleza y carisma.

Y cuando enfermó y las cosas se pusieron mal, creyó que podría salvarla. Tardó cuatro años en darse por vencido. Gabby no podía culparlo por querer protegerla del mismo destino, pero, a diferencia de su padre, Gabby sabía que no habría final feliz con Jackson.

Sus pequeñas fantasías eran, en realidad, inofensivas. Después de todo, habían acordado ser solo amigos. Punto. Fin de la historia. No había ningún corazón en juego.

—Todavía no he tomado ninguna decisión respecto a mamá, pero no me parece justo que asumas que Jackson es como ella. ¿No debería tener el beneficio de la duda hasta que demuestre lo contrario? —Puso el plato de Luc y de Jackson en la mesa, contenta por poder haber dicho la verdad, más o menos—. Y, de todas formas, Jackson y yo solo somos amigos. Nada más.

Apareciendo de la nada, Luc interrumpió la conversación al trepar a su trona. Gabby levantó la cabeza justo a tiempo para ver a Jackson merodeando por el pasillo que desembocaba en la cocina. *Sonríe y finge que no ha escuchado nada.* Difícil de hacer cuando el corazón se le había caído al suelo.

—¡Ven y siéntate!

Gabby le hizo señas con la mano a Jackson para que entrara en la cocina mientras oía a Luc exclamar:

—¡Puaj!

Luc arrugó su pequeña naricita mientras miraba fijamente el guiso de ternera.

Oh, Dios. Otra noche en la cocina para luego acabar discutiendo sobre la cena. Debería darse por vencida y hacer palitos de pollo todos los días. Por desgracia, volcó la frustración del pesimismo de su padre en Luc.

—Oh, venga, Luc. ¿No quieres ponerte igual de fuerte que el abuelo y Jackson? Seguro que los dos se lo van a comer todo.

Jackson entró en la cocina con su caja de herramientas en la mano.

—Lo cierto es que no voy a quedarme. No quiero entrometerme en otra cena familiar.

Mierda. Lo ha escuchado todo. Con un poco de suerte, quizá todo no.

—No te entrometes. Vamos, haznos otro favor y quédate a cenar. —Gabby señaló una de las sillas vacías—. A pesar de la opinión de Luc, está bastante bueno.

—Ziéntate ahí, Jackzon.

Luc señaló la silla que tenía a su izquierda mientras daba patadas.

—Esta noche no, amiguito. Pero tu madre tiene razón. Tienes que cenar bien. —Se acercó al asiento de Luc y olisqueo—. Huele muy bien.

Entonces, girándose hacia Gabby, dijo:

—¿Podría llevarme un poco a casa y devolver el plato mañana?

A Gabby no le gustó nada la forma en la que se desinfló su cuerpo ante esa petición. No le gustó nada que su padre la hubiera avergonzado y, posiblemente, hubiera ofendido a Jackson, pero, sobre todo, lo que menos le gustó es que no pudiera ignorar del todo las advertencias de su padre.

—Sí, claro. Déjame que te lo envuelva en papel de aluminio.

Un minuto después, le entregó el plato caliente con la esperanza de que cambiara de opinión, pero ¿por qué debería hacerlo? El pobre había tenido que aguantar muchas cosas esas últimas semanas. Primero le suplicó sexo, luego le había llorado en el hombro por todos sus problemas y ahora su padre lo había etiquetado de borracho poco fiable. Pensándolo bien, el hecho de que se fuera le ahorraría tener que ocultar su humillación una vez más.

Si tuviera algo de orgullo, ella misma lo habría acompañado a la puerta.

—Gracias por instalar la barandilla.

—De nada. —Se giró hacia su padre, con una sonrisa educada en los labios—. Jon, disfrute de su cena.

Entonces, guiñó un ojo a Luc.

—Mañana le preguntaré a tu madre si te lo has comido todo. Si no es así, no podré dejar que me ayudes en el próximo proyecto.

Luc cogió su cuchara y removió el guiso en su plato.

Entonces, Jackson salió por la puerta de atrás, dejando una helada ráfaga de aire en la cocina. Como si no estuviera ya muerta de frío.

—Se acerca una buena tormenta —masculló su padre con la boca llena—. Prepárate para árboles caídos y otros problemas en las casas mañana.

Gabby se dejó caer en su silla, ya sin apetito, sin que la inminente tormenta ni los daños le importaran lo más mínimo, todo aquello palidecía en comparación con el clamor silencioso de su pecho.

Jackson abrió los ojos y pudo ver el vaho de su respiración. Eso no sería nada del otro mundo si no fuera porque todavía estaba en la cama, tapado hasta la barbilla.

El zumbido del viejo frigorífico debió de silenciarse en algún punto de la noche. Eso, combinado con las bajas temperaturas, le sugería que la tormenta había derribado árboles y cortado el flujo eléctrico. La pantalla vacía del despertador digital confirmó sus sospechas.

Al otro lado de la habitación, un cielo gris ensombrecía la ventana, pero al menos había dejado de llover. A juzgar por el suave balanceo de las copas de los árboles, lo peor de la tormenta ya había pasado.

No le apetecía demasiado salir. El recuerdo de las nada halagadoras conjeturas de Jon todavía hería su orgullo. No podía culparlo por querer cuidar de su hija, pero no podía soportar la idea de que ella dejara de confiar en él. Toda la situación con su madre ya había complicado bastante las cosas como para que ahora se añadiera su padre.

¿No debería concedérsele el beneficio de la duda hasta que demostrara lo contrario? Sus palabras le habían dolido. No porque no hubiera cierta verdad en ellas, sino porque sabía que era así cómo debían de sentirse sus familiares y amigos en casa. Jamás dejarían de vigilarlo y de hacerse preguntas. De cuestionarlo y ponerlo a prueba.

La idea de estar sometido a constante escrutinio le había estado carcomiendo toda la noche como una mala pesadilla de la que no podía escapar. Puede que cerrara los ojos quince minutos más. Si se hacía una bola, quizá pudiera sentir algo más de calor.

Toc, toc, toc.

Los rápidos golpes en la puerta lo sobresaltaron.

—¿Jackson? —resonó la voz de Gabby—. ¿Estás despierto?

—Espera.

Obligándose a salir de la cama, soltó unas cuantas palabrotas al posar los pies descalzos en el helado suelo. Envuelto en la vieja colcha, cruzó la habitación y abrió la puerta.

—¿Todo va bien?

—Sí, pero hoy tenemos que salir pronto. —Su sonrisa se desvaneció cuando vio la colcha—. Oh, mierda, se me había olvidado que el apartamento no tiene generador para que no se apague la calefacción. Coge tus cosas y vente a ducharte y vestirte a casa. Luego tenemos que salir pitando. Con todas las ramas y los árboles caídos, hoy tendremos mucho que limpiar. Tenemos que pasarnos por todas las casas para ver si han sufrido algún daño en los tejados y otras áreas.

Sus ojos, alerta, taladraban los suyos, con energía y algo de tensión chisporroteando a su alrededor como electricidad estática.

—Veo que ya te has tomado tu café de la mañana. —Jackson bostezó y luego se pasó la mano por el pelo—. Me cambiaré aquí. Si, para esta noche, sigue sin haber calefacción, aceptaré tu invitación de una buena ducha caliente. Vuelve a casa. Estaré allí en unos minutos.

Después de cerrar la puerta, buscó unos pantalones de chándal limpios y un jersey de lana. Su teléfono sonó, prueba de que le había dado tiempo a cargarse antes del apagón. Lo puso en manos libres para poder hablar y vestirse al mismo tiempo.

—Ey, Cat. —Se puso a la pata coja mientras se metía el pantalón por la otra pierna—. ¿Qué haces levantada tan temprano?

—Llevo semanas sin saber nada de ti, así que quería ponerme al día antes de que empezaras la jornada.

—Demasiado tarde. De hecho, tengo bastante prisa.

Metió los brazos en su vieja sudadera de los Wolverines de Michigan, agradecido por el calor que le aportaba.

—¿Prisas para hacer qué? Creía que te estabas tomando algo de tiempo libre para relajarte y... recuperarte.

Jackson puso los ojos en blanco.

—Me estoy relajando, pero me mantengo ocupado.

—Muy propio de ti —dijo Cat entre risas—. ¿Y qué te mantiene ocupado o quizá debería decir quién?

—Cat, no intentes sonsacarme información. Se te da fatal.

Jackson sonrió, aunque el hecho de que no estuviera tan descaminada debería haberlo puesto nervioso.

—Vale. —Cat hizo una pausa—. ¿Has estado hablando con alguien, como un terapeuta o algo así?

—Bonita pregunta para alguien a quien no le gusta nada compartir sus cosas. —Jackson pensó en sus últimas sesiones con Doc, y en la forma en la que le había estado insistiendo para invitar a su familia a que se unieran a la fiesta—. De hecho, mi médico ha sugerido una sesión en familia.

—¿Ah, sí? —Cat guardó silencio—. ¿Por qué? Me refiero, ¿qué tiene eso que ver con tus problemas con el alcohol?

Sintió un pinchazo en el corazón.

—¿Significa eso que no vendrías?

—Por supuesto que iría —respondió de inmediato—. Es solo que... ya sabes que no me siento cómoda hablando de asuntos personales. Ya viste lo mal que lo pasé durante la intervención. No quiero ni imaginarme lo que sería someterme al interrogatorio de un médico.

—De hecho, no es tan malo. Más bien bastante tranquilo. Además, está más interesado en escarbar para encontrar el origen de mis problemas, que en hurgar en tu caja de los secretos, pero relájate, porque todavía no he aceptado implicar a todo el mundo.

—Si él cree que es importante, entonces deberías implicarnos a todos. A David y a mí nos tienes para lo que necesites. Lo sabes, ¿verdad?

—¿Y papá no?

—No lo sé. Ya sabes que no cree demasiado en la terapia. ¿Y David y papá, juntos, en una sesión para que un médico conozca nuestra dinámica familiar? Puede que sea contraproducente.

—Bueno, puede que así conozcamos por fin la verdad de lo que está pasando entre ellos. Ya solo esa posibilidad por sí misma podría ser la razón principal por la que he estado considerando la idea.

—Quizá es mejor que no lo sepamos. David nos ha dicho en repetidas ocasiones que es lo mejor. Seguro que lo dice en serio. David nunca miente.

Cierto. David había mencionado en más de una ocasión que era mejor que Jackson y Cat no lo supieran. No obstante, al igual que Gabby, Jackson no apreciaba que la gente lo «protegiera» con secretos, como si todavía fuera un niño incapaz de enfrentarse a la verdad. Además, la verdad tenía que ser más sencilla de gestionar que no dejar de preguntarse por lo que había pasado, porque, en ocasiones, su imaginación le acababa arrastrando a lugares muy oscuros.

—¿Crees que Vivi sabe la verdad?

—De hecho, sé que lo sabe.

—¡Al diablo, Cat! Puedo aguantar cualquier cosa que Vivi pueda aguantar. Es mi puñetera familia. Merezco saber, al menos, lo mismo que ella sabe.

—Para empezar, seamos sinceros. Vivi es más fuerte que tú y que yo. Mira cómo se ha enfrentado a su miserable infancia con una sonrisa y una buena dosis de optimismo. Además, el hecho de que Vivi no sea uno de los hijos de papá le da cierta distancia respecto a lo que quiera que sea que haya pasado.

Cat dudó antes de volver a hablar. Esta vez, su voz transmitía cierta tristeza.

—¿Y qué pasa si saber la verdad te hunde todavía más?

¿Que qué pasa? Sí, había pensado en que podría hundirse. Eso le hizo replantearse el consejo que le había dado a Gabby. ¿Enfrentarse a su madre sería contraproducente o le permitiría cerrar el tema? Quién sabía. Desde luego, él no. En ese momento, lo único que podía hacer era calmar un poco la melancolía de su hermana.

—Cualquiera diría que me echas de menos —bromeó—. No te preocupes. Estaré de vuelta en unas semanas. Además, ahora tienes a Hank para que te haga compañía, ¿no?

—Sí. Se ha portado muy bien conmigo, pero eso no significa que no quiera tenerte de vuelta. Hace mucho tiempo que no somos todos felices. —Soltó un suspiro—. Eso es lo que más deseo, Jackson. Quiero que todos volvamos a ser felices.

Justo lo mismo que quería Jackson, motivo por el cual había decidido ir a Vermont, pero no podía prometer nada cuando todavía sentía desconfianza.

Por otra parte, cada hora que pasaba con Gabby le permitía olvidar los viejos pesares y la amargura. Una creciente sensación de paz estaba creciendo en su mente y no quería ponerle fin hasta que las raíces agarraran bien. «Quizá ser jardinera sí sea la auténtica vocación de Gabby», pensó con una sonrisa.

—Mira, aprecio mucho tu llamada. Lo siento si te he preocupado. Estoy bien. Me mantengo ocupado. Mi casero ha sufrido un ictus y estoy ayudando a su hija a llevar el negocio mientras que se recupera.

—¿Su hija? —Pudo oír la risa de su hermana al otro lado del teléfono—. Ahora todo encaja. Quizá debería pasarme por Vermont para echarle un vistazo. Siempre me ha gustado el hotel Equinox en otoño.

—Este es un país libre.

Jackson no sabía por qué había recurrido al sarcasmo. Le apetecía mucho ver a Cat, pero no quería que lo juzgara a él ni a Gabby. Pensándolo bien, era bastante probable que todavía no hubiera invitado a su familia precisamente para evitar que lo sometieran al microscopio.

—Gracias por tu entusiasta bienvenida. —Cat se echó a reír—. Ahora sí que pienso ir, aunque solo sea para meterme contigo.

Jackson sabía que jamás iría sin una invitación expresa, así que se tomó el comentario a broma.

—Por eso precisamente te quiero, hermanita. De verdad que tengo que irme. Adiós.

Jackson pulsó el botón para poner fin a la conversación y deslizó el teléfono en su bolsillo.

A última hora de la tarde, Jackson se resentía de la región lumbar por tanto uso. Hachas y motosierras no eran herramientas que usara con demasiada frecuencia y eso se notaba. No pudo evitar maravillarse por el hecho de que Jon y Gabby hicieran ese trabajo con cierta regularidad, teniendo en cuenta la frecuencia con la que el ventoso clima de la montaña tiraba los árboles más pequeños.

Gabby y él tuvieron que subir a pie un empinado camino de tierra que llevaba a una calle privada para echar un vistazo a la última casa, porque los servicios municipales todavía no habían quitado un enorme árbol que había caído en la carretera principal, justo debajo.

Había ramas, grandes y pequeñas, por todas partes. Toda aquella colina había sufrido los peores daños de todos los que había visto aquel día. Se alegró al ver que el tejado de la casa, estilo rancho, estaba intacto.

Percibió el cartel de «Se vende» en el jardín delantero. La casa, de los años cuarenta, parecía descuidada desde hacía tiempo, pero estaba rodeada por dos lados de bosque y el vecino más cercano a su izquierda estaba a un par de acres de distancia, al otro lado de una tupida arboleda.

—Tengo que ir al baño, luego quitaré algunas ramas de esos arbustos mientras tú echas un vistazo a la casa —dijo Gabby, centrada en la tarea entre manos en vez de quedarse embelesada por las enormes posibilidades de aquella propiedad.

Una vez dentro, Jackson empezó a supervisar la estructura, no por las razones que debería, sino con vistas a su posible reforma. En un abrir y cerrar de ojos, Gabby reapareció.

—¿Has visto alguna gotera? —preguntó ella.

—Ah, no. Solo estaba admirando la propiedad. Este lugar es impresionante.

Gabby lo miró como si le hubiera crecido otra cabeza.

—¿Este lugar?

—Sí, claro que sí. Está bien construida, así que imagina que quito el techo y subo las vigas. Pongo algunos travesaños allí para darle un aspecto más moderno, quito esa ventana tan fea y acristalo toda la parte trasera de la casa para aprovechar esas bonitas vistas. Arrancaría la repisa de ladrillo de la chimenea y la sustituiría por una de piedra colocada a hueso de unos tres metros y medio de altura. Reformaría la cocina con muebles de aliso nudoso y electrodomésticos de acero inoxidable. Repararía el patio de piedra y añadiría una fogata integrada.

Paró y miró a Gabby para encontrársela sonriendo, con sus hoyuelos en su máximo esplendor.

—¿Qué?

—Tú... Estabas en otro mundo. Cuando describes todo lo que quieres hacer, me gustaría poder comprármela y contratarte para que la reformes.

—A mí también.

En un momento de nostalgia, se imaginó sentado en la terraza reformada, tomándose un café y leyendo el periódico, comiéndose un magnífico desayuno que Gabby... eh, bueno, que él se habría preparado. Agitó la cabeza y se alejó de la ventana.

—Voy al sótano a comprobar que no se ha inundado.

—Nos vemos fuera.

Gabby se alejó, pero Jackson la sorprendió echando un vistazo a su alrededor, como si ella también estuviera contemplando la casa con nuevos ojos.

Cuando salió del garaje diez minutos más tarde, vio a Gabby trabajando cerca de la parte delantera de la casa.

Había pasado todo el día quitando escombros. Un trabajo duro y sucio. Con una buena cantidad de gusanos y alguna que otra serpiente ocasional. Pero Gabby, lejos de quejarse, había pasado buena parte de la tarde canturreando, parando lo justo para secarse el sudor, aparentemente sin saber que él la estaba mirando.

Nada en ella encajaba en el estereotipo de lo que cabría esperar de una chica que se había quedado embarazada por accidente al final de su adolescencia. Lo que más le gustaba de ella era su coraje, su determinación y su buen humor. Era única en su especie, no cabía la menor duda, y la echaría de menos cuando se fuera. Lo sabía, y también sabía que probablemente pensaría en ella y en su familia durante algún tiempo.

En ese momento, se preguntó si habría tomado alguna decisión sobre su madre, pero no quería entrometerse. De todas formas, no era asunto suyo, ¿verdad? Con todo, el pensamiento se repetía una y otra vez, como un salto en uno de los preciados discos antiguos de su padre.

—¡Cuidado, Gabby! —gritó Jackson al ver cómo ella se pillaba el pie en una de las ramas caídas al intentar rescatar algunos arbustos de las garras de otra.

—¡Oh! —Gabby aterrizó sobre su costado, con el tobillo retorcido—. ¡Ay!

Jackson corrió hasta ella y apartó la rama que había estado intentando mover. Gabby hizo un gesto de dolor mientras él liberaba su pie torcido. Después de haberla visto trabajar todo el día como una jabata, sabía que tenía que dolerle mucho para retorcerse de dolor.

—¿Te puedes poner de pie?

Jackson apoyó su mano en el hombro de Gabby.

—Vamos a ver. —Estiró sus manos hacia arriba, como si fuera una niña pequeña—. Ayúdame a levantarme, por favor.

—Cuidado, no te vayas a dislocar los hombros también. —Se colocó detrás de ella y la abrazó pasando los brazos por debajo de sus axilas—. Uno, dos, tres, arriba.

Jackson la sujetó hasta parecer estable. Con cuidado, puso a prueba el tobillo dolorido y, al instante, dio un grito y cambió al otro pie.

—¡Hala! Para antes de que te vuelvas a caer y te rompas algo más.

Jackson la abrazó por la cintura, deseando que no le gustara tanto el hormigueo que sentía por todo su costado izquierdo. Por dentro, estaba disfrutando mucho de tener una excusa para rodearla con sus brazos. Para dejar que su suave pelo acariciara su cuello. Para, en realidad, estar físicamente conectados de alguna forma.

Solo amigos, le había dicho a ella, pero cada día que pasaban trabajando juntos, se hacía más evidente lo poco que esa descripción encajaba con sus sentimientos.

—Veamos si podemos volver a la camioneta de una sola pieza.

Jackson siguió rodeándola con un solo brazo y, solo tres pasos después, se dio cuenta de que ella no podría bajar la montaña hasta el lugar en el que había aparcado la camioneta. Se detuvo en seco y dijo:

—Será mejor que te lleve a caballito.

—Pero estamos muy lejos.

Volvió a intentar apoyar el tobillo torcido y a hacer un gesto de dolor.

—Exactamente. Demasiado lejos para ir a la pata coja. La única forma segura de llegar sin tropezar es sobre mi espalda.

Gabby se encogió de hombros.

—Bueno, vale.

Jackson se agachó un poco y se la subió a la espalda.

—¡No vayas demasiado deprisa! Hay mucho barro. Si te caes, nos lesionaremos los dos.

Ella apoyó el mentón en su hombro.

Jackson giró un poco la cabeza y le lanzó una mirada de soslayo.

—¿Crees que soy un patán descoordinado?

—No, pero está empinado y resbaladizo. No estás acostumbrado a estos caminos.

Gabby ajustó su postura, se aferró a él con más fuerza rodeando la cintura de Jackson con las piernas.

Bajarla de la montaña requería concentración y firmeza en las extremidades, pero su movimiento hizo que se le desbocara la imaginación y que toda la sangre se le acumulara en la ingle.

—Deja de moverte o nos vamos a caer.

Fue bajando el camino trazando diagonales para reducir el riesgo de perder el equilibrio.

—Lo siento. —Gabby suspiró y apoyó su mejilla en el hombro de Jackson—. Gracias. Eres un buen amigo. Una buena persona.

—Bueno, solo a veces.

Jackson se preguntó si estaría pensando en las advertencias de su padre. Mantuvo los ojos fijos en el camino, pero podía sentir su mirada acariciando su pelo, su perfil e, incluso, su oreja.

—Para.

—¿Que pare qué? No estoy haciendo nada.

NO SOLO VECINOS

—Me estás mirando.

Saltó una enorme grieta en el camino provocada por la erosión del agua.

—Lo siento. Es solo que me sorprende.

Oh, oh.

Cuando Jackson no repreguntó, ella adoptó un tono de voz varonil y dijo:

—¿Ah, sí? ¿Qué te sorprende exactamente, Gabby? —Entonces volvió a su voz normal—. Bueno, teniendo en cuenta que somos amigos y que a un amigo le importan los sentimientos del otro, me estaba preguntando cuánto del sermón de mi padre de ayer escuchaste.

¿Eso? ¿Ahora?

—Lo suficiente como para saber que está preocupado por ti y por Luc.

—Justo lo que me temía. No te lo tomes como algo personal. Mi madre le hizo mucho daño, no puede ser objetivo.

—¿Y tú sí puedes? —Jackson mantuvo deliberadamente la mirada hacia el frente—. Tu madre también te hizo daño a ti o, de lo contrario, su carta no te habría molestado tanto.

—Cierto, pero no es lo mismo que lo de mi padre. A diferencia de mí, él la escogió. Creo que se siente culpable por eso, como si su mala decisión me hubiera destrozado la vida. —Gabby se encogió de hombros—. Lo cierto es que mi vida no está tan mal. Podría malgastar el tiempo deseando que mi madre jamás hubiera enfermado, quejarme por lo mucho que me avergonzó su problema con las drogas, por lo mucho que me dolió que se fuera e, incluso, culparla por mi rebeldía adolescente y mi embarazo, ¿pero de qué serviría eso? Además, quiero mucho a Luc, ¿cómo podría lamentarlo? ¡Qué diablos! De alguna forma retorcida, puede incluso que me lo merezca. En definitiva, lo que pasó con mi familia me obligó a madurar y a fijar mis prioridades. A veces la vida es dura y solitaria y envidio a mis amigas, como Tess, que tienen libertad y opciones que yo ya no tengo, pero luego la vida te da sorpresas agradables. Como tú. Tú has sido una gran sorpresa.

Jackson no pudo evitar sonreír por el cumplido. Y lo que es más importante, sintió admiración por la forma en la que Gabby era capaz de darle la vuelta al dolor y ver el lado positivo de las cosas. Ella había sido la gran sorpresa, no al contrario.

—Tú también lo has sido. —Y entonces, porque de alguna forma ella había conseguido desbloquear la parte de acceso restringido de su corazón, añadió—: Conocerte ha sido lo mejor que me ha pasado en bastante tiempo.

Gabby no dijo nada y se limitó a reajustar sus brazos, dejando uno colgando sobre el hombro derecho de Jackson y el otro serpenteando por debajo de su axila izquierda. Entrelazó ambas manos delante, sobre su pecho, y lo abrazó. La maniobra completa hizo que su cuerpo terminara todavía más ajustado a su espalda.

—¿Mejor?

En realidad, no. Bueno, sí, de hecho, sí. Se sentía mejor.

Más seguro. Más caliente.

Tan caliente, que empezó a sonrojarse.

Gracias a Dios, no tenía los tobillos entrelazados porque, de tenerlos, habrían dado en la protuberancia que estaba creciendo bajo sus pantalones de chándal.

Como no podía cerrar los ojos y pensar en otra cosa sin perder el equilibrio, se centró en las piedras del camino y se puso a contar mentalmente los pasos, lo que fuera con tal de mantener la mente ocupada para no pensar en cuantísimo deseaba darse la vuelta y besarla.

—Sabes muchas cosas de mí, pero tú no me has contado nada sobre tu familia, solo que tu madre murió y que serás tío pronto. ¿Cuántos hermanos y hermanas tienes?

La respiración de Gabby le acariciaba la piel, tan tentadora como los suaves arañazos de las uñas de una mujer.

Como pensar en su familia le ayudaba a rebajar su libido un poco, decidió aprovechar ese tema.

—Un hermano mayor, David, y una hermana menor, Cat.

—Ja, Cat St. James, como la modelo.

Jackson se echó a reír.

—Exactamente.

Gabby tragó saliva.

—¿Exactamente? ¿Quieres decir que tu hermana es la modelo?

Jackson asintió con la cabeza y le pareció muy divertida la reacción de Gabby al enterarse de aquello. Sabía que su hermana solía impresionar, principalmente a los hombres, pero siempre la había visto como «el erizo», así la llamaba él, que podía ser su mejor amiga o una auténtica pesada, en función de su estado de ánimo.

—Guau... Sí, veo cierto parecido, pero ella es mucho más guapa. —Gabby soltó una risita—. Era broma. Tú también eres muy mono.

—¿Mono? —se mofó Jackson y ella se volvió a reír.

Pisó una rama caída, ahora pensando en su familia. Miró por encima del hombro a Gabby, que se había quedado muda. Por fin, suspiró.

—Está bien tener hermanos. Yo siempre he odiado ser hija única. ¿Y os lleváis bien?

—Sí —dijo—. Antes nos llevábamos mejor, pero tras la muerte de nuestra madre, las cosas se enrarecieron. David se mudó a Hong Kong un tiempo y Cat se metió en una mala relación. Yo hice lo mismo. Se puede decir que todo saltó por los aires, pero David y Cat, de alguna forma, consiguieron recuperarse. Yo todavía estoy intentando encontrar mi camino, supongo.

—Según lo cuentas, parece que te disgusta que te esté costando más tiempo que a ellos recuperarte. ¿Pero sabes lo que yo pienso?

Creo que cuanto más te preocupas, más duele, de manera que, por supuesto, se necesita más tiempo para sanar. Si yo fuera tú, estaría orgulloso de que me hubiera llegado a doler a ese nivel. Tener un gran corazón es bueno, Jackson.

Durante un minuto, se quedó sin respiración. Había verbalizado justo lo que a él le habría gustado creer de sí mismo. De alguna forma, Gabby lo había visto de verdad o, al menos, a ese «él» que quería ser. Ya estuvieran los dos equivocados o solo locos no importaba tanto como el hecho de que tuvieran tanta sintonía. De repente, ni la edad, ni la distancia geográfica ni las advertencias de Doc importaban.

Cuando llegaron a la camioneta, Jackson abrió la puerta del pasajero y se giró de forma que ella pudiera soltarse. En cuanto su trasero se posó en el asiento, él se dio la vuelta, le rodeó la cara con las manos y la besó.

Capítulo 11

El calor se fue extendiendo por todo el cuerpo de Gabby a medida que el suave beso de Jackson se fue transformando en algo más animal y tórrido. Jackson puso una de sus callosas manos en la base de su cuello y la otra se aferro al instante a su cadera, tirando de ella hacia delante para poder introducirse entre sus piernas. El dolor pulsante de su tobillo desapareció tan solo para reaparecer con más fuerza entre sus muslos.

Jackson le mordisqueó el labio antes de volver a besarla. Gabby acarició los sedosos bucles de Jackson, uniéndose a él en una maraña apasionada de lenguas, labios, calor y humedad. Un beso sensual, generoso y cálido, como el hombre que ella sabía que era él. Superaba todas las fantasías que había tenido sobre ese momento y sobre él.

Un gemido de satisfacción brotó del pecho de Jackson, provocando un hormigueo en el torso de Gabby.

—Jackson —susurró ella cuando él empezó a explorar los contornos de su mandíbula y su cuello con la boca.

Pero, de alguna forma, hablar fue un inmenso error, un terrible error que rompió el hechizo, porque Jackson dio un paso atrás, parpadeando como si hubiera salido de una profunda neblina. Entonces, la abrazó contra su pecho y le dio un beso en la parte superior de cabeza.

—Lo siento. He sido egoísta y codicioso y no me he parado a pensar. No deberíamos cruzar la línea, pero, maldita sea, si no tuvieras esa forma de decir las cosas que me hace sentir tan... tanto. Para serte sincero, no sé cómo lo haces.

Gabby inclinó la barbilla de forma que sus labios volvieran a presionar el cuello de Jackson.

—No pares.

Jackson la abrazó con fuerza una vez más antes de besarle la frente y luego se alejó. El viento frío de octubre ocupó el ahora vacío espacio entre ellos, haciendo que ella sintiera un escalofrío.

—Gabby, sabes que esto no es nada inteligente.

Se cruzó de brazos, metiendo las manos debajo de las axilas.

Sí, aquello sonaba razonable. Solo se quedaría allí el tiempo suficiente como para luego dejarla hecha polvo. Y a ello se le añadía su problema con el alcohol o, mejor dicho, su aversión por volver a sufrir esas preocupaciones en su vida.

Pero haber experimentado, aunque solo fuera fugazmente, ese tipo de lujuria y ternura intensas para luego arrancárselas era como una bofetada cruel en toda la cara. Después de todo, habían acordado ser solo amigos. Gabby había percibido sinceridad en su voz cuando admitió que necesitaba una amiga, pero ninguna de las complicaciones que pudieran tener había impedido que quisiera seguir explorando aquel poderoso afecto.

—Quizá debiéramos vivir el momento. Verlo como un alegre amor de verano con fecha de caducidad.

Los ojos de Jackson se abrieron como platos ante su propuesta y luego frunció el ceño.

—No.

—¿Por qué no?

Jackson la miró directamente a los ojos.

—Porque se tienen aventuras con gente que no te importa y no es eso lo que yo siento por ti.

Su halago, aunque torpe y sincero, llenó su corazón de esperanza.

—Si eso es cierto, quizá esto —dijo, gesticulando entre los dos— merezca la pena.

Jackson dudó antes de responder, como si estuviera buscando una razón que pudiera convencerlos a los dos.

—Mi vida está en Connecticut y la tuya aquí, en Vermont, con tu padre y tu hijo. Y luego está Noah. Y aunque seas muy madura para tu edad, sigues siendo joven y no necesitas cargar con todos mis problemas. —Apartó la mirada un instante—. Un final feliz aquí parece casi imposible, así que seríamos estúpidos si empezáramos algo que solo puede hacernos daño a los dos.

—Jackson… —empezó, hasta que él la interrumpió, dejando claro que la conversación había terminado.

Con la mirada fija en su pie, le preguntó:

—¿Cómo está tu tobillo?

Gabby lo miró muy enfadada.

—Bien.

—No seas así, Gabby. —Jackson suspiró—. Estoy intentando hacer lo correcto.

Puede que así fuera, pero eso no significaba que a ella le tuviera que gustar ni tampoco lo hacía más fácil. Tras meter las piernas en la cabina de la camioneta, masculló:

—Deberíamos volver. Seguramente traigan a Luc pronto.

Jackson cerró la puerta y rodeó la camioneta con expresión inescrutable. Se colocó tras el volante y encendió el motor sin pronunciar palabra.

Se respiraba una extraña tensión en el interior. Ambos mantuvieron la mirada fija en la carretera durante los diez minutos de trayecto de vuelta a la casa. Cuando por fin apagó el motor, Jackson dijo:

—Déjame que te ayude a entrar.

—No, gracias.

Ella sabía que andar con cara mustia no era nada atractivo, pero, en el calor del momento, le daba absolutamente igual.

—¡Venga ya! Todavía tienes el tobillo algo hinchado.

Gabby se giró hacia él.

—A diferencia de lo que tú y mi padre pensáis, ya soy adulta, capaz de pedir ayuda si la necesito y de tomar decisiones sobre lo que puedo y lo que no puedo gestionar. Así que gracias, pero puedo arreglármelas sin ti.

Durante un segundo, se sintió orgullosa de sí misma, pero, entonces, él alargó la mano y la agarró de un brazo.

—Para ya, Gabby.

—¿Que pare qué? —dijo con tono petulante.

—Deja de hacer pucheros como un bebé porque no quieres aceptar la verdad sobre nosotros. Deja de rechazar mi ayuda porque estás enfadada conmigo por no sucumbir a la tentación.

Gabby se liberó de su agarre, mortificada y avergonzada.

Jackson siguió hablando, aunque con tono más templado.

—Los adultos se piensan las cosas dos veces antes de actuar por impulso. Tienen perspectiva suficiente como para renunciar a la diversión inmediata para evitar el dolor a largo plazo. Aprecian un halago en vez de enfurruñarse.

Jackson fijó sus ojos en ella hasta que le devolvió la mirada. Como siempre, sus ojos color caramelo afectaban a Gabby como la magia negra, sumergiéndola en una frustrante lucha de deseo, intimidad y melancolía.

—En mi opinión, un adulto sabe reconocer hasta qué punto es raro encontrar este tipo de conexión y no se rinde sin pelear. Quizá ese sea uno de los motivos que te han traído aquí. Puede que, después de todo, plantarte y luchar por alguien no esté en tu ADN.

Las motitas doradas de los ojos de Jackson brillaron de incredulidad y algo de indignación. Gabby decidió no quedarse a escuchar lo que tuviera que decir.

Prácticamente saltó del coche para, por suerte, caer sobre el tobillo sano. Dando saltitos, se dirigió lo más rápido que pudo a la puerta delantera sin mirar atrás. Cuando estaba a punto de entrar en casa, oyó el portazo que dio Jackson al cerrar la puerta de la camioneta. Una vez dentro, cerró la puerta y apoyó la frente en ella hasta que bajaron sus pulsaciones.

—¿Eres tú, Gabby? —gritó su padre desde el salón.

Aquel hombre había sido su héroe durante mucho tiempo, pero desde que había visto la última carta de su madre, el sonido de su voz le dolía como un golpe de los que dejan moretón. Al igual que Jackson, él tampoco creía que fuera lo suficientemente fuerte como para gestionar la decepción o para tomar decisiones sobre su propia vida.

Los días de que la vieran como una niña deberían haber acabado cuando dio a luz a su propio hijo.

—Sí, papá. Ya estoy en casa. —Entró cojeando en el salón y miró el reloj—. ¿Noah todavía no ha traído a Luc?

—Seguro que están al caer. —Hizo un gesto con la mano como para quitarle importancia y luego entornó los ojos—. ¿Ha habido muchos daños? ¿Algo grave?

Con las casas, no.

—Sorprendentemente, no. Cosas básicas... Ramas que hemos tenido que quitar y cosas así. Signal Hill estaba bloqueada, así que tuvimos que subir andando hasta Harris Home. Sospecho que no abrirán la carretera hasta esta noche. Solo algunos sitios se habían quedado sin luz, pero todos los generadores de emergencia estaban funcionando. Iré a echarles un vistazo mañana para confirmar que ha vuelto la luz.

La expresión tensa de su padre se relajó un poco.

—Gracias por encargarte de todo. No me gusta tener que quedarme al margen tanto tiempo.

Cómo si no lo supiera. La desesperación de su padre por recuperarse se veía en todo lo que hacía. Incluso Cami le había avisado de que debía relajarse un poco, pero no lo había conseguido. Gabby, con un suspiro, cojeó hasta el sillón más cercano y se dejó caer.

—¿Qué te ha pasado?

Su padre frunció el ceño.

—Me he torcido el tobillo al quitar algunas ramas pesadas. —Gabby apoyó el pie en la mesa baja para mantenerlo elevado—. Estaré bien en una hora o dos. ¿Ha venido Cami hoy para la sesión de fisioterapia?

—Sí. —Se tiró de una oreja, con el ceño fruncido—. La cosa va lenta, pero al menos va. Sé que he tenido suerte, apenas tendré secuelas, pero no me gusta verme aquí, atascado, como si fuera un inválido. Y lo peor de todo es pensar en lo que habría podido pasar contigo y con Luc si el ictus hubiera sido más grave.

—Si Jackson no hubiera estado aquí, habría tenido que contratar a alguien. Probablemente habría tenido que sacar a Luc de la guardería para poder pagarle. —Gabby esbozó una sonrisa triste—. Demos gracias por tu rehabilitación y por la ayuda de Jackson.

Su padre asintió con la cabeza.

—De hecho, creo que deberíamos devolverle el resto del alquiler. No me gusta ser un caso de caridad ni sentirme en deuda.

Aunque su padre tenía razón, sospechaba que Jackson se sentiría ofendido.

—No estoy muy segura de que apreciara ese gesto. Puede que incluso le ofenda.

—¿Ah, sí? —resopló—. Desde luego, lo tienes en un pedestal, ¿eh?

—No mucho. —Por supuesto, Jackson había reducido su preocupación a algo tonto y naíf en vez de considerarlo un mérito—. Pero ayudarnos le hace sentir mejor consigo mismo. Creo que hacía tiempo que no se sentía de esa forma, así que tampoco quiero qui-társelo, eso es todo.

—Mi negocio, mi decisión.

Genial. Debería llevar escrito en la frente «Papá lo sabe todo». Vale. Quizá él pudiera controlar esa decisión, pero no podía con-trolarla a ella.

—Y, hablando de decisiones, he decidido hablar con mamá.

—¿Por qué? —Su padre resopló y levantó las manos al techo—. ¿Y por qué deberías dejar que esa mujer volviera a tu vida?

—Porque «esa mujer» es mi madre. Siento curiosidad, papá, y necesito respuestas. —Entonces arrugó la nariz—. Y, sinceramente, también un poco porque tú me robaste esa decisión antes.

—No volvamos a ese tema. —Negó con la cabeza—. Antes de juzgarme, deberías pensar en la forma en la que proteges a Luc de una persona desequilibrada y dañina.

Sus rasgos se suavizaron antes de continuar:

—Si lo has olvidado, que tu madre se fuera te hizo caer en picado. Escondiste tu dolor en lo más profundo de ti y, siendo ado-lescente, lo tapaste con una sonrisa y algo de rebeldía, pero me des-trozó la injusticia que tuviste que vivir porque esperé demasiado tiempo para ponerle límites a tu madre. Haz memoria y recuerda aquellos años de altibajos, de mentiras. No me fie de ella la primera vez que te escribió y sigo sin confiar. No lo digo por rencor, lo digo simple y llanamente por preocupación y experiencia. Por favor, no te expongas al dolor y la exasperación. Y no expongas a Luc a ese veneno.

Ver los remordimientos y la pena genuina de su padre rebajó la animosidad de Gabby.

—Puede que todo eso sea verdad, pero ahora que ella ha apa-recido necesito esas respuestas. Tengo que verla, pero no me llevaré a Luc. —Esbozó una sonrisa compasiva—. Siento mucho que te moleste, pero es mi decisión. Sé todo lo que ella te hizo y cuánto

·daño nos hizo a los dos, papá, pero es mi madre. En alguna parte, debajo de todas esas drogas, hay una mujer que una vez me quiso, una mujer que los dos quisimos. El hecho de que haya tratado de ponerse en contacto con nosotros demuestra que no se fue sin más sin mirar atrás. Que se arrepentía. Puedo fingir que no me importa nada volver a verla o no. Y tú siempre me has enseñado que hay que darle una segunda oportunidad a las personas. ¿Y qué pasa si mamá ha estado esforzándose para estar limpia? Quizá merezca la oportunidad de demostrar que ha cambiado.

Su padre agitó la cabeza en señal de resignación.

—Si me hubieran dado un céntimo por cada oportunidad que le he dado, me podría jubilar.

Gabby dejó caer sus hombros ante el fatalismo de su padre. Afortunadamente, el timbre de la puerta puso fin a la discusión.

—Deben de ser Noah y Luc. Yo abro.

Un rápido vistazo a la mirada desenfocada de su padre sugería que ya se había marchado de allí a pesar de que su cuerpo siguiera en su sillón.

Cuando abrió la puerta, se encontró a Noah con Luc en brazos. Una imagen poco frecuente que la dejó sin respiración y la obligó a reconocer el parecido de sus rostros. Estiró los brazos para coger a su hijo.

—Gracias, Noah. Hoy he tenido un día muy largo, así que tu ayuda me ha servido de mucho.

Noah dibujó esa sonrisa tan familiar que solía usar para cautivarla. Aunque todavía estaba un poco reticente a concederle algo de confianza, tenía que admitir que últimamente se estaba esforzando con Luc y con ella. Si estaba dispuesta a darle una segunda oportunidad a su madre, quizá también debería guardarse su sarcasmo y ser más amable con el padre de su hijo.

Le dio un beso a Luc en la mejilla.

—¿Te lo has pasado bien con papá?

—¡Papá encendió laz lucez azulez y rojaz!

Gabby abrió los ojos como platos con fingida emoción.

—¡Oh, Dios mío! Eso suena muy divertido.

Dejó al niño en el suelo y este salió corriendo por el pasillo en busca de su abuelo.

—Gabby, ¿podemos hablar un segundo? —Noah se había quitado el sombrero y lo sujetaba delante de su cuerpo. Inclinó la cabeza hacia la izquierda—. ¿Salimos?

—¿Qué pasa?

Gabby salió al porche y lanzó una mirada furtiva al garaje, preguntándose si Jackson podría verlos.

Noah no dejaba de tocar la funda de su pistola y sus labios dibujaban una sonrisa extraña. Por primera vez en mucho tiempo, no estaba actuando como el gallito del lugar.

—Supongo que... Aj, diablos, Gabs. He cometido muchos errores y podría haber sido, podría ser, mejor padre. Alguien mejor para ti. Ambos sabemos que antes no estaba preparado, pero ahora, bueno, ahora creo que sí lo estoy. —Noah debió de percibir la total consternación en los ojos de Gabby, porque se aclaró la garganta antes de intentar seguir hasta el final—. Supongo que lo que estoy intentando decirte, o la esperanza que tengo, es que, como no estás saliendo con nadie y yo soy el padre de Luc, podrías dejar que formemos una familia. Quiero que esta vez merezca la pena de verdad.

Gabby habría jurado que se le cayó la mandíbula al suelo, pero, tras tocársela un segundo con la mano, pudo comprobar que no había sido así. Aunque acababa de defender las virtudes de las segundas oportunidades, las paredes de su corazón se endurecieron ante la sugerencia de Noah.

—Noah, yo... Esto me ha pillado por sorpresa. Perdóname si soy un poco escéptica.

—¿En serio? Sabes que siempre has sido mi chica favorita. Tampoco debería sorprenderte tanto.

—Si siempre he sido tu chica favorita, ¿por qué necesitaste a Linda, Jessie, Annie...?

—Vale, vale. ¡Para! —la interrumpió antes de morderse el labio—. Tenía veintiún años cuando te quedaste embarazada y estaba acojonado. Estaba lejos de ser lo que Luc y tú necesitabais. Creí que podría huir de mis responsabilidades y de todos mis sentimientos mezclados. Pero nadie se te acerca, Gabs. Ni remotamente. La vez que metí la pata fui demasiado orgulloso para reconocerlo. Y luego pasó el tiempo y tú estabas enfadada y dolida, como era lógico. Ahora espero que ya se te haya pasado el enfado y podamos hablar.

—¿Y acabas de tener una revelación repentina? —Gabby agitó la cabeza al suponer que la llegada de Jackson tenía tanto que ver con aquella escenita como cualquiera de sus habituales cambios de idea—. Noah, los sentimientos que pudiera tener por ti ya no están. Puede que hace un par de años hubiera podido encontrar algunos restos de los mismos en mi corazón, pero ahora es demasiado tarde.

—¿Ni siquiera me vas a dar la oportunidad de demostrarte que he cambiado? —Noah estiró la mano para acariciarle el brazo—. Déjame intentar ser alguien mejor para ti y un mejor padre para Luc.

—Espero que no estés utilizando a Luc para intentar volver conmigo. Ahora mismo, él está bien con la relación «informal» que tenéis. No hagas que Luc te coja cariño solo para intentar convencerme de que te dé otra oportunidad y luego vuelvas a tu indiferencia de siempre cuando tu estrategia no funcione.

—Guau. —Noah arqueó las cejas—. Está claro que no hay nada que pueda hacer para que me tomes en serio. Esto no es ninguna estrategia. Estoy intentando ser honesto contigo por primera vez en años.

¿Ah, sí? Gabby no estaba segura y ese era el problema. Aunque pudiera borrar todo el dolor que le había causado y quisiera volver con él, ¿de verdad podía confiar en él? A fin de cuentas, no creía que pudiera amar a nadie tanto como se ama a sí mismo.

—Bueno, hagamos lo siguiente. Siempre estarás en nuestras vidas porque eres el padre de Luc. Somos una familia, disfuncional, pero familia. Dejémoslo así.

—Ya te conquisté una vez. —Noah se volvió a poner el sombrero y se puso en jarras—. No puedes impedir que intente volver a hacerlo.

—Entonces, déjame que te dé un consejo. —Arqueó las cejas—. Ignorar mis sentimientos no es una buena forma de empezar.

—Esa es una de las cosas que más me gustan de ti, Gabs. Siempre golpeas de frente.

Noah le guiñó un ojo como si su encanto pudiera hacer caer sus defensas y puso rumbo al coche mientras echaba un vistazo a la ventana del apartamento del garaje. Se dio la vuelta mientras abría la puerta del coche.

—Voy a conseguir que cambies de opinión respecto a mí.

Antes de que pudiera rogarle que no tratara de hacerlo, Noah se deslizó en el asiento del conductor, cerró la puerta y encendió el motor.

Gabby se dejó caer sobre la puerta, exhausta por el día de duro trabajo, el dolor de tobillo y las tres discusiones que había tenido en los últimos cuarenta y cinco minutos.

Jackson observó el coche patrulla de Noah mientras se alejaba de la casa. No había podido ver a Gabby porque se había mantenido casi todo el tiempo oculta bajo el techo del porche delantero.

Seguía dándole vueltas a las últimas palabras de su discusión. *Puede que, después de todo, plantarte y luchar por alguien no esté en tu ADN.*

«Tonterías», pensó. Luchaba por todo el mundo. Había luchado por su madre cuando se puso enferma, había luchado por su hermano los primeros meses después de que huyera a Hong Kong. Había luchado por su hijo o hija hasta que Alison fue a la clínica y se deshizo de su «error». Esa todavía era la herida más profunda, como lo era preguntarse si habría tenido un hijo o una hija.

Suponía que eso poco importaba en esos momentos. El hecho es que había luchado por la gente a la que quería. Acababa de luchar para proteger a Gabby y a sí mismo del dolor. Era una pena que ella no comprendiera que, con bastante frecuencia en la vida, el mejor ataque era una buena defensa.

Jackson miró la hora y decidió llamar a David para hablar con él y Oliver, su inútil abogado. Mientras esperaba que descolgaran, deseó con todas sus fuerzas que la demanda de Doug desapareciera. Ya tenía bastantes cosas en la cabeza como para tener que rebajarse ante un hijo de puta.

—¿Jackson? —la voz de David resonó al otro lado de la línea telefónica.

—Estoy aquí.

Jackson se sentó junto a la mesa, con una libreta y un bolígrafo.

—Oliver llegará en un minuto.

—Entonces, ¿no me vas a cobrar esta parte de la llamada? —bromeó Jackson para relajarse un poco.

—No a menos que me toques las narices.

David no solía bromear, pero Jackson podía percibir el afecto en su tono. Se había obsesionado tanto con su dolor que había olvidado el lado bueno de su hermano.

—Cat me ha dicho que ha hablado contigo esta mañana.

Sospechaba que David y Cat se encargaban de controlarlo y luego compartían información entre ellos. Recordó el comentario nostálgico de Gabby sobre lo mucho que le habría gustado tener hermanos, obligándolo así a admitir que tenía suerte de que se preocuparan por él.

—Sí. —Jackson estiró las piernas—. Si no te importa, ahora no es el momento de hablar de ese tema.

—Por supuesto. Solo quiero que sepas que estoy aquí para lo que necesites, sea lo que sea.

—Gracias.

Giró el bolígrafo entre sus dedos, sin querer pensar demasiado en la idea de hacer terapia de familia con la poca energía emocional que ya le quedaba en la recámara.

—Ah, aquí está ya Oliver —anunció David.

—Jackson, perdón por el retraso.

Las palabras entrecortadas de Oliver pusieron nervioso a Jackson. Habría deseado que David estuviera especializado en derecho civil en vez de en derecho mercantil, pero al menos sabía que David estaba vigilando a Oliver en todo momento.

—No te preocupes. —Jackson inspiró profundamente—. Espero que tengas buenas noticias.

—Por desgracia, esta vez, no. He recibido los interrogatorios y tengo previstas notificaciones de declaraciones juradas en breve.

—En cristiano, por favor.

Jackson puso los ojos en blanco.

—Lo siento. En resumen, estamos en la fase de presentación de pruebas de la demanda. He recibido páginas de preguntas destinadas a que el demandante, eh, Doug, pueda recopilar las pruebas necesarias para montar su caso. Las declaraciones son, en esencia, entrevistas, probablemente de los testigos del incidente, pero también cabe la posibilidad de que convoquen a algunos de tus clientes.

Jackson se incorporó de golpe.

—¿Por qué puede llamar a mis clientes? No estaban allí ni tienen nada que decir sobre mis decisiones a la hora de contratar o despedir a alguien.

—El problema es que como el elemento del despido improcedente de la demanda, basado en una interpretación sesgada de la represalia, es el punto más débil de la reclamación de Doug, se centrarán más en la agresión, el daño emocional y la difamación.

—¿Difamación? Él es quien va por ahí contando historias sobre mí y mi ética laboral, no al revés. —Jackson pegó un puñetazo en la mesa—. ¿Por qué no puedo demandarlo yo a él?

—Te recuerdo que nosotros sí que hemos presentado contra-demandas, pero, de todas formas, habrá declaraciones a menos que lleguemos a un acuerdo antes de que esto vaya más lejos.

—Entonces, ¿él es un bocazas delante de todo mi equipo, me demanda y soy yo el que tengo que pagar? No os ofendáis, chicos, pero el sistema legal apesta.

El silencio al otro lado de la línea no contribuyó a mejorar el estado de ánimo de Jackson.

David decidió intervenir.

—Jackson, tienes que intentar verlo desde el punto de vista racional, no emocional. Justo o injusto da igual si eso puede acabar afectando a tu reputación, a tus intereses comerciales y a todo por lo que has trabajado. Lo mejor que puedes hacer es un movimiento táctico y poner fin a todo este sinsentido antes de que Doug consiga las pruebas que necesita para correr mejor suerte en los tribunales.

—Maldita sea, no hay pruebas.

Pero entonces recordó hasta qué punto los recuerdos de Hank sobre el incidente diferían de los suyos.

—No creo que debas tomar una decisión basada únicamente en tu propio testimonio y tus recuerdos. —David dudó—. A juz-gar por mis conversaciones extraoficiales con Hank, al menos, la demanda civil de Doug por agresión tiene bases legales.

—¿Los dos queréis que me baje los pantalones?

—No —respondió Oliver—. Si quieres pelear, pelearemos. Lo que te decimos es que deberías considerar seriamente qué es lo mejor para ti y para el resto de tus empleados. Mi consejo es que hagas una oferta de acuerdo, condicionada al compromiso de silencio de Doug, por supuesto.

—¡Como si eso fuera posible! —se mofó Jackson.

—Vale, de acuerdo, no es perfecto, pero tu círculo profesional es pequeño. Si te enteraras de que Doug continúa hablando, tendría que devolver el dinero más las costas.

Oliver guardó silencio.

—Pero si rompe su parte del acuerdo, todo el daño que estoy intentando evitar pagando se produciría de todas formas.

Jackson se frotó la cara con una mano.

—Lo más probable es que coja el dinero y cumpla los términos del acuerdo —dijo Oliver.

—¿Entonces qué? ¿Me saco una cantidad de la manga y pago al cabrón?

Jackson garabateó unos cuantos símbolos de dólar en la libreta y luego los tachó.

David volvió a intervenir:

—¿Cuánto pagarías para que todo esto acabe? ¿Para poder tachar esto de tu lista de preocupaciones y pasar página?

Lo que quería gritar era «¡Nada!», pero luego pensó en Hank, Jim, Ray y los nuevos miembros del equipo. Pensó en los años que había pasado montando la empresa y labrándose una reputación. Pensó en el hecho de que, hacía poco, había empezado a sentirse mejor consigo mismo y más optimista en cuanto al futuro. Quizá David tuviera razón. Quizá enzarzarse en una disputa con aquel gilipollas no mereciera la pena.

—¿Jackson? —volvió a preguntar David.

—¿Crees que un mes de salario sería lo justo?

—¿De qué cantidad estamos hablando? —preguntó Oliver.

—Cuatro mil.

Jackson podía oírlos cuchicheando.

—Puedo oíros a los dos deliberando aunque no pueda veros.

Oliver se aclaró la garganta.

—Lo siento. Le estaba diciendo a David que dudo mucho que eso sea suficiente. Aunque Doug estuviera dispuesto a aceptarlo, cosa que dudo mucho, su abogado seguramente le aconseje que pida más, porque sus honorarios son un porcentaje de la cantidad que consiga para su cliente.

—Pues está jodido.

—No te falta razón, pero te doy mi mejor consejo. ¿Estarías dispuesto a ofrecer veinticinco mil por acabar con todo esto? Esa cifra está muy por debajo de los límites de tu seguro.

¿Veinticinco mil? Oliver debía de estar mal de la cabeza. Tampoco era por la cifra. Era una cuestión de principios.

—Oliver, ¿puedo hablar a solas con mi hermano un minuto?

Jackson dio golpecitos de impaciencia con los dedos de los pies.

—Por supuesto. Saldré del despacho —dijo Oliver.

—Gracias.

Jackson pudo oír el ruido de papeles y movimiento.

—Ya se ha ido. ¿Qué pasa? —preguntó David.

—¿Estás de acuerdo con él? —le gritó Jackson.

—¿Sobre el acuerdo?

—Sobre la cantidad. Me refiero a que son seis meses de salario. Me parece mucho para un tipo al que han despedido por hablar mal de su jefe.

—Creo que la clave aquí es la conveniencia. No deshacerse del problema ya tiene un coste asociado. Si tiras los dados y te acaban condenando por la agresión, no estarás cubierto por el seguro y podrías verte en una situación complicada. Así que, aunque entiendo que tú lo veas desde el punto de vista de la justicia, es momento de pragmatismo, no de idealismo.

De repente, una apabullante sensación de derrota recorrió el cuerpo de Jackson. La oscuridad que lo había estado consumiendo durante los dos últimos años creció en su interior hasta aplastarle los pulmones. Se le quedó la boca seca y, por primera vez en días, sintió auténticas ganas de beber.

—Ofrécele doce mil. Ni un céntimo más. Eso son tres meses de paga.

—Se lo diré a Oliver. —David hizo una pausa—. Me disgusta tener que decirte esto ahora, pero deberías prepararte para una contraoferta.

—Maldita sea, David. ¿Oliver no puede hacer que el otro abogado entre en razón? Por el amor de Dios, esto es una extorsión.

—Sabes lo suficiente de negociación como para saber cómo va esto. —David hizo una pausa y Jackson cerró los ojos, frustrado—. Y aprovechando que todavía sigues ahí, ¿podríamos hablar ahora sobre la sesión de terapia familiar que ha mencionado Cat?

—De hecho, he tenido un día espantoso hoy. No es que quiera deshacerme de ti. —Jackson se inclinó hacia delante y apoyó la barbilla en su puño—. Bueno, vale, sí, pero no es porque no quiera hablar sobre el tema. Es solo que no estoy de humor ahora mismo.

—Vale. Como ya he dicho, estaré donde tú digas y cuando tú digas. Vivi te manda besos.

—Gracias, David. Saludos de mi parte a Vi. Y gracias por ayudar en todo este embrollo. Sé que no me estás cobrando por tu tiempo.

—No hay de qué.

—Vale. Hablamos pronto.

Jackson colgó y tiró el teléfono en la mesa.

Tras un minuto, se puso de pie y se acercó a la nevera. Las opciones para cenar eran limitadas: queso para fundir, una lata de sopa y un sándwich de huevo. Miró al otro lado de la calle, a la casa de los Bouchard. Gabby seguramente había preparado algo copioso y sabroso. La chica era realmente buena en la cocina.

Y en todo. Recordar su beso envió un chisporroteo de electricidad por todo su cuerpo. ¿Acaso tendría razón? ¿Sería un cobarde en vez de un tipo inteligente y sacrificado?

Parecía completamente ridículo pensar que algo bueno podría salir de todo aquello y, con todo, ella había sido la primera persona, sino la única, en más de veinticuatro meses que había hecho crecer la esperanza en su pecho. Que había comprendido su corazón. Que estaba dispuesta a arriesgarlo todo por estar con él.

La inteligencia luchaba contra el instinto, desesperada por poner el foco en la locura que suponía que estuvieran juntos, pero sus claros rayos de luz, en vez de poner de relieve todos sus defectos, más bien hicieron que las intangibles y cautivadoras facetas de su relación cobraran vida.

Su confianza en que sería lo suficientemente fuerte como para resistir sus embestidas varias semanas más flaqueó. Maldita sea, incluso un solo día más ya le sería difícil.

Capítulo 12

A las diez en punto, Gabby apagó la televisión después de darse cuenta de que llevaba como media hora pasando de canal en canal. Su padre se había ido a la cama pronto. Y, para su sorpresa, Luc no había vuelto revoltoso.

Se paseó por el primer piso, recogiendo un juguete que Luc se había dejado en la cocina, metiendo su taza sucia en el lavavajillas y estirando la manta en el respaldo del sofá. Hasta que llegó Jackson, había aceptado aquellas actividades mundanas y sus pequeñas alegrías como una buena vida. Ahora, tras haber atisbado un mundo en el que el amor era posible, su vida le parecía incompleta.

Echó un vistazo fuera y vio una pálida luz dorada al otro lado de la ventana del apartamento del garaje.

Se preguntó si Jackson se habría pasado la tarde dándole vueltas a su discusión. O reviviendo aquel beso que lo devoraba todo. O preocupándose de alguna forma por lo que Noah quería de ella.

Noah. Gabby se frotó la frente, preguntándose cuánto tiempo se pasaría persiguiendo aquella loca idea de la reconciliación. Sinceramente, ¿se había vuelto loco? Solo un hombre absorto en su propia vida sería capaz de pensar que la novia a la que dejó tirada después de dejarla embarazada estaría deseando volver con él, por ella o por su hijo.

En solo unas semanas, Jackson había conseguido erigirse como un modelo masculino para su hijo de un modo en que Noah no lo había hecho hasta entonces. Sin lugar a dudas, Jackson rezumaba más calidez y se encontraba más cómodo con los niños que Noah.

Le palpitaba la cabeza por todos los acontecimientos del día. Pero, a pesar de las horas de gimnasia mental que llevaba, sí que había algo que tenía claro: no podría dormir si no arreglaba antes las cosas con Jackson.

Volvió a espiarlo por la ventana. Solo veinte metros los separaban. Un minuto a pie. Todo lo que necesitaba era sacar un poco de coraje y eso a ella no le costaba demasiado. Tomada la decisión, deslizó sus pies en sus zapatillas y salió por la puerta de atrás.

Quizá tuviera razón... Era demasiado joven e impulsiva. Pero puede que fuera eso justamente lo que necesitara Jackson, alguien que pasara a la acción en vez de darle vueltas a las cosas hasta que toda la alegría y la emoción desaparecieran de la situación.

Cuando llegó al último escalón, pegó la oreja a la puerta pero no oyó nada. Ni televisión. Ni radio. Nada. Inspiró profundamente y llamó tres veces a la puerta. Oyó sus pasos al otro lado antes de que se abriera.

—¿Qué pasa? —Arqueó las cejas y miró por encima del hombro de Gabby para echar un vistazo a la casa—. ¿Otro problema con tu padre?

—No, al menos no de la forma que tú crees. Vengo a hablar. ¿Puedo entrar o estás ocupado?

Sin mediar palabra, dio un paso atrás y le hizo señas para que entrara. Cuando cerró la puerta, Gabby lo vio aferrarse al pomo y agachar la cabeza unos segundos antes de enfrentarse a ella.

—Solo estaba leyendo.

La miró fijamente y se apoyó en la puerta, con las manos detrás de su trasero, pasando el peso de una pierna a otra.

Con la cabeza inclinada, esperó a que ella hablara. Gabby supuso que eso tenía toda la lógica, teniendo en cuenta que era ella la que había iniciado la visita. El problema era que había ido sin ningún plan trazado.

—¿Podemos sentarnos un minuto? —dijo, señalando el sofá.

—Por supuesto.

Se apartó de la puerta y la siguió, pero se sentó en la silla en vez de en el sofá junto a ella.

Gabby apartó el cojín para acercarse a él, algo que lo tensó visiblemente.

No era un buen comienzo.

¿Acaso se esperaba algún tipo de reedición de su momento de beso y pelea? Decidió cambiar de estrategia.

—Voy a ver a mi madre.

—¿Vas a hacerlo? —Jackson se inclinó hacia delante, más interesado ahora en aquella conversación que poco tenía que ver con él o con ellos—. ¿Cómo se lo ha tomado tu padre?

—Hemos vuelto a discutir. —Gabby se encogió de hombros—. Tampoco es tan sorprendente, ¿no?

—Solo intenta protegerte, ya lo sabes. —Jackson entornó los ojos—. ¿Qué te ha llevado a tomar esa decisión?

—Tú.

Jackson se acomodó en su silla, con la palma de la mano en el pecho.

—¿Yo?

—Aquella noche junto a la hoguera, me sugeriste que, si no iba, tendría preguntas toda la vida. Creo que tienes razón. Como ya te dije una vez, metió la pata, pero no por ello ha dejado de ser mi madre. Quizá sea una ingenua, pero mi niña interior todavía quiere algún tipo de conexión con su madre.

No mencionó el hecho de que también quería ver si su madre había sido capaz de superar sus adicciones. Llegados a ese punto, había decidido dejar de engañarse sobre los motivos por los que esa parte le importaba. La razón estaba sentada junto a ella en esos momentos, mirándola con nerviosismo, pero estaba segura de que, si su madre había podido superar sus adicciones, él también podría.

Jackson se mordió el labio inferior, un gesto que atrajo de inmediato su atención. Como si alguna vez pudiera —o quisiera— olvidar la forma o el sabor de su boca.

Podía ver el conflicto en sus ojos.

—Espero que no te enfades conmigo si las cosas no salen bien. —Jackson repiqueteó con los dedos en el brazo de su sillón—. Por lo poco que sé, hay un cincuenta por ciento de posibilidades. ¿Estás preparada para eso?

—Probablemente no.

Gabby se deslizó al borde del cojín hasta que sus rodillas se rozaron. Los ojos de Jackson se desviaron de inmediato al punto de contacto y los mantuvo allí.

—Jackson, ¿te importaría venir conmigo? Para darme apoyo.

El zumbido del frigorífico reverberó en el silencio. Jackson se inclinó hacia delante, con los codos en las rodillas, y juntó los dedos mientras reflexionaba.

—¿Por qué yo?

Las palabras brotaron de la boca de Gabby sin que pudiera hacer nada para evitarlo.

—Porque, a diferencia de Tess o mi padre, tú no juzgas.

La vergüenza se apoderó de ella, provocándole un hormigueo en la nariz.

Jackson la cogió de la mano.

—¿Porque no te juzgo?

—Sí, por ser tan idiota como para darle otra oportunidad a mi madre. Y tampoco la juzgas a ella por sus problemas con las drogas. —Gabby apartó la mirada cuando dijo esa última parte, pero no lo suficientemente deprisa como para no verlo arquear una ceja—.

Antes de que se fuera, la gente siempre estaba murmurando sobre ella. Otras madres me menospreciaban porque pensaban que podía ser una mala influencia para sus hijos. Y entonces se fue y la gente también opinó al respecto. Supongo que no quiero que nadie más sepa que, después de todo lo que nos hizo a mi padre y a mí, todavía me importa tanto como para querer verla. ¿Eso me convierte en una cobarde?

Jackson apretó su mano con más fuerza.

—Creo que eres lo menos parecido a una cobarde que he visto en mi vida, pero tengo que ser sincero. Jamás la juzgaría por luchar contra sus adicciones ni por querer hacer las paces contigo, pero no puedo fingir que no la juzgo por el hecho de alejarse de ti.

Jackson se acercó aún más a ella y le secó una lágrima perdida en uno de sus ojos. Entonces, le susurró:

—Como ya te he dicho, más se perdió ella.

Gabby levantó la mano para acariciarlo mientras él le sujetaba la mejilla.

—Gracias. —Cuando intentó retirar la mano, ella la cogió con fuerza—. Jackson, también quiero hablar sobre nuestra discusión.

—Siento mucho haber herido tus sentimientos por mis comentarios pueriles. Solo estaba algo molesto conmigo mismo por el beso. —Jackson liberó su mano: necesitaba espacio si ella pretendía hablar de aquel beso sentada junto a él, en pijama y sin sujetador—. Olvidémoslo y pasemos página.

—¿Pasar página? —Gabby sonrió y él pudo ver esperanza en sus ojos—. ¿A qué te refieres?

—A que seamos solo amigos. No hay necesidad de hablar del tema hasta la saciedad. Ya sabes que me voy en unas semanas.

—Lo sé.

Le aguantó la mirada.

—Genial entonces. Me alegro de que estemos de acuerdo.

Cuando el alivio que esperaba sentir no se produjo, la tristeza apareció para ocupar el vacío.

—Yo no diría eso exactamente. —Gabby se humedeció los labios—. Si dependiera de mí, vería adónde nos llevan estos sentimientos.

No cabía duda de que ella seguiría adelante, pero ¿acaso podía ser tan temerario con el corazón de ambos?

—¿Por qué me invitarías a mí y a mis problemas a tu vida? Y no me refiero solo a la bebida.

—¿Qué otros problemas tienes?

—¿Acaso importa? —Se puso en pie, con las manos en las caderas, y empezó a caminar de un lado para otro—. Eres joven y tienes un hijo del que cuidar, y puede que tu madre vuelva a tu vida. Ya tienes bastante como para, además, añadir mis historias. Y luego, puf, me iré. ¿Para qué?

—Deja de hacer eso.

Gabby se cruzó de brazos, lo que ofreció a Jackson una perfecta vista de su escote.

Dejó de andar y levantó la mirada para centrarse en sus ojos.

—¿Que deje de hacer qué?

—Decir cosas fingiendo que me estás protegiendo cuando, en realidad, estás poniendo distancia entre nosotros para protegerte tú.

Esa capacidad de ver en su interior tenía un inconveniente: no podía esconderse.

—Pues si soy tan cobarde, ese es otro buen motivo para que te alejes de mí.

—Ya estás otra vez evitando.

Gabby se negó a apartar la mirada.

Jackson dejó caer sus brazos a ambos lados de su cuerpo.

—Y ya estás tú otra vez con una respuesta para todo.

—Créeme, tengo muchas más preguntas que respuestas, pero nuestro beso fue algo más que algo puntual. Niégalo, recházalo, apártalo, haz lo que quieras, pero la verdad es que tenemos sentimientos. —Hizo un gesto entre los dos—. Sentimientos reales que van más allá de una amistad. No sé nada de tu vida en Connecticut, pero, aquí, eso no pasa con demasiada frecuencia.

Jackson se pasó ambas manos por el pelo, frustrado y sin saber qué decir. No, este tipo de sentimientos no se dan todos los días... o semanas o meses o años. Por supuesto, era propio de su mala suerte que se dieran justo en el momento y el lugar más inoportunos, con una mujer completamente inapropiada.

Gabby dejó caer los hombros y se miró los pies.

—Solo quiero conocerte mejor. ¿Qué hay de malo en eso?

Se le estrechó la garganta, le costó tragar saliva. Gabby parecía frágil y joven, vulnerable. Tan expuesta como se sentía él cada vez que ella intentaba quitar una capa más y escarbar en su corazón. Una vez más, su franqueza le recordó su juventud, cuando se sentía cómodo en su piel, cómodo demostrando afecto, tanto de obra como de palabra.

Le gustaba pensar que esa parte de él seguía existiendo a pesar de su cinismo, como el agua bajo la superficie congelada de un estanque.

—No tiene nada de malo. —Jackson seguía sin querer inocular a Gabby el veneno de su pesimismo—. Es solo que no es lo más sensato.

Gabby levantó la mirada, con sus ojos claros llenos de tristeza.

—No confías en mí.

—Me cuesta mucho confiar en las personas.

Jackson vio cómo la fuerza de sus palabras la hizo retroceder.

Gabby se irguió y lo observó, pero su mente parecía perdida en otro sitio. Por fin dijo:

—Antes dijiste que te había hecho daño mucha gente. ¿Por ese motivo no piensas darme una oportunidad a mí? También das por hecho que te voy a decepcionar, ¿no?

Jackson no pudo evitar sonreír por su descaro.

—Estoy aprendiendo a no dar nada por sentado en ningún aspecto sobre ti.

Gabby esbozó una sonrisa traviesa.

—Bien.

Se puso en pie y se acercó a él.

La intranquilidad se apoderó de las extremidades de Jackson y se contuvo para no arrancarse la sudadera en busca de aires más frescos. El apartamento parecía cada vez más pequeño a su alrededor.

—Pareces incómodo.

Gabby se detuvo a centímetros de él.

—Estoy muy incómodo. No sé qué quieres de mí.

Ella apoyó sus manos en el pecho de Jackson.

—Sí que lo sabes.

Se le aceleró el pulso y, a pesar de todos sus buenos propósitos, la agarró por la cintura. Cinco segundos de intensas miradas más tarde, sus respiraciones y extremidades se hicieron más pesadas por el deseo.

—Esto es un error.

—Puede ser.

En los ojos de Gabby, ahora tranquilos y claros, no había el menor rastro de duda. Entonces, se puso de puntillas y lo besó.

Cualquier posibilidad de resistirse voló por los aires en cuanto se entregó a la boca y la lengua persuasivas de Gabby. A diferencia de los besos de las chicas con las que había estado en los dos últimos años, el beso de Gabby reverberó en todo su interior y se clavó en su corazón. Ese tipo de sensación aterradora y extraordinaria que pone tu mundo del revés y que ya había olvidado se apoderó de él y lo consumió.

Le pasó los dedos por sus ensortijados rizos castaños, que tanto le habían llamado la atención hacía unas semanas, y le acarició la espalda con las manos hasta llegar a su trasero, al que se aferró para luego acercarla a su cuerpo.

Sin poner fin a su tórrido beso, Gabby se agarró a su cuello y apretó con fuerza.

—Llévame a la cama, Jackson.

Escuchar su nombre en sus labios lo hizo sucumbir ante una oleada de sensaciones eróticas. Entre besos, Jackson murmuró:

—¿Estás segura?

—Sí —respondió sin dudarlo.

Jackson deslizó una mano bajo su muslo y subió por su cuerpo. Sin pensarlo, ella rodeó sus caderas con sus piernas. Justo donde la quería. Donde quería entrar una y otra vez hasta que no les quedara nada más que dar.

Jackson se tambaleó hasta la cama sin dejar de besarla apasionadamente, con sus bocas buscando el placer, explorando con sus manos, con sus pelvis rozándose con desesperación hasta que cayeron juntos sobre el colchón.

Gabby demostró ser tan directa buscando el placer como había demostrado serlo en todos los demás aspectos de su vida. Mientras Jackson seguía desequilibrado, casi aturdido por la oleada de lujuria que inundaba sus venas, ella empezó a aflojarle la ropa y a acariciarle la espalda.

Él no quería ir deprisa, pero tampoco era capaz de parar. Locura, esa era la única explicación. Ambos se habían vuelto locos por algo que no eran capaces de identificar, quizá tampoco quisieran hacerlo. No cuando olvidar el miedo y la duda resultaba tan agradable.

A Jackson se le ponía la piel de gallina cada vez que los dedos de Gabby lo acariciaban, extendiéndose por todo su cuerpo como ondas en la superficie de un lago.

Tiró su sudadera al suelo y luego levantó los brazos de Gabby por encima de su cabeza para recuperar el control del ritmo. De lo contrario, acabaría antes de empezar.

Gabby se acercó a él, jadeando con fuerza.

—Vuelve.

—No me voy a ninguna parte —murmuró en su oído—. Pero esto no es una carrera. Ya que vamos a hacer un pacto con el diablo, será mejor que nos tomemos nuestro tiempo.

Gabby esbozó una amplia sonrisa. Él la besó, porque podía. Porque llevaba semanas deseándolo. Porque esa chica le hacía querer reconectar con partes de él mismo que creía fuera de su alcance.

Le lamió el cuello hasta que su boca llegó a ese punto sensible que hay detrás de la oreja. El cuerpo de Gabby se estremeció. Le gustaba... mucho.

Le dio un mordisquito en los labios, la volvió a besar y luego empezó a levantarle la camiseta con una mano mientras usaba la otra para mantenerla a raya.

Como imaginaba, no llevaba sujetador. Le dio un beso en el estómago y, poco a poco, fue subiendo por su torso hasta que cerró la boca en torno a su pezón izquierdo. Ella gimió y se arqueó, mientras él hacía círculos con la lengua una y otra vez antes de pasar al otro pezón.

Su piel perfecta, sedosa aunque tersa, olía a fresco aunque dulce, como una pera madura. Jackson se apartó un instante para poder mirarla a la cara, a sus mejillas sonrosadas, sus labios voluptuosos, su pelo enmarañado formando un abanico alrededor de su cabeza.

—Eres tan guapa.

Antes de que pudiera responder, la volvió a besar, un beso profundo y posesivo. Necesitaba sentir su tacto, así que liberó sus manos, que fueron de inmediato a su cintura y empezó a bajarle los pantalones por las caderas.

Estaba tan empalmado que le dolía. En un minuto, se arrancaron la ropa mutuamente. Él acarició la parte interior de su muslo hasta que encontró su centro, húmedo y preparado para él.

—Oh —gimió ella con los dedos de Jackson dentro.

Se retorció contra la palma de su mano con ritmo constante, mientras se aferraba con fuerza a su erección, arrancándole un gruñido de los pulmones.

En ese momento, sus cuerpos se entrelazaban y movían en armonía, como engranajes que sabían exactamente cómo maximizar el placer. Sensaciones embriagadoras, cálidas y delicadas se estrellaban y recorrían el cuerpo de Jackson en oleadas, sorprendiéndolo y atrayéndolo cada vez más hacia su interior.

Cuando ya no pudo esperar más, se puso un condón y la penetró con fuerza. Se deslizó sobre ella, la agarró con los antebrazos y le rodeó la cara con las manos. Besándola, sondeó su lengua despacio, moviendo sus caderas al unísono con su lengua y entonces, gradualmente, aumentando el ritmo de sus embestidas hasta que ambos se tensaron hasta el punto de chasquear.

—¡Sí! —gritó Gabby mientras se aferraba con más fuerza a él, exprimiéndolo mientras su propio orgasmo explotaba—. Oh, sí.

Jackson hundió la cara en el hueco de su cuello. En vez de retirarse, se mantuvo dentro de ella. Gabby esbozó una sonrisa mientras apartaba algunos de sus sudorosos rizos, pegados a su cara.

A medida que el frenético remolino de deseo fue decreciendo, una nueva emoción se abrió paso a través del músculo antes endurecido de su corazón: paz. No se le ocurría una palabra mejor, aunque parecía demasiado tenue para el perfecto estado de gracia que consumía su alma.

Con su beso, Gabby reaccionó estirando el cuello y le acarició la espalda con los dedos. Su suave tacto lo hizo sonreír, porque parecía impropio de la chica que se había plantado frente a él con sus preguntas y sentimientos.

Entonces ella miró el reloj y suspiró.

—Me gustaría poder quedarme toda la noche, pero será mejor que me vaya a casa por si mi padre o Luc se despiertan y me necesitan.

Por primera vez en años, a Jackson no le hizo ninguna gracia que fuera razonable separarse ni dormir solo. Casi le molestaban los otros hombres de su vida, pero dejó a un lado sus sentimientos y mordisqueó su labio inferior.

—Me dejas queriendo más, ¿no?

—¿Eso hago?

Sus hoyuelos se hicieron más profundos bajo sus brillantes ojos azules.

—Sí que lo haces. —Jackson se obligó a dejarla ir y se sentó para ver cómo se apresuraba a vestirse—. Ya te dije que no me gusta conformarme con solo una cosa de algo.

Gabby sonrió y, de repente, a Jackson le resultó divertido poder bromear sobre su problema con el alcohol con ella. Quizá eso fuera una buena señal. Quizá le demostraría a Doc que se equivocaba y que esta relación le ayudaría a llegar a la línea de meta de su recuperación.

Una vez vestida, se sentó en el borde de la cama y entrelazó su mano con la de Jackson.

—Por favor, no empieces a arrepentirte en cuanto salga por la puerta. Ya sé que es bastante probable que sea una relación breve y que posiblemente no seamos más que amigos en la distancia, pero veamos adónde nos lleva esto, día a día.

Amigos en la distancia ya sonaba bastante mal. Demasiado insignificante como para representar la profundidad de sus sentimientos por Gabby. Y, al mismo tiempo, la conocía desde hacía tan poco que... ¿cómo podría considerar algo más?

—Día a día... mi nuevo mantra. —Tiró de las puntas de su pelo y se la acercó para un último beso de buenas noches—. Pase lo que pase, jamás me arrepentiré de esta noche. Lo único que siento es que tengas que irte.

Se puso en pie, la acompañó hasta la puerta y luego la observó hasta que desapareció en su casa a oscuras. De repente, el apartamento parecía frío y vacío, como la noche que se había ido la luz.

Por su mente empezaron a desfilar preguntas y juicios que amenazaban con destruir el agradable zumbido que todavía recorría sus venas. Los apartó, decidido a prolongar aquel momento de felicidad.

Cerró los ojos y recordó las mejillas sonrosadas y los labios entreabiertos de Gabby y se durmió profundamente.

CAPÍTULO 13

Jackson estrechó la mano a Doc antes de ocupar su habitual asiento en el sofá. Le sorprendió que aquella consulta, que al principio le había provocado una reacción claustrofóbica, ahora le pareciera acogedora. Una pena que su cambio de actitud no hubiera servido para calmar su estómago revuelto de esa mañana.

Desde que había abierto los ojos, Jackson había temido el momento de hablar de su familia y de Gabby. Por supuesto, todavía en la cama, el persistente perfume a pera y los largos mechones de pelo de Gabby en su almohada le habían dibujado una sonrisa en la cara.

La mirada de Doc se fijó en la rodilla de Jackson, que no dejaba de rebotar.

—¿Nervioso?

Jackson frenó ese movimiento e hizo crujir los nudillos, intentando reunir valor. Su padre le había enseñado a enfrentarse primero a la parte más dura de cualquier problema, porque eso hacía que todo lo demás resultara mucho más fácil. Esta ocasión exigía que siguiera su consejo, aunque no es que tuviera muchas ganas de enfrentarse a la cara de decepción de Doc.

Jackson elevó por fin la mirada.

—Tengo algo que confesarte.

—¿Has bebido?

Doc se inclinó hacia delante, interesado pero sin juzgar.

—No. —Jackson vio cómo las facciones de aquel hombre pasaban deprisa del alivio a la curiosidad—. Pero he conocido a alguien, a una mujer. De hecho, la conocí cuando llegué y, en contra de tu consejo, he dejado que las cosas fueran a más.

—¿En qué sentido?

—En el sentido habitual.

Jackson se hundió aún más en el sofá. Sus músculos se tensaron bajo el escrutinio de Doc, lo que le recordó a cuando le pillaron con sus amigos pintando el año de su graduación en el aparcamiento del estadio. Doc se mantuvo en el borde de su asiento.

—¿Amistad?

—Sexo. —Jackson frunció el ceño y cambió su respuesta—. Bueno, amistad primero. Y luego sexo, anoche.

Doc agitó la cabeza. Sus ojos permanecieron fijos en Jackson durante unos cuantos segundos de silenciosa contemplación.

—El hecho de que me lo menciones me dice que es un tipo de sexo diferente al que habías estado teniendo últimamente.

—Sí.

—¿En qué sentido?

—En todos los sentidos.

Gabby le había ofrecido compasión, comprensión, deseo y conexión, todo dentro de un paquete adorable. Jackson se movió, como si encontrar una postura más cómoda aliviara su incomodidad mental por arte de magia.

—Mejor en todos los sentidos.

—¿Mejor porque...?

La astuta mirada de Doc no vaciló.

—Es una persona excepcional. Valiente. Me gusta mucho.

—¿No te gustó ninguna de las otras mujeres con las que te acostaste después de Alison?

—No es que no me gustaran. Apenas las conocía.

—Pero tampoco conoces mucho a esta nueva mujer, ¿no?

Doc se frotó la barbilla.

—Sí que la conozco. —El tiempo no definía el grado de intimidad que habían compartido—. A veces tengo la sensación de que hace años que la conozco. Ella me entiende.

En cuanto aquellas palabras salieron de su boca, se ruborizó porque parecía un adolescente enamorado.

Sin embargo, Doc ni siquiera sonrió.

—¿A qué te refieres?

—No puedo explicarlo. —Jackson se encogió de hombros—. Es una sensación, como comodidad o comprensión. Sin más.

Doc entornó los ojos, claramente pensando cómo verbalizar lo que quiera que se le cruzara por la cabeza.

—¿Y por qué crees que esta «amistad» ha ido tan deprisa?

—Las circunstancias nos han unido. La he estado ayudando hasta que se recupere su padre.

—Así que ella depende de ti.

—No. —Jackson negó con la cabeza—. Gabby puede arreglárselas sola, pero yo quiero ayudar.

—¿Y el sexo ayuda?

Los ojos de Doc centellearon sobre una sonrisa bobalicona.

—Se podría decir así.

Jackson soltó una carcajada.

—Por supuesto. —Doc se echó a reír—. Pero no me refiero a eso.

—Lo sé.

—Háblame de este «sentimiento» de conexión. ¿Por qué crees que existe?

Jackson apoyó los codos en sus rodillas mientras miraba por encima del hombro de Doc, pensando.

—Me resulta muy fácil ser sincero con ella. Cuando estoy con ella, es como si su honestidad llegara a una parte oculta en mí. Me siento seguro compartiendo con ella cosas que no era capaz de compartir con los demás. No es el tipo de chica que se largaría o me traicionaría.

—Y, a pesar de todo, tú sí que piensas «largarte» en un par de semanas.

Jackson se miró los pies mientras la triste realidad se materializaba a su alrededor, asfixiándolo como una habitación llena de humo.

Cuando no respondió, Doc se aclaró la garganta.

—Jackson, ¿existe la posibilidad de que hayas decidido confiar en esta mujer porque sabes que tiene fecha de caducidad?

—No.

Jackson se acomodó hacia atrás y se cruzó de brazos.

—Piénsalo. Esta chica no puede decepcionarte porque no te vas a quedar tanto tiempo como para que pueda hacerlo. Puede que su carácter temporal, no algún tipo de unión mística, la convierta en una opción segura.

—De ninguna manera. —Al ver que Doc seguía sin parecer convencido, Jackson decidió insistir—. Lo digo en serio. No estoy buscando un confidente, ese es tu trabajo. Pero en cuanto la conocí, supe que era diferente. He intentado resistirme, pero no puedo irme sin más cuando ella me hace tan feliz. Los dos somos adultos. Conocemos la situación. No le he ocultado la verdad sobre mis problemas. Pero anoche decidimos pasar el tiempo que tengamos juntos, y que pase lo que tenga que pasar.

—Lo que me lleva a mi preocupación inicial. Dentro de tres o cuatro semanas, cuando estés de vuelta en Connecticut ocupándote de tu negocio y de tus asuntos personales, ¿qué pasará cuando la eches de menos a ella y a esta cercanía recién descubierta?

—La gente tiene amigos y relaciones en la distancia. —Jackson se retorció en el sofá—. Vermont tampoco está tan lejos.

—Pongamos por caso que quieres e inicias una relación romántica. Escoger a una mujer geográficamente lejana no parece lo más sensato, ¿no crees?

—Lo que quiero es que la gente deje de mirarme como si tuviera un problema serio con el alcohol. Quiero dejar mis penas aquí —dijo, señalando a su alrededor—, volver con mi familia y a mi negocio y seguir con mi vida. Gabby es una complicación completamente inesperada, pero no lo siento y tampoco quiero pisar el freno.

—¿Aunque estar con ella suponga un mayor riesgo de volver a beber?

A Jackson le habría encantado poder negarlo todo. Su problema con el alcohol, la idea de que Gabby podría llegar a hacerle daño, toda aquella conversación, todo, pero él siempre había sido consciente de los riesgos. El problema en ese momento era que no le importaba.

—No te estoy pidiendo permiso. Solo te lo cuento porque estoy intentando ser honesto.

Doc negó con la cabeza.

—Preferiría que te centraras en tus otros objetivos. Hablemos de ellos. ¿Has tomado alguna decisión en cuanto a lo de invitar a tu familia a una sesión de grupo?

—Sí. Hagámoslo. Quiero saber la verdad sobre lo que está pasando entre David y mi padre.

—¿Ah, sí? —La mirada risueña de Doc le indicaba que se aproximaba una pregunta—. ¿Y no sobre lo que está pasando entre David y tú?

—Su situación es el problema entre mi hermano y yo. Pasara lo que pasara entre ellos, aquello lo cambió todo. Y todavía está pasando. Lo presiento y rara vez me falla la intuición. No puedo seguir fingiendo que tengo una familia feliz ni que confío en mi hermano si no me cuenta lo que está pasando.

Doc levantó una mano inquisitoria.

—Algunos podrían decir que su secreto no es asunto tuyo.

—Ahora me recuerdas a mi hermana. —Jackson se cruzó de brazos—. Algo tan grave como para que David se mudara a la otra esquina del mundo durante ocho meses y tuviera tan poco contacto con Cat y conmigo debe de tener algo que ver con nosotros. Si David quiere que yo confíe en él, él a su vez deberá confiar en mí.

Doc garabateó algo en su libreta mientras respondía:

—Ya veremos lo que pasa si él y tu padre aceptan venir. ¿Quieres que los llame yo o prefieres hacerlo tú?

—Yo me encargo.

Doc dejó su libreta a un lado e inclinó un poco la cabeza.

—¿Y qué pasa con Alison?

Jackson abrió los ojos como platos.

—¿Qué pasa con ella?

—También habría que cerrar ese tema.

—Bajo ningún concepto. —La temperatura corporal de Jackson se disparó—. Quería casarme con ella y criar a nuestro hijo, pero me escupió en la cara y me lo quitó todo sin pestañear. No hay cierre que valga. Se ha acabado. El niño ya no está.

Doc miró a Jackson hasta que dejó de moverse con nerviosismo. Cuando por fin respondió, lo hizo muy despacio.

—¿Estás molesto porque tomó una decisión sin ti o porque no quiso ser madre ni tu mujer?

—Ambas cosas.

Jackson se enfrentó a la bestia, la traición, centrándose en su respiración, pero su pulso tenía sus ideas propias.

—Dada su falta de interés, tampoco es que tuviera muchas más alternativas.

Inclinándose hacia delante, Jackson levantó una mano.

—¿Acaso se planteó tan siquiera la posibilidad de tener al bebé y dejar que yo lo criara?

—¿De verdad crees que debía soportar los riesgos para su salud y todas las consecuencias que implica un embarazo tan solo para hacerte feliz?

Jackson se puso en pie y empezó a andar de un lado para otro.

—No «solo para hacerme feliz». También estaba en juego una vida, una futura vida. Sé que era mucho pedir, pero muchas mujeres que no están preparadas para ser madres tienen al bebé y luego lo dan en adopción. Si a Alison le hubiera importado algo, al menos se habría tomado una semana o dos para considerarlo en vez de deshacerse de nuestro hijo como si nada. Y esto no tiene nada que ver con un posicionamiento político, ni digo que las mujeres no deban tener opciones. Solo digo que no soporto que Alison tomara sola esa decisión sobre nuestro hijo. Se trataba de una decisión que deberíamos haber tomado los dos.

Jackson se detuvo y miró por la enorme ventana. Ese día, el cristal no dibujaba arcoíris en la estancia porque el cielo estaba gris. Gris como la enorme tristeza que lo abrumaba.

Doc entornó los ojos y dudó.

—Puedo entenderlo, Jackson. Pero teniendo en cuenta tus problemas, quizá que tú depositaras tu confianza en una mujer que no era quien tú creías puede ser el motivo por el que no consigues pasar página.

—No.

Jackson frunció el ceño, empezando a desmoronarse bajo el peso de treinta minutos de introspección. ¿Acaso tendría razón Doc? ¿Estaría enfadado consigo mismo en vez de con Alison?

—Quizá deberías planteártelo, sobre todo teniendo en cuenta tus sentimientos hacia tus hermanos y Hank. En todos los casos, ¿podría ser que estuvieras dolido porque hicieron algo sin tener en cuenta el impacto que tendría en ti y tú eso lo percibes como deslealtad?

—¿Y?

Jackson se encogió de hombros, sin entender muy bien adónde quería llegar.

—Que, a pesar de todo, no aplicas esa lógica a tu propio comportamiento.

—¿Y qué he hecho yo mal, si se puede saber?

Jackson tiró de su mentón hacia atrás.

—Beber demasiado, tener sexo casual con mujeres que, quizá, se preocupaban más por ti que tú por ellas, negarle a tu hermano la posibilidad de corregir sus errores... ¿Acaso no son buenos ejemplos de situaciones en que has antepuesto tus necesidades a las de los demás?

Las defensas de Jackson se debilitaron, haciendo que se retorciera. Se dejó caer en el sofá.

—Creo que lo estás tergiversando todo.

—¿Por qué? ¿Porque, a diferencia de ellos, tú sí tienes razones de peso para ser egoísta y desconsiderado? —Doc arqueó una ceja—. ¿Es por eso?

—Pues no sabría decirlo, porque jamás me han explicado sus motivos. —Jackson se sintió ofendido por el intento nada disimulado de Doc de obligarlo a reconocer su culpa—. Además, nada de lo que he hecho les ha afectado a ellos.

—¿En serio? Está claro que tu problema con el alcohol hizo que se preocuparan. Guardar las distancias con tu hermano no es algo que a él le resulte agradable y, además, dejas a tu hermana y a tu padre en una situación nada cómoda. Y tu altercado en el trabajo puso en riesgo el futuro de tu amigo, ¿me equivoco? Todo ese sufrimiento es resultado directo de tu respuesta a la decepción.

Jackson intentó combatir la lógica de Doc, pero resonaba en su mente como el estribillo de una canción pegadiza. Mientras tanto, Doc no dejaba de mirarlo con aquella expresión paciente suya en la cara. Una mirada de la que Jackson necesitaba escapar.

—Mira, Doc, me va a reventar la cabeza ahora mismo. —Se levantó del sofá—. Será mejor que lo dejemos un poco antes hoy. Ya te informaré sobre cuándo puede venir mi familia.

—Es tu dinero. —Doc se puso en pie y le ofreció la mano—. Espero que reflexiones un poco sobre lo que hemos hablado. Si Gabby es importante para ti, ¿acaso no le debes estar lo mejor posible antes de que la cosa se ponga más seria?

Jackson no era egoísta cuando se trataba de Gabby. No había hecho otra cosa que ayudarla desde que había llegado. Y los dos habían asumido cualquier dolor que pudiera derivarse de su nueva relación. Demasiado cansado como para volver a justificarse, estrechó la mano de Doc e hizo un gesto con la cabeza sin llegar a responder.

Por supuesto, Gabby se merecía lo mejor, pero tampoco parecía importarle que estuviera un poco roto. Lo único que quería en esos momentos era estar con ella y que desatara el desagradable nudo de indignación y confusión que se había formado en sus pulmones.

Gabby apagó el soplador de hojas cuando el Jeep de Jackson entró en la propiedad. Hacía dieciséis horas que había salido de su cama. Dieciséis horas preguntándose qué debía estar pensando, aplacando las palpitaciones que le provocaba recordar su tacto, planeando su siguiente encuentro.

—¡Ya has vuelto!

Las palabras surgieron de una sonrisa tan enorme que le dolieron las mejillas.

Él le devolvió la sonrisa, pero al instante desapareció la misma, dejándola fría.

Jackson miró el soplador mientras se acercaba a ella, estirando el brazo.

—Anda, dámelo, que yo me encargo.

Sin decir nada, Gabby se lo dio mientras buscaba algún signo del deseo contra el que llevaba todo el día batallando. ¿Acaso no quería rodearla con sus brazos y besarla hasta que la luna y las estrellas brillaran en el cielo?

Tras un extraño instante de duda, le dio un beso rápido y nada apasionado para saludarla.

—¿Qué tal tu día?

¿En serio?

—Genial.

Gabby se negaba a entrar en jueguecitos o a fingir que no había cambiado nada entre ellos. Teniendo en cuenta que solo tendría unas cuantas semanas con Jackson, no pensaba malgastar ni un solo segundo estando nerviosa o sintiéndose rara.

—Me he pasado casi todo el día pensando en ti, así que se me ha pasado volando.

Su sinceridad al menos consiguió resquebrajar un poco la armadura de Jackson y le obligó a soltar una carcajada de sorpresa. Entonces su mirada se volvió tan cálida que Gabby se fundió por dentro. Jackson bajó la voz.

—Y ahora que estoy aquí, ¿qué piensas hacer conmigo?

Gabby se puso de puntillas para poder susurrarle en el oído.

—Cosas obscenas y traviesas. —Entonces desapareció todo rastro de coqueteo—. Pero primero, cenemos. Necesitarás mucha energía.

Jackson volvió a sonreír, pero sus ojos transmitían esa aflicción que Gabby había visto el día en que se conocieron.

—Gabby, le he contado lo nuestro a mi terapeuta esta mañana. Cree que es una mala idea, principalmente para mí.

—¿Cree que soy mala para ti?

—No, el problema no eres tú. Le preocupa que vuelva a beber cuando se acabe.

Cuando se acabe. Tres palabras que ella no quería ni en su mente ni en su corazón. Se había pasado el día imaginando escenarios en los que esas tres palabras no existieran. Visitas de fin de semana, FaceTime, vacaciones, opciones que no implicaban ningún final, al menos ninguno en las próximas semanas.

No obstante, no había pensado en cómo aquello podría afectarle a Jackson. De alguna forma, había olvidado la auténtica razón por la que había ido a Vermont. No le había resultado difícil, teniendo en cuenta que nada de lo que había visto en su comportamiento le había recordado a la conducta propia de un adicto.

Sin embargo, ante la preocupación de su terapeuta, quizá no debiera ser tan ambiciosa.

—Nunca he querido poner en riesgo tu rehabilitación.

Jackson le ofreció la mano y la atrajo hacia su pecho. A tan corta distancia, todo parecía desaparecer hasta que todo el mundo de Gabby se centró en la incipiente barba de su mandíbula, en el calor de su cuerpo, en la manera en que su tacto, de alguna forma, llegaba hasta su interior y calentaba su corazón.

—Lo gracioso es que no me siento «en rehabilitación» cuando estoy contigo. —Jackson le cogió la mano y se la acercó a los labios—. Pero una vocecita en mi cabeza no para de zumbar como un mosquito. He dejado muchos asuntos pendientes para venir aquí y tengo muchas cosas que aclarar, así que sería un asco si acabara volviendo a casa y recayera porque no he escuchado un buen consejo.

Gabby apretó los labios para intentar no persuadirlo. Apenas podía respirar allí, de pie, quieta, esperando, observando, llena de esperanza.

Jackson se echó a reír.

—Estás preciosa cuando te muerdes la lengua.

Gabby arrugó la nariz.

—Es que no sé qué decir.

—No tienes que decir nada. La cuestión es que —dijo Jackson mientras acariciaba su mejilla— jamás he permitido que nadie me diga cómo tengo que vivir y no tengo intención de empezar ahora.

Entonces la besó de verdad. *Por fin.* Gabby se agarró a su jersey, pero se contuvo para no saltarle encima. Jackson se alejó, miró a la casa y dijo:

—Ni aquí ni ahora.

—¿Te vienes a cenar?

—Por supuesto. Tengo que hablar con tu padre. No quiero ser irrespetuoso con él y andar por ahí contigo a sus espaldas.

Gabby puso los ojos en blanco.

—No tengo dieciséis años. Con quién salgo y con quién entro es mi problema.

—Lo sé, pero no quiero que se interponga entre vosotros. —Jackson encendió el soplador—. Vete dentro. Yo me encargo.

—La cena es a las seis —gritó Gabby por encima del ruido.

Jackson asintió y se puso las gafas de sol antes de limpiar el resto de hojas.

Gabby subió las escaleras del porche, esperanzada. No es que no hubiera sido feliz antes de que llegara Jackson. A pesar de los baches del camino, adoraba tanto a su padre, a su hijo y su pequeño negocio, que ni siquiera se había dado cuenta de que le faltaba algo. O puede que hubiera aprendido a no esperar el amor en su situación. Pero ahora, el chico más guapo y atento que había conocido en su vida había decidido darle una oportunidad.

Aunque Jackson tuviera que irse en breve, encontraría la forma de aferrarse a aquella esperanza. Merecía la pena arriesgarlo todo por aquella felicidad tan particular.

Gabby metió a Luc en la cama, deseando volver al salón en el que había dejado a su padre y a Jackson. Le rugía el estómago, en parte por la inquietud y en parte por el hambre. Prácticamente no había comido nada por los nervios que le causaban la charla de Jackson y la conducta inusualmente reservada de su padre durante la cena.

Le dio un beso en la frente a Luc y dejó *Jorge va al hospital* en la mesita de noche.

—Buenas noches, grandullón.

Antes de apagar la luz, se sorprendió a sí misma mirándose en el espejo y se sonrojó, de repente, avergonzada por el hecho de haberse puesto un vestido y brillo de labios antes de cenar. La sutileza nunca había sido su fuerte. Su atuendo había provocado el arqueo de una ceja por parte de su padre y una mirada intensa de Jackson, que había mostrado especial interés en sus piernas desnudas.

Cuando llegó al salón, un silencio tenso le dijo que Jackson ya había empezado la extraña conversación con su padre.

Jackson la miró desde el sofá, así que se sentó junto a él. Entonces, le cogió la mano para que supiera que no pensaba dejar que su padre se interpusiera entre ellos. Como jamás había tenido pelos en la lengua, preguntó:

—¿Quién se ha muerto?

Los labios de Jackson esbozaron una leve sonrisa, pero se contuvo. Su padre, por su parte, no parecía encontrar la situación nada divertida.

—Jackson está intentando convencerme de que este rollo que os traéis no va a suponer ningún problema. —Su padre agitó la cabeza—. Pero yo...

Gabby lo interrumpió.

—Sé lo que piensas, papá.

—¿Eso crees? —Miró a Jackson—. Jackson, aprecio mucho tu honestidad, pero, si no te importa, me gustaría hablar a solas con mi hija.

Jackson apretó la mano de Gabby antes de asentir con la cabeza.

—Por supuesto. Gracias por escucharme. —Entonces miró a Gabby—. Te veo luego.

Gabby lo observó mientras salía del salón y no miró a su padre hasta que oyó a Jackson cerrar la puerta delantera.

Su padre la miró con ojos tiernos y tristes.

—Yo solo quiero lo mejor para ti. ¿Acaso crees que no quiero que te enamores? ¿Crees que me alegra que solo puedas confiar en tu padre? Jamás he querido retenerte ni impedir que crezcas, Gabby, pero no puedo soportar verte sufrir. Mírame. Escúchame. He estado donde tú estás. ¿Por qué no puedes aprender de mis errores en vez de repetirlos?

Hizo una pausa y reflexionó sobre su pregunta... su muy razonable pregunta. Se había enamorado locamente y, cuando llegaron los problemas, creyó que podría arreglarlos. Había sufrido por las mentiras de su mujer. Había limpiado sus vómitos, había dejado pasar que le robara dinero para comprar drogas, pero, al final, lo único que había obtenido a cambio de todo su amor fue un corazón roto. Por supuesto, no quería ver a Gabby pasar por lo mismo. Pero Gabby no era su padre y él tenía que cortar el cordón y dejarla vivir su vida a su manera.

—No sé por qué, papá. Tengo que aprender por mí misma. Puedo soportar que me hagan daño —respondió por fin—. Lo que no puedo soportar es tomar decisiones solo para evitar riesgos. —Gabby se encogió de hombros—. Tengo que ver adónde me lleva todo esto con Jackson y con mamá, porque no quiero vivir el resto de mi vida preguntándome qué habría pasado si... No hay nada peor que esa pregunta.

El profundo suspiro de su padre llenó la habitación, pero, milagrosamente, parecía resignarse.

—Pero prométeme una cosa.

—¿Qué?

Su padre apretó los dedos contra el brazo de su sillón, con expresión preocupada.

—Ten cuidado de no entregar tu corazón demasiado pronto... a ninguno.

—Oh, papá. —Gabby se levantó del sofá, lo besó en la frente y lo abrazó torpemente en su sillón—. No puedo entregar todo mi corazón a nadie porque Luc y tú ya tenéis la mitad.

Por primera vez en toda la tarde, su padre sonrió.

—Te quiero.

—Yo también te quiero.

Una hora más tarde, Gabby llamó a la puerta de Jackson. Sintió un hormigueo en todo el cuerpo ante la expectativa de verlo, tocarlo, besarlo. Prácticamente vibraba mientras esperaba fuera a que le abriera la puerta. Cuando por fin lo hizo, le dio un vuelco el corazón.

—No estaba seguro de que vinieras.

Jackson la arrastró dentro.

En cuanto cerró la puerta, la empotró contra ella y la besó apasionadamente. Otra avalancha de carne de gallina se apoderó de su piel, provocándole un escalofrío.

Las manos de Jackson recorrieron su mandíbula, su cuero cabelludo y su cintura mientras su boca se mantenía pegada a la de Gabby. Ella recibió cada beso, tórrido y ávido, con el mismo deseo y se abalanzó sobre sus pantalones de pijama de franela a cuadros.

Podía sentir la dura longitud de su erección contra su estómago. Entonces, Jackson deslizó la mano por la parte interior de su muslo, por debajo de su ropa interior, y se alegró de haberse puesto aquel vestido.

—¡Jackson!

Interrumpió el beso y la miró directamente a los ojos mientras introducía los dedos en su cuerpo. Gabby arqueó la espalda y tiró de su camiseta. Él apretó la mandíbula y la besó en el cuello.

—Te deseo ahora mismo, así, contra la pared.

—Pues entonces quítate los pantalones.

Gabby tiró de la goma del pantalón para liberarlo.

Jackson echó mano al bolsillo de su sudadera para buscar un condón. En cuanto abrió el envoltorio y se lo puso, la volvió a besar y se aferró con impaciencia a sus pechos. Por último, le agarró el trasero e hizo que se pusiera de puntillas. Ella le rodeó la cintura con una pierna y gritó al sentir su rápida entrada. Entonces, se abrazó a su cuello mientras cada feroz embestida enviaba oleadas de placer por todo su cuerpo.

Él la llenó con su deseo animal, gimiendo por el calor del momento, mientras sus cuerpos golpeaban repetidamente la puerta. Aquello fue una posesión, una invasión total de su cuerpo. La intensidad de la penetración la excitó, aferrándose a él con cada vez más fuerza hasta que estalló entre sus brazos.

—Oh, Jackson. ¡Sí!

Jackson apretó los labios de Gabby con su boca mientras entraba una vez más en casa antes de que ella sintiera cómo su cuerpo se estremecía.

Empezó a bajar la pierna, pero él se la sujetó mientras recuperaba el resuello. Frotó su nariz por el cuello de Gabby, que olía dulce y sexi.

—Ha sido intenso. —Jackson ladeó la cabeza—. No te he hecho daño, ¿verdad?

—No —respondió ella, todavía aferrada a su cuello mientras él la bajaba de su cuerpo.

—Siento mucho haberte abordado de esa forma tan brutal, pero es que —hizo una pausa para encogerse de hombros— era incapaz de contenerme. No paraba de pensar en tus piernas con ese vestido y me he ido calentando antes de que llegaras.

—Toda una bienvenida.

Jackson le dio un beso en la nariz.

—Déjame que me vista y nos vamos por ahí.

—¿Qué? —preguntó entre carcajadas.

—Hagamos algo. ¿Cine, café, música? No quiero que pienses que estoy aquí solo por el sexo.

—¿Y qué pasa si yo sí que estoy aquí solo por el sexo?

Jackson se quedó inmóvil y su expresión pasó de cálida y juguetona a recelosa.

—¿Es así?

—No. —Y entonces guardó silencio antes de añadir—: Pero no deberíamos olvidar que esto tiene fecha de caducidad.

—No te preocupes por eso. —Jackson le cogió las manos—. Venga, vamos a hacer algo divertido.

—Acabamos de hacer algo divertido. ¿Y qué tal si lo volvemos a hacer?

—Más tarde. —Sonrió—. Salgamos de aquí y vayamos a algún sitio.

—Quiero quedarme cerca por si mi padre o Luc me necesitan.

Gabby se preguntó si sus obligaciones acabarían aburriéndolo incluso antes de que se fuera de Vermont.

—Vale, ¿y si encendemos la hoguera o damos un paseo hasta el estanque y buscamos satélites?

El hecho de que Jackson recordara que todo eso le gustaba le llegó al corazón y puso fin a sus inseguridades.

—Suena bien. Hoy no hace demasiado viento, pero deberíamos llevarnos una manta. Sigue haciendo frío.

—Me gusta el frío. Me hace sentir vivo.

Jackson se giró para coger ropa de abrigo y le lanzó unos pantalones de chándal para que se cubriera las piernas.

Ella lo miró de arriba abajo, mientras se metía sus enormes pantalones por los pies.

—Puedo asegurarte que estás bastante vivo.

Jackson la miró por encima del hombro mientras se ponía una pesada chaqueta de lana.

—Y me siento mejor de lo que me había sentido en mucho tiempo, todo gracias a ti.

—Me alegra serte de ayuda.

Gabby lo vio coger la colcha de la cama.

—Listo.

Mientras bajaban por el camino de madera en dirección al estanque, observó la forma en que la luz de la luna se filtraba entre las ramas sin hojas, creando una red luminosa. En el claro, los rayos caían sobre las negras y cristalinas aguas.

Jackson se detuvo y estiró la colcha en el suelo, luego se tumbó boca arriba y le hizo señas para que se uniera a él. Gabby se acurrucó a su lado, apoyando la cabeza sobre su hombro.

Nubes grises ralas pasaban sobre ellos mientras permanecían tumbados, observando el cielo. A pesar de la baja temperatura, se sentía cómoda y feliz.

—¿Eso es uno? —preguntó Jackson, señalando un punto blanco apenas visible que se movía a velocidad constante entre las estrellas.

—No está mal para un anciano venerable —bromeó Gabby, señalando su diferencia de edad con la esperanza de que su broma le demostrara la trivialidad del asunto.

—No tan anciano.

Jackson la abrazó con más fuerza.

—Yo no lo tengo tan claro. ¿Esto es una cana?

Gabby fingió encontrar un cabello plateado, pero entonces Jackson le dio la vuelta y se colocó sobre ella.

—¿Ahora, los ocho años que te saco, siguen haciéndome parecer mayor?

Sonrió, pero los pensamientos de Gabby se fueron extrañamente a su madre, probablemente porque hacía mucho tiempo que no la veía. ¿Cómo la habrían tratado los años? ¿Tendría el pelo blanco? ¿Habría engordado o adelgazado?

—¿Qué pasa?

Jackson le acarició la mejilla.

Gabby vio preocupación en su mirada.

—Lo siento. Es solo que acabo de darme cuenta de todo el tiempo que hace que no veo a mi madre. ¿Seré capaz de reconocerla?

—Seguro que sí. —Jackson le acarició el pelo—. Puede que haya cambiado físicamente, pero sigue siendo tu madre. La reconocerás. Estoy seguro de que está igual de nerviosa que tú. Al fin y al cabo, fue ella la que lo fastidió todo.

—Me alegra que vayas a estar conmigo. —Se acurrucó más cerca—. No creo que pudiera hacerlo sola.

—Me alegra poder ir, pero estoy seguro de que podrías hacerlo sola sin ningún problema. Eres mucho más fuerte que la mayoría de personas que conozco. Si mi madre te hubiera conocido, le habrías gustado de inmediato.

Los ojos de Gabby se humedecieron por el cumplido, porque aunque Jackson no solía hablar mucho de su madre, veía el respeto y el afecto que sentía por ella en su cara.

—Gracias por decir eso.

—Gracias por recordarme que hay gente buena en el mundo.

—¿Buena? Mucha gente me ha considerado una inútil durante mucho tiempo. —Gabby frunció el ceño—. Puede que tu familia no esté tan encantada de conocerme.

La expresión de Jackson se volvió oscura.

—No me gusta que te hayan hecho sentir mal por ser quien eres. Créeme, eres... eres bastante perfecta.

—Por lo que veo, la bebida te ha afectado al cerebro. —Se echó a reír y luego hizo una mueca de dolor—. Lo siento mucho. Era una broma. No era mi intención bromear con la bebida... Dios, ni siquiera es divertido.

—Calla.

Jackson sonrió y la besó, al parecer nada ofendido por su metedura de pata.

Se acomodó debajo de él y no intentó sacarlo de su error. No hacía falta que la realidad estropeara el poco tiempo que les quedaba juntos.

Capítulo 14

Gabby se recogió el pelo en una cola de caballo baja y comprobó por tercera vez su aspecto. Parecía cansada. Nada sorprendente, teniendo en cuenta que llevaba dos noches sin dormir demasiado. Entre sus escapadas a media noche con Jackson y las vueltas de un lado para otro mientras esperaba su «reunión» con su madre, habría dormido unas ocho horas en total.

Miró el teléfono. En unos cuarenta y cinco minutos estaría con su madre. Se agarró el estómago para intentar no vomitar, aunque, llegados a ese momento, eso la aliviaría un poco. Con cada nueva náusea, su resentimiento se agudizaba. Debería ser su madre la que estuviera nerviosa, no ella. Gabby no había hecho nada malo. No era ella la que tenía que reparar sus errores.

Un golpe en la puerta la sobresaltó. Jackson, sin lugar a dudas. Gracias a Dios, había aceptado acompañarla. Su presencia la calmó. Se recordó que no debía acostumbrarse a ese tipo de seguridad. Pronto se iría y no podía permitirse derrumbarse en su ausencia. El reconocimiento de su inevitable partida le arrancó un suspiro.

Pronto sus días volverían a ser tan largos y predecibles como lo habían sido aquellos últimos años. No podía soportar pensar en lo solitarios que serían sus días —y noches— cuando Jackson se fuera. No importaba que solo hubiera pasado unas semanas con él. En tan poco tiempo, había llegado a conocerlo bastante.

Quizá no conociera los pequeños detalles, como el nombre de su primera novia, su comida favorita o sus vacaciones soñadas, pero lo entendía bastante bien. Gabs sabía, por ejemplo, que, en vez de presionarlo para que le diera respuestas, tenía que esperar para que confiara en ella. O la manera en que lo dejaba todo para ayudar a los demás porque eso lo hacía sentir necesario. Esa era, en su opinión, la clave de la felicidad de Jackson. Necesitaba que lo necesitaran, aunque se negara a admitirlo.

Bajó corriendo las escaleras, pero su padre había llegado a la puerta antes que ella. Se lo encontró con Jackson en la entradita.

Afortunadamente, su padre había dejado de intentar convencerla para que no siguiera saliendo con Jackson, una pequeña pero importante victoria en su lucha por la independencia. Por supuesto, ese día, Jackson era la menor de las preocupaciones de su padre.

Gabby se preguntaba si alguna pequeña parte de él sentía curiosidad por ver a su exmujer. Si en algún lugar secreto y nostálgico en su corazón albergaba algo de amor por ella y por lo que ambos habían compartido, pero no pensaba preguntárselo. Puede que Gabby no tuviera el sentido de los límites de una persona normal, pero incluso ella era capaz de reconocer cuándo algo era demasiado íntimo como para invadirlo.

—Te he dejado un plato de sobras para almorzar. Puedes calentarlo en el microondas. —Se puso de puntillas y lo besó en la mejilla en busca de algún consuelo por su parte—. Recogeré a Luc cuando vuelva, así que te veré como a las cinco, ¿vale?

No había visto a su padre tan estoico desde el día que le dijo que estaba embarazada. Al menos podía confiar en su constancia. Jamás levantaba la voz. Nunca había perdido los papeles, como otros padres que había visto. No. Cuando se enfadaba o asustaba, se volvía duro como una piedra. Como ahora.

—Estoy bien. —Su padre no sonrió ni le pellizcó la cara ni hizo nada de lo que solía hacer cuando se despedían—. Jackson, imagino que intervendrás si algo sale mal, ¿no?

—No se preocupe. —La mirada de Jackson no vaciló—. Seguro que todo sale bien.

Gabby sonrió, agradecida por el pequeño rayo de optimismo que Jackson ofrecía. Al menos, él no creía que estuviera loca por querer escuchar a su madre. Jackson sujetó la puerta para que Gabby pudiera salir y, una vez fuera, la cogió de la mano mientras caminaban hacia el Jeep.

—¿Cómo estás? —le preguntó mientras abría la puerta del pasajero.

Se metió dentro y lo miró.

—Intentaré no vomitar en tu coche.

—Un detalle por tu parte, gracias. —Sonrió—. Sabes que todo irá bien. Eres mucho más fuerte de lo que crees, Gabby.

Un minuto más tarde, encendió el motor y salió marcha atrás de la entrada. Camino del motel, Gabby empezó a dudar de todo el plan. Al principio, pensó que sería mejor reunirse con ella en privado, en su habitación del motel, lejos de las miradas indiscretas de sus entrometidos vecinos, pero quizá un lugar público habría sido la opción más inteligente. Al menos, las pausas incómodas —que seguro que las habría— no serían también silencios.

Se volvió a poner la mano en el estómago mientras observaba los árboles del camino por la ventanilla.

Jackson estiró el brazo para apretar la mano de Gabby. Aquel gesto le llegó al corazón.

—No me puedo ni imaginar las cientos de preguntas que se te estarán pasando ahora mismo por la cabeza. Estoy seguro de que tu madre está igual de nerviosa que tú. Así que, ¿cuál es tu plan? ¿La vas a bombardear a preguntas o prefieres escuchar primero lo que ella tenga que decirte?

—No lo sé. —Gabby se mordisqueó el labio—. ¿Qué harías tú?

Jackson se echó a reír.

—Yo no soy mucho de hablar, así que esperaría y dejaría que empezara ella, pero yo no soy tú. A ti no te asusta preguntar ni responder a nada, así que puede que prefieras asumir el control de vuestro encuentro desde el principio.

—Tienes razón.

Gabby sonrió. Le gustó que la considerara capaz y fuerte. Pocas personas de su vida la habían visto de esa forma.

—Me gusta la idea de llevar la iniciativa.

—¿Ves lo fácil que ha sido?

Jackson le volvió a apretar la mano y sonrió. Cada vez que veía una de sus genuinas sonrisas, la sorprendía, como la primera vez que vio el amanecer sobre el Atlántico, la única vez que había estado en Cape Cod.

—Gracias por venir conmigo. Supongo que tiene que ser raro para ti. Apenas me conoces y aquí estás, arrastrado a una situación incómoda.

Sus mejillas se sonrojaron, avergonzada.

—Oh, bueno, creo que ya te conozco bastante bien. —Jackson esbozó una sonrisa voraz antes de volver a mirar la carretera—. Además, puede que, observándote, aprenda algunos trucos para enfrentarme a mi propia familia.

Utilizó un tono desenfadado, pero Gabby sospechaba que en su comentario había una gran dosis de verdad.

—Nunca me has contado los detalles. No pienso insistir, pero espero que sepas que puedes confiar en mí.

—Ocupémonos de las crisis familiares de una en una.

Esta vez, no sonrió. Sus ojos permanecieron fijos en la carretera, así que ella lo dejó estar.

Unos minutos después, señaló:

—Allí, a la derecha.

Jackson entró con el coche en el aparcamiento del hotel y apagó el motor. Se giró en su asiento.

—Podemos esperar a que estés preparada.

—No tiene sentido alargarlo más. Estoy todo lo preparada que puedo estar.

Antes de que Gabby pudiera abrir la puerta del coche, Jackson la sorprendió con un beso. A diferencia de muchos de sus besos anteriores, tórridos y ardientes, esta vez fue dulce y emotivo. Tierno. Que intentara calmarla le llegó al corazón.

—Mejor.

Jackson le tiró de la cola de caballo y ambos salieron del coche.

—Habitación 101. —Gabby miró al extremo izquierdo del motel—. Allí.

Ambos atravesaron el aparcamiento juntos. A cada paso, el corazón de Gabby tartamudeaba y saltaba. A unos metros de la puerta, se detuvo en seco e inspiró profundamente. Una vez. Y otra. Se aferró a su cintura, sintiéndose desfallecer.

—Gabby, podemos abortar e irnos si quieres. No pasa nada, ¿sabes?

—No, ha conducido dos horas y ha pagado la habitación. Si saliera corriendo, no podría volver a mirarme al espejo.

Jackson la envolvió en un cálido abrazo. Jamás en su vida olvidaría la seguridad que sentía estando en sus brazos. Su cuerpo le ofrecía un lugar donde refugiarse de todos los problemas de su vida. Lo echaría muchísimo de menos cuando se fuera, algo que haría, como su madre.

Se apartó, incapaz de deshacerse de aquella certeza sombría.

—¿Sabes qué? He cambiado de opinión. Creo que debería verla sola. ¿Te importaría esperarme en el coche o por aquí?

—¿Estás segura?

Gabby asintió.

—No quiero tenderle una emboscada. Si te necesito, te envío un mensaje.

—Como quieras.

Se quedó quieto y dejó que se acercara ella sola a la puerta. Segundos después de que llamara, su madre la abrió.

Gabby se quedó inmóvil mientras intentaba reconciliar sus recuerdos con el aspecto actual de la mujer que tenía delante. Los ojos verdes de su madre ya no eran tan brillantes, pero tampoco eran vidriosos. Su piel ya no tenía el tono cetrino ni esa pestilencia que tanto odiaba, aunque sí que tenía algunas arrugas. Había ganado algo de peso, pero seguía siendo menuda, allí, de pie, vestida con ropa de segunda mano, con su pelo castaño claro recogido en una cola de caballo baja. Sus ojos claros se abrieron como platos al ver a Jackson a unos metros de distancia, pero luego volvieron a centrarse en Gabby.

—Gabby. —Apretó los labios, con ojos llorosos, abrazándose como una niña asustada—. Has crecido.

Gabby no podía imaginarse pasar un solo día sin ver a Luc, cuanto menos años y años. Era obvio que su imagen había quedado congelada en el tiempo para su madre, de la misma forma que ella había congelado la de su progenitora.

—Hola, mamá. Tienes... buen aspecto. —Vale, quizá fuera una exageración, pero parecía mucho más sana de lo que recordaba—. Te presento a mi amigo Jackson. Le he pedido que me acompañe, pero se quedará en el coche para que podamos hablar a solas.

—Encantado de conocerla.

Jackson la saludó con la mano.

—Hola, soy Marie. —Su madre respiró profundamente y volvió a centrarse en Gabby—. En el fondo esperaba que trajeras a tu padre.

Gabby apenas pudo registrar las palabras por lo concentrada que estaba observando cada detalle del rostro ajado de su madre.

Se miraron mutuamente unos cuantos segundos más y, entonces, su madre dijo:

—Me alegra que hayas venido. Por favor, entra.

Gabby se había imaginado aquel encuentro durante tantos años que ahora parecía irreal e inconexo, como un sueño borroso. Puede ser que también hubiera cruzado el umbral flotando. La habitación raída, con los detalles propios de cualquier motel, encajaba con el aspecto lóbrego de su antaño atractiva madre.

Seguía esperando algún tipo de emoción —ira, alegría, sospecha, culpa—, pero nada. Nada de nada. Casi parecía como si estuviera viéndolo todo desde la distancia. ¿Qué significaba aquello, esa falta de emociones? ¿Lo había enterrado todo a tanta profundidad que ya no tenía acceso a ellos? ¿O puede que los nervios hubieran secuestrado el resto de sus emociones?

Su madre se retocó el peinado y se estiró el jersey antes de sentarse. Gabby se sentó frente a ella, intentando no sentirse cohibida bajo el peso del intenso escrutinio de su madre. Por fin, decidió asumir el control de la situación, como Jackson había sugerido.

—Tu carta me sorprendió. Todos estos años había creído que habías pasado página. No tenía ni idea de que hubieras pensado en mí ni de que hubieras intentado ponerte en contacto conmigo.

—Por supuesto que he pensado en ti. —La voz de su madre sonaba apenas más fuerte que un susurro—. Puede que no al principio, cuando estaba puesta hasta arriba.

—Entonces, ¿por qué no volviste nunca?

—Ha sido un proceso muy largo, en muchos casos no demasiado bonito.

Gabby se cruzó de brazos.

—He venido para que me lo cuentes.

—Lo sé.

Su madre cerró los ojos con un suspiro. Cuando por fin decidió abrirse, miró hacia arriba, como si intentara buscar información en su cerebro.

—Al año siguiente de mi marcha, toqué fondo. Vivía en la calle, me refugiaba en edificios vacíos y rebuscaba en la basura para comer. Eso hizo que por fin me diera cuenta de que necesitaba ayuda. No podía creer que hubiera renunciado a todo, a mi educación, a mi marido, a mi bebé... hasta el punto de llegar a comer basura.

Gabby intentó ocultar el disgusto que le causaba la imagen de su madre en un contenedor de basura. Su madre se estremeció, como si estuviera intentando deshacerse del mal recuerdo.

—Entonces, encontré una clínica gratuita y me limpié. Una vez que tuve la cabeza despejada, el arrepentimiento y la depresión se abrieron paso. Sabía que tu padre nunca me perdonaría, así que simplemente me daba miedo aparecer por allí. Por eso te escribí, con la esperanza de que quisieras verme.

Tras una breve pausa, durante la cual la cabeza de Gabby iba a mil por hora, preguntó:

—Así que llevas seis años limpia, no veintidós meses, ¿es eso?

La mirada avergonzada de su madre bajó hasta sus manos, tensamente entrelazadas sobre la mesa.

—Ojalá, pero no.

A Gabby se le cayó el alma al suelo. Igual que cuando su madre estaba en casa, tenía rachas buenas y malas. ¿Sería también ese el destino de Jackson? ¿Estaría en un «buen lugar» en esos momentos, pero dentro de seis u ocho meses estaría condenado a caer en picado?

La voz de su madre la sacó de sus divagaciones mentales.

—Estuve limpia tres años. Iba a las reuniones con regularidad, trabajaba en un modesto café de Burlington, me fui del albergue y alquilé un pequeño estudio. Entonces conocí a alguien y mi vida por fin parecía bastante estable. Ahí fue cuando volví a intentar ponerme en contacto contigo. Necesitaba disculparme por tantas cosas, pero cuando no recibí respuesta a mi segunda carta, supuse que no querías saber nada de mí, como tu padre. Por supuesto, nunca te culpé. Te fallé de la peor forma que te puede fallar una mujer, bueno, una madre. Si sales de aquí sin querer saber nada más de mí, créeme cuando te digo que sé que lo perdí todo cuando me alejé de ti.

En esos momentos, Gabby no estaba para pensar en disculpas ni perdones. No mientras necesitara conocer el resto de la historia.

—¿Y qué pasó después?

Otro suspiro de su madre preparó a Gabby para más detalles escabrosos.

—En un solo mes, perdí mi trabajo porque la cafetería cerró y entonces Robert, el hombre con el que salía, me dejó por otra mujer. —La mirada de su madre se volvió incluso más triste y distante—. Era incapaz de salir de la cama. Todo por lo que había trabajado tanto desapareció y no parecía tener sentido seguir viviendo. Sé que no puedes entenderlo, pero este tipo de aislamiento hace que resulte tentador quitarse de en medio.

Cerró el puño sobre su corazón.

—No quería estar sobria porque eso me dejaba mucho tiempo para pensar en cómo os dejé a tu padre y a ti. Cómo, independientemente de lo que hiciera para estar limpia, el mundo parecía decidido a hacerlo imposible. A quitármelo todo, como cuando me puse enferma por primera vez y nada me aliviaba el dolor. Posiblemente te parezca algo manido. Me alegra que no seas tan débil como yo. Que jamás hayas tenido que enfrentarte a la desesperación más absoluta.

Gabby se inclinó hacia delante, con un millón de preguntas en la garganta, pero como quería escuchar toda la historia, decidió guardar silencio.

—¿Y entonces qué cambió?

—Volví a acabar en la calle, pero esta vez casi muero por sobredosis. El único motivo por el que estoy viva es porque la policía apareció en la casa en la que estaba y llamaron a una ambulancia.

Gabby soltó la respiración que llevaba tiempo conteniendo, nada preparada para escuchar que su madre había estado a punto de morir. Podría haber muerto y ella jamás lo habría sabido. Bien es cierto que se le había pasado por la cabeza alguna que otra vez. ¡Pero saber que había estado a punto de pasar era otra cosa! No habría sido raro que acabara recibiendo una carta del Gobierno en la que se le informara de la muerte de su madre en vez de la carta que ella le escribió.

¿Cómo se habría sentido? Ni siquiera entonces era capaz de acceder a sus sentimientos sobre aquel encuentro con su madre. Su cerebro había asumido el control y estaba tratando todo aquello desde una perspectiva cerebral. ¿Acaso así se estaba protegiendo?

No tuvo que responder a esa pregunta porque su madre siguió hablando.

—No hace falta decir que aquello fue una llamada de atención. Volví a la clínica para desengancharme. Conseguí trabajo como limpiadora en un hostal cerca de la universidad. No he querido salir con nadie, porque no estoy segura de poder soportar otro rechazo. —Cuando su madre hizo una pausa, Gabby recordó la advertencia del médico a Jackson sobre el hecho de iniciar una relación demasiado pronto—. Llevo limpia casi dos años. El único motivo por el que no he intentado ponerme en contacto contigo todo este tiempo es porque hacía demasiado que me había ido como para tener el derecho de volver a tu vida. Pero cuando me topé con los Dressler y me contaron lo de Luc, no pude evitarlo.

Su madre se tapó su triste sonrisa con las manos.

—No puedo creerme que mi bebé ya tenga su propio bebé. Soy abuela. Me pasé dos días llorando, pero en vez de volver a las drogas, te escribí. Tu respuesta me pareció un milagro, y estoy realmente agradecida.

¿Un milagro? De repente, Gabby sintió una enorme presión de responsabilidad en el pecho por cómo debería gestionar el resto de aquel encuentro.

—Seré sincera, mamá. Por poco no vengo hoy. No sabía qué esperar. ¿Lloraría, gritaría, me sentiría aliviada o triste? Lo último que esperaba era no sentir nada, que es más o menos lo que me está pasando. Todo, incluso mi propio cuerpo, me parece ajeno ahora mismo. Puede que solo esté desbordada por los acontecimientos y esté intentando procesarlo todo. Es posible que los sentimientos aparezcan más tarde. Pero tengo que saberlo, ¿qué esperas de mí exactamente?

—Nada, Gabby. Ya estoy agradecida por que hayas venido y hayas escuchado mi historia... mi disculpa. Lo siento mucho. Siento mucho todo el dolor que os he causado a ti y a tu padre. Siento mucho todas las veces que te he decepcionado o asustado. Siento mucho haber destruido nuestra familia. Sinceramente, comprendería que me odiaras. Yo también me odio más de lo que te puedes imaginar. Pero, una vez más, estoy intentando construir una vida decente. Verte hoy me recuerda que, en algún momento de mi vida, hice algo bien.

No fue hasta que sintió la calidez húmeda de una lágrima rodando por su mejilla que Gabby se dio cuenta de que estaba llorando. Por fin, signos de tener un corazón en el pecho. De la niña que siguió adelante, escondiendo el dolor y la vergüenza que sentía. A veces había odiado a su madre y puede, incluso, que todavía lo hiciera, pero durante todos esos años también se había preocupado, preguntado y rezado por ella. Y ahora estaban allí las dos, sentadas la una frente a la otra en aquella mesa, hablando.

¿Acaso aquella única visita sería suficiente para Gabby? ¿Debería dejar que su madre volviera a algún aspecto de su vida? ¿Y qué pasaba con Luc?

—Gabby, entiendo por qué no te has traído a Luc —dijo su madre, como si le estuviera leyendo la mente—, pero ¿tienes alguna foto suya?

Luc tenía una abuela que quizá no conociera nunca, una mujer que en un tiempo había sido una esposa y madre feliz. Pequeños fragmentos de su vida empezaron a fluir por su mente: paseos en trineo y chocolate, su madre leyéndole *Ana de las tejas verdes*, sándwiches de queso fundido y sopa cuando estaba enferma... Una imagen vívida de su madre y su padre besándose delante del árbol de Navidad destacó por encima de todas. Entonces, como una nube de humo, los malos recuerdos se impusieron a los buenos. Las costras del herpes y las complicaciones. Su madre llorando de dolor. La irritabilidad y la desesperación... hasta que encontró alivio. Un alivio que acabó tragándosela y que se la llevó.

Toda aquella situación hizo que Gabby se llenara de tanta tristeza y tanta amargura, que sintió tensa la garganta. Allí estaba, sentada frente a su madre, una desconocida, rogándole que le enseñara una foto de su nieto. ¿Acaso podía negarse? Gabby contuvo las lágrimas y se aclaró la garganta.

—Por supuesto.

Sacó el móvil de su bolsillo y repasó las fotos hasta llegar a una reciente que captaba bastante bien la personalidad irascible de Luc.

—Luc.

Le pasó el móvil al otro lado de la mesa. Su madre lo cogió, con los ojos fijos en la pantalla. Durante el silencio en el que se sumió, Gabby miró por la ventana, preguntándose qué debía de estar pensando Jackson. Volvió a mirar a su madre, que estudiaba en silencio el rostro de Luc mientras una lágrima brotaba del rabillo de su ojo.

Las manos de su madre temblaban antes de romper a sollozar. Sollozos incontrolables que ponían fin a siete años de remordimientos y dolor.

—Discúlpame. —Se puso en pie, secándose los ojos, dejando trazos de máscara en sus mejillas—. Lo siento mucho.

Sin decir nada más, corrió al cuarto de baño de la parte de atrás de la habitación y cerró la puerta. Gabby oyó a su madre llorar y empezó a temblar. Sin pensarlo, le envió un mensaje de texto a Jackson. Sesenta segundos después, llamó a la puerta.

—¿Estás bien?

Jackson apoyó sus manos en los hombros de Gabby.

Ella asintió, incapaz de hablar.

—Está llorando en el cuarto de baño. Le he enseñado una foto de Luc y se ha derrumbado.

Jackson entró y cerró la puerta.

—¿Qué quieres hacer?

—No lo sé. Una parte de mí quiere salir corriendo. Todo esto es demasiado para mí. Pero no puedo dejarla sola llorando. Si el herpes no se hubiera complicado, jamás habría necesitado analgésicos y nada de esto habría pasado. Nunca se habría ido, ni habría vivido en la calle, ni habría estado a punto de morir. Saber que no todo fue culpa suya me hace querer perdonarla e intentar ser amigas, pero también es cierto que ha recaído varias veces en las drogas y no puedo volver a vivir con esa preocupación. Si dejo que vuelva a mi vida, siempre, siempre estaré preocupada, pero si me voy, ¿volverá a ese lugar oscuro? —Le palpitaba la cabeza—. En cualquiera de los dos casos, la preocupación es inevitable. No sé qué hacer.

Jackson la abrazó, algo desbordado por el resumen que le había hecho Gabby sobre la mendicidad y la casi muerte de su madre. Aunque no había estado ni cerca del nivel de adicción de Marie, no podía soportar tener algo en común con aquella mujer. Y ver cómo afectaba todo aquello a Gabby le rompía el corazón.

Saber que le había causado a su familia aunque solo fuera una fracción de aquella clase de preocupación también le hacía odiarse un poco. Y ahora había dejado a Gabby entrar en su vida.

—Supongo que me ves de la misma forma, siempre preguntándote si me pillarás bebiendo o si algo de lo que pudieras hacer acabaría provocando mi recaída, ¿no?

—En realidad, no... Bueno, al menos, no todo el tiempo.

Las cejas de Gabby se juntaron y volvió a mirar en dirección al cuarto de baño. Jackson ya se esperaba aquella respuesta, pero no por ello le dolió menos.

—Gabby, no tienes que preocuparte por mí. Lo tengo controlado.

Entonces paró en seco porque no era ni el momento ni el lugar para lanzarse en una discusión sobre su problema o su «relación». Le habría gustado poder olvidar o borrar los últimos treinta minutos de su mente.

Los labios de Gabby temblaban.

—¿Crees que se estará drogando o algo así?

Dios, se cabrearía mucho si Marie le volviera a hacer eso a su hija.

—Seguramente estará intentando recomponerse. Ver a Luc debe de haberla llevado al límite.

Gabby arrugó la cara.

—¿Crees que eso la hará volver a las drogas?

Peor que ver la preocupación en los ojos de Gabby era ver la culpa, como si, de alguna forma, pudiera ser culpable de que su madre decidiera volver a consumir.

—Sé que crees que manejo información privilegiada sobre todos los adictos porque tengo un problema con el alcohol, pero, sinceramente, no puedo responder por tu madre.

Jackson pensó en la advertencia de Doc sobre si sería capaz o no de digerir la pérdida sin recurrir a la botella de *whisky*. En su momento, no había dado importancia al comentario porque se sentía fuerte. ¿Pero realmente sería capaz de aguantar si lo pusieran a prueba? Un escalofrío de duda le recorrió toda la espalda. Se obligó a centrarse en las necesidades de Gabby en vez de en sus pensamientos.

—Lo único que sí puedo decirte es que si lo hace, será porque ella lo ha querido así, no por algo que tú hayas podido hacer.

—Eso no me consuela.

Gabby bajó la cabeza.

—Le estás dando demasiada importancia a este encuentro. Hoy solo es un primer paso. Puede que sea el último o puede que haya más. No tienes que tomar una decisión hoy.

Gabby miró la foto de Luc.

—Incluso aunque estuviera dispuesta a exponerme a la decepción, no puedo poner a Luc en esa situación. ¿Cómo podré saber si es lo suficientemente digna de confianza como para conocerlo?

—No lo sé, pero lo que sí que sé es que llevará tiempo.

Reconstruir la confianza. A pesar de las muchas sesiones con Doc, todavía no había aprendido ese truco.

—Imagino que tendrás que dejarte guiar por tu intuición.

—Mi pequeñín. —Gabby sonrió ante la imagen de Luc y volvió a meterse el móvil en el bolsillo—. Su mayor preocupación es si podrá comer mucha tarta en la fiesta de disfraces del sábado.

—¡Eh, esa también es mi mayor preocupación! —bromeó Jackson, con la esperanza de que aquello aliviara algo la tensión.

La rodeó con sus brazos. La abrazó porque ella necesitaba que la reconfortaran. La abrazó porque él también necesitaba consuelo. Por puro egoísmo, quería que le diera una segunda oportunidad a su madre porque, si podía dársela a ella, entonces quizá también podría confiar en él.

—¿Debería ir a ver si está bien?

Gabby resopló, con el ceño fruncido.

—Sí, claro.

Pero antes de que pudiera llegar a la puerta del baño, su madre salió.

—Estoy bien. —Abrió la puerta sin mirar a Jackson y se dirigió a Gabby—. Siento mucho haber perdido los papeles. Ver a Luc me ha sobrepasado. Mi nieto es muy guapo.

—Gracias —respondió Gabby, con incertidumbre—. Tiene los ojos de papá.

Los ojos de Jackson se abrieron como platos al sentir que Gabby había abierto aquella puerta a propósito.

Marie encaró el reto de Gabby de la misma forma que lo haría su hija: de frente.

—Como tú. Los dos os parecéis mucho a tu padre. ¿Cómo está? Estoy segura de que no te habrá animado precisamente a venir.

—No confía en ti.

Gabby no le comentó nada sobre su ictus.

—Lo entiendo.

—La verdad es que —empezó Gabby— tampoco sé si yo puedo hacerlo.

—Lo sé. —Los ojos de Marie se volvieron a humedecer—. Si me das la oportunidad de demostrártelo, lo haré.

Entonces, miró a Jackson.

—No era mi intención escuchar a escondidas, pero he oído vuestra conversación. Paredes de papel. —Hizo un gesto para señalar toda la habitación—. Quizá puedas ser algo empático con mi situación.

—¿Perdón? —El pulso de Jackson se aceleró—. Yo no tengo problemas de drogas, sino de alcohol.

Los ojos tristes de Marie se arrugaron de compasión.

—Pues ya sabes algo de la lucha que eso supone, pero parece que tú estás ganando tus batallas, yo también he estado ganando las mías últimamente.

Jackson se mordió la lengua para evitar un montón de descargos de responsabilidades e insultos. No empatizaba con aquella mujer en absoluto, tampoco le gustaba nada la comparación. Pero Gabby parecía demasiado frágil y vulnerable como para soportar una confrontación entre su madre y él.

—Si no le importa, preferiría no hablar de mi situación. Solo estoy aquí para dar apoyo a su hija.

—Pues entonces, muchas gracias por hacerla sentir segura. No seré yo precisamente la que te juzgue o la juzgue a ella por haberte elegido como amigo.

Por un instante, a Jackson se le helaron las entrañas, pero se obligó a calmar su temperamento.

—Yo siempre pondré a Gabby primero, de eso puede estar segura.

Gabby, al percibir la indignación apenas contenida de Jackson, intervino en la discusión.

—Mamá, tengo que irme. Necesito tiempo para digerirlo todo. Dame tiempo para pensar y te llamaré con la decisión que haya tomado sobre el futuro.

Su madre suspiró, con la cabeza gacha.

—Vale. Solo recuerda que, si me das una oportunidad, como la que le estás dando a Jackson, te juro que no te decepcionaré. Haré lo que sea para volver a tenerte en mi vida y para conocer a mi nieto.

Jackson se metió las manos en los bolsillos para evitar atravesar la pared de yeso con el puño. ¿Cómo se atrevía aquella mujer a compararlo a él, a un extraño, con sus horribles decisiones y adicciones? Y una pequeña parte de él no estaba contento con que Gabby dejara que su madre llegara a semejantes conclusiones.

Pero Gabby parecía estar en otro mundo y, con expresión solemne, dijo:

—Hará falta mucho tiempo para que te permita entrar en la vida de Luc, así que será mejor que tus expectativas sean realistas.

—Lo que haga falta, cariño. —Entonces se acercó a Gabby—. ¿Sería mucho pedir que me dieras un abrazo de despedida?

Jackson pudo ver sorpresa e inquietud en los ojos de Gabby antes de levantar los brazos. Supuso que tenía miedo de que cualquier tipo de rechazo por su parte pudiera enviar a Marie de vuelta a las calles.

Por primera vez, Jackson consideró la posibilidad de que Jon tuviera razón cuando la había desanimado a ir. A partir de ese momento, pasara lo que pasara, Gabby se preocuparía por su madre. Al acudir, sin querer, había asumido la carga de la preocupación —y puede que de una responsabilidad mal entendida— por el bienestar de Marie. Aquel pensamiento le provocaba náuseas, sobre todo porque él sí la había animado a ir.

Cuando se dio cuenta de que aquella valiente mujer que tanta suerte había tenido de conocer podía enfrentarse a una nueva ronda de sufrimiento, se le hizo un nudo en el estómago. Entonces sus pensamientos giraron hacia su propia familia. Se había pasado todo aquel tiempo pensando en lo mucho que le iba a costar volver a confiar en ellos, pero, en realidad, a ellos también les iba a costar volver a confiar en él.

—Te llamaré en un par de semanas, mamá. Decida lo que decida, te lo haré saber.

Gabby se liberó de aquel extraño abrazo.

—Es todo lo que pido.

Marie inspiró despacio. Su tensa sonrisa no engañó a Jackson. Sospechaba que aquella mujer esperaba que Gabby se hubiera mostrado más entusiasta por aquel encuentro.

Marie se despedía con la mano mientras Gabby y Jackson cruzaban el aparcamiento en dirección al Jeep y no podía estar más contento de irse.

Jackson guardó silencio durante el trayecto a la guardería de Luc. En parte porque imaginaba que Gabby necesitaba tiempo para pensar, pero también porque la situación de la señora Bouchard le había hecho plantearse muchos asuntos que no sabía cómo gestionar en su propia vida.

Había estado tan a la deriva que no se había dado cuenta de que Gabby había estado llorando todo el tiempo hasta que oyó sus sollozos. Se apartó de la carretera y aparcó el coche.

—¿Qué puedo hacer? —Y entonces, como el calor físico siempre había funcionado con él, la besó—. No me gusta nada verte triste.

—Debería estar feliz, ¿no? Después de todos estos años, por fin he podido ver a mi madre. Se ha disculpado. Está limpia. Hay esperanza para una futura relación. A primera vista, todo bien, pero estoy... preocupada.

Por primera vez desde que se habían conocido, Jackson mintió a Gabby.

—No tienes nada que temer. Tú tienes el control y, decidas lo que decidas, estará bien.

La leve sonrisa de Gabby le dejó claro que sabía que la había mentido o que, al menos, había exagerado. No obstante, algunas mentiras merecían la pena. Sabía de primera mano hasta qué punto el miedo podía cambiar a una persona, y no quería que Gabby cambiase lo más mínimo.

Quizá fuera demasiado poco, demasiado tarde. En menos de una hora, Marie le había robado la paz mental.

—Eh, tienes mucho tiempo por delante para tomar una decisión sobre tu madre. Pensemos en algo más divertido, como en la fiesta de este fin de semana.

Ese comentario le valió una sonrisa con hoyuelos y, de repente, supo que, juntos, podrían capear cualquier temporal.

CAPÍTULO 15

Jackson se aguantó la risa cuando otro niño se echó a llorar por la frustración en mitad del pequeño laberinto que Gabby y él habían construido con balas de heno. Se había pasado la mitad del día anterior y toda la mañana ayudándola a decorar el jardín para la fiesta de disfraces. El laberinto había sido lo más difícil, pero también habían tallado unas cuantas calabazas, construido un espantapájaros terrorífico e instalado un juego de pinchar el corazón del esqueleto que Gabby había encontrado en Pinterest.

Por suerte, el tiempo había colaborado y hacía un día soleado, aunque frío. Mientras disfrutaba del placer simple del jolgorio, se sorprendió por los chillidos y el caos que era capaz de generar una docena de niños.

Un niñito disfrazado de Superman corría delante de él, seguido de cerca por una niña algo mayor vestida de princesa. Jackson se rio por dentro al pensar en cómo, en unos años, se invertirían los papeles en aquella persecución.

En cuanto a su disfraz, se había peinado el pelo hacia atrás y se había vestido de Drácula con una capa de satén negra barata, una dentadura postiza y labios rojo rubí. Su elección había sido especialmente efectiva hacía un rato cuando Luc le suplicó que jugara a los «moztruoz» con los niños, a los que se había ganado con bastante facilidad.

Hacía un mes, jamás se habría imaginado pasando el tiempo de esa forma y mucho menos divirtiéndose así. Le invadió la satisfacción, reconfortando los distantes y frágiles trozos de su corazón tan protegido los últimos años.

Gabby había sentado a su padre en la mesa de acampada, junto con las abuelas de los otros niños, y había servido grandes cuencos de ensalada de fruta y patatas. Iba disfrazada de dálmata y, maldita sea, estaba realmente guapa con su naricita negra y sus orejas blanditas.

Su enorme sonrisa reflejaba que se lo estaba pasando bien siendo la anfitriona. Afortunadamente, durante estos últimos días, la fiesta le había dado algo más placentero en lo que pensar que no fuera su madre. Solo había mencionado a Marie dos veces, ambas por la noche, después de hacer el amor. Jackson la había dejado hablar y, esta vez, le había ofrecido su apoyo, no su consejo.

Deseoso de estar cerca de ella, cruzó la extensión de césped.

—¿Quieres que me ponga con las hamburguesas?

—Sí, por favor. —Gabby sonrió mientras caminaba despacio hacia la puerta de atrás con su disfraz—. Todo el mundo se lo está pasando bien, ¿no?

Jackson la siguió a la cocina. Una vez dentro, la abrazó por la cintura y tiró de ella hacia su pecho, justo donde debía estar. Enseñó sus falsos dientes de vampiro y dijo:

—Quiero chuparte la sangre.

Gabby estiró el cuello y respondió:

—¡Por favor, hazlo!

Jackson se quitó los colmillos, apartó el disfraz de Gabby y le plantó un beso rápido cerca de la clavícula antes de volver a ponerse la dentadura de vampiro.

—Más tarde.

—Te tomo la palabra.

Le lanzó una mirada traviesa antes de darse la vuelta.

Aquella mirada siempre hacía que le fallaran las rodillas.

—Dame las hamburguesas antes de que cambie de idea en cuanto a lo de esperar.

—Gracias por ayudarme hoy. —Gabby se acercó al frigorífico y le dio una bandeja de hamburguesas preparadas y una gran espátula—. Todo es mucho más fácil con un par de manos extra.

—No se me ocurre ningún sitio mejor en el que estar, aunque sí que podría imaginarme un par de usos mejores para mis manos. —Jackson le guiñó un ojo y luego salió de la cocina con todo y casi tropieza con Noah, que por lo visto acababa de llegar—. ¡Perdón!

Al parecer, Noah había decidido que su uniforme también podía servir de disfraz. Le echó un vistazo al atuendo de Jackson.

—Las cosas parecen estar en pleno apogeo.

—No te preocupes. A estos niños todavía les quedan energías para rato. —Jackson sonrió con la esperanza de que Noah no se sintiera desplazado por su presencia—. ¿Todavía no te ha visto Luc?

En ese momento, Gabby salió por la puerta.

—¡Oh! No sabía que ibas a venir. Podrías reunir a los niños mientras Jackson cocina y yo voy poniendo la mesa. ¿Te parece?

—Sí, claro.

Los ojos de Noah se clavaron en la mancha roja de la base del cuello de Gabby y luego en los labios color rubí de Jackson. Se produjo un estallido de resentimiento en sus ojos, pero lo ocultó al instante.

—Lo que sea por nuestro hijo.

Nuestro hijo. Noah no había enfatizado esas palabras, pero Jackson sabía que habían sido deliberadas. Como un león, Noah estaba marcando su territorio. No obstante, Jackson no tenía intención alguna de retroceder. Lo habría sentido mucho por Noah si alguna vez hubiera intentado formar parte de la vida de su hijo, pero el hecho era que se había alejado de Luc y de Gabby, y eso demostraba que era indigno y estúpido, lo que reducía la pena y el sentimiento de culpa de Jackson.

—Por cierto, deberías limpiarte la mancha roja del cuello, Gabby. No querrás que se hagan una idea equivocada sobre ti, ¿no? La miró como si disfrutara haciéndola sentir incómoda.

Gabby se la limpió con el reverso de la mano sin mostrar el más mínimo rastro de remordimiento ni incomodidad.

—Jackson, ¿podrías ponerte con las hamburguesas, por favor?

Gabby sonrió con dulzura, pero Jackson suponía que quería decirle algo a Noah en privado.

—Sí, claro.

Jackson se acercó a la barbacoa con la esperanza de poder escuchar su conversación por encima de las risas de los niños y la música de Halloween que salía de los altavoces.

—¿Te echo una mano? —le preguntó Jon, que se había acercado sigilosamente a sus espaldas.

—No hace falta. Todo está controlado. Relájese. Creo que Gabby tenía algo planeado cuando le sentó junto a la abuela de Carrie.

Jackson sonrió con la esperanza de que desapareciera, al menos, una parte de esa sensación rara que sentía cada vez que Jon andaba cerca desde que había empezado a salir con Gabby.

—Esa chica siempre ha sido una soñadora. —Jon miró a Gabby y Noah por encima del hombro de Jackson—. Las ideas románticas son divertidas cuando eres joven, pero tú y yo somos suficientemente mayores como para ver las cosas de otra manera.

Aquel nada sutil comentario tocó varios botones. La diferencia de edad entre Jackson y Gabby y la naturaleza temporal de su visita a Vermont puede que hicieran que Jon viera aquella relación como una estúpida broma. Pero, cuando Jackson estaba con Gabby, estúpido no era el adjetivo que mejor describía su estado de ánimo. Y la diferencia de edad parecía cada vez menos importante a medida que la iba conociendo mejor. En muchos aspectos, ella era más madura que él. Estaba claro que ella se recuperaba muchísimo más deprisa que él de las decepciones.

—Los soñadores mueven montañas, Jon. —Jackson le dio la vuelta a una tanda de hamburguesas y evitó todo contacto visual—. Sin sueños, no hay esperanza. Y sin esperanza, no queda mucho por lo que vivir, ¿no cree?

—Pero los soñadores sufren más que los realistas, porque la mayoría de los sueños no se hacen realidad.

Jon arqueó una ceja.

Jackson no podía evitar admirar a Jon, un hombre que amaba y protegía a su familia sin ser desafiante ni grosero. Sin embargo, no estaba de acuerdo con su opinión sobre los soñadores.

—Pero cuando los sueños se hacen realidad, es mágico.

Jackson sonrió. Mágico sí era algo que definía a la perfección el regalo de haber conocido a Gabby.

Una sonrisa de frustración se dibujó en la cara de Jon mientras agitaba la cabeza.

—Así que tú también eres un soñador.

Antes, sí. Ahora, ya no tanto. Pero, últimamente, esa parte durmiente de él había recobrado vida.

—Estoy intentando evitar las etiquetas.

Esa era la respuesta más sincera que podía dar en ese momento de su vida.

La expresión estreñida de Jon sugería que había reprimido un deseo abrumador de poner los ojos en blanco. Entonces, se quedó pensativo.

—¿Ha hablado Gabby con su madre desde que se reunió con ella?

Jackson se quedó inmóvil, sin saber muy bien cómo responder.

—¿Se lo ha preguntado?

—No. Teniendo en cuenta que yo no estaba muy de acuerdo, no creo que quiera compartir nada conmigo durante un tiempo.

—No me corresponde decírselo. —Jackson se dio cuenta de que Jon no pensaba desistir cuando el hombre siguió mirándolo, exigiendo en silencio más información—. Si eso le deja más tranquilo, hasta donde yo sé, no han vuelto a hablar. Gabby le pidió tiempo para pensar. Yo no le he insistido para que hable porque creo que es una decisión que debe tomar ella sola.

Jon inclinó la cabeza para estudiar a Jackson, pero no dijo nada. Entonces, el grito de Luc llamando a su «papi» hizo que ambos se fijaran en el escándalo del jardín.

—Noah no solía aparecer en este tipo de cosas. —Jon volvió a mirar a Jackson—. Debe de percibir la competencia.

—Es una pena que le haya hecho falta mi presencia para apreciar a su hijo y a Gabby. —Jackson apiló las hamburguesas ya hechas en una bandeja limpia—. Disculpe, pero tengo que llevar esto a la mesa.

Jon lo siguió por el jardín hasta las dos mesas de acampada. Luc se apartó de Noah y corrió hacia ellos.

—Jackzon, ven a jugar conmigo.

—Estoy ocupado ayudando a tu madre, grandullón. —Al notar cómo la mirada de Noah taladraba su cabeza, añadió—: Pero estoy seguro de que a tu padre le encantaría jugar contigo.

Jon saludó a Noah y luego le ofreció su mano a Luc.

—Luc, vente conmigo. Vamos a cenar algo.

Noah le entregó a Luc a Jon y, con un brusco movimiento de cabeza dirigido a Jackson, se marchó. El caos dio paso al hambre y el resto de padres ayudaron a reunir a los niños y a servirles la cena.

Jackson buscó a Gabby. Para cuando la localizó entre la multitud, Noah ya estaba con ella. Jackson reprimió el impulso de interrumpirlos. Si Noah había planeado algún tipo de campaña para recuperar a Gabby, Jackson no podía permitirse dejarse arrastrar por cada pequeña batalla por captar su atención.

Noah tenía el tiempo de su parte, tiempo para demostrar que había cambiado, tiempo para ofrecerle ayuda y halagos o lo que quiera que creyera que podía ayudarle en su causa.

El tiempo de Jackson se estaba acabando. Su única opción era darle a Gabby el respeto que quería, dejarle el espacio que necesitaba para tomar sus propias decisiones. La única ventaja que tenía sobre Noah era que, por el momento, él jamás la había decepcionado. Podía contar con él sin dudarlo.

La idea de dejar a Gabby antes de que pudieran averiguar si lo que compartían era algo más que un simple encaprichamiento le corroía por dentro. Se giró para intentar recuperar el control de su vacilante estado de ánimo y entonces decidió servirse algo de comida. Se estaba echando ensalada de patatas en el plato cuando el crujido de la gravilla llamó su atención.

Un pequeño Toyota abollado entró en la propiedad y aparcó de cualquier forma. Segundos más tarde, la madre de Gabby salió del coche.

Jackson pudo ver cómo la expresión de Gabby pasaba de la conmoción al pánico. Noah arqueó las cejas, pero al instante rodeó a Gabby con un brazo para darle apoyo. Jackson podría haberse puesto celoso, pero supuso que lo más probable es que ni siquiera hubiera percibido aquel contacto porque su mirada permanecía fija en su madre.

—¿Qué está haciendo ella aquí?

La voz furiosa de Jon cruzó por encima del hombro de Jackson antes de que apareciera físicamente junto a él.

—No tengo ni idea. Noah está con Gabby. Quédese aquí y mantenga a Luc ocupado. Yo me encargo de su ex.

No esperó a recibir el consentimiento de Jon. Cruzó la distancia que le separaba de Marie en un par de zancadas. Su mirada escudriñaba el jardín, probablemente buscando a su nieto.

Marie se aferró al marco de la puerta abierta del coche, con la mirada yendo de la muchedumbre a Jackson y luego a Gabby antes de volver a Jackson. Su confusa conducta distaba enormemente de la mujer tranquila y arrepentida que se había presentado ante Gabby a principios de semana. Cuando Jackson se acercó, ella retrocedió.

—Marie, si quiere tener alguna relación con Gabby, será mejor que vuelva a su coche y espere a que la llame, como le prometió.

—Solo quiero ver a mi nieto.

Estiró el cuello, sujetándose en el coche. ¿Tan nerviosa estaba?

—Ahora no es el momento. Créame, no se está haciendo ningún favor apareciendo aquí sin que la hayan invitado. —Jackson señaló el coche—. Tiene que irse, por favor.

Jackson se acercó a la puerta delantera, pero ella levantó la voz.

—¡Para!

De repente, Noah y Gabby estaban a su lado.

—Mamá, ¿qué haces aquí? —preguntó Gabby.

—Quiero ver a Luc. —La señora Bouchard se tambaleó y Jackson se dio cuenta de que debía de estar puesta o borracha—. Por favor, Gabby, déjame verlo.

—No, mamá —dijo Gabby—. Me prometiste que me dejarías decidirlo a mí.

La confusión de Noah por lo que estaba pasando no le impidió entrar en «modo policía» y hacerse cargo de la situación.

—Venga, señora Bouchard, no montemos una escena delante de todos estos niños.

Noah esbozó la sonrisa hipócrita que Jackson recordaba de la cena.

Marie entrecerró los ojos.

—Noah Jefferson, no intentes engatusarme.

—Créame, no es mi intención. —La sonrisa de Noah se tensó—. De verdad que estoy intentando con todas mis fuerzas no atraer más atención de la necesaria. No parece ser bienvenida aquí.

—Tampoco me juzgues. —Marie agitó un dedo en su cara—. Sé que dejaste tirados a tu hijo y mi hija. No eres mejor que yo.

—¡Mamá!

Gabby se acercó más y arrugó la nariz. A Jackson también le había llegado el olor a ginebra. La voz de Gabby se hizo más aguda por el asco.

—¡Estás borracha!

—No me he drogado. Solo me he tomado una copa. —El estado de ánimo de la señora Bouchard se desinfló y empezó a hacer muecas—. Es culpa de tu padre. Sé que está intentando que tanto tú como mi nieto os mantengáis alejados de mí, así que me tomé una copa para relajarme.

Jackson hizo una mueca de dolor al reconocer la misma justificación que él solía usar cuando bebía.

—Por favor, mamá, vete.

Gabby miró a su alrededor, a todos los invitados, cuya atención había dejado de estar en la comida para centrarse en la escena que se estaba desarrollando en el camino de entrada.

—Por favor, cariño, déjame ver a Luc un minuto.

Marie intentó adelantar a Gabby, pero Jackson la bloqueó.

—Papá tenía razón. —La voz de Gabby se quebró—. No puedo confiar en ti. ¡Ni siquiera has sido capaz de mantener la promesa que me hiciste el otro día!

Noah le lanzó una mirada afilada a Gabby.

—¿Por qué fuiste a verla?

Antes de que Gabby pudiera responder, la mirada de Marie se endureció señalando a Jackson y gritando:

—¿Por qué no me dejas ver a mi nieto pero sí le dejas a él?

Las mejillas de Gabby se encendieron bajo unos ojos llenos de furia.

—No es asunto tuyo a quién dejo que entre en la vida de mi hijo y a quién no.

Marie se volvió a tambalear y miró a Noah, señalando a Jackson con el dedo pulgar.

—¿Sabes que tiene problemas con el alcohol?

Jackson encajó el golpe sin inmutarse, pero su piel se resquebrajó bajo el peso de una docena de ojos o más. Su mente barajó una serie de respuestas, pero Gabby intervino antes de que pudiera escoger una.

—Noah, si mi madre no se va ahora mismo, arréstala por allanamiento.

Noah fulminó a Jackson con la mirada antes de centrar su atención en Marie.

—No puedo dejarla conducir borracha. Entre en mi coche patrulla ahora mismo y la llevaré a su motel para que pueda despejarse. Dele las llaves a Jackson y él nos seguirá con su coche.

—¡Quiero ver a mi nieto!

Se resistió, retrocediendo.

—Estoy seguro de que no quiere que Luc ni estos niños la vean salir de aquí esposada.

La voz de Noah se había vuelto fría.

Jackson pudo ver lágrimas en los ojos de Gabby, así que extendió la mano para reconfortarla. Ella se apartó y salió corriendo en dirección a la casa. Jon atajó por su visión periférica, llevándose a Luc al otro lado del jardín para reunirse con su hija. Segundos más tarde, todos desaparecieron por la puerta trasera de la casa.

—Venga. Se ha acabado el espectáculo. —Noah señaló su coche patrulla—. Es hora de irse.

Marie se mantuvo clavada en el suelo, temblando visiblemente.

—¿Por qué él puede quedarse y yo no?

—Créame, señora Bouchard, llegaré hasta el fondo del asunto en lo que respecta a mi hijo. No se preocupe.

Noah volvió a fulminar a Jackson con la mirada.

Una ira desafiante hervía en su interior, mezclada con un toque de alarma. Marie acababa de abrir la caja de Pandora, y Noah ahora tenía otra razón para entrometerse en las vidas de Gabby y Jackson.

La voz autoritaria de Noah ordenó:

—Ahora dele las llaves a Jackson para que podamos irnos de aquí sin provocar más problemas.

—Deberías haberme ayudado. Ahora verás lo que significa que no te consideren apto —masculló Marie mientras le entregaba las llaves.

A Jackson no le cabía la menor duda de que Noah explotaría su exageradísima descripción de su situación y plantaría todo tipo de dudas sobre él en la mente de Gabby. Dudas que, de alguna forma, ella ya tenía.

Diez minutos más tarde, Jackson aparcó el coche de la señora Bouchard frente al motel y esperó fuera a que Noah la acompañara a su habitación. Cuando Noah volvió, señaló su coche. El miedo recubrió los pies de Jackson de unas zapatillas de plomo los metros que recorrió hasta el coche patrulla.

Preparándose para una buena dosis de sarcasmo y un interrogatorio, se subió junto a Noah en el asiendo delantero.

Sorprendentemente, Noah no abrió la boca. Cuando entraron en la propiedad de los Bouchard, por fin dijo:

—Tengo que ocuparme de unos asuntos. Dile a Gabby que hablaré con ella en breve.

El tono frío de la voz de Noah le provocó un escalofrío en la espalda. Aquel hombre se había mostrado demasiado controlado para la ocasión, lo que solo podía significar que ya había trazado algún plan. Como Jackson supuso la primera vez que coincidieron, Noah era hábil y ahora contaba con todo un arsenal de sospechas.

—Deberías despedirte de Luc. Nos fuimos a toda prisa y no querrás que crea que ha hecho algo malo.

—No te preocupes por lo que debo o no debo hacer con mi hijo.

Noah le lanzó otra mirada fría, pero aparcó el coche y apagó el motor.

Cuando volvieron a la fiesta, Jon y otros padres tenían a los niños ocupados jugando a las sillas musicales. Jackson entró para buscar a Gabby sin cruzar ninguna otra palabra con Noah.

La encontró en la cocina fregando las bandejas de la fiesta. Miró por encima de su hombro cuando lo oyó entrar.

—Ya has vuelto.

—Sí.

Jackson esperó, sin tener muy claro qué decir.

—No puedo creer que se plantara aquí. —Siguió fregando, con las manos moviéndose a una velocidad frenética—. Y, además, borracha.

Jackson se encogió de hombros.

—¿Puedo ayudarte en algo?

—Tenía que haber escuchado a mi padre y haber ignorado su carta. —Colocó la última bandeja en el escurridor y miró a Jackson—. Lo que ha pasado hoy es peor que cualquier remordimiento que hubiera podido tener por no saber nada de ella.

Aunque no lo culpaba por el fiasco, sí que había interferido con su consejo de mierda. No podía culparla. Jon tenía razón y los mayores temores de Gabby se habían hecho realidad. Jackson se quedó allí, de pie, inmóvil, incapaz de hacer nada.

—Hoy ha sido un asco. Siento mucho que tu madre se presentara borracha. Quizá mintiera el otro día. Puede que no llevara tanto tiempo limpia como te había hecho creer. Pero ese es su problema. No puedes preocuparte por ella ni sentirte responsable por sus elecciones. ¡Maldita sea, ojalá no te hubiera animado a ir a verla! —Y entonces se lo replanteó, porque si algo había aprendido durante este último mes es que la paz mental requería coraje y honestidad—. O puede que ahora te vaya mejor después de haberla visto y haber hablado con ella. Ahora ya sabes que tu padre tiene razón. Si no lo hubieras visto por ti misma, jamás habrías estado segura.

Gabby soltó un suspiro, sin duda, en absoluto de acuerdo con aquello, pero demasiado disgustada como para discutir.

—Da igual. Lo más importante es Luc. No puedo seguir tomando decisiones egoístas sin pensar en cómo podrían afectarle las consecuencias.

A Jackson no le gustó demasiado lo que implicaba aquella afirmación. ¿Acaso eso significaba que su madre y él estaban en el mismo equipo?

—Jamás harías nada que pudiera dañar a tu hijo.

—Creo que ambos sabemos que eso no es exactamente así.

Gabby miró al suelo.

—¿Ahora estás hablando solo de tu madre o también me incluyes a mí?

Jackson se cruzó de brazos.

Gabby arqueó las cejas, pero no respondió. Él se quedó allí, de pie, con el alma en los pies, esperando a que dijera algo más, pero solo masculló:

—Tengo que salir.

—Supongo que hablaremos luego, ¿no?

Jackson hizo un gesto en dirección a la puerta, pero se quedó atrás cuando ella salió.

Desde un punto de vista racional, sabía que las cosas no tenían buena pinta y que tenía que replanteárselo todo. Antes habría recurrido a la botella, pero estaría perdido si dejaba que gente como Marie y Noah torpedearan su rehabilitación en ese momento.

Jackson cruzó la casa y salió por la puerta delantera para que nadie pudiera verlo. Dejó su Jeep junto al garaje y empezó a andar sin rumbo fijo.

Gabby soltó un gran suspiro de alivio cuando el último de los invitados salió de la propiedad. El día maravilloso que había planeado había resultado ser un total desastre. Por suerte, salvo de la desaparición de Jackson, Luc se había mantenido ajeno a todo lo que había pasado. Aquel misterio también la tenía preocupada, algo que, en cierta medida, le molestaba.

Él sabía que estaba al borde del colapso, así que marcharse sin decir nada le parecía bastante desconsiderado por su parte. Por supuesto, había rechazado su intento de reconfortarla, así que quizá le debiera una disculpa. En cualquier caso, el hecho de que ella y Luc lo hubieran echado de menos subrayaba hasta qué punto sería difícil todo cuando volviera a Connecticut.

—Luc está agotado —dijo su padre—. Creo que se quedará frito en cuanto lo bañes.

Gabby miró al otro lado del salón. Luc se había acurrucado en la esquina del sofá para chuparse el pulgar y mirar al vacío.

—Yo también estoy agotada. —Y entonces, como no había tenido tiempo de decirlo antes, admitió—: Papá, tenías razón. Ponerme en contacto con mamá fue un gran error. No sé por qué no pude evitarlo. Siento mucho no haberte escuchado.

Su padre abrió los brazos para abrazarla, gesto que ella recibió con agrado. Entonces, la sorprendió diciendo:

—Supongo que es una de esas cosas que necesitabas averiguar por ti misma para poder aceptar la verdad. Siempre he querido protegerte de más decepciones, pero ya eres adulta y tienes derecho a tomar tus propias decisiones.

El hecho de que su padre prácticamente hubiera repetido las mismas palabras que Jackson le resultó divertido. Y ello a pesar de que nada en aquella situación tenía ningún rastro de humor.

—Será mejor que bañe a Luc antes de que se quede dormido.

Soltó a su padre y cogió a su hijo. Mientras subían por las escaleras, no pudo evitar preguntarse adónde habría ido Jackson y qué estaría pensando.

Cuarenta minutos más tarde, una luz en la ventana de su apartamento le informó de que ya había vuelto y decidió ir a averiguarlo.

Tras coger un jersey de lana, fue hasta el apartamento y llamó a la puerta.

—Adelante.

Jackson inspiró profundamente para prepararse para la confrontación. El paseo no le había quitado el bajón, pero el cansancio sí que había conseguido que no le apeteciese demasiado discutir. Se quedó sentado en el sillón reclinable, con un libro en el regazo.

—Hola.

Gabby se quedó cerca de la puerta, con las manos entrelazadas y los pulgares cruzados.

—Hola.

No sonrió, ni bromeó ni hizo el más mínimo intento de tocarla. Quería tenerla cerca, pero antes se había sentido rechazado y no quería arriesgarse a pasar por lo mismo.

—¿Adónde has ido?

Aunque indefinida, la pregunta sonó a acusación en sus oídos.

—¿Por qué? ¿Te preocupaba que me hubiera ido a beber?

Jackson pudo ver que hacía un gesto de dolor por su tono mordaz.

—No. —Gabby cruzó la habitación y, como era habitual en ella, le dio la patada al avispero de su pésimo estado de ánimo—. ¿Estás enfadado conmigo?

—No estoy enfadado. —Cerró el libro y lo dejó a un lado—. Estoy dolido.

—¿Por qué estás dolido?

Gabby se cruzó de brazos, desconcertada.

Jackson sabía que había tenido una mala tarde, pero él también.

—Porque sigues comparándome con tu madre.

—No, no lo hago.

—Sí, sí que lo haces, Gabby. No paras de preguntarme qué piensa o siente como si mi problema fuera comparable al de una drogadicta hecha y derecha que abandonó a su única hija. Y luego no dejas de sugerir que terminaré haciéndote daño a ti y a Luc.

—No creo que nos hicieras daño a propósito. —Gabby se dejó caer en el sofá—. Pero no puedes negarme que te echaremos de menos cuando te vayas.

—Y yo os echaré de menos a los dos. A eso me refiero, Gabby. No dejas de pensar en lo que Luc y tú podéis perder, pero no piensas en hasta qué punto confiar en ti puede llegar a hacerme daño a mí.

—¿Y cómo podría yo hacerte daño a ti? —Gabby parecía totalmente incrédula, con los ojos bien abiertos y la mandíbula caída—. Cuando te vayas, volverás con tu familia y a tu negocio, sintiéndote mejor de lo que te has sentido en mucho tiempo. Me imagino que muchas mujeres se alegrarán de que vuelvas. Para Año Nuevo, no seré más que un vago punto de luz en tu retrovisor. Mientras tanto, yo seguiré aquí, atascada, con un niño pequeño y una vida sin futuro. Así que disculpa si no veo que estemos en igualdad de condiciones en este concurso de «qué corazón va a llevarse el peor golpe».

Jackson sabía que no era su intención insultarlo, pero su corazón registró la ofensa de todas formas.

—Si de verdad crees eso, está claro que no me comprendes tanto como yo creía.

Su tono tranquilo pareció captar la atención de Gabby. Su expresión defensiva se transformó en curiosidad mientras se inclinaba hacia delante.

—Vale, pues ilumíname.

Cuando Jackson se fue de la fiesta esa tarde, tiró el disfraz a un lado de la carretera y anduvo durante cuarenta minutos repasando todas las decisiones que le habían llevado a necesitar tener aquella conversación. Luchó contra su vanidad, sus dudas y su miedo a ser vulnerable. Al final, se prometió no huir de sus sentimientos.

Aunque había considerado todas las formas en las que podría articular aquella vorágine de emociones que le habían jodido la vida aquellos últimos años, no supo hasta ese momento cómo iniciar la conversación.

—¿Alguna vez se te ha ocurrido pensar que si mi vida en mi casa fuera tan estupenda, para empezar, no habría acabado aquí?

—No, porque solo me has contado algunas vaguedades. —Gabby se mordió el labio—. ¿Por qué las cosas se pusieron tan mal como para que esta pareciera ser la única opción?

—Porque cuando te decepcionan todos a los que quieres, te acabas dando por vencido. Tenía la sensación de que, independientemente de lo que estuviera dispuesto a dar, nada importaba. La gente seguía pidiendo más y más sin dar demasiado a cambio. Así que me aparté, me encerré en mí mismo y empecé a beber un poco más cada mes.

Jackson ignoró el reciente intento de Doc de hacerle ver que, quizá, estuviera siendo un poco hipócrita.

Gabby se acercó un poco más, pero no lo tocó, como si sintiera que necesitaba un poco de distancia para poder acabar aquella conversación.

—¿Y exactamente qué te quitaron o cómo te decepcionaron?

—De todas las formas posibles. —Jackson se frotó los muslos con las manos para ganar tiempo—. Mi madre era el alma de la familia. Creí que nada podría ser más frío ni más oscuro que las semanas previas a su muerte, pero entonces la pérdida permanente y profunda golpeó con todavía más fuerza. Incluso ahora, no se atenúa.

Hizo una pausa durante la que se prolongó el recuerdo de la sonrisa de su madre.

—David se fue del país sin previo aviso tres días después del funeral de mi madre. Mi padre y él se pelearon por motivos que ninguno de los dos jamás nos dirán. Fuera lo que fuera, tuvo que ser importante, porque David no solo se mudó a la otra esquina del mundo, sino que apenas habló con Cat o conmigo durante todo un año. Al final, volvió a casa, pero la distancia entre nosotros sigue ahí. Mi padre y él ahora se hablan, pero sigue habiendo tensión. David jamás confesará qué provocó aquella discusión. He intentado dejarlo pasar, pero la verdad es que no puedo. Siempre había creído que nos llevábamos bien, pero la forma en la que se fue y que siga sin confiar en mí lo suficiente como para contarme la verdad hacen que dude de todo lo que siempre había creído sobre nosotros.

—¿Puede que no sea su secreto y que por eso no pueda contarlo? —lo interrumpió Gabby.

Al parecer, compartía la opinión de su hermana, pero él no estaba de acuerdo.

—Yo estoy bastante seguro de que se lo ha contado a su mujer... Y, de todas formas, ahí no se queda todo. Unos cuantos meses después de que David se fuera, mi novia se quedó embarazada. Yo estaba emocionado. Siempre había querido formar una familia y, como la mía estaba empezando a desmoronarse, pensé que el destino me estaba dando una segunda oportunidad. —Se inclinó hacia delante un poco, mirando al vacío—. Seguramente te parecerá una locura, pero por un momento pensé que mi madre había movido los hilos desde el Cielo para darme la familia que tanto echaba de menos. Pero Alison no estuvo de acuerdo. Ella no quería ser ni madre ni esposa, así que abortó sin considerar ninguna otra opción. Ahí fue cuando empecé a beber con más frecuencia. Por último, mi hermana me robó a mi mejor empleado y amigo para montar su propia empresa. Honestamente, Gabby, estaba a punto de dejar de creer en la gente hasta que apareciste tú.

Reconocerlo desató una oleada de pánico que le tensó los hombros, pero se abrió paso en sus emociones para no dejar que le impidieran terminar lo que necesitaba decir.

—Tú y tu forma de saludar cada nuevo día con una sonrisa. La forma en la que nunca optas por el camino fácil, aunque eso suponga convertirte en madre soltera, aceptar el abandono de tu madre o enfrentarte a ella dos veces en una sola semana sin derrum- barte. Me inspiras. Me haces pensar que puede que haya gente por ahí que merezca la pena. Pero entonces, cuando insinúas que soy un ligón al que solo le importa lo que puede sacar en su beneficio, una bomba explota en mi corazón. Me hace pensar que mi fe en ti está completamente fuera de lugar. Como si dejarte entrar aquí —dijo golpeándose el pecho— no fuera nada especial. Que puede que no seas más que otra Alison disfrazada, y que yo sigo siendo un ingenuo en lo que se refiere a la gente que me importa.

Tras soltar todo lo que tenía dentro, apenas podía establecer contacto visual con Gabby. Se le aceleró el corazón y la piel le picaba por la sobreexposición, como si hubiera estado expuesto al sol.

—Lo siento mucho. —Gabby intentó cogerle la mano—. Supongo que me he dejado llevar por mis inseguridades. Sé quién eres, Jackson.

Su cuerpo se tensó al principio, decidido a rechazar cualquier tipo de insinuación por compasión, pero en el momento del con- tacto, se sorprendió a sí mismo agarrándole la mano y tirando de ella para colocarla en su regazo. Gabby se acurrucó como una niña, apoyando la cabeza en su hombro y rodeándole el cuello con una mano.

Él la abrazó y hundió su cara en el hueco de su cuello. Permanecieron sentados entrelazados, en un abrazo silencioso, hasta que su corazón recuperó su ritmo natural. Un sentimiento cálido de alegría ocupó el lugar de la vergüenza y la incomodidad que lo había consumido hacía unos minutos.

—Gracias por contármelo. —Gabby sonrió contra su cuello—. Y por todos esos halagos. Estoy segura de que jamás he «inspirado» a nadie para que hiciera algo más que poner los ojos en blanco.

Jackson le besó la cabeza y se envolvió un dedo con un mechón de pelo de Gabby.

—He dicho muy en serio todas y cada una de mis palabras. Me inspiras. Así que deja de asumir que, en cuanto me vaya de casa, tú y Luc no seréis más que un vago recuerdo. No es así como yo lo veo.

Gabby lo besó en la mejilla.

—Yo estoy segura de que jamás serás un vago recuerdo para mí, Jackson.

Levantó la cara para obligarla a mirarlo a los ojos.

—Puede que las probabilidades estén en nuestra contra, pero si voy a involucrarme más, necesito saber que no me estás usando porque soy conveniente y útil.

—¡No! Te uso para tener un sexo maravilloso. —Ella lo miró directamente a la cara y sonrió—. Lo siento, pero no lo he podido evitar.

—No lo sientas. Estoy a punto de demostrártelo, ahora mismo. Prepárate para un sexo maravilloso. —La besó en la boca, esta vez con un gruñido juguetón, pero entonces relajó el abrazo—. Me alegra que hayas venido esta noche.

La bajó de su regazo, se puso en pie y, de inmediato, la cogió en brazos y se la llevó a la cama. Su cuerpo vibraba por las expectativas mientras la desnudaba despacio. Quería saborear cada instante, disfrutar del tacto de su piel bajo sus dedos, de su respiración entrecortada, del brillo de sus ojos, con la esperanza de que ella también percibiera la magia del momento.

Una vez desnuda, pasó a quitarse su ropa y se colocó sobre ella, sujetándole las manos contra el colchón mientras le acariciaba el cuello con la nariz y le cubría los hombros y los pechos con delicados besos. En cuanto su olor se arremolinó a su alrededor, supo que jamás volvería a oler una pera sin acordarse de ella.

Gabby arqueaba su cuerpo en respuesta a cada movimiento de su lengua, buscando el contacto con él, pero incapaz de conseguirlo.

—Jackson, deja que te toque.

Por fin, le soltó las manos y bajó sobre ella, piel contra piel. La fricción de sus cuerpos creó calor hasta que, en un frenesí de caricias y besos, sus pieles se volvieron resbaladizas.

A Jackson se le ponía la piel de gallina cada vez que Gabby recorría su cuerpo con los dedos. Por primera vez en años, había desnudado su alma. Parecía imposible sentirse perdido y seguro a la vez, pero la intensa intimidad de todo aquello lo zarandeaba como un barco en una tormenta.

Necesitaba tanto el afecto de aquella mujer que se sentía desbordado. Si no la deseara tanto, habría estado aterrorizado. Pero, con cada beso, el miedo decrecía, dando paso a un sentimiento cada vez más profundo de pertenencia. Como tinta invisible, la unión entre ambos parecía haber estado allí siempre, esperando a que la descubrieran.

Se aferró a sus pechos y luego acarició la parte interior de sus muslos hasta que ella abrió las piernas. Su rostro se iluminó de placer, enfatizado por un gemido sexi, en cuanto los dedos de Jackson exploraron su centro. Verla así, tan expuesta ante él, lo llenó de deseo y ternura.

Gabby abrió los ojos y le acarició el pelo.

—Te deseo. No esperes más.

—No lo haré —le susurró al oído mientras la penetraba.

Una vez completamente asentado entre sus piernas, se obligó a reducir la velocidad y aguantar la mirada. Para verla y, lo que es más importante, verse reflejado en ella. Su corazón se llenó de pasión y calidez, mientras sus cuerpos asumían el control, e impuso un ritmo que alternaba embestidas suaves y lentas con otras rápidas y voraces.

Perdió el sentido del tiempo hasta que ambos llegaron al orgasmo a la vez y bajaron a la tierra de golpe, con sus cuerpos entrelazados y empapados en sudor.

Gabby sonrió y apartó el flequillo mojado de Jackson.

—Ahora estoy mucho más contenta.

Jackson la besó en la sien y se acurrucó en su pecho.

—¿Puedes quedarte?

—Toda la noche, no —dijo mientras trazaba líneas en su pecho con el dedo—. Lo siento.

—No te disculpes.

Jackson cerró los ojos, disfrutando del silencio y del calor de su pequeño cuerpo.

Su mente divagaba sin rumbo hasta que recordó los acontecimientos del día. El comportamiento de Marie borracha, la mirada severa de Noah, la preocupación de Jon, la decepción devastadora de Gabby y la confusión de Luc.

Le disgustaba tener que arruinar aquel momento de paz, pero sabía que tenían que hablar de lo que había pasado.

—¿Luc ha hecho muchas preguntas sobre todo lo que ha ocurrido hoy?

Los músculos de Gabby se tensaron bajo sus manos.

—Unas cuantas. Entré en pánico y le mentí. Le dije que mi madre era una desconocida que se había perdido.

—No es del todo mentira. Es una desconocida para él y una desconocida virtual para ti. Y se había perdido. Por desgracia, quizá se haya perdido para siempre. Además, muchos creen que contar mentiras para proteger a otro no está mal. —Repetir las razones de David para no contar su secreto perturbó a Jackson, pero apartó aquel pensamiento de inmediato—. Estás intentando proteger a tu hijo, un niño que, de todas formas, es demasiado pequeño como para entender la verdad. Estoy seguro de que, llegado el momento, serás sincera con él.

Jackson percibió un sutil cambio en la respiración de Gabby. Una pesadez cargada de resignación y frustración.

—No quiero hacerle a él el mismo daño que me hizo mi madre a mí. La verdad es que no puedo garantizar que no terminara siendo adicta a la medicación si sufriera un dolor insoportable todos los días durante meses. —Gabby suspiró—. Durante todo este tiempo, había tenido la vaga esperanza de que acabara superando el problema y volviera. De que, quizá, pudiéramos ser amigas. Es un asco que ese sueño casi se hiciera realidad para luego convertirse en una pesadilla.

Jackson no supo qué responder a eso, así que la abrazó con más fuerza y la volvió a besar en la cabeza. ¿Cómo podría ofrecerle un consejo cuando ni siquiera había resuelto sus propios problemas familiares? Problemas que ahora era capaz de admitir que habían sido provocados por ambas partes, porque mientras él necesitaba honestidad de su parte, ellos, a su vez, necesitaban que demostrara que no se comportaría como un insensato. Quizá lo mejor que podía ofrecerle a Gabby era ser todavía más sincero en cuanto a su propia situación para que no se sintiera sola en la suya.

—Voy a invitar a mi familia a una sesión de terapia.

En cuanto esas palabras salieron de su boca, se le hizo un nudo en el estómago.

Gabby se apoyó en un codo y lo miró con sonrisa de satisfacción.

—¿Podré conocerlos? —Entonces hizo una mueca—. Lo siento, no quería ponerte en un aprieto. Esto no va sobre mí... Lo sé. ¿Te apetece verlos o más bien estás muerto de miedo?

—Ambas cosas. —Jackson se volvió a enrollar un mechón de pelo de Gabby en un dedo y lo besó—. Es como una preparación física de *lacrosse*. Solo pensarlo da pereza y tienes que trabajar duro, pero una vez que empiezas y ves que te haces más fuerte, te sientes bien.

—¿Jugabas al *lacrosse*? —se burló Gabby—. Seguro que te perseguían todas las animadoras.

Jackson se encogió de hombros y sonrió al recordar sus payasadas del instituto y la universidad.

—Sí, no puedo negarlo. Me lo pasaba bastante bien tanto dentro como fuera del campo.

Gabby le golpeó en el hombro y él le dio la vuelta mientras le mordisqueaba el lóbulo de la oreja.

—¿Cuándo tienes que irte a casa? —preguntó al notar que su miembro empezaba a recobrar vida.

—Hum. —Gabby acarició su creciente erección—. Todavía no.

—Bien.

Jackson rodeó el rostro de Gabby con las manos y la besó, colocándose sobre ella y disfrutando de la luminosidad que aportaba a su corazón.

CAPÍTULO 16

—Doug Kilpatrick ha hecho una contraoferta. —Oliver guardó silencio, al parecer para dejar a Jackson un minuto para prepararse—. Pide cien mil...

—¡Para! —Jackson reprimió el impulso de lanzar el teléfono contra la pared—. La respuesta es no.

—Jackson, tenemos que... —empezó Oliver.

—No me digas lo que tengo que hacer. ¡Estás loco si crees que voy a pagarle el doble de su salario anual a ese imbécil después de que tuviera que despedirlo por su comportamiento!

La arteria carótida de Jackson casi explota de lo fuerte que le palpitaba.

David intervino.

—Nadie dice que tengas que plegarte a sus demandas. Es una negociación. Hay un margen de ochenta y ocho mil dólares entre tu oferta y la suya. Ahora nos toca contraatacar. La cuestión es cuánto.

—La respuesta es nada.

Jackson cruzó un brazo por su pecho, dejando la mano bajo la axila, mientras sujetaba el teléfono con la otra. Antes de que las circunstancias asumieran el control, decidió pasar a la acción. Y eso le sentó extremadamente bien.

—¿Ninguna contraoferta? —preguntó Oliver.

—No, nada, Oliver... tal cual, retira la oferta original también. Verás la gracia que le hace al gilipollas ese haber rechazado el salario de tres meses por haber creído que me tenía con el agua al cuello.

—Jackson, no te recomiendo que hagas eso —dijo Oliver, despacio.

—Entendido. —Jackson sonrió por dentro—. De todas formas, hazlo.

—Jackson... —empezó David.

—No, David. Prefiero ir a juicio. Si un juez o un jurado cree que se merece algo, lo aceptaré. No estoy dispuesto a que me desplume como a un cobarde. Mi reputación y la calidad de mi trabajo hablan por sí solos. Si tengo que pasar por seis meses de caída, que así sea. Sé quién soy y de lo que soy capaz. Nadie, y menos él, puede quitarme eso.

Jackson los volvió a escuchar deliberando al otro lado del teléfono. Por fin, Oliver dijo:

—Vale, llamaré a su abogado y le diré que retiramos la oferta inicial. Espero que estés preparado para lo que puede ser una larga y fea pelea.

—Estoy preparado.

Y, sorprendentemente, Jackson así lo creía.

—Jackson, ¿puedes esperar un momento? Oliver va a su despacho a hacer la llamada —dijo David.

—Sí, claro.

Jackson esperó hasta que Oliver se fue a su despacho.

—Jackson —empezó David—, me preocupa tu decisión.

—Pues que no te preocupe. He oído tu consejo y asumo la responsabilidad de cualquier posible consecuencia negativa, pero es mi empresa, mi reputación y mi decisión.

—De acuerdo. —David hizo una pausa—. De hecho, se te oye bien. No pareces enfadado, sino decidido.

—Lo estoy.

Jackson sonrió, dejando que la verdad de todo aquello fluyera por su cuerpo. No solo estaba decidido en cuando a ese asunto, sino que también había superado todas sus dudas en cuanto a su relación con Gabby. Desde la conversación que habían mantenido ambos hacía unas noches, también se había permitido aceptar su buena suerte.

—Tu médico debe de ser genial. Tengo muchas ganas de conocerlo la semana que viene.

—Es un buen tipo. No puedo decir que esté deseando tener la sesión familiar, pero espero que sea un paso en la dirección adecuada.

—Lo mismo esperamos Vivi y yo.

Jackson sonrió, como siempre hacía cuando pensaba en Vivi.

—¿Cómo lleva el embarazo?

—Bien. Tuvimos otra ecografía la semana pasada. Te mandaré una copia, si quieres. No puedo creer que vaya a ser padre en cinco meses.

David, padre. Jackson sabía que su hermano sería protector y estricto, pero también amable. A diferencia de Jackson, que había sido un poco revoltoso y temerario, David siempre había sido observador y pacificador. Valoraba la estructura y el orden y necesitaba comprender los cómos y los porqués de todo. David no podía haber escogido una pareja más opuesta que Vivi, pero, de alguna forma, habían conseguido encontrar el equilibrio.

—Debe de ser una sensación increíble.

Jackson lo decía muy en serio. Por supuesto, no pudo evitar pensar en el hijo que podría haber tenido. Y entonces pensó en Luc y en esa sobrina o sobrino que pronto llegaría. Había muchas formas de querer a un niño y de ser un modelo. Alison le había robado algo importante para él, pero ahora podía ver que no le había robado toda posibilidad de ser feliz. Eso era algo que se había estado haciendo él mismo.

—Entonces, ¿has hablado con papá sobre la terapia?

La inquietud se reflejó en el tono de David.

—Sí. ¿Por qué?

David dudó antes de responder.

—No, por nada.

—No me jodas, David. Te haya dicho lo que te haya dicho, no puede ser peor que lo que me ha dicho a mí.

—¿Qué te ha dicho?

La indignación de David agudizó su voz mientras entraba en modo «hermano mayor».

—Pues básicamente lo que esperabas. No hizo nada por ocultar su decepción, pero viene y con eso me conformo.

—Puede ser un hijo de puta.

Jackson arqueó las cejas porque David rara vez decía palabrotas ni levantaba la voz.

—Teniendo en cuenta vuestro reciente historial, me sorprende que te sorprenda.

Tras una pausa pronunciada, David dijo:

—Supongo que aprender a aceptar los defectos de tus padres, algunos de ellos horribles, forma parte de hacerse mayor, pero a veces me encantaría poder volver atrás y vivir en la ignorancia y la confianza absoluta.

Jackson sintió que las reflexiones de David iban más allá de lo que estaba dispuesto a contar. Antes de que pudiera decir nada, David murmuró:

—Mamá siempre actuaba como si su matrimonio fuera feliz, pero seguro que merecía más amor del que recibió.

La voz de David se volvió más ronca, como si se le tensara la garganta. Jackson se sintió tentado a presionar, al sospechar de repente que su madre tenía algo que ver con su gran secreto, pero su duda hizo que perdiera la ocasión.

—Eh, Jackson, tengo otra reunión. —El brusco cambio de tema de David casi le provoca un latigazo cervical—. Te veo la semana que viene.

—Adiós.

Jackson, algo insatisfecho, dejó el teléfono en la encimera y se volvió a servir una taza de café extrafuerte, mezcla de Starbucks. Cuando salió por la puerta, un frío día de noviembre le dio la bienvenida.

Bajó deprisa las escaleras y fue a su coche. Tocaba día de basura en el barrio. Con la esperanza de deshacerse del mal sabor de boca que le había dejado el final de la conversación con David, desplegó el mapa de casas de las que se encargaba Jon y reconfiguró mentalmente el recorrido más eficiente que había ideado la semana pasada.

Por supuesto, las tareas del día no exigían pensar demasiado, lo que le dejaba bastante tiempo para escarbar en su pasado. Todas las casas a las que tenía que ir le recordaban la segunda residencia de la familia en Block Island, donde habían pasado años con amigos y en familia.

Cuando pensaba en el tiempo que había pasado su madre en la isla, la recordaba principalmente en la cocina o leyendo una revista en una tumbona del porche o, cuando se hicieron mayores, preparando una jarra de sangría y sacando una baraja de cartas. Su padre solo había estado allí dos o tres días seguidos e, incluso entonces, parecía preocupado. Nunca había tratado mal a su mujer, pero, ahora que lo pensaba, tampoco se había mostrado afectuoso.

Seguramente su madre había deseado más de lo que había recibido. ¿Habría sufrido en silencio por el bien de sus hijos? ¿Tendría el matrimonio de sus padres algo que ver con aquel gran secreto? Una sensación nauseabunda se apoderó de Jackson mientras se acercaba al basurero.

Afortunadamente, el teléfono sonó antes de que el malestar lo desbordara.

—¿Sí? —respondió él.

—Jackson, soy yo —dijo Hank—. ¿Tienes un minuto?

—Por supuesto. Puede que en algún momento me quede sin cobertura porque estoy conduciendo por caminos rurales, pero te volvería a llamar.

—Vale. Es sobre Ray. Bueno, en realidad, por toda la cuadrilla, pero Ray ha hablado conmigo. ¿Has retirado la oferta de acuerdo?

Jackson se irguió en su asiento, con los nudillos cada vez más blancos en el volante. Con tono uniforme, dijo:

—Sí.

—Ray lo ha sabido por Doug. Al parecer se puso furioso tras recibir la llamada. Ahora sí que va a ir a por ti. El equipo está nervioso. Teniendo en cuenta tu larga ausencia, la moral no está demasiado alta. Me preocupa que empiecen a buscarse otros trabajos.

Jackson, pillado por sorpresa, se paró a un lado del camino. Con cada hora y cada conversación, su estado de ánimo se iba transformando en algo más oscuro que las nubes grises de aquel día de noviembre que tenía sobre su cabeza.

—¿Jackson? ¿Sigues ahí?

—Sigo aquí —gritó—. Solo necesito un segundo para procesar el hecho de que mi propio equipo esté preocupado por ese imbécil y no crean que yo tenga las agallas necesarias para poner fin a todo esto. Que nadie confíe en mí.

Jackson oyó el suspiro de frustración de Hank.

—No todo gira en torno a ti, Jackson. Tienen familias que mantener. Les preocupa el futuro ante una demanda. En segundo lugar, yo también estoy preocupado. No quiero que te hagan daño ahora que te estás esforzando tanto por encontrar el equilibrio. Sé que piensas que llegar a un acuerdo es como dejarse pisar, pero coincido con tus abogados. La decisión inteligente, tanto personal como profesionalmente, es negociar un acuerdo lo antes posible.

Jackson guardó silencio. Hacía unas horas, estaba totalmente seguro de su decisión de retirar la oferta, pero no había considerado la posibilidad de que su cuadrilla buscara otro empleo. Si se iban, tendría un problema.

Durante casi cinco semanas, se había estado centrando casi exclusivamente en su propia paz mental. Había dejado a Hank al mando, dando por hecho que todo seguiría en su sitio cuando volviera. Ahora veía que había sido un ingenuo al pensar que podía compartimentar su vida como si nada. Que podría ignorar las exigencias del día a día de su empresa sin generar preguntas.

—Hank, reúne al equipo mañana en la oficina para que hablemos todos por teléfono.

—Una pequeña charla motivadora no resolverá el problema.

—Te he escuchado. Necesito el día para pensar cuáles son mis opciones. Para empezar, necesito que me digas dónde están las cosas en cada casa y en qué situación estaríamos en el peor de los casos como, por ejemplo, si Ray y Jim se fueran. Llámame en cuanto tengas todos los datos para que pueda tomar algunas decisiones y hablar con todo el mundo mañana.

Oyó el suspiro de alivio de Hank al otro lado del teléfono.

—Por supuesto.

—Gracias por llamar, Hank.

Jackson colgó con el ceño fruncido.

Mierda. Contratar a Doug había sido un paso en falso de principio a fin. Podía culpar a Doug de un montón de sandeces, pero Jackson no podía escapar de una triste verdad. Para empezar, si no hubiera abarcado demasiado, quizá no habría cometido el error de contratar a Doug.

Conduciendo por la alfombra de hojas rojas y doradas iluminada por el sol que recubrían la carretera de montaña, Jackson pensó en cómo una vida alejada de la olla a presión del condado de

Fairfield había cambiado su concepto de éxito y felicidad. Bien es cierto que Gabby también había ayudado a ello.

Pronto estaría metido de lleno en su vieja vida para hacer frente a todos los problemas que había aparcado temporalmente, algunos de ellos provocados por él mismo. En ese momento, podría acudir a Gabby en busca de consuelo, pero ¿a quién acudiría cuando volviera a casa?

Gabby estaba guardando la carretilla tras un largo día preparando sus jardines para el invierno cuando oyó a alguien entrando en la propiedad. Esbozó una sonrisa. Jackson debía de haber terminado sus viajes al vertedero con algo de antelación.

La había llamado antes para ver si su padre podía quedarse con Luc esa noche para que ellos pudieran salir a cenar. Quería llevarla a la Chop House, del hotel Equinox, en Manchester Center. Ella jamás había comido en un sitio tan lujoso. Aunque no estaba segura de tener un vestido adecuado para la ocasión, dudaba que a Jackson eso le importara demasiado.

Salió del garaje sonriendo, solo para encontrarse con la decepción de ver a Noah salir de su coche.

—Gabby.

Corrió hacia ella, con las sombras del sol de última hora de la tarde sobre sus afiladas facciones.

No habían estado solos desde que le pidiera una segunda oportunidad, así que no habían tenido ocasión de hablar sobre la situación de su madre. No tenía ni el tiempo ni el interés para revisitar ninguno de los dos temas, lo que requeriría que pensara deprisa para poder evitarlos.

—Luc todavía está en la guardería.

Gabby se obligó a seguir sonriendo.

—Lo sé, por eso he venido ahora. —Noah miró a su alrededor—. Jackson no está aquí, ¿verdad?

Aunque Gabby no creía que Noah pudiera hacerle daño físicamente, algo en su actitud le provocó un nudo en el estómago.

—Jackson está fuera encargándose de la basura en lugar de mi padre.

—Bien. —Noah respiró profundamente—. Quiero saber qué está pasando entre tú y él y, lo que es más importante, si lo que tu madre dijo sobre él es cierto.

Gabby se negó a que Noah la intimidara.

—Uno, no es asunto tuyo. Dos, tampoco es asunto tuyo.

—Siento no estar de acuerdo. Si Jackson es un adicto y le dejas que cuide de nuestro hijo, por supuesto que es asunto mío.

Un destello de determinación brilló en los ojos azules de Noah.

La sutil amenaza ardió como zumo de limón en una hoja de papel.

—¿Desde cuándo te crees algo que mi madre pueda haber dicho, Noah?

—No sé qué creer, de ahí que te lo pregunte. He estado investigando. No ha ido a ninguna reunión de Alcohólicos Anónimos, pero acude a la consulta de Doc Millard.

—¡Cómo te atreves a espiarlo! No ha hecho otra cosa que ser amable y generoso. ¡Maldita sea! No nos has hecho prácticamente ningún caso durante tres años y, de repente, ¿ahora somos tu máxima prioridad? Será mejor que volvamos a como eran las cosas antes de que te empezáramos a importar Luc o yo.

—Pues responde a mis preguntas. —Los ojos pétreos de Noah se fijaron en los de ella—. ¿Qué clase de relación tienes con él?

¡Pero cómo se atrevía! ¡Cómo se atrevía a exigirle que respondiera cuando se había paseado por todo el pueblo con un montón de mujeres desde que la dejó! En el calor del momento, no pudo evitar saltar.

—Jackson es lo mejor que me ha pasado en la vida.

—Oh, Gabs. —Noah soltó una carcajada antes de mirarla con desdén—. Déjame que te diga, querida, que tú para él no eres más que una pueblerina. Está de vacaciones o en rehabilitación. En cualquier caso, te dejará en cuanto vuelva a su casa.

—Piensa lo que te dé la gana, Noah. Lo cierto es que no sabes absolutamente nada de él.

—Francamente, cariño, ¿cuánto puedes saber de verdad de él y de su vida? ¿Acaso conoces a su familia y a sus amigos? ¿Cómo puedes saber si no tiene otra novia esperándolo en casa?

—No todo el mundo es infiel como tú. En cualquier caso, lo que haya entre Jackson y yo no es asunto tuyo.

Noah tuvo la osadía de agitar la cabeza en señal de compasión.

—Tu madre ha hecho que estés tan desesperada por recibir amor que estás dispuesta a poner a nuestro hijo en peligro por un tío que apenas conoces.

Gabby dio un paso atrás al sentir el impacto de su comentario muy dentro. Cuando por fin recuperó la voz, dijo:

—Puede ser, pero no lo suficientemente desesperada como para querer volver contigo.

La expresión de Noah se volvió amenazante.

—En dos meses, cuando el señor Maravilloso no te haya llamado ni visitado, ya veremos cómo te sientes. —Llegados a este punto, su voz subió unos cuantos decibelios—. Mientras tanto, no lo quiero ni a él ni a tu madre cerca de Luc.

Gabby puso los ojos en blanco.

—Sinceramente, si no fueras tan jodidamente molesto en estos momentos, resultarías cómico.

—No estoy bromeando. —La voz de Noah se volvió más fría, su temperamento por fin bajo control—. Dudo que alguien más crea que dejar que un tío con problemas de alcoholemia esté cerca de Luc sea una buena idea. Y lo que es peor, has permitido que tu madre drogadicta vuelva a tu vida, cuando podría ser una mala influencia para nuestro hijo.

—Es más probable que tú le hagas daño a Luc que Jackson. Y no he dejado que mi madre vea a Luc y jamás lo haré. —La ira de Gabby afloró y desbordó resentimiento como si fuera lava—. ¿Qué derecho tienes a decirme lo que tengo que hacer? ¡Tú, que jamás has pagado ni un centavo por la manutención de tu hijo! ¡Tú, que no apareciste durante los primeros nueve meses de vida de Luc! ¡Tú, que puede que hayas dedicado unas diez horas de tu tiempo al año a tu hijo! La única razón por la que ahora te preocupa Jackson es por tu ego herido. Si crees que tu actitud te va a hacer ganar puntos, será mejor que te lo replantees. Vete ahora mismo y olvidaré que hemos tenido esta ridícula conversación.

Gabby cerró la puerta del garaje de un portazo y pasó junto a Noah camino de la casa. Todavía no había llegado al porche cuando le oyó gritar:

—No te conviene convertirme en tu enemigo.

Gabby se detuvo en seco y lo fulminó con la mirada por encima de su hombro.

Noah cruzó hasta su coche y abrió la puerta. Antes de entrar, dijo:

—A diferencia de lo que crees, sí que tengo algo que decir en cuanto a la vida de Luc. Te doy un día o dos para que entres en razón, pero esta discusión no ha acabado.

Dicho eso, se sentó en el asiento del conductor, cerró la puerta y se fue, dejando a Gabby destrozada, como si la hubieran metido en el tambor de su vieja lavadora durante el centrifugado.

En cuanto entró en la casa, se encontró con su padre, que, al parecer, había estado observando toda la escena desde la ventana.

—¿Qué estás haciendo? —Las profundas arrugas de su frente indicaban desconcertada preocupación—. ¿Por qué agitas las aguas con Noah por un tipo que se va en una semana?

—Oh, venga, papá. Noah no puede hacer nada. No compartimos la custodia. Ni siquiera aparece en el certificado de nacimiento de Luc.

—Gabby, Noah es vecino de este pueblo y muchos lo aprecian. Es un policía con buena reputación en esta comunidad. Lo has reconocido públicamente como padre de Luc. ¿Qué pasa si intenta ejercer sus derechos? Dejando aparte el asunto de tu madre, ¿realmente merece la pena que trastoques nuestra situación con Luc por tu aventura con Jackson?

—Noah no quiere la custodia. Jamás querrá pagar la manutención del niño. Se ha cogido una rabieta porque no he querido darle una segunda oportunidad.

Gabby se cruzó de brazos.

—¿De verdad quieres jugártela? Las apuestas están altas. —Tras una breve pausa, el tono de su padre se volvió más suave—. Noah no es el único por aquí que puede ver el peligro potencial de tener el problema de Jackson cerca de Luc.

Gabby ya estaba cansada de tener que defender sus elecciones, así que abrazó a su padre.

—Te preocupas demasiado. Conozco a Noah. No hará nada y, de intentarlo, no puede ganar con su historial como padre. Pero no tengo tiempo de discutir eso ahora. Tengo que ir corriendo a recoger a Luc a la guardería.

—A pesar de tu actitud, esto es un choque de trenes en potencia.

Gabby se puso su bufanda azul favorita en el cuello.

—Soy realista. Y estoy harta de dejar que los demás, incluido Noah, me digan qué puedo y qué no puedo hacer. Tengo casi veintitrés años, por el amor de Dios. Y creo que me merezco algo de amor en mi vida. —Gabby lo besó en la mejilla—. Te veo luego.

Sin embargo, mientras conducía camino de la guardería, un pequeño temblor se apoderó de su cuerpo a medida que su nivel de adrenalina se iba reduciendo. Noah tenía todas la de perder, pero

¿qué pasaba si estaba equivocada? ¿Qué pasaría si Noah usaba su relación con Jackson en su contra? ¿Sería capaz de usar a su madre en su contra? Había aprendido de la peor manera posible que Noah podía ser un cabrón, pero ¿caería tan bajo como para utilizar a su propio hijo como un títere?

Capítulo 17

Las llamas del fuego recubrían de oro los tonos neutros del comedor decorado con buen gusto de la Chop House. Gabby saboreó otro trozo de la *crème brûlée* de pistacho que había pedido. Decadente, como aquel viejo complejo turístico y el chico guapo que había sentado al otro lado de la mesa. Jackson no había reparado en gastos para ofrecerle una noche mágica, aunque, por momentos, parecía preocupado. También lo había visto mirar una o dos veces las copas de vino y los cócteles de otros comensales. Ver su lucha en los ojos de Jackson había preocupado a Gabby.

Sin embargo, en esos momentos, tenía una sonrisa bobalicona dibujada en la cara. A diferencia de sus vivos ojos, su risa siempre la hacía sonreír.

—¿Por qué me miras así? —preguntó Gabby mientras lamía su cucharilla.

—Estoy intentando decidir cómo estás más guapa, con mono y cola de caballo o con el pelo recogido así y esos pendientes brillantes.

Jackson sonrió, con sus suaves y relajados ojos color ámbar.

Gabby se tocó tímidamente los aros dorados de bisutería.

—Espero que la segunda opción, porque no me verás vestida así con demasiada frecuencia. No es lo más adecuado para trabajar en el jardín.

—Supongo que no, aunque, cuando vengas a visitarme, mét
en la maleta y te llevaré a algunos de mis lugares favoritos.

El corazón de Gabby se aceleró. Al contrario de las advertencias de su padre y Noah, aquella invitación demostraba que Jackson
tenía la intención de seguir en contacto con ella después de que se
fuera.

—Me encantaría visitarte, pero ¿qué haría con Luc?

Jackson se encogió de hombros.

—Hasta que tu padre no esté bien como para quedarse con él,
tráetelo contigo.

La mera idea de llevarse a Luc para ver a Jackson en su propio entorno la emocionó hasta que recordó las amenazas de Noah.
Su rostro debió dejar entrever el oscuro recuerdo porque Jackson
preguntó:

—¿Qué pasa? ¿No quieres traerte a Luc?

—No es eso. —Soltó la cucharilla, decidida a no dejar que
Noah le quitara una de las noches más románticas que había tenido
en su vida—. No es nada. No estropeemos la noche pensando en
qué sucederá cuando te vayas.

—Creía que habíamos acordado que seríamos sinceros el uno
con el otro. —Jackson ladeó la cabeza, con los ojos entornados—.
Ya sabes lo que opino sobre la confianza, Gabby. Por favor, no me
ocultes nada.

El dulce postre que se había comido parecía haberse agriado en
su estómago. La advertencia de Noah no solo insultaría a Jackson,
sino que también haría que retirara su invitación. Por supuesto, no
podía estar en una relación en la que tuviera que autocensurarse. Ya
había vivido ese tiovivo con su madre y había visto las consecuencias.

—Noah y yo hemos discutido hoy por las acusaciones de mi
madre sobre tu problema con el alcohol. Ahora resulta que le preocupa la seguridad de Luc, pero yo creo que lo que pasa es que está
celoso.

Jackson se inclinó hacia delante.

—Así que no quiere verme con Luc, ¿no?

—Me da igual lo que él quiera. —Gabby apartó la mirada mientras doblaba la servilleta y la dejaba sobre la mesa—. No tiene derecho a inmiscuirse.

—No es que sea un gran fan de ese tío, pero es el padre de Luc. —El tono levemente defensivo de Jackson la pilló con la guardia baja—. Creo que eso le da ciertos derechos.

—Ha sido un simple donante de esperma, Jackson. Poco más. Si hubiera sido por él, Luc ni siquiera existiría.

Gabby podía sentir cómo se le fruncía el entrecejo. Entonces recordó que la ex de Jackson le había negado sus derechos como padre, así que suavizó el tono.

—En lo que a mí respecta, Noah renunció a sus derechos el día que se fue. Ahora no puede venir como si nada y fingir que su hijo es muy importante para él o que se preocupa mucho. —Entrelazó su mano con la de Jackson—. Además, yo sé que no eres ningún peligro para Luc. Eso es todo lo que importa.

La expresión de Jackson se volvió más pensativa mientras inspiraba profundamente.

—Puede ser, pero no puedo culparlo por preocuparse. No me conoce y ahora, por culpa de tu madre, cree que mi problema es tan grave como el suyo. Debería hablar con él.

—No. —Gabby negó con la cabeza—. No dignifiques sus gilipolleces con una respuesta. Esto pasará al olvido en cuanto Noah encuentre otra chica a la que perseguir. Créeme, lo que le pasa es que está cabreado porque lo he rechazado.

—¿Lo has rechazado?

Jackson retrocedió.

Ups. Había olvidado que no le había comentado su charla con Noah.

—La semana pasada me pidió una segunda oportunidad, pero no estoy interesada.

—Y él me culpa.

Jackson agitó la cabeza, como si por fin hubiera encajado todas las piezas del puzle.

—Quizá, pero no tiene nada que ver contigo. Noah quemó todos los puentes conmigo hace mucho tiempo. —Gabby arqueó una ceja—. Es solo culpa suya.

—Estoy seguro de que él no lo ve así. Para él, soy ese obstáculo del que tiene que deshacerse. —Un profundo suspiro de Jackson se interpuso entre ellos—. Supongo que lo celebrará cuando me vaya a finales de la semana que viene.

—Seguramente. —Gabby apretó su mano—. Pero yo no.

—Yo tampoco. —Jackson se llevó la mano de Gabby a los labios—. Por eso quiero que vengas a visitarme. No podré volver aquí por algún tiempo. Tendré que centrar toda mi atención en mi empresa durante los próximos meses, sobre todo en el dichoso juicio que me espera.

—¿Qué juicio?

Un desagradable sobresalto la frenó; creía que le había contado todos sus problemas la otra noche.

Gabby escuchó atentamente mientras le explicaba el incidente con su antiguo empleado, el mismo incidente que le había llevado a la intervención de su familia y que había provocado su viaje a Vermont. Los detalles confirmaron sus sospechas de que todavía no había aceptado por completo la importancia de su problema con el alcohol. Si todavía no era capaz de admitir la verdad de todo aquello, ¿acaso cabía la posibilidad de que también se estuviera mintiendo sobre la profundidad de sus sentimientos por ella?

—Ya sé que no me has pedido mi opinión, pero creo que llegar a un acuerdo es la mejor forma de mantenerte centrado en tu salud y de pasar página.

—La forma más rápida, pero no la mejor. No estabas allí aquella mañana, así que no puedes ni imaginarte la voz petulante de Doug ni la expresión de su cara. —La luz dorada de los ojos de Jackson se apagó mientras se crujía los nudillos—. Maldita sea, no puedo dejar que gane.

Como la mujer a la que jamás le había costado pedir ayuda ni admitir sus errores o que nunca había dejado que las experiencias humillantes destruyeran su actitud durante demasiado tiempo, Gabby no podía empatizar con los sentimientos de Jackson en esos momentos. De hecho, más bien le molestaban.

—¿Así que tu ego es más importante que las preocupaciones de tus empleados o de tu familia? ¿Es más importante que tu rehabilitación?

Jackson frunció el ceño.

—No.

—Genial. —Gabby sonrió—. Pues retírate.

Jackson se quedó boquiabierto, pero entonces llegó el camarero con la cuenta, poniendo fin así a la discusión. Gabby no quería discutir ni acabar aquella encantadora velada con mal sabor de boca. Y, además, aquello era asunto suyo, no de ella.

Gabby ahogó un grito cuando vio a Jackson dejar doscientos dólares en la mesa. Se había gastado más en una cena para dos de lo que ella se había gastado en Luc y su padre para Navidad.

En alguna parte de su cerebro sabía que Jackson debía de ser rico, pero hasta entonces no se había planteado hasta qué punto eso podría suponer otra brecha entre ellos. ¿Acaso su familia podría considerarla a ella, madre soltera sin estudios y con escasos recursos, una cazafortunas?

Jackson se guardó la cartera.

—¿Estás enfadada porque no estoy de acuerdo con tu consejo?

—No. —Gabby se alegró de que no pudiera saber lo que estaba pensando—. Pero me gustaría que lo reconsideraras. Compara la

281

peor situación posible de cada opción. Llegar a un acuerdo te costará una cantidad que, seguramente, puedes pagar y te hará sentir un poco que has tenido que rebajarte, pero solo un poco. Pero el peor escenario de no llegar a un acuerdo —empezó a enumerar cada punto usando los dedos—, uno, haría que volvieras a beber para lidiar con el estrés del juicio, lo que, a su vez, te llevaría al punto dos, cortar toda relación con tu futura sobrina o sobrino. Por no mencionar el punto tres, lo mucho que me afectaría verte recaer en el alcoholismo. Añade a eso el potencial daño a tu negocio y a tus empleados, y todo eso parece mucho peor que tragarte un poco tu orgullo.

Gabby se preparó para todo, excepto para su sonrisa, su bonita y deslumbrante sonrisa.

—No digo que esté totalmente de acuerdo con tu análisis, pero, a veces, tu forma de ver las cosas es bastante inteligente. ¿Alguien te lo había dicho antes?

—Nunca.

Gabby se rio entre dientes.

—Bueno, pues pareces mayor para tu edad.

A pesar del halago, lo que ella escuchó fue otra referencia a su diferencia de edad. Aunque llevaba tiempo sin mencionar ese detalle, se preguntaba si a alguna parte de él le molestaba. Por mucho que le gustara el cuento de hadas que estaba viviendo, parecía que eran muchas las fuerzas que se habían conjurado en su contra. Fuerzas que no sabía cómo controlar.

Cuando se pusieron en pie para irse, Jackson la rodeó con su brazo por el hombro, la besó en la sien y le susurró al oído:

—Vayámonos a un sitio más discreto.

Como de costumbre, todo su cuerpo se estremeció. El contacto físico y las expectativas hacían que fuera mucho más fácil apartar las dudas y vivir el momento. ¿Qué más podía hacer?

Una vez solos en su apartamento, Jackson pasó por todos los estados de ánimo y cambió de opinión todas las veces posibles. A cada día que pasaba, la vida interfería cada vez más en su recién descubierta felicidad. Pronto se iría y no podría ver a Gabby ni abrazarla ni hacerle el amor.

Cuando estaban solos, ellos dictaban las leyes del universo y el tiempo se detenía. No podía evitar enamorarse de ella más de lo que podía evitar someterse a las leyes de la gravedad, pero ¿ahora qué? ¿Cómo podría dejarla atrás sin dejarse una parte del corazón con ella?

Le bajó la cremallera mientras la besaba en el hombro. Su vestido de seda cayó al suelo antes de que le desabrochara el sujetador y pudiera acariciar sus pechos desnudos. Se había pasado toda la noche fascinado por su nuevo aspecto más sofisticado y elegante. Su pelo recogido con algunos rizos sueltos rozando sus mejillas. El pronunciado escote de su vestido que dejaba entrever su bonito canalillo. Los tacones altos que mostraban con orgullo sus bonitas pantorrillas. Durante toda la cena, se sorprendió contando los minutos para poder estar solos.

Gabby se dio la vuelta para mirarlo con deseo. Le rodeó el cuello con los brazos y lo besó como si necesitara saborearlo para sobrevivir. A Jackson le encantaba sentir que lo necesitaban. Le encantaba ser su confidente y su amante. Le encantaba todo de ella excepto el hecho de que siempre estaría unida a Noah a través de Luc.

Decidido a bloquear todos los acontecimientos negativos del día, bajó las manos por su espalda y las posó en su trasero. Bonito y pequeño, como todo en ella.

Gabby desabrochó los botones de su camisa y sus pantalones y lo ayudó a desnudarse. El dulce olor a pera hizo que cayera aún más bajo su hechizo. No le importaba ser su prisionero y, por primera vez en años, no le preocupaban sus propios sentimientos. Confiaba en ella por completo.

Piel contra piel, posesivo y deseoso, Jackson gruñó un poco al rodear su delicada forma con sus brazos.

—Me abrumas.

Jackson pudo sentir su sonrisa en su cuello antes de que lo besara.

—Demuéstralo.

Con mucho gusto. Sin separarse, se tambalearon por toda la habitación hasta llegar a la cama. Cuando aterrizaron en el colchón, Gabby se subió encima de él. Bajo la tenue luz de la lamparita, parecía brillar de placer y deseo a partes iguales. Se soltó el pelo y luego agitó la cabeza para dejar que sus rizos le cayeran por los hombros.

Aquella imagen hizo que Jackson se excitara aún más. Cuando se sentó, Gabby lo empujó de vuelta al colchón. Intentó esbozar una sonrisa seductora, pero más bien resultó ser adorable. Posiblemente su rostro siempre parecería demasiado joven e inocente como para adoptar un gesto seductor, pero eso no le importaba. Le encantaban sus ojos de corderito, sus profundos hoyuelos y su aspecto saludable, reflejo perfecto de su personalidad abierta y optimista.

—Ven aquí —le dijo Jackson, tirando de su cuello para acercarla más a él de forma que pudiera capturar sus pechos con la boca.

Cuando la cerró en uno de sus pezones, Gabby gimió y se retorció contra él a un ritmo embriagador.

Pasaron una hora perdidos en su mundo perfecto, besándose, acariciándose, lamiéndose y saboreándose hasta que se corrieron juntos, empapados en sudor y arrastrados por una avalancha de intensa lujuria y ternura.

Tumbado junto a ella en la oscuridad, Jackson se sintió como un hombre hambriento que solo se saciaba cuando Gabby lo alimentaba con trocitos de su alma, como si la ausencia de amargura ante las decepciones de la vida pudiera filtrarse en él por simple proximidad.

Necesitaba pasar más tiempo con ella. En un momento de locura, se preguntó si su vida sería mejor si vendiera todo y se mudara a Winhall. Aquel pensamiento perdido iba en contra de los treinta años de enseñanzas de su padre.

Para su progenitor, el éxito se medía por pura estadística, apenas tenía interés por medidas invisibles como la felicidad. En su opinión, solo el dinero, el poder y el respeto eran objetivos nobles para un hombre. Su madre jamás había contradicho a su marido, pero sus acciones sugerían que no estaba de acuerdo con aquello. Ella había apostado por los intangibles, como la amabilidad y el afecto, y había mostrado poco interés por no ser menos que el vecino.

Jackson recordó la reflexión de David sobre si su madre habría sido feliz en su matrimonio. Le dolió un poco no haber pensado nunca si su madre había recibido suficiente afecto en su vida o no. Dudaba que él pudiera ser feliz casado con alguien tan frío y resuelto como su padre.

¿Habría sido su vida diferente —más satisfactoria— si no se hubiera sentido obligado a aceptar más y más proyectos porque había oído la voz de su padre en su cabeza, llevándolo a hacer y ser más? ¿Porque sabía que su padre lo comparaba con David, cuyo éxito, sinceramente, jamás había pretendido?

Nunca se había cuestionado sus objetivos hasta ese momento, pero no podía ignorar la satisfacción que sentía trabajando allí, comiendo con Gabby, Luc y Jon, dando largos paseos y leyendo los libros que siempre había querido leer pero para los que nunca había encontrado tiempo.

—Me gusta mucho estar aquí.

No quería decir aquello en voz alta. Gabby lo besó en el pecho.

—¿Echarás de menos Vermont?

—No tanto como te echaré de menos a ti. —Jackson la miró—. Has conseguido que recupere la fe en el amor. Me gustaría poder meteros a Luc y a ti en la maleta y llevaros conmigo a casa.

Aunque todavía no le había dicho directamente que estaba enamorado de ella, se podía leer entre líneas. Parecía imposible que se declarara en breve, pero tampoco lo había descartado. Quizá solo se rebelara ante la idea de darse por vencido. Gabby apoyó la cabeza en su pecho y él la abrazó con fuerza. Unos segundos después, sintió algo húmedo en su piel.

—¿Estás llorando?

Jackson levantó su barbilla.

—Lo siento mucho. —Gabby resopló y esbozó una pequeña sonrisa forzada—. Siempre he sabido que te irías, pero ahora que el fin se aproxima, me cuesta.

—Si no tuviera tantas responsabilidades, me quedaría más tiempo.

—No te disculpes. —Entonces hizo una mueca—. Ambos conocíamos la situación desde el principio.

—No me arrepiento. —Jackson sonrió, tiró de ella para poder besarla y luego apoyó su frente en la suya—. Tampoco es que no vayamos a vernos nunca más.

—Pero no será lo mismo.

—No, no lo será.

Pensar en irse le daba miedo y no solo porque la echaría de menos. Durante las últimas semanas, apenas había pensado en beber. Había sido feliz y se sentía relajado.

Pero tras sus conversaciones con David y Hank de aquella mañana, se le había hecho la boca agua pensando en el *whisky*. Saber que vería a Gabby lo había mantenido lejos de él, pero ¿qué pasaría cuando no la tuviera allí al final de la jornada? ¿Y qué decía de él el hecho de que la necesitara tanto?

—Estoy a tiro de llamada.

Gabby intentó sonar desenfadada, pero él podía percibir la tensión en su voz. Su tono resignado lo entristeció. Decidido a aliviar su pena, la abrazó con todavía más fuerza.

—Que vuelva a casa no significa que no nos veamos nunca más.
—Jackson suspiró—. Y puede que, al irme, Noah se tranquilice un poco.

Gabby se encogió de hombros.

—Dejemos de hablar del tema. Me tengo que ir pronto a casa y no quiero que el nombre de Noah sea lo último que recuerde de esta noche.

Lo besó en el cuello y acarició el torso de Jackson con el reverso de su mano hasta el interior de su muslo.

—Yo tampoco —dijo él, saboreando la piel de gallina que recubría su cuerpo antes de colocarse sobre ella.

Capítulo 18

Gabby salió corriendo del salón de manicura. Tras trabajar toda la mañana en el jardín de los Hayman, necesitaba un arreglo rápido para tener unas manos más femeninas antes de conocer a la familia de Jackson. Aunque la manicura no formaba parte de su rutina, estaba segura de que las uñas de la hermana de Jackson estarían perfectas.

Ahora tenía las suyas con un bonito tono rosa, pero la parada apenas le había dejado tiempo para volver corriendo a casa y cambiarse antes de que llegaran. Quería causar una buena primera impresión por breve que fuera. Si su familia la pillaba con su mono de paleta plagado de manchas y el pelo recogido en una trenza, añadirían su aspecto a la larga lista de razones por las que Jackson no debería salir con ella.

Entró en su propiedad sabiendo que solo tendría cuarenta y cinco minutos para ducharse y cambiarse. Lo último que esperaba ver en su camino de entrada era el coche patrulla de Noah. No habían hablado desde que había intentado usar a su hijo para interponerse entre Jackson y ella hacía unos días.

—Te estaba esperando. Jackson me ha dicho que volverías pronto —dijo mientras salía de su coche.

—Lo siento, Noah, pero llego tarde. —Miró a la ventana del apartamento del garaje para ver si Jackson se había percatado de su llegada—. Lo que sea que quieras tendrá que esperar.

Noah sacó un sobre del coche y lo agitó en el aire.

—Creo que querrás encontrar tiempo para esto.

Su mirada triunfal hizo que a Gabby le diera un vuelco el corazón. Reticente a dejarle ver la punzada de dolor, cuadró los hombros, se obligó a soltar un suspiro de aburrimiento y extendió la mano.

—Vale. ¿Qué es?

—Ábrelo y lo verás.

Noah le entregó el sobre y lo abrió de inmediato. En la parte superior podía leerse: *Formulario de reconocimiento voluntario de paternidad.* Gabby sintió un hormigueo en la base del cuello que bajó por toda su columna.

—¿De qué va esto, Noah? —Fingiendo tranquilidad, utilizó un truco de meditación para calmar su respiración y reprimir su preocupación—. Nunca he negado que fueras el padre de Luc.

—Eso es cierto, pero jamás pusiste mi nombre en su partida de nacimiento. Entiendo que no lo hicieras cuando nació, teniendo en cuenta cómo reaccioné a tu embarazo y todo lo demás, pero, como no estábamos casados cuando Luc nació, la ley no me reconoce como padre hasta que no lo hagas... o te lleve a los tribunales para establecer mi paternidad. —Dio unos golpecitos en los papeles de la mano de Gabby—. Esto es más barato y más fácil.

Con el corazón en la garganta, le costaba hablar. Cuando Noah sonrió de satisfacción al verla tan incómoda, Gabby quiso estamparle el bolso en la cabeza. El miedo se transformó en resentimiento.

—¿Por qué necesitas hacer esto? Yo nunca te he negado el derecho a pasar tiempo con Luc. Y, la verdad, jamás te has comprometido como padre y menos en lo que respecta a su manutención.

Noah, siendo Noah, ni siquiera se inmutó por su acusación. Como mucho, parecía más impaciente por soltar lo que quiera que hubiera provocado aquella confrontación que por defenderse de sus comentarios.

—He investigado a Jackson. ¿Sabías que, además de sus problemas con el alcohol, también se enfrenta a problemas legales? Tuvo un altercado con un empleado. Ahora tengo pruebas de que es un borracho y un cabrón.

Al parecer, Noah había utilizado sus posibles habilidades detectivescas para descubrir los registros públicos correspondientes a Jackson. Ponerse a la defensiva o plantarle cara allí, en el camino de entrada, solo serviría para que luchara con todavía más fuerza. Gabby tenía que razonar con él. Calmar su ego y su orgullo.

—Noah, conoces a Jackson. Has visto lo amable que ha sido con Luc, con mi madre e incluso contigo. —Gabby puso sus mejores ojitos de corderito—. Me conoces y sabes que jamás haría algo que pudiera dañar a Luc.

—Te conocía, Gabby. Te conocía mejor que nadie. Pero creo que ese tío te ha hecho perder la cabeza. Pero no te culpo ti. Lo culpo a él. Sabe que a las mujeres les gustan los hombres misteriosos y sabe que llevabas mucho tiempo encerrada en casa. Por supuesto, te ha visto como una presa fácil. Si hubiera venido a buscarte hace un año, tú y yo estaríamos juntos y él no pintaría nada aquí. —Metió la barbilla y bajó una ceja. Gabby tuvo que contenerse para no soltarle algún comentario mordaz, porque sabía que un movimiento en falso en aquella partida de ajedrez le podría costar muy caro. —Pero aquí estamos ahora y, como no pareció que me tomaras demasiado en serio la primera vez, he creído que quizá necesitarías una pequeña prueba de mi determinación.

—Dudo mucho que esto tenga mucho que ver con la seguridad de Luc, así que dime, ¿cuál es tu auténtico propósito? Si firmo este formulario para que se te reconozca legalmente como padre de Luc, ¿qué pasaría después?

—Depende de ti. Si aceptas mantener a Jackson y a tu madre lejos de mi hijo, no habría motivos para que luchara por su custodia, pero si sigues tomando malas decisiones, bueno...

En su imaginación, la cabeza de Noah explotaba por los aires. Ardería en el infierno por intimidarla de aquella forma. A diferencia de la madurez que había demostrado hacía tan poco, esa vez decidió devolver el golpe.

—¿Qué juez te concedería la custodia de nuestro hijo? —Gabby se echó a reír, aunque nada en aquello era divertido—. A diferencia de ti, que abandonaste a Luc, yo le he dado un hogar estable y lleno de amor durante tres años. Y lo he hecho sin tu ayuda. No bebo, ni fumo, ni hago nada que me invalide como madre... y eso incluye mi relación con Jackson.

Antes de que pudiera parar, lo apuntó con un dedo.

—No tienes derecho a decirme a quién puedo y a quién no puedo ver. Jackson no supone un peligro para nadie. Me ha ayudado con Luc y le ha demostrado más afecto del que tú le has demostrado en su vida. Además, si presentas esto —dijo agitando el papel por los aires, con las fosas nasales dilatadas—, estoy segura de que podré reclamarte una manutención regular. ¡Qué diablos, incluso puede que te reclame la manutención por los tres años que nos has estado ignorando! Ahora que lo pienso, no suena nada mal. ¿Dónde tengo que firmar?

Noah se quedó completamente inmóvil, con los ojos entrecerrados. Antes de volver a meterse en su coche, se inclinó hacia Gabby.

—Ponme a prueba, Gabby. Venga, hazlo.

Gabby mantuvo la cabeza bien alta mientras observaba cómo se alejaba en su coche y, entonces, se derrumbó sobre su propio vehículo. Todo su cuerpo empezó a temblar en cuanto sucumbió al pánico que había estado fluyendo por ella durante los últimos cinco minutos a pesar de su bravata.

Se secó las lágrimas y esperó a que se le pasara el miedo. Un vistazo rápido a su reflejo en la ventana no dibujaba una imagen bonita: pelo enmarañado, ojos rojos, arrugas de preocupación.

Ya no quería conocer a la familia de Jackson. No tenía tiempo para prepararse y no creía que pudiera ocultar su estado de ánimo. Ni a ellos ni a Jackson.

Maldijo en voz alta. Era obvio que Noah había consultado a algún entendido en temas de custodia. ¡Por el amor de Dios, era poli! La gente lo respetaba. Se lo podía imaginar perfectamente camelándose a un juez para que pasara por alto su dejadez como padre hasta la fecha porque era joven y estaba confuso. Escucharlo pintar a Jackson como un degenerado y definir su relación con él de depravada. Escucharlo usar el pasado de su madre para dibujar una imagen repugnante de su familia. Reunirse con su madre había sido un error, pero no podía creerse que Noah hubiera caído tan bajo como para usarlo en su contra, y menos sabiendo lo mucho que su abandono la había destrozado en su momento.

Jackson salió del apartamento y bajó corriendo las escaleras hasta llegar a ella. Le levantó la barbilla.

—¿Qué te ha dicho Noah?

—Prefiero no hablar del tema ahora. Tu familia está a punto de llegar. Necesito pensar y calmarme antes de contártelo. Lo siento mucho, Jackson. Tampoco puedo conocer a tu familia así. Mejor que los vea después... cuando ya me haya duchado y arreglado.

Gabby supuso que no volverían corriendo a Connecticut, pero quizá se equivocara.

—No lo sé. Quizá las cosas se pongan algo difíciles hoy y la cena termine resultando un poco tensa. Mejor que no tengas que pasar por eso. —Hizo una pausa—. ¿Estás segura de que no puedes hablar de Noah conmigo ahora? Imagino que habrá venido cargado de amenazas.

Quería echarse a llorar, pero no lo haría. Quería ignorar a Noah y presumir de Jackson delante de sus narices. Pero si Noah estaba realmente decidido a enredar con la custodia, tenía que replantearse seriamente su siguiente movimiento. Batallar en los tribunales le costaría un dinero que ni ella ni su padre tenían. Y aunque las posibilidades de que Noah consiguiera la custodia de Luc fueran nimias, ¿realmente algo o alguien merecía el riesgo?

Al cerrar los ojos, dejó que otra lágrima rodara por su mejilla. Si se apartaba de Jackson en esos momentos, él seguramente lo vería como una traición. Un rechazo, como todos los demás que habían provocado su caída en picado. ¿Cómo podría hacerle daño de esa forma? ¿Pero cómo podría compartir la custodia o algo peor? ¿Acaso quería seguir viviendo así, asustada... preguntándose qué haría Noah después o preocupándose por que Jackson respondiera a sus decisiones bebiendo? Lo único que sabía es que necesitaba tiempo para pensar.

—Lo siento mucho, Jackson. No es un buen momento para hablar. Por favor, discúlpate en mi nombre ante tu familia.

Jackson suspiró.

—Vale. Hablamos esta noche si sigo con vida.

A pesar de la broma, Gabby pudo percibir la tensión en su voz. Era obvio que no solo quería que conociera a su familia, sino que también necesitaba su apoyo antes de tener que enfrentarse a algunos de sus demonios.

—Estarás bien. —Gabby lo abrazó como si aquel fuera uno de sus últimos abrazos—. Te haya dolido lo que te haya dolido, a ellos les habrán dolido otras cosas. Todos os habéis decepcionado mutuamente de alguna forma y todos estáis aquí hoy por amor. Si los ánimos se caldean, no olvides eso.

—Es más fácil de decir que de hacer. —La besó y ella quiso echarse a llorar—. Entra e intenta relajarte. Ya veremos qué podemos hacer con Noah esta noche. Te ayudaré con lo que necesites para enfrentarte a él.

—Gracias. —Gabby volvió a abrazarlo, deseando poder estar segura de que Jackson podía ayudarla a derrotar a Noah—. Buena suerte.

Una vez dentro, subió corriendo las escaleras, con los papeles en las manos e intentando no romper a llorar. Aquella mañana se había despertado optimista en cuanto al futuro, Jackson y su familia, pero, como siempre, Noah lo había arruinado todo. Creía que ya no podía hacerle más daño, pero se había equivocado.

Tras quitarse la ropa sucia, se metió en la ducha y se lavó el pelo. Allí, de pie, con el agua corriendo por su piel, tuvo la horrible sensación de que su relación con Jackson tenía las mismas posibilidades de sobrevivir que la espuma que se colaba por el desagüe.

Diez minutos más tarde, Jackson volvió al camino de entrada para saludar a su padre, a David y a Cat.

—¿Dónde está Vivi?

David lo abrazó antes de responder.

—Le he pedido que se quede al margen. No creo que el estrés sea bueno para el bebé. Espero que lo comprendas.

—Por supuesto. —Jackson asintió con la cabeza—. Solo que estaba deseando ver su barriguita.

—Insistió en venir, pero yo quería poder estar centrado en ti sin tener que preocuparme por cómo le podía afectar todo esto.

—No tienes que explicarte. Lo comprendo.

Y lo decía en serio. David haría cualquier cosa para proteger a Vivi, de la misma forma que Jackson protegería a Gabby de Noah o de cualquier otra cosa que la molestara.

—De todas formas, la veré la semana que viene.

—Ahora me toca a mí. —Cat apartó a David y abrazó a Jackson—. Me alegro mucho de verte. ¡Mírate! ¿Has adelgazado?

Cat sonrió y le revolvió el pelo.

—Sigues necesitando un corte de pelo.

Jackson se echó a reír y la besó en la mejilla antes de volverse a su padre, que había estado estudiando la casa de los Bouchard.

—Jackson. —Su padre, impecablemente vestido y planchado, con su pelo cano perfectamente peinado, le estrechó la mano—. Hemos parado a comer por el camino, así que acabemos con esto lo antes posible.

Jackson se encogió de hombros.

—Por mí no hay problema.

David apretó los labios, visiblemente molesto con la actitud displicente de su padre. Jackson se preguntó hasta qué punto el viaje les habría resultado incómodo y si habrían pronunciado más de cien palabras entre los tres. En cualquier caso, no solo se esperaba la actitud de su padre, sino que, además, le daba igual. Podía ser rígido, pero sabía que quería a sus hijos.

Siempre les había proporcionado todo lo que habían necesitado, les había dado todas las oportunidades imaginables, les había ofrecido toneladas de consejos y, aunque los elogios se prodigaban menos que las críticas, allí estaba en ese momento. En resumen, su padre había sido un hombre exigente, pero también se había guiado por los mismos estrictos estándares y eso le parecía justo.

Cat miró a su alrededor.

—¿Tanta prisa tenemos? Esperaba poder conocer a tu casero... y a su hija.

Jackson le lanzó las llaves a su hermana.

—Gabby está ocupada en estos momentos, así que tendrás que esperar un poco. He pensado que luego podríamos cenar todos en el Equinox.

—Tengo una cena con un cliente a las siete y media, así que no puedo quedarme mucho rato después. Hemos planeado una cena en familia para cuando vuelvas a Connecticut. —Su padre señaló su coche sin ser demasiado consciente de hasta qué punto su brusquedad resultaba molesta—. ¿Os llevo?

Cuando entraron en la consulta de Doc, todos procedieron a los saludos de rigor. Una vez que Jackson se sentó en el sofá, David y Cat se colocaron a ambos lados, haciendo que su padre tuviera que sentarse en la silla que había junto a Doc.

Jackson había estado relativamente tranquilo hasta ese momento. Aunque con el paso de las semanas había llegado a sentirse cómodo en aquel lugar, estar allí con su familia parecía haberle devuelto a la casilla de salida. Como en su primera visita, sentía miles de pinchazos en las extremidades. Se le aceleró un poco el pulso y le empezó a arder el estómago ante la horrible sensación de que aquella reunión había sido una muy mala idea.

—Me alegra verlos a todos aquí y poder poner cara a los nombres que he estado escuchando estas últimas cinco semanas. —Doc dejó su libreta en el regazo y cruzó los tobillos—. Ha sido un placer conocer a Jackson. Hemos tenido nuestros desacuerdos, pero creo que deberían saber que se lo ha tomado muy en serio. Está muy comprometido con su rehabilitación y con su familia.

Cat apoyó su cabeza sobre el hombro de Jackson y le apretó la mano. Aquel gesto de cariño le molestó. También le resultaba triste saber que era su comportamiento, su incapacidad para gestionar su propia vida, lo que les había llevado a esa situación.

—Si no te importa, Doc, me gustaría decir algo —dijo Jackson.

Doc le hizo un gesto con la mano mientras esbozaba una sonrisa de ánimo.

—Tienes la palabra.

—Quiero empezar disculpándome. —Había estado observando a su padre, pero entonces, apartó la mirada y la fijó en el suelo—. Durante mucho tiempo, solo he pensado en mí mismo sin ser consciente de que os estaba arrastrando a todos conmigo. Hasta que Doc empezó a cuestionar mis opiniones, había asumido que era mi vida, que tenía derecho a estar triste y que no era asunto vuestro, pero ni siquiera su consejo me hizo cambiar de opinión.

Reprimió la sonrisa que siempre se dibujaba en su cara cuando pensaba en Gabby. Entonces, miró a David.

—He necesitado ver a otra persona luchando con el mismo problema en su familia para comprenderlo de verdad. Así que, desde lo más profundo de mi corazón, siento mucho haberos preocupado. Sé que me llevará un tiempo recuperar vuestra confianza y respeto. Ahora soy más optimista. Y os agradezco que hayáis venido hoy para formar parte del proceso.

—Jamás he dejado de respetarte, Jackson. —David tocó el muslo de Jackson para dar más énfasis a sus palabras—. Solo he estado preocupado.

—Gracias —respondió Jackson.

—Si han escuchado con atención, Jackson ha usado la palabra «confianza» —dijo Doc—. La confianza es un elemento clave tanto para sus problemas como para su recuperación. La imagen que he extraído de ustedes a raíz de nuestras conversaciones es la de una familia que había funcionado bastante bien hasta que la señora St. James murió. Después, se rompieron muchas relaciones y Jackson se enfrentó a eso recurriendo a la bebida y a otros comportamientos destructivos en vez de acudir a alguien de la familia cercano a él.

Doc hizo una pausa y se tomó un segundo para establecer contacto visual con los demás.

—Jackson me ha contado que, durante la intervención que tuvo lugar en casa de David, verbalizó algunos de sus sentimientos de traición y abandono. Desde entonces, hemos hablado mucho sobre cómo su impulso de evitar los sentimientos negativos mediante el alcohol tenía que cambiar si quería conseguir una recuperación duradera.

David miró a Jackson.

—Acepto parte de la culpa. Tú reaccionaste a tu manera, pero yo reaccioné literalmente yéndome. Al igual que tú, yo estaba demasiado ensimismado en mis propias preocupaciones como para tener en cuenta lo que tú o Cat pudierais necesitar. Debería haber estado allí para los dos y siento mucho no haber estado. Os prometo que no volveré a marcharme. Si Vivi me ha enseñado algo durante este último año es que todos tenemos que ser más abiertos.

Aparte de arquear una ceja, su padre no dijo nada. Seguía allí, sentado, en silencio, escuchando desde la distancia emocional que siempre mantenía, así había sido desde que Jackson podía recordar.

—¿Lo dices en serio? —preguntó Jackson a David.

—Por supuesto —respondió.

Jackson se removió en el sofá, preguntándose si sería mala idea plantear directamente su gran pregunta tan pronto. La entrada, no obstante, no podía ser mejor.

—Me alegra escucharlo porque no podría recurrir a ti si siento que me estás ocultando algo. Y no puedo confiar por completo en ti ni en papá si seguís ocultando vuestro gran secreto. —Jackson miró por encima de su hombro a su padre, que permanecía estoico—. Pasara lo que pasara, ha afectado a toda nuestra familia, así que creo que Cat y yo tenemos derecho a saber la verdad.

La mirada de David se clavó en su padre y luego bajó al suelo.

—Me estás pidiendo que traicione la confianza de otra persona para satisfacerte. Para pasar tu prueba, tengo que fallar en todo lo demás. —Cuando por fin lo miró, Jackson pudo sentir el peso del conflicto de David—. Todo lo que he hecho desde que he vuelto debería demostrarte mi amor. Estoy aquí. No me voy a ninguna parte. ¿Acaso eso no es suficiente?

Jackson miró a Cat, pero su hermana solía guardar silencio durante las confrontaciones familiares, así que no esperaba otra cosa de ella. Jackson volvió a centrar su atención en David.

—¿Lo sabe Vivi?

David abrió los ojos como platos al no esperarse semejante pregunta.

—¿Y eso qué importa?

—Porque si se lo has contado a Vivi, ya has roto tu promesa. Y si Vivi puede saberlo, joder, yo también. —Jackson sabía que aquello había sonado mordaz, así que se tomó un instante para calmarse—. No me trates como si fuera un niño que no puede soportar las malas noticias.

—Estrictamente hablando, no he roto mi promesa contándoselo a Vivi. La promesa no se extendía a ella. —Una vez más, la mirada de David se clavó en su padre, cuya única respuesta fue un profundo suspiro—. ¿Por qué necesitas conocer los detalles de mi discusión con papá, que no tiene nada que ver contigo, para restablecer nuestra relación?

—Porque si tú no puedes confiar en mí, ¿por qué debería confiar yo en ti? Jamás habíamos tenido secretos y, desde luego, ninguno que afectara a toda nuestra familia.

Los ojos de David brillaron.

—Aunque quisiera romper mi palabra, que no es el caso, sé que luego lo sentirías. Si tú supieras... Por favor, dejemos el pasado atrás.

—Doc —interrumpió Cat—, ¿quién tiene razón aquí? Es decir, no sé muy bien a quién apoyar. ¿La recuperación de Jackson depende de la decisión de David?

Entonces miró a su padre.

—Estás muy callado para ser alguien que también está implicado en toda esta historia, sea lo que sea.

—Estoy callado porque a nadie le gustaría saber lo que opino yo de todo esto.

La postura de su padre, su tono, sus ojos... Todo en él gritaba enfado. Justo lo contrario de lo que necesitaba que pasara ese día.

—¿Para qué has venido, papá? —preguntó Jackson, cauteloso y enfadado a partes iguales—. Sinceramente, si te vas a mantener al margen, ¿para qué te has molestado? Siempre has sido distante, pero sin mamá aquí para compensar, parece que la familia está rota. Su corazón era el sol y, cuando murió, toda la luz y la calidez desaparecieron de nuestro pequeño universo.

—Más revisionismo histórico y cuentos de hadas.

Su padre soltó un suspiro de cansancio. La expresión mortífera de David no flaqueó ni siquiera cuando su padre le lanzó una mirada de reproche.

—Tu madre era una buena mujer, pero también era humana. No era perfecta. Y ella sería la primera que te diría que tienes que buscar tu propia «luz» en este mundo en vez de depender de la suya.

Jackson absorbió su comentario, preguntándose qué habría dicho su madre y si podría verlos en ese momento. Cat, nerviosa, empezó a mordisquearse las uñas y David siguió fulminándolo con la mirada, aunque ahora parecía descentrado, como si él también estuviera perdido en una vorágine de pensamientos agitados.

Su padre se inclinó hacia delante, claramente perturbado.

—Si quieres saber lo que pasó, no te preocupes, yo te lo cuento.

—¡Papá! —David prácticamente cruzó la habitación con su mano para intentar detenerlo—. ¡No lo hagas! No ayudará. De hecho, podría deshacer todo lo que ha conseguido Jackson hasta ahora. ¡Por favor!

—¡Por el amor de Dios, David! —Su padre agitó la cabeza—. No puedo creer que mis hijos sean tan débiles como para no poder soportar los golpes de la vida sin irse corriendo a Asia o recurrir al alcohol. Si vuestra madre no os hubiera mimado tanto, sobre todo a vosotros dos, no estaríamos sentados aquí ahora. Y, a pesar de todo, reverenciáis su «calidez», ese mismo rasgo que os ha hecho tan frágiles.

Su padre agitó una mano con displicencia.

—Y, aunque no estuviéramos de acuerdo en eso, ¡cómo me alegro de que no esté aquí para ver esto! Penséis lo que penséis de mí, ella admiraba mi fuerza y mi pragmatismo. Confiaba en ellos para manteneros seguros y con los pies en la tierra. Le decepcionaría mucho veros tropezando y culpando a los demás de vuestra incapacidad para gestionar la decepción. —Entonces señaló a Cat con el dedo—. Vuestra hermana es la única St. James aparte de mí con agallas.

El rostro de Cat palideció.

—No lo digas así... como si fuera insensible. Tengo sentimientos. Puedo ser cariñosa.

Jackson rodeó a su hermana con un brazo y le susurró:

—Guarda tus púas, erizo.

A ella jamás le había gustado ese apelativo, pero esperaba que eso impidiera que se enzarzara en una discusión con su padre. No quería ser responsable de más problemas en la familia. Quizá debiera dejar pasar el tema.

Antes de que tuviera la oportunidad de decir algo más, David intervino.

—Cada vez que creo que lo he superado todo, vas y dices gilipolleces como esas y me dan ganas de odiarte, papá.

La voz extremadamente alta de David cortó el aire como un cuchillo afilado.

A Jackson le dio un vuelco el corazón en el pecho, pero Doc levantó las manos.

—Será mejor que nos calmemos todos. Debemos ser capaces de compartir nuestras emociones, o la falta de ellas, sin miedo a las represalias. Mantengámonos centrados en el problema de la confianza sin caer en ataques personales, que no ayudan a nadie.

Su padre se puso en pie y prácticamente echó a Doc con un movimiento de mano.

—No es por faltarle el respeto, doctor, pero mis hijos saben que este tipo de «sesiones» no son lo mío. Puede que no sea amable y cariñoso, pero os quiero a los tres y quiero que volváis a encauzar vuestras vidas. Así que, Jackson, si la verdad es lo que necesitas para avanzar, aquí la tienes: engañé a vuestra madre con Janet. Todo empezó antes de que cayera enferma. Estaba a punto de pedirle el divorcio, pero entonces le diagnosticaron el cáncer. Janet aceptó esperar para que pudiera centrarme en la recuperación de vuestra madre. Esperaba, por vosotros y por lo que ella y yo una vez compartimos, que sobreviviera. Pero cuando quedó claro que eso no iba a pasar, empecé a volver a pasar algo de tiempo con Janet en secreto. Lo creáis o no, yo también necesitaba consuelo. Como un mes antes de su muerte, David se enteró y se enfrentó a mí. Vuestra madre nos escuchó discutir y nos rogó que no os dijéramos nada ni a tu hermana ni a ti. Para ella, vosotros erais su único legado y le preocupaba que, si sabíais la verdad, la familia se desintegrara tras su muerte.

Hizo una pausa, pasándose la mano por un lado de la cabeza, resignado.

—Puede que tuviera razón, teniendo en cuenta la forma en la que David ha sido incapaz de mantener su promesa sin atraer la atención. Y tú —dijo, señalando a Jackson—, respondes a tus problemas ahogando tus penas en un vaso de *whisky* todas las noches. Creo que ha llegado el momento de que maduréis y aceptéis la vida y a mí tal como somos, con todas nuestras imperfecciones. Ahora David podrá dormir bien por las noches porque no ha roto la promesa que le hizo a su madre, y tú ya tienes la verdad que necesitabas para «sentirte mejor». No me importa ser el malo de la película, pero ninguno tenéis derecho a juzgarme porque ninguno de vosotros vivisteis mi matrimonio. ¿Ya hemos acabado? ¿Por fin podemos todos seguir con nuestras vidas?

La visión de Jackson se volvió borrosa, lo que le impidió ver la reacción de Cat y David a la confesión de su padre. Sintió un fuerte dolor en el pecho, como si su corazón se hubiera transformado en una articulación rígida que se hubiera estirado más allá de sus límites. Las palabras de su padre bailaron ante sus ojos, ordenadas de tal manera que habían perdido todo sentido para él.

Seguro que lo había oído mal. Seguro que su padre no había traicionado a su madre y luego se había casado con la mujer que se lo había robado mientras se moría de cáncer. Dios mío. Oh. Dios. Mío.

Y, entonces, sufrió un inoportunísimo ataque de histeria. Todo el mundo lo miró con sorpresa cuando se echó a reír, pero no podía parar.

—Todo este tiempo había creído que papá era el único que no me había decepcionado del todo. David se había ido, Cat se puede decir que me robó a Hank, Alison... pero creí que papá era exactamente el hombre que siempre había sido. Inmutable. Fuerte. Honesto. —Entonces, como si todo se hundiera y el delirio se apagara, llegó a la ira—. ¡Pero qué estúpido! Tenía que haberlo visto.

Jackson oyó a David suspirar y, cuando lo miró, vio a su hermano agachar la cabeza.

—David, ¿cómo permitiste que fuéramos amables con Janet? ¿Cómo has dejado que participara en tu boda? —Jackson se puso en pie y empezó a andar de un lado para otro—. Dios mío, voy a vomitar. He sido amable con Janet. Debes de haberte echado unas buenas risas con todo esto, ¿eh, papá? ¡Aparte de permitirle que le robara su marido y sus hijos a mamá cuando ella ya no podía defenderse! ¡Cómo puedes respetar a una mujer así y mucho menos quererla! ¡Cómo pudiste hacerle eso a mamá, a todos nosotros! ¡Y ahora, actúas como si tú y Janet fuerais nobles por haber «esperado» a que mamá muriera! Ahora mismo no puedo ni mirarte a la cara.

Oyó un resoplido y sus ojos se clavaron en Cat. Su hermana, replegada en sí misma, se había echado a llorar. David se acercó a ella para reconfortarla, pero el erizo le dio un codazo.

David miró a Doc.

—¿Y ahora qué? Estamos todos aquí. Ya conocemos todos el gran secreto y, como cabía esperar, no ha ayudado a nadie. Ahora todo está todavía peor.

—Que todo el mundo se siente, por favor —dijo Doc—. Todo puede parecer peor, pero no lo es, al menos no para siempre. A pesar de la nueva oleada de sufrimiento que supone para Jackson y Cat, por fin hay sinceridad. Se han sentado las bases para una relación sana, para una auténtica sanación. Independientemente de lo que todos podáis pensar sobre las acciones pasadas de vuestro padre, ha confesado. Sabiendo cómo lo veríais, no le tiene que haber resultado fácil.

—Ha hecho exactamente lo que nuestra madre le pidió que no hiciera —gritó David—. Después de todo lo que he sufrido para mantener a la familia unida, él la ha roto en mil pedazos.

Doc se inclinó hacia David.

—Tu lealtad hacia tu madre es loable, David. Eres un hombre de palabra y estoy seguro de que Jackson comprende que puede confiar en ti. Sin embargo, parece que la petición de vuestra madre se basaba en la errónea creencia de que ocultar el secreto mantendría a la familia unida para siempre. Pero los secretos rara vez mantienen a la gente unida, motivo por el cual la familia se había roto. Tú estabas en una esquina del mundo, tu hermana se había metido en una mala relación y Jackson se estaba envenenando poco a poco. Si vuestra madre hubiera conocido las consecuencias, jamás te habría pedido que cargaras con semejante peso. Estoy seguro de ello.

David se hundió en el cojín, aparentemente más tranquilo, pero a Jackson le daba igual. El rencor borboteaba y salpicaba como aceite caliente. La repulsión por el comportamiento de su padre lo corroía por dentro y ponía fin a toda esperanza de reconciliación familiar que pudiera haber tenido.

Tenía que irse. No podía quedarse allí, rodeado de tristeza y mentiras. De traición y más pérdidas. Tenía que hacer que todo aquello desapareciera. Necesitaba a Gabby.

—Me voy de aquí.

Mientras se dirigía a la puerta, Cat se puso en pie de un salto.

—Jackson, espera. ¿Adónde vas?

—Lejos de todo esto —explotó Jackson, con los brazos levantados por encima de su cabeza.

—Jackson... —dijo David, pero entonces su voz se fue apagando, derrotado.

—Dejad que se vaya —dijo Doc sin mirar a Jackson—. Dadle tiempo para que lo procese.

Jackson cruzó furioso la sala de espera y salió a la calle por la puerta delantera. El sol brillaba en un cielo despejado, lo que hizo que tuviera que entornar los ojos. Todo le dolía, pero no podía quedarse allí, parpadeando como un idiota.

Corrió una manzana y se metió en una tienda de *bagels*. Encontró un asiento libre en una esquina desde la que tenía una vista perfecta de la calle. Tras inspirar varias veces, por fin consiguió deshacer el nudo de su pecho. A pesar de ser incapaz de pensar con claridad, entre el olor a ajo y malta de cebada de aquella pequeña tienda de Vermont, de ninguna manera pensaba perder los papeles. No cuando sus pensamientos iban del descubrimiento de su madre al hecho de que David lo supiera durante todo ese tiempo, o Janet saliéndose con la suya. Ese último pensamiento le dio ganas de darle un puñetazo a algo.

Sacó el teléfono y llamó a Gabby, pero, cuando respondió, no podía hablar.

—¿Jackson? —repitió—. ¿Estás ahí? ¿Algo va mal?

—Todo —consiguió articular—. Todo va mal. Te necesito. ¿Puedes venir?

Capítulo 19

Cuando Gabby llegó al aparcamiento de la tienda de *bagels*, Jackson prácticamente se tiró al asiento del acompañante.

—Siento mucho haber tardado tanto —dijo—, pero tu familia apareció cuando estaba saliendo. Tu hermano, sobre todo, parecía desconsolado.

—No les habrás dicho que venías a recogerme, ¿verdad?

—No, pero tampoco me ha gustado mentirles.

—Lo siento. —Jackson hizo una mueca de dolor—. No puedo verlos ahora. Sobre todo a mi padre.

Gabby jamás lo había visto tan perturbado. Se había revuelto el pelo con las manos más de una vez. Su piel, por lo general bronceada, se había vuelto de color ceniza. Sus ojos habían perdido todo rastro de las motitas doradas que solían iluminarlos. Su mandíbula, firme y tensa, parecía crispada.

—No tienes que hacerlo. Se fueron porque tu padre tenía una cena con un cliente. Les he prometido que les enviaría un mensaje en cuanto supiera algo de ti, así que esperé unos minutos y le envié uno a David.

Gabby le ofreció su mano. Él la cogió y la siguió sin mediar palabra.

—Tenemos que recoger a Luc, pero luego podemos irnos a casa y hablar.

Jackson miró por la ventanilla, en silencio. Gabby se pasó todo ese tiempo pensando que contarle lo de las amenazas de Noah y todos sus temores no haría más que empeorarle aquel día.

¿Cómo iba a contárselo cuando Jackson parecía a punto de sufrir una crisis nerviosa? Por suerte, se había ido a una tienda de *bagels* y no a una de licores, pero si le contaba lo que le preocupaba y le sugería que quizá debieran tomarse un tiempo mientras solucionaba sus asuntos, ¿lo llevaría al límite?

—Ahora vuelvo —dijo mientras aparcaba delante de la guardería.

—Vale.

Jackson no se movió.

Cuando volvió con Luc, la cara de su hijo se iluminó al ver a Jackson.

—Jackzon, mira.

Luc le entregó una de sus manualidades: un pavo hecho con un plato de cartón marrón y plumas de colores.

—Guau, grandullón, es genial. Me gustan sus ojos saltones.

Jackson puso sus propios ojos en blanco mientras agitaba el plato, provocando la risita de Luc.

A Gabby se le rompió el corazón mientras salía marcha atrás del aparcamiento y ponía rumbo a la casa.

—Ez para ti y eztoz zon para mamá, el abuelo y papá.

Luc pataleó en su sillita del coche, despreocupado y feliz, como debería ser todo niño de tres años.

Gabby vio cómo los ojos de Jackson se llenaban de lágrimas. Le tembló la voz cuando por fin dijo:

—Gracias, Luc. Me lo llevaré a Connecticut para sentarlo en la mesa en Acción de Gracias como si fueras tú.

—Vale —dijo Luc, ajeno al hecho de que aquella había sido una forma amable de decirle que no estaría allí para esas fechas.

—¿Deberíamos ponerle un nombre? —preguntó Jackson, todavía de espaldas, mirando a Luc—. ¿Tom?

—¡No, Tom no! —Luc se rio nerviosamente, como si Tom el Pavo le pareciera el nombre más absurdo que hubiera oído en su vida—. ¡Rana!

—¿Quieres que lo llame Rana? ¿Rana el Pavo? —preguntó Jackson con voz impostada y entonces volvió a agitar el plato—. Bueno, supongo que tiene tanto sentido como estos ojos saltones de plástico.

Luc volvió a reír de forma nerviosa. Y, entonces, sin dudarlo, dijo:

—¡Mamá, hambre!

—Cuando lleguemos a casa, mamá tiene que hablar primero con Jackson. Puedes enseñarle al abuelo lo que has hecho en clase y ver la televisión un poco hasta que pueda preparar la cena.

Cuando llegaron a la casa, Jon estaba dando vueltas por el camino de entrada, trabajando su resistencia.

—Ven cuando estés lista —le dijo Jackson, y entonces se puso en cuclillas y le dio un golpecito a Luc en la nariz—. Me gusta Rana el Pavo, Luc. Gracias.

Se puso en pie y se dirigió a su apartamento mientras Gabby se llevaba a Luc de la mano hasta la casa con la esperanza de poder dejar todo preparado pronto.

En cuanto Gabby entró en el apartamento, Jackson la rodeó con sus brazos y la abrazó. Sin besos, sin palabras, solo un abrazo en el que claramente buscaba más consuelo del que él era capaz de dar.

A Gabby le dolió en lo más profundo de su alma y eso que ni siquiera sabía lo que había pasado. Lo que sí sabía era que tenía roto el corazón. Había pasado algo lo suficientemente grave como para que huyera de su familia, y quizá lo bastante grave como para deshacer todo lo que había estado intentando aceptar.

Le ardía el estómago de ansiedad y la culpa recorrió sus venas. ¿Por qué la gente siempre acababa haciéndose daño? Su familia, Alison, Noah, su madre y así sucesivamente. Deseaba reconfortarlo, pero no tardaría en verla a ella también como otra persona que lo había decepcionado.

—Haya pasado lo que haya pasado y pase lo que pase a partir de ahora, tienes que creer que todo irá bien, Jackson. Todos lo superamos con el tiempo y cada día nos ofrece una nueva oportunidad de empezar de nuevo y de ser feliz. —Gabby le acarició la espalda y la cabeza—. Independientemente de lo que te dijeran en la terapia, yo diría que tu familia te quiere mucho.

—¿Amor? —Jackson la soltó de repente—. Sinceramente, estoy empezando a creer que nadie excepto tú sabe exactamente qué significa esa palabra.

—¿Qué significa? Quizá sea un estado, un afecto, un aprecio, una preocupación, un recuerdo, una amistad, todo lo que sientes por otra persona, mezclado en tu corazón.

—Haces que suene a capricho. Como si no exigiera ninguna obligación o compromiso. —Jackson se apartó, con la frente arrugada—. No estoy de acuerdo. El amor es una elección. Un acto. Una promesa renovada cada día. El amor no miente. El amor no traiciona. El amor no se da por vencido cuando las cosas se ponen difíciles.

Gabby tragó saliva. Cuanto más hablaba, más segura estaba de que percibiría su decisión como un puñetazo en el estómago. Si hubiera comido algo en el almuerzo, estaba segura de que lo estaría vomitando.

—¿Por qué no me cuentas lo que ha pasado para que pueda entenderlo?

Jackson empezó a andar de un lado para otro de la habitación. Ella permaneció de pie, esperando a que hablara. Cuando por fin le relató los acontecimientos que se habían producido durante la terapia, el peso de su angustia lo dejó sin espacio. La forma en la que no paraba de moverse casi le provoca un mareo a Gabby mientras intentaba seguir sus palabras, comprender quién había hecho qué a quién. ¡Cómo podría ayudarlo a aceptar todo aquello cuando ella también se disponía a darle una noticia que no le iba a gustar!

Sus ensordecedores pensamientos la preocuparon temporalmente, evitando que se diera cuenta de que, por fin, había dejado de hablar. Simplemente se paró, sin más. Dejó de andar de un lado para otro. No se movía en absoluto. Estaba de pie, junto a la ventana, mirando al vacío.

Teniendo en cuenta su propio estado mental, Gabby no podía ni imaginarse el caos que debía de sentir por dentro. Se acercó a él y, desde atrás, lo abrazó, apoyando su mejilla en su espalda, deseando que pudieran quedarse así para siempre. Deseando que Noah volviera a desaparecer de su vida en vez de usar a su hijo y a su falta de recursos contra ella.

Al principio, Jackson no se puso tenso, pero tampoco se dio la vuelta. Cuando por fin lo hizo, la besó. No de esa forma voraz y apasionada con la que solía hacerlo ni con esa ternura y ese amor que tanto le gustaba a ella. Eran besos llenos de ira. Besos destinados a mantenerlo ocupado.

Aquellos besos dolían, no por su brusquedad, sino porque podía sentir todo su dolor.

De repente, se detuvo, con expresión de profunda tristeza. Antes de que rompiera a llorar delante de ella, Gabby lo agarró del cuello y le dio otro abrazo. Sabía que era un hombre orgulloso y no querría que lo viera derrumbarse. Si lloraba sobre su hombro, podría fingir que no sabía lo mucho que sufría.

—Lo siento mucho —murmuró él.

—No lo sientas. —Gabby le acarició el pelo—. Jamás te disculpes por tener corazón.

Jackson suspiró entre sus brazos y entonces se apartó.

—No sé qué hacer con todo esto.

Gesticuló como si tuviera un gran peso delante del pecho.

—Salir huyendo no servirá de nada.

De inmediato, Gabby apretó los labios, deseando no haberlo dicho.

Jackson se frotó la cara con las manos antes de soltar:

—Ya sé que lo que hizo mi padre no tiene nada que ver conmigo, pero sí que quería romper nuestra familia, así que, en cierta forma, sí que tenía que ver conmigo. La verdad, sabía que era un cabrón, pero jamás pensé que fuera tan retorcido. Y lo peor —dijo con voz rota— es que mi madre se fue a la tumba humillada y con el corazón roto en mil pedazos. ¿Cómo voy a poder perdonarlo por eso cuando me provoca náuseas?

—Lo siento mucho.

Gabby se abrazó a sí misma, sin saber muy bien qué más podía hacer o decir.

—Además de todo eso, me odio por haber forzado que el secreto saliera a la luz. Así he destruido la última voluntad de mi madre y, al mismo tiempo, he arrastrado a Cat a todo esto. Soy tan jodidamente egoísta que no puedo soportarlo.

Se tapó los ojos con una mano y Gabby pudo escuchar sus sollozos.

—Todo este tiempo, David había estado protegiéndonos, como le había pedido mi madre. La única forma en la que ahora puedo honrar ese deseo es impidiendo que esto rompa la familia, pero, Dios, ¿qué voy a hacer con Janet? La odio. ¡La odio! Es tan malvada como Alison...

Se secó una lágrima de la mejilla.

Gabby le tocó el hombro.

—Habla con David. Estoy segura de que él también ha pasado por todas esas emociones. Él puede ayudarte a encontrar la forma.

Sé que quiere hacerlo, Jackson. Y ahora que sabes por qué se fue, quizá por fin puedas perdonarlo.

Jackson se quedó mirándola. Se encogió de hombros con un leve movimiento de cabeza, lo que Gabby tomó como una buena señal.

—Supongo. Sinceramente, no sé cómo voy a hacerlo sobrio. Dios sabe lo mucho que me apetece una copa ahora mismo. Sería mucho más fácil desconectar que tener todo este ruido en la cabeza. Gracias a Dios, te tengo a ti para evitar que cruce la línea.

Gabby se quedó helada. Su comentario no la había pillado por sorpresa, pero sí que la molestó. Una cierta sensación de *déjà vu* la enfadó por ponerla en esa situación, como había hecho su madre una y otra vez, de alguna manera, pasándole la responsabilidad de su sobriedad.

Lo había hecho tan bien todas aquellas semanas ocultando su problema que había llegado a convencerse de que su alcoholismo no era un problema real, pero, en eso momento, delante de él, sabía la verdad. Su terapeuta tenía razón. No estaba preparado. Y ella no podía criar a su hijo, dirigir su negocio, enfrentarse a Noah y, además, asumir la responsabilidad de ayudar a Jackson en su rehabilitación. Aunque de manera dolorosa, aquello había confirmado la decisión que sabía que tenía que tomar.

—Jackson, no te va a gustar lo que te voy a decir, pero lo diré de todas formas.

Gabby se puso en jarras.

—¿Decir qué? —preguntó con los ojos abiertos como platos.

—Tu padre no tenía que confesar nada. Solo lo ha hecho porque le dijiste que tú lo necesitabas y que lo podrías soportar. Lo ha hecho para ayudarte, así que ahora tienes que cumplir tu palabra. Todos han venido aquí para ayudarte. Ellos tienen que enfrentarse a las mismas verdades que tú. Ahora te toca a ti descubrir la forma de seguir adelante como prometiste, sin recurrir al alcohol y sin depender de mí para que te detenga. Tienes que aprender a perdonar, confiar y aceptar a todo el mundo con sus defectos, de la misma forma que ellos te quieren y te aceptan con los tuyos.

—¡Una cosa son los defectos y otra las mentiras!

—No todas las mentiras son iguales. Si David jamás hubiera averiguado lo de la infidelidad, ¿os lo habría contado vuestra madre a alguno de vosotros? ¿Estarías igual de enfadado con ella si se hubiera guardado sus problemas maritales para sí? Y David no te ha mentido. Solo ha mantenido una promesa. Si tú prefieres verlo como una mentira, al menos ten la decencia de reconocer que lo ha hecho para protegerte. —Lo siguiente que dijo, tenía más de un sentido, pero Jackson no tenía por qué saberlo—. Yo haría cualquier cosa, cualquier cosa, por proteger a Luc y espero no tener que justificarle todos y cada uno de mis errores, de cometerlos, solo para demostrarle que lo quiero. Todos somos humanos. Todos le hacemos daño a alguien, intencionada o involuntariamente. Pero eso no significa que no los queramos. ¿Quién te ha convertido en juez y jurado de los pecados de los demás? Déjale eso a Dios. Sinceramente, si vas por ahí esperando la perfección, jamás serás feliz.

—No espero la perfección. —Jackson agarró sus manos—. Solo quiero que sean más como tú.

—¿Yo?

Se le cayó el alma al suelo al saber que estaba a punto de caerse del pedestal en el que la había puesto.

—Sí, tú. Honesta, amable y directa. —La rodeó con sus brazos—. Al menos contigo no tengo que preocuparme por los golpes a traición.

Las lágrimas brotaron de los ojos de Gabby sin que pudiera hacer nada para evitarlo.

—No soy tan valiente.

—Claro que sí. —Jackson sonrió por primera vez en toda la tarde—. ¿Por qué eso te hace llorar?

Gabby se mordió el labio, respirando entrecortadamente.

—De verdad que no soy tan valiente. Al menos cuando se trata de Luc.

—Eres increíble con Luc. Mira cómo te enfrentaste a la maternidad cuando otras opciones te habrían hecho la vida mucho más fácil.

La abrazó con fuerza, apartando así durante un momento sus problemas mientras intentaba calmarla.

—Lo quiero mucho, Jackson. Más que a nada... o a nadie.

—Por supuesto que sí.

La miró con tanto cariño que quiso desaparecer.

—Oh, Dios mío, Jackson, me gustaría que tuviéramos más tiempo... Yo... —Se apretó la frente con la mano, con el pecho tenso—. Lo siento mucho.

—¿Lo sientes mucho por qué?

—Noah me ha traído los documentos esta mañana. —Gabby se dobló por la mitad durante un segundo para poder respirar—. Quiere que se le reconozca legalmente como padre de Luc.

—¿Y? —Jackson se encogió de hombros—. Sabes que es el padre de Luc, ¿no?

—Sí.

—No lo entiendo. —Ladeó la cabeza—. ¿Cuál es el problema?

—Nunca puse el nombre de Noah en la partida de nacimiento de Luc porque no estábamos casados. Legalmente no tenía por qué reconocer su paternidad. Pero ahora quiere que sea oficial para poder reclamar la custodia.

—Ningún juez va a quitarte a Luc, Gabby, pero si Noah quiere dar un paso adelante y tener un régimen de visitas, ¿no es eso lo mejor para Luc a largo plazo?

Le resultó curioso lo ciego que se volvía Jackson cuando se trataba de los derechos de los padres.

—No lo entiendes. Esto no tiene nada que ver con Luc. Es una demostración de fuerza. Desde las acusaciones de mi madre, ha estado investigándote. Ha descubierto que tienes que enfrentarte a una demanda y ahora va por ahí diciendo que eres un borracho violento. Ha hablado con un abogado y cree que al tenerte por aquí, y más tras la reaparición de mi madre, estoy poniendo a Luc en peligro.

La expresión de Jackson se hizo distante, pero ella siguió adelante.

—Sé que no es verdad. Eres increíble con Luc. Pero Noah es de este pueblo y un policía al que la mayoría de la gente de Winhall respeta. Yo soy una madre adolescente con una madre drogadicta a la que, estúpidamente, invité de vuelta a mi vida recientemente. Noah hará que todo parezca mucho peor de lo que es en realidad. —Todo su cuerpo se hundió—. Lo siento mucho, Jackson. Me preocupa que acabe convenciendo al juez de que no soy adecuada. No puedo arriesgarme. Quién sabe, Noah puede terminar usando el ictus de mi padre para demostrar que la situación es inestable.

Gabby miró a Jackson, cuyas emociones era incapaz de discernir.

—Todo lo que sé es que, si no estamos juntos, dejará de presionar. De todas formas, te vas en unos días, así que...

Hizo una pausa, sin saber muy bien cómo acabar la frase. Daba igual como lo dijera, porque las relaciones a distancia ya eran bastante difíciles por sí mismas sin tener que añadir todo el equipaje que tanto Jackson como ella ya arrastraban.

—Odio todo esto, pero tengo demasiado miedo como para intentarlo. No podría vivir con la peor consecuencia posible si lucho y pierdo.

—¿Has hablado con un abogado? —preguntó Jackson.

—Todavía no.

Jackson se animó un poco.

—No te pongas nerviosa hasta que un abogado sopese las amenazas de Noah. Dudo mucho que un juez saque a Luc de esta casa. Además, ni soy violento ni estoy bebiendo.

—Pero quieres beber.

Gabby se mordió el labio.

—¿Otra vez con eso?

Jackson arqueó las cejas.

—Hace un momento dijiste que necesitabas una cosa y que lo único que te lo impedía era yo. ¿Qué pasaría si no estuviera aquí? ¿Te habrías ido a un bar? Demasiada presión para mí. No puedo ser lo único que se interponga entre tú y el alcohol. Es demasiado. Ya he vivido eso, siempre preocupada de no desencadenar un mal impulso. No puedo volver a pasar por eso. No es justo para mí y tampoco es justo para Luc.

—Gabby, no lo decía literalmente.

Jackson hizo aspavientos.

—Eso es lo que dices ahora, pero lo he oído en tu voz y lo he visto en tus ojos. Esa desesperación. He percibido el alivio en tu voz cuando has dicho que te alegrabas de que estuviera aquí para detenerte. Si no hubiera vivido ya eso con mi madre quizá lo habría visto de otra forma. No lo sé. Pero lo que sí sé es que tengo que darle el cien por cien a mi hijo. Si tengo que preocuparme por ti y temer que vuelvas a beber después de un mal día o preocuparme todas las semanas por Noah y temer que acabe manipulando a Luc porque te quiere fuera de aquí, ninguno de nosotros seremos felices.

Jackson dio un paso atrás, con los brazos cruzados.

—¿Qué me estás diciendo exactamente?

—Quizá deberíamos haber escuchado a tu médico. Necesitas más tiempo para poner tus asuntos en orden. Para enfrentarte a tu familia y pasar más tiempo sin beber antes de tener una relación conmigo o con quien sea. —Sentía un hormigueo en la nariz mientras las lágrimas obstruían su garganta—. Creo que, como te vas, deberíamos dejarlo ahora mismo para que yo pueda proteger a Luc y tú puedas curarte como es debido. Quizá en seis meses o así podamos hablar y ver...

La única reacción física que percibió en él fue una leve relajación de mandíbula. Ninguna explosión de ira, gracias a Dios. Ninguna súplica. Ninguna lágrima.

Se volvió a girar para mirar por la ventana con los hombros encogidos. De repente, el aire de la habitación parecía aún más frío.

—Luc tiene hambre —dijo sin darse la vuelta—. Deberías irte a prepararles la cena a él y a tu padre ahora mismo.

No era la respuesta que había esperado.

—Jackson, me estás asustando. —Se acercó a él—. Háblame. ¿En qué piensas?

Jackson siguió encerrado en sí mismo.

—Pienso que deberías irte.

—Me da miedo dejarte. No quiero que bebas.

—Creo que ha quedado claro que no deberías seguir preocupándote por eso.

Gabby se acercó a él, preocupada por el tono plano de su voz y por el hecho de que no la mirara.

—¿Podemos terminar esta conversación después de cenar?

—Mejor no.

Negó con la cabeza.

—¿Mañana entonces?

—No.

—Jackson, esto tampoco es fácil para mí. Esto es lo último que querría. —Gabby estiró la mano para acariciarle el brazo—. Te qui...

—No, ni se te ocurra pronunciar esas palabras. Estoy harto de que la gente me diga que me quiere pero no me lo demuestre. —Se cruzó de brazos y se miró los pies, todavía de espaldas—. Por favor, vete.

Gabby se secó las lágrimas de las mejillas y bajó corriendo las escaleras. Miró a la ventana, pero no vio su silueta observándola. Pellizcándose la nariz que no dejaba de moquear, entró en la casa.

Solo podía esperar que, de las cientos de imágenes que tenía de Jackson, aquella del hombre frío que había dejado tras de sí no fuera la última.

CAPÍTULO 20

Jackson se obligó a no ir a la ventana. A no verla salir de su vida. A no aceptar el nuevo agujero en su corazón.

Se sentó en la mesa de comedor y apoyó la frente en el frío tablero de madera, recordando el momento en que Gabby le había prometido apoyarlo, justo allí, en esa habitación. Pero cuando las cosas se habían puesto mal, no había pasado ni la primera prueba. Lo había dejado tirado, como tantos otros antes que ella. Ni siquiera había llamado antes a un abogado para ver si las amenazas de Noah eran creíbles. Ni siquiera le había pedido ayuda a Jackson. Por no hablar de que, además, se lo había soltado tras un día especialmente malo.

Todo lo que se había esforzado durante las últimas cinco semanas, en esos momentos, parecía una auténtica pérdida de tiempo. Las revelaciones del día habían demolido los pocos avances que creía haber conseguido en la terapia y con Gabby.

La cabeza le iba a estallar, decenas de pensamientos golpeaban fuerte su cráneo. Aquella sensación de aislamiento, algo que creía que Gabby había eliminado, se había hecho más fuerte. Se sentó, solo una vez más, sin nadie con quien hablar.

Por supuesto, recordó a un amigo al que podría llamar. Uno que siempre lo hacía sentir mejor o, en cualquier caso, adormecido. El viejo Jack Daniel's, un amigo en el que sí podía confiar.

Jackson cogió las llaves de la encimera y salió por la puerta. Cuando entró en el aparcamiento del Mulligan's, su cuerpo se estremeció por el subidón de adrenalina ante las expectativas. Una sed seductora lo atraía, a pesar de que las imágenes de Gabby, Vivi, Cat, David y Hank interrumpieran temporalmente su fascinación.

El sudor le empapó la piel, haciendo que se le pegara la camisa al cuerpo como cinta adhesiva. Se aferró con más fuerza al volante hasta que ya no pudo contenerse más. ¿Para qué o a quién le importaría su sobriedad ahora? Seguramente a nadie le extrañaría que acabara allí otra vez, así que por qué no empezar ya.

Jackson salió del coche y entró en el local. Se subió a un taburete de una esquina y, un minuto después, Tess se acercó a él.

—Hola, guapo. Un placer volver a verte. ¿Qué te pongo? —Se apartó el pelo tras el hombro y le dedicó una sonrisa coqueta—. ¿Otra zarzaparrilla?

Jackson esbozó una sonrisa educada.

—Un Jack con hielo.

—Ahora mismo.

Tess le guiñó un ojo.

Cuando se dio la vuelta, Jackson añadió:

—Que sea doble.

Mientras le preparaba el *whisky*, se le irritó la piel. Miró a su alrededor. Todos hombres. Probablemente, hombres escapando de sus problemas, como Jackson.

Tess dejó la copa frente a él.

—¿Quieres algo para picar?

—No.

—¿Y qué tal un poco de compañía?

Se inclinó hacia delante, dejando ver el contenido de su camisa con cuello de pico.

Puede que Tess fuera una chica directa, pero al menos no fingía ser alguien que no era. Quizá podría aprovecharse de lo que ella le ofrecía como otra forma de bloquear su dolor, pero su corazón solo quería a una mujer. Su estúpido corazón nunca le había funcionado bien.

—No, gracias. Necesito estar solo.

—Si cambias de opinión, solo tienes que decirlo.

Tess le acarició la mano y luego acudió a atender a un cliente que había al otro lado de la barra.

Jackson miró su copa mientras la hacía girar, observando cómo el líquido ambarino chocaba contra el vaso.

Se lo acercó a la nariz e inspiró. Al instante, un revoltijo de recuerdos borrosos acudió a su mente. Con ellos, llegaron sombras desagradables de vergüenza y arrepentimiento, de un frío tan profundo que dolía, y de miedo. Miedo por lo que podría pasar si ponía sus labios en el vaso y saboreaba la mordida del alcohol.

La poderosa llamada de aquella insensible felicidad que le había dado el alcohol se apoderó de él, instándolo a inclinar el vaso y entrar en ese lugar en el que los sentimientos no arañaban sus entrañas, en el que el recuerdo de que todas sus relaciones se habían hecho añicos ese día no dolía tanto.

Siguió girando el vaso, pensando en su madre, que cargó con su corazón roto con total dignidad y elegancia. Una nueva oleada de vergüenza lo consumió por ser incapaz de seguir su ejemplo.

Se frotó los ojos con las palmas de las manos. Su padre tenía razón al menos en una cosa: su madre no estaría orgullosa de su comportamiento. Le había pedido a David que le prometiera guardar el secreto para mantener a su familia, su legado, unida. Verlo así, tan destrozado, la habría matado si el cáncer no se la hubiera llevado antes. «Lo siento mucho, mamá», pensó mientras se aferraba al vaso una vez más.

—Bien, bien. Mira quién está aquí. —Noah, utilizando su teléfono, hizo una foto a Jackson sujetando el vaso—. Gracias, colega. No podía haber pedido mejor prueba.

—Que te jodan.

Jackson observó el vaso lleno de *whisky*. ¿Acaso importaba? Gabby se había ido. Todo el mundo lo presionaba para que cediera ante Doug. Su familia parecía incluso más perdida a sus ojos que antes.

—Quizá debería invitarte a esa copa para celebrar que Gabby va a dejarte en cuanto le enseñe esta foto.

—Llegas tarde, así que manda la foto o no lo mandes. Me da igual.

Noah ladeó la cabeza, como si estuviera intentando determinar si Jackson le estaba mintiendo o no.

—¿En serio?

La actitud altiva de Noah solía enfadar a Jackson, pero esta vez le preocupaban otros asuntos. Pensó en Luc, víctima inocente de los planes de su padre, aquel confiado niñito que había acogido a Jackson con los brazos abiertos y así había sanado un trocito de su corazón. Pensó en Vivi y en el bebé que nacería esa primavera, en lo mucho que quería formar parte de su vida cuando llegara a este mundo. Pensó en el niño que podría haber tenido y en los hijos que le gustaría tener un día, unos hijos que nunca tendría si no aprendía a controlarse y a lidiar con el dolor.

Aquella combinación de pensamientos le llevó a soltar el *whisky* en la barra.

—Gracias, Noah —dijo Jackson, levantándose del taburete.

—¿Gracias?

Noah se echó a reír.

—Sí, gracias por seguirme a todas partes y espiarme. Por ser un gilipollas. De una manera retorcida, has impedido que cometiera un gran error.

Jackson dejó doce pavos en la barra.

—¿Soy un gilipollas? —Noah puso los ojos en blanco—. Eres tú el que tiene un problema con la bebida.

—Sí, supongo que es así, pero yo no dejé tirada a mi novia embarazada. No soy quien ni se presentó siquiera para presenciar el nacimiento de su hijo en el hospital. No soy quien no se ha ocupado de la manutención del niño durante tres años. No soy quien está tan desesperado y es tan inseguro como para amenazar e intimidar para controlar a una mujer a la que ya ha defraudado en tantos aspectos. —Jackson sonrió con tanta superioridad como lo solía hacer Noah—. Todo eso lo has hecho tú. Ahora, si no te importa, tengo que irme a hacer la maleta.

—Cuidado con la puerta al salir.

Noah se sentó en el taburete y le hizo un gesto a Tess.

Jackson dio dos pasos y, entonces, se detuvo y se dio la vuelta.

—Ahora que me voy, Gabby necesitará mucha más ayuda con Luc hasta que su padre se recupere por completo. Así que, sé un hombre y, por una vez, da un paso adelante.

Jackson salió y no paró hasta llegar a su coche. Había entrado en el bar de día, pero ya había desaparecido todo rastro de sol. Las hojas secas revoloteaban por el aparcamiento. Inspiró profundamente el fresco aire limpio sintiéndose algo mejor consigo mismo por haber resistido la tentación a pesar de haber tenido el día más asqueroso de su reciente historia.

Condujo hasta su apartamento pensando en los siguientes pasos que debería dar, en las cosas que tenía que hacer para que su madre se sintiera orgullosa y para poder seguir adelante con su vida. «Poco a poco», pensó. Hacer la maleta, volver a casa, dormir un poco. Aquellas cosas podía controlarlas, más o menos, siempre que no pensara en los grandes asuntos.

En cuanto hizo el petate, pensó en irse sin despedirse. A través de la ventana, observó la pequeña casa al otro lado del camino y fue incapaz de mover los pies. Había conocido a Gabby hacía menos de seis semanas, pero ella lo había cambiado. A pesar de que nunca hubiera pronunciado esas palabras, estaba enamorado de ella. Aunque no fuera tan valiente como pensaba, no podía negar sus sentimientos ni fingir que no entendía sus preocupaciones.

No sería justo pedirle que viviera con miedo a una posible recaída ni con el miedo a poner en peligro la seguridad de su hijo. Con el tiempo, su cinismo acabaría apagando aquel brillo suyo y ya se odiaba por ello. Mejor así. Era mejor irse antes de que acabara causando algún problema grave por allí.

Arrancó una hoja de papel de la libreta y escribió corriendo una nota que dejó en la mesa junto con las llaves del apartamento. Rana el Pavo estaba allí, mirándolo con sus ojos saltones. Le empezaron a picar los ojos mientras recordaba la carita eufórica y las risitas de Luc. Aunque Rana el Pavo sería un doloroso recordatorio, no podía dejarlo allí.

Echó un último vistazo a su alrededor, memorizando cada pequeño detalle de aquella habitación, una habitación en la que había aprendido a confiar de nuevo, a amar de nuevo.

Puede que aquellas esperanzas y su corazón hubieran acabado magullados ese día, pero mañana sería otra oportunidad de volver a empezar. Aunque Gabby no hubiera sido capaz de permanecer a su lado, le había enseñado mucho.

Miró su reloj. Si salía ahora, llegaría a casa hacia las diez. Entonces oyó el sonido que anunciaba que había recibido un mensaje. Reticente, lo miró. Una oleada de tristeza lo atravesó al leer que la madre de Hank, que llevaba años padeciendo Alzheimer prematuro, había muerto esa tarde. Jackson no podía ni imaginarse el tremendo dolor que su amigo debería estar sintiendo en esos momentos. Quizá la necesidad de ir a su entierro y de apoyar a Hank fuera otra señal de que había llegado el momento de irse de Vermont.

Una vez decidido dónde tenía que ir, le envió un mensaje a David y Cat para decirles que estaba bien y que volvía a casa. A continuación, sin fanfarrias, apagó la luz y cerró la puerta a todo cuanto podría haber sido.

Gabby abrió sus ojos hinchados deseando que no hubiera amanecido. Una noche de insomnio la había dejado agotada y confusa. Había visto el Jeep de Jackson alejándose aquella noche poco después de recibir un mensaje de Noah con una foto en la que aparecía Jackson con una copa en la mano.

Le habría gustado creer que Noah había retocado la foto o que había usado una foto antigua de Instagram, pero reconoció el interior del Mulligan's.

Como a las diez, Jackson todavía no había vuelto, así que fue a su apartamento a esperarlo. Cuando encontró la nota y se dio cuenta de que había hecho las maletas y se había ido, se quedó sin aliento.

Acercándose a su mesita de noche, cogió la nota para volver a mortificarse.

> Gabby:
> Gracias por haber sido una amiga cuando necesitaba una y por recordarme que todavía quedan cosas en la vida por las que luchar. Aunque entiendo por qué no podemos ser más que un bonito recuerdo, siempre estarás en mi corazón. Cuídate, cuida de tu hijo y sé feliz.
> Te quiere, Jackson
> P. D.: Dile a Luc que tengo que llevarme a Rana el Pavo de aventura.

Sus ojos se volvieron a llenar de lágrimas y sintió que se le cerraba la garganta. Apretó la nota contra su pecho y la dejó a un lado, con las extremidades entumecidas por el dolor. Los pasitos de Luc resonaron antes de que entrara en su habitación y pusiera fin a la quietud.

Trepó hasta su cama.

—Mamá, ¿por qué eztáz llorando?

Gabby se secó las lágrimas.

—He tenido una pesadilla, pero me sentiré mejor si te acuestas aquí conmigo, cariño.

Luc obedeció encantado y se acurrucó a su lado. Ella lo abrazó con fuerza mientras le acariciaba el pelo e inspiraba el dulce olor de su piel. Nada era más importante que él, ni siquiera su corazón roto.

Sacrificaría su vida para protegerlo, así que si renunciar a Jackson era el precio que tenía que pagar para mantener a Luc sano y salvo con ella y con su padre, lo haría con gusto. Y si Jackson había vuelto a beber, habría tenido que romper con él.

—Mamá, ¿podemoz hacer chocolate? —imploró Luc.

—Un chocolate me parece perfecto. Vamos.

Gabby abandonó la comodidad de sus sábanas y buscó las zapatillas.

Luc salió corriendo por delante llamando a su abuelo. Aquel día parecía un día cualquiera. Con un poco de suerte, no reaccionaría mal a la ausencia de Jackson o, al menos, no durante más de una hora.

Cuando llegó a la cocina, su padre ya le había servido a Luc un cuenco de Cheerios y había empezado a hacer café. Estaba silbando y preparándose un huevo. Los grandes avances que había conseguido en la última semana habían mejorado mucho su estado de ánimo. Esperaba que pronto le dejaran volver a conducir. Sin Jackson para ayudar, ese día ya llegaba tarde.

—Los Wilson vienen hoy para pasar el fin de semana, así que asegúrate de que Jackson enciende la calefacción y deja una luz encendida para ellos en su ronda de hoy.

Su padre metió el pan en la tostadora y echó un huevo a la sartén.

—Jackson se ha ido, papá. —No podía mirarlo—. Pero no te preocupes, yo me encargo.

—¿Jackzon ze ha ido?

Luc sacó el labio inferior.

—Sí, cariño. —Gabby se sentó junto a Luc y le acarició el pelo—. Tenía que irse a casa, pero se ha llevado a Rana el Pavo con él.

—¿Por qué? —preguntó Luc.

Gabby inspiró profundamente y apartó los ojos de él y de la mirada inquisitoria de su padre.

—Solo estaba aquí de vacaciones. Tenía que volver a casa, con su familia, y a su trabajo.

—¿Cuánto tiempo, mamá?

Luc sacó una cucharada de cereales, la mitad de los cuales se cayeron en la mesa.

—Para el resto de su vida, me temo.

La voz de Gabby se quebró.

Afortunadamente, su padre no hizo ninguna pregunta hasta que Luc terminó de comer y se fue de la mesa.

—Creía que Jackson se quedaría el resto de la semana —dijo su padre por fin mientras le daba la vuelta al huevo.

—Ha cambiado de opinión.

Gabby se levantó de su silla y metió su taza en el lavavajillas.

—¿Qué ha pasado?

—Noah —respondió con la voz rota—. Noah ha empezado a enredar con los papeles de la custodia. Dios, si te hubiera escuchado y no hubiera respondido a la carta de mamá, jamás habría venido y Noah no habría sospechado nada sobre el pasado de Jackson.

Por supuesto, el pasado de Jackson podría haber vuelto a ser parte de su presente, pero no quería creérselo ni contárselo a nadie, ni siquiera a su padre.

—Sé que no he apoyado tu relación con Jackson, pero solo era porque me preocupaba que te acabara haciendo daño. Vuestra relación parecía condenada por un motivo o por otro. —Los ojos de su padre se endurecieron mientras untaba mantequilla a su tostada—. Pero, maldita sea, ese Noah Jefferson. Ha ido demasiado lejos. Tenemos que encontrar la forma de evitar que te amenace así en el futuro. De lo contrario, empezará a usar a Luc para hacerte bailar como una marioneta hasta que consiga lo que quiere.

—Quiere una segunda oportunidad. —Gabby frunció el ceño—. Dice que quiere que seamos una auténtica familia.

Su padre entornó los ojos, pero antes de que soltara lo que bien podía ser otra retahíla de insultos, se mordió la lengua y, finalmente, preguntó:

—¿Pero qué quieres tú?

—A Jackson.

—No me refería a eso. —El suspiro de su padre tenía una connotación solemne—. Una vez te enamoraste de Noah. ¿Existe alguna posibilidad de que reavives esos viejos sentimientos?

—¿Cómo me puedes preguntar eso?

Gabby se apoyó en la encimera.

—Porque he vivido lo suficiente como para saber que el amor nunca es racional. Y también sé que perdoné a tu madre una y otra vez. —La rodeó con sus brazos y la abrazó—. No deberías vivir el resto de tu vida sola ni aquí, conmigo. Te mereces que te quieran y ser feliz. Quizá tener otro hijo. Este es un pueblo pequeño y no hay ya muchos hombres solteros de tu edad. Noah era joven y engreído y probablemente tuvo miedo. No estoy justificándolo ni tampoco apruebo cómo se ha comportado últimamente, pero es el padre de Luc. Si decides darle una oportunidad por el bien de Luc, te apoyaré.

Gabby se apartó de él y le dio su plato con el desayuno.

—No quiero estar sola, pero jamás podría quedarme con alguien que me abandonó cuando más lo necesitaba, un tío que se ha acostado con prácticamente todas las chicas que conozco. No, papá, Noah ya ni me cae bien, así que mucho menos podría enamorarme de él.

—De acuerdo. Solo quería estar seguro. —Por fin, se sentó y empezó a desayunar—. En cuanto termine, llamaré a un abogado y veremos si eso tiene alguna posibilidad de prosperar.

Su padre tenía fe en el sistema legal, pero Gabby había visto las noticias lo suficiente como para saber que dicho sistema tenía cosas buenas, pero también cosas malas. Además, Noah no habría presionado tanto si su abogado no creyera que tenía alguna posibilidad.

—Papá, apenas podemos pagar las facturas, no nos podemos permitir pagar a un abogado.

Gabby se peinó con las manos.

Entre bocados, Jon dijo:

—Lo que no nos podemos permitir es no gastarnos el dinero en protegerte a Luc y a ti de las gilipolleces de Noah, Gabby.

—No tengo tiempo de discutir ahora. Tengo que llevar a Luc a la guardería y luego ir a trabajar. Hablamos más tarde.

Le dio un beso a su padre en la mejilla y se fue a buscar a Luc.

Gabby guardó el teléfono después de mirar por trigésima vez la foto de Jackson observando su vaso de *whisky*. Lamentaba mucho los dos últimos recuerdos que tenía de él: su columna rígida cuando ella se fue del apartamento y la mirada depresiva y fascinada que tenía en la foto. Hacía casi veinticuatro horas que aquella maldita foto la estaba volviendo loca.

No podía soportar no saber lo que había pasado. El hecho de que Jackson se hubiera ido sin verla demostraba que no quería saber nada de ella e interrogarlo sobre si había vuelto a beber era lo último que quería hacer si él se dignaba a volver a dirigirle la palabra. Sin ninguna otra opción, se dejó caer por la casa de Tess a media tarde.

Posiblemente aquella visita inesperada sorprendió tanto a su amiga como le había sorprendido a ella, pero no podía pasar página hasta que tuviera una respuesta de alguien en quien confiara.

—¿Gabby? —Tess miró a su alrededor cuando abrió la puerta—. ¿Qué pasa?

—Es una larga historia, Tess —respondió—. ¿Puedo entrar?

—Sí, claro. —Tess hizo un gesto para que entrara y Gabby se sentó en el sofá—. Estaba haciendo una lista para Acción de Gracias. Mi madre necesita ayuda este año, aunque tú y yo sabemos que lo mío no es la cocina.

Gabby sonrió a pesar de que Acción de Gracias no era una festividad que le atrajera especialmente.

—No te robaré demasiado tiempo. Tengo una pregunta... sobre Jackson.

Tess se sentó en un sillón y apoyó los pies en la otomana.

—¿Por qué no le preguntas a él?

—Se ha ido y dudo que quiera saber nada de mí.

Gabby arrugó la nariz.

—¿Por qué no?

Tess se inclinó hacia delante, interesada. A la chica le encantaban los cotilleos, pero Gabby no quería ser el blanco de los rumores.

—Tenía que volver a su vida y Noah ha estado dando problemas.

—Creo que Noah quiere que vuelvas con él o, al menos, eso es lo que se comenta por ahí.

Tess esbozó una sonrisa de conspiración.

Lo que se comenta por ahí. Le gustara o no, sus amigos hablarían de su vida privada con su permiso o sin él.

—No me importa lo que quiera Noah. Y preferiría no hablar del tema ahora, si no te importa. Lo que realmente quiero preguntarte es si Jackson se emborrachó anoche.

Gabby contuvo la respiración.

—No pidió una zarzaparrilla, si eso es a lo que te refieres.

Tess arqueó las cejas.

—Noah me envío una foto de Jackson con un vaso de *whisky* en la mano. ¿Se lo bebió?

—Ah... Así que lo de la zarzaparrilla no era porque le gustara mucho el dulce, ¿verdad?

Tess inclinó la cabeza. Gabby guardó silencio, nada dispuesta a divulgar los secretos de Jackson.

—Tess, dime la verdad.

Gabby se miró las manos, preocupada por la respuesta.

Su amiga se volvió a acomodar en su sillón con un suspiro.

—No te puedo asegurar que no se bebiera algún sorbo, pero, cuando se fue, el vaso seguía lleno.

Gabby soltó un suspiro de alivio.

—Gracias. Eso es lo que esperaba escuchar.

—De todas formas, si se ha ido y todo eso, ¿qué más da?

Tess se encogió de hombros.

Aquellas palabras le sentaron como una patada en el estómago.

—Todavía no me puedo creer que se haya ido sin decirme nada. Por supuesto, desde el principio sabía que se acabaría yendo. Quizá sea lo mejor... No prolongarlo, ¿no? Pero aun así, no resulta nada fácil. Sin una despedida, siento que el capítulo no se ha cerrado. Vacío. Al menos, a mí me lo parece. Supongo que no tardará en volver a su vida normal, que seguramente es mucho más emocionante que nada de lo que pudiera encontrar aquí.

—Hum, cualquier sitio es más emocionante que este.

Tess se echó a reír y Gabby no pudo evitar estar de acuerdo con ella.

Estaba claro que aquella pequeña población suya ofrecía cierto encanto y seguridad, pero, sin Jackson, el aire frío ahora parecía cortante. El sol brillaba con demasiada fuerza. Por todas partes había amenazantes árboles desnudos, como guardianes de una prisión.

—Debo irme. Tengo que recoger a Luc y prepararle la cena. Ah, esta es mi gloriosa vida.

—Al menos has tenido algo un poco más interesante durante un tiempo. Eso es más de lo que yo puedo decir.

—Eso es cierto.

Gabby sabía que debería sentirse agradecida por las pocas semanas que se había pasado en los brazos fornidos de Jackson, incluso halagada por el hecho de que hubiera querido continuar su relación o, al menos, eso parecía hasta que ella entró en pánico y rompió con él. Se le hizo un nudo en el estómago por los remordimientos. Necesitaba aire fresco.

—Te veo luego.

El reloj junto a su cama marcaba los segundos mientras Gabby plasmaba sus sentimientos en la hoja de papel frente a ella.

Hola, mamá:

Me abrí a ti con la esperanza de que, de alguna forma, pudiéramos establecer algún tipo de relación. Quería creer que por fin habías conseguido controlar tus adicciones, que realmente querías una relación conmigo.

Pero cuando, en contra de mis deseos expresos, irrumpiste borracha en nuestra fiesta, demostraste que mis sentimientos nunca habían sido una prioridad para ti. Y lo que es peor, tu comportamiento y tus exageradas acusaciones sobre Jackson le dieron a Noah la munición que necesitaba para cuestionar mi buen juicio, lo que le ha permitido colocarse en disposición de amenazarme con una batalla por la custodia.

Una vez más, me has costado una parte de mi corazón, pero jamás tendrás la oportunidad de volver a hacérmelo. Por favor, no me escribas ni me llames ni aparezcas por aquí. Voy a solicitar una orden de alejamiento para que no puedas acercarte a Luc y no puedas hacerle daño, como me lo has hecho a mí.

Una parte de mí sentirá siempre lo que te pasó y lo que le pasó a nuestra familia. También siento mucho todo lo que has sufrido. Y siento mucho que las cosas no hayan salido bien entre nosotras. Deberías saber que, aunque estoy furiosa y triste, no te odio. Lo siento mucho por ti.

Rezaré para que no acabes muriendo algún día de sobredosis, pero no puedo sentirme culpable por tus elecciones. Ya no puedo dejarte la puerta abierta a mi corazón.

Siempre querré a la madre que conocí hasta el instituto. Desearía que pudiéramos volver y empezar de nuevo a partir de ahí, pero ambas sabemos que eso es imposible. Así que tengo que decirte adiós.

Gabby

Después de limpiarse la nariz con la manga, Gabby dobló la nota, lamió el sobre y lo cerró. Apagó la lamparita y se metió bajo las mantas. Primer paso del consejo del abogado que su padre había consultado llevado a la práctica. Ahora tenía que pensar en Noah y Luc.

Por supuesto, no había olvidado la forma en la que Jackson defendía los derechos de los padres. Había pensado en lo que Luc podría querer, a pesar de que Noah estuviera lejos de ser el padre del año, y en el resentimiento que Luc podría sentir algún día si Gabby no encontraba una forma de llevarse bien con su padre.

Tras aceptar que siempre estaría unida de alguna forma a aquel hombre, cerró los ojos y empezó a hacer una nota mental de las peores situaciones posibles.

CAPÍTULO 21

—Señores, seré breve. En cuanto ambas partes firmen aquí y aquí, le entregaremos los fondos y cerraremos el acuerdo.

Oliver puso los documentos delante de Jackson y Doug.

Jackson, para evitar que Doug lo viera retorcerse de dolor, adoptó una expresión seria mientras tarareaba mentalmente la melodía de «Satisfaction», de los Rolling Stones. Pensar en los treinta y cinco mil dólares que le iba a tener que soltar le revolvía el estómago, pero él y su ego soportarían el golpe.

El mes anterior, se había pasado la mayor parte de su recorrido en coche de tres horas entre Vermont y su casa pensando en su negocio, en sus objetivos, en su vida. Reflexionó sobre el consejo de su equipo, de David y de Oliver, así como sobre la opinión de Gabby en cuanto a que le daba más importancia a su orgullo que a otros asuntos.

Y lo que era más importante, aceptó una verdad inexorable: todo había sido culpa suya y de nadie más. Si se hubiera enfrentado a sus problemas antes o lo hubiera hecho de una forma más sana, no se habría visto en esa situación en esos momentos.

Treinta y cinco mil dólares era más de lo que jamás habría imaginado que le costaría, pero era mucho menos que los cien mil que Doug esperaba. En resumen, era el precio a pagar por pasar página y seguir adelante con sus planes. Por recuperar el control de su vida y de su futuro.

Oliver le entregó a Doug un bolígrafo y dijo:

—Señor Kilpatrick, como ya sabe, si habla de alguno de los incidentes relacionados o que condujeron a este acuerdo, incluida la cantidad, se considerará un incumplimiento de contrato y el señor St. James podrá solicitar la completa devolución más daños.

—Lo sé.

Doug firmó los documentos y los apartó a un lado, igual que hizo Jackson.

Oliver recogió los papeles y se dirigió a Doug y su abogado.

—Señores, si los dos quieren esperar aquí hasta recibir la confirmación de la transferencia bancaria, Melissa les traerá un café. —Luego se giró hacia David y Jackson—. Quizá vosotros dos prefiráis esperar en el despacho de David, ¿no?

Jackson asintió con la cabeza, deseoso de perder de vista a Doug. Incapaz de estrechar su mano, se limitó a hacerle un gesto con la cabeza a su antiguo empleado y a su abogado antes de salir de la sala de reuniones.

—Gracias, Oliver. —Jackson le dio la mano—. Me alegra que todo se haya acabado.

—Olvídate ya del tema y disfruta de tus navidades. Buena suerte.

Oliver sonrió y se alejó de David y Jackson.

—¿Vamos?

David señaló el pasillo que había a la derecha.

Jackson siguió a David por el largo pasillo de cristales ahumados hasta llegar a su elegante despacho. Se sentó frente al enorme escritorio de caoba de su hermano, y observó el horizonte de Manhattan a través de la gran ventana. El olor a cuero y limón de aquel despacho del centro de la ciudad gritaba dinero, y su hermano era la viva imagen del éxito allí sentado.

Con sus constantes demandas estrujándole el cerebro, la profesión de David le iba como anillo al dedo. Su hermano se crecía cuando lo retaban mentalmente. No obstante, a diferencia de su padre, Jackson sabía que a su hermano le gustaba su trabajo más que el dinero o cualquier oficina sofisticada, cualquier título o cualquier puesto en un comité.

Hasta donde podía recordar, Jackson siempre había intentado emular a su padre, pero ahora se había dado cuenta de que se había equivocado. En vez de seguir sus propios valores y pasiones, se había esforzado por impresionar a su padre y por demostrarse a sí mismo que podía ser igual que su hermano o su hermana. Lo irónico es que la libertad había sido el inesperado aspecto positivo de que le dejara de importar la aprobación de su padre.

David sacó un sobre del cajón de su mesa y se lo entregó a Jackson.

—Esta es la otra información que querías. Espero que te ayude.

Jackson dejó el sobre en su regazo y miró a su hermano.

—David, necesito otra cosa.

—Lo que quieras.

Se quedó esperando.

—Durante las últimas semanas, he pensado mucho en mi vida y en lo que quiero. En lo que necesito. He decidido vender mi empresa.

—¿Por qué? —David se inclinó hacia delante—. Has trabajado mucho para levantarla. Se suponía que el acuerdo era para que las cosas pudieran seguir funcionando.

—Ya lo sé, pero quiero hacer algunos cambios importantes y no puedo hacerlos aquí.

—¿Qué cambios?

—Quiero una vida diferente. Una más tranquila y con menos presión, menos de todo en realidad. Quiero empezar de cero y construir algo que me haga realmente feliz, y una empresa grande no lo es.

—¿Dónde piensas ir?

Jackson cogió el sobre.

—En parte, depende de lo que diga aquí.

—¿Y qué pasa con tus proyectos, con tus empleados?

—Hay un competidor en Fairfield, Mosley Construction. Tiene un equipo pequeño pero sólido y podría absorber a mis chicos y terminar los proyectos en curso. Ya nos hemos reunido. Tengo que hablar con mis clientes, pero te necesito para asegurarme de que todo se hace como es debido y de que la compensación es justa. —Jackson cruzó los pies—. Voy a alquilar mi casa mientras esté en el mercado. Con un poco de suerte, la venderé pronto y tendré otra buena cantidad de dinero para invertir.

—Así que te vas ahora que ya estamos bien —dijo David con tono resignado—. ¿Y qué pasa con tu relación con papá? ¿Algún progreso?

—La verdad es que no. Hablé un poco con él para contarle mis planes, pero me va a llevar algún tiempo poder verlos a él y a Janet sin sentirme como una mierda. —Jackson soltó una carcajada—. ¿Algún consejo?

—Me temo que no. Jamás podría haberlo superado sin Vivi. Me ha ayudado a ser más indulgente. Intento ser digno de ella siguiendo su consejo cuando se trata de papá. No es perfecto y ha tomado decisiones horribles, pero también hizo un montón de cosas buenas a lo largo de los años. No puedo borrar lo bueno solo porque lo malo sea desagradable.

—Supongo. Puede que la aceptación se convierta en mi propósito de Año Nuevo.

—Pues eso está a la vuelta de la esquina. —Jackson se reclinó en su silla—. ¿Estarás por aquí en navidades? No puedo creerme que estés pensando en mudarte. Te echaré de menos y a Vivi le disgustará saber que serás un tito menos presente.

—No te preocupes, estaré presente. La verdad es que quiero lo que tú tienes. Bueno, no todo esto. —Jackson señaló el despacho—. Quiero lo que tienes con Vivi. Y quiero tiempo para disfrutarlo. Principalmente, quiero paz. Aunque os quiero mucho a todos, necesito algo y a alguien que sea solo mío. Lo peor que puede pasar es que mis planes salgan mal y tenga que empezar de cero otra vez. Si no tienes miedo, parece ser que hay muchas segundas oportunidades ahí fuera.

—Por suerte para nosotros.

—Es increíble lo mucho que han cambiado las cosas desde que mamá murió.

Jackson miró la foto de su madre que David tenía en el escritorio. David siguió su mirada y sonrió.

—Por primera vez en muchos años, creo que estaremos bien sin ella. Cat por fin tiene una buena relación. Estoy a punto de ser padre. Y tú has vencido a tus demonios.

—Y hablando de demonios, he visto a Alison.

Jackson se hundió más en la silla.

David arqueó las cejas.

—¿Dónde?

—En Internet. Necesitaba cerrar el asunto de alguna forma, así que entré en sus redes sociales y cotilleé algunas de sus publicaciones para saber de ella.

La expresión de David indicaba que estaba inusitadamente interesado.

—¿Y qué conclusiones has sacado?

—Está enamorada... de sí misma. Miles de *selfies*, publicaciones sobre compras y sandeces de ese tipo. No estoy seguro de por qué nunca vi lo egocéntrica que era, pero ahora lo veo, me alegro de que no sea mi mujer y me alegro todavía más de que no tengamos ningún hijo en común. Habría sido un desastre. De alguna forma retorcida, tomó la decisión correcta para los dos. Duele admitirlo, pero teniendo en cuenta lo confuso que he estado, no puedo decir que hubiera sido un buen padre. Pero lo seré algún día, cuando todo esté en orden.

—Estoy seguro de ello.

Oliver entró en el despacho de David.

—Ya se ha hecho la transferencia. Doug y su abogado ya se están yendo. ¿Nos vamos a almorzar?

—Id vosotros. —Jackson se puso en pie—. Tengo que ocuparme de unos asuntos en casa esta tarde.

Jackson se metió el sobre bajo el brazo y se despidió.

Compró un café en Grand Central y ocupó un asiento en el tren Metro-North a Connecticut. Una vez instalado, abrió el sobre y empezó a leer la información que David había recopilado sobre las leyes de custodia infantil en Vermont.

Gabby ayudó a Luc a salir de su sillita del coche y lo acompañó por el sendero nevado que había delante de la casa de Noah para celebrar su primera fiesta de pijamas con su padre. El estómago le había estado dando saltos toda la mañana como una gimnasta en la barra de equilibrio y se había sentido igual de inestable. Pero cada vez que le surgían dudas, miraba la cara de su hijo, que resplandecía de emoción.

Noah, con todos sus defectos, había insistido en que quería estar más presente en la vida de su hijo, incluso después de que Gabby le dejara claro que jamás volvería con él.

A Noah le había costado una semana admitir que Jackson no se había bebido aquella copa. Luego necesitó otra semana y claras advertencias de su abogado (y, en cierta medida, del suyo propio) para aceptar que, aunque Jackson estuviera en el pueblo y estuviera saliendo con Gabby, Noah no tenía suficientes pruebas que apoyaran una demanda contra Gabby por imprudente o inadecuada. Tras unas cuantas discusiones acaloradas, por fin aceptó reunirse con un mediador y Gabby había evitado con éxito la custodia compartida aceptando un generoso régimen de visitas a cambio de una cantidad mínima como pensión alimenticia.

Había recuperado el control de su vida y, en general, se sentía mejor. Su único remordimiento tenía que ver con Jackson. Se acordaba de él todos los días, principalmente en los momentos de tranquilidad. Tenía que contenerse para no llamarlo ni mandarle un mensaje. Sería más fácil para él si no volvía a saber nada más de ella. Pero con las navidades en el horizonte, no podía evitar rezar una breve oración por su paz mental y su felicidad. Con un poco de suerte, habría encontrado una forma de reconectar con su familia y no habría cedido a su deseo de beber.

Gabby resopló con fuerza y llamó a la puerta. Noah la abrió con una sonrisa y miró directamente a Luc.

—Eh, hombrecito. ¿Preparado para la mejor noche de tu vida?

Cuando Noah sonrió así, Gabby recordó cómo había caído bajo su hechizo cuando tenía diecisiete años. Podía hacerla sentir el centro de su universo, pero no lo era. Con suerte, no dejaría tirado a Luc de la misma forma que lo había hecho con tantas mujeres. No obstante, Luc tendría que aprender a gestionar los altibajos de la vida como todos los niños desde el inicio de la humanidad.

—Su mantita, Bingo y su bolsa. Hay un cepillo de dientes y unos pañales para dormir. A veces todavía se hace pipí en la cama, así que he pensado que te vendría bien. Puede que se ponga nervioso porque todo es extraño para él. No te sorprendas si se despierta en mitad de la noche y se pone a gritar o algo así. Si necesitas ayuda o algo, llámame y vendré corriendo. Y no le des chocolate después de las cinco o jamás se dormirá. Y le gusta que le leas, al menos, tres cuentos y...

—Relájate, Gabs.

Noah le quitó la bolsa de las manos. Por más que hubiera aceptado la derrota, aquello no le gustaba nada. Por ahora, se tomaba las cosas con calma con ella. Con suerte, algún día podrían olvidar el pasado y ser amigos.

—Lo tengo todo controlado. Todo irá bien.

Sentía un hormigueo en la nariz y tuvo que parpadear para evitar que se le saltaran las lágrimas. Se agachó y le dio un gran abrazo a Luc.

—Sé bueno con papá, grandullón. Hazle caso en todo, ¿vale?

—Vale, mamá.

Luc intentó liberarse, pero ella lo abrazó con más fuerza.

—Voy a darte el beso de buenas noches ahora porque luego no estaré aquí. —Asintió con la cabeza y la besó en la nariz y la frente y ella hizo lo mismo—. Te quiero, cariño. Nos vemos mañana a la hora del almuerzo, ¿vale?

—Adioz, mamá.

Luc se despidió con la mano antes de meterse entre las piernas de Noah y entrar en la casa.

Ella se quedó paralizada frente a la puerta. Le dolía la garganta.

—No me había separado de él desde el día que nació.

—Pues disfruta de tus vacaciones. —Noah le dio un golpecito en el hombro con desdén—. Te juro que estará bien. Tengo *pizza*, helado y a Dory. Estamos bien.

—Vale. —Seguía sin poder moverse—. Nos vemos mañana a las doce.

—Hasta mañana.

Noah cerró la puerta.

Gabby fue andando hasta su coche, se sentó tras el volante y rompió a llorar. Le llevó unos minutos recordar que aquello era bueno para Luc. Que tenía que estar agradecida por haber llegado a un acuerdo con Noah. Que tenía que aceptar la idea de que tendría unas cuantas noches libres al mes para salir a cenar con una amiga, dormir o tener una cita. No es que hubiera nadie con quien mereciera la pena salir, pero puede que lo hubiera algún día.

El camino de vuelta a casa, de unos cinco minutos, le pareció una hora. Tenía miedo de volver a casa porque no sabía qué podría hacer toda la tarde. Su padre se había ido a un evento en el club Rotary, así que estaría sola, dando vueltas por una casa vacía.

Nerviosa, entró en su propiedad y, se sorprendió tanto al ver el Jeep de Jackson que casi olvidó pisar el freno. Parpadeó y volvió a comprobar la matrícula de Connecticut para cerciorarse de que su imaginación no le estaba jugando una mala pasada.

Cuando Jackson salió del coche con un ramo de flores, los ojos se le llenaron de lágrimas. No se preocupó por el aspecto que pudiera tener en aquel momento. Bajó de su camioneta y lo saludó con la mano sin decir nada.

—Hola.

—¡Eh! —Jackson se acercó a ella y le dio las flores, comiéndosela con la mirada—. Esperaba que pudiéramos hablar.

—Sí, claro.

Cogió el ramo sin apartar los ojos de su cara. Se le pasaron cientos de preguntas por la cabeza, pero lo único que se le ocurrió preguntar fue un simple:

—¿Cómo estás?

—Mejor —respondió él—. Vamos dentro. Hace mucho frío aquí fuera.

—Vale. —Anduvieron hasta la casa y volvió a intentar encontrar las palabras—. ¿Tienes hambre?

—No.

Jackson sonrió y a ella se le derritió el corazón.

Se dirigió a la cocina, sintiéndose cohibida y rara, como una adolescente en su primera cita. Intentó mantenerse ocupada cortando los tallos de las flores y poniéndolas en un jarrón mientras

Jackson se sentaba en la mesa. Sin nada más que hacer, sirvió dos vasos de agua y se sentó.

Como siempre que se ponía nerviosa, reaccionó bromeando.

—Has hecho un largo camino solo para hablar. ¿Sabes que existe una cosa llamada teléfono...?

—Jamás he hecho las cosas de la forma más fácil, ¿por qué empezar ahora? —Se inclinó hacia delante y cogió su mano—. Además, quería verte y FaceTime se me queda corto.

—Me alegra verte. Tienes buen aspecto. Pareces... sano.

Aquellas palabras llevaban atascadas en su garganta desde que había visto el Jeep. No quería mover ni un músculo, desesperada por alargar el momento todo lo posible.

Jackson miró a su alrededor y tomó nota de la corona con lazo rojo que ahora colgaba de la puerta de atrás.

—Sé que mi llegada te puede complicar las cosas con Noah, pero necesitaba hablar contigo sobre eso.

—De hecho...

—Espera un segundo y escucha. Tengo algo... una especie de regalo de Navidad. —Jackson sacó un sobre de papel manila—. Le he pedido a David que investigue un poco sobre los derechos de Noah. Si estuviera bebiendo mucho y pudiera probarlo, podría tener algún tipo de ventaja, pero no es el caso. Te juro que no he bebido nada desde el 29 de agosto. De eso hace ya cuatro meses. Así que no creo que sea una amenaza seria para tu custodia. Pero, aparte de eso, sé que no quieres vivir asustada por si recaigo. Deberías saber que Doc cree que podría beberme una copa de vez en cuando en un contexto social, pero no lo haré si eso te provoca ansiedad. Ya no lo necesito. De hecho, ni siquiera lo echo de menos. Pero sí que te echo de menos a ti.

Los ojos de Gabby se centraron en el informe que David había escrito y pasó el dedo por el texto de la jurisprudencia.

—No me puedo creer que te informaras tanto. Gracias por preocuparte, Jackson, pero teniendo en cuenta que vives lejos y la forma en la que te fuiste, me sorprende que te tomaras tantas molestias.

La sonrisa esperanzada de Jackson desapareció y su expresión se volvió seria.

—La última vez que te vi fue uno de los peores días que puedo recordar. Una parte de mí se rindió. Pero Noah, curiosamente, intervino y el día se acabó convirtiendo en un punto de inflexión para mí. El largo camino de regreso a casa me dio tiempo para pensar en todo. Como resultado, estoy haciendo muchos cambios y uno de ellos depende de ti.

—¿De mí? —Se le empezó a acelerar el pulso—. ¿Cómo?

—Entre tener que hablar con Doc todo el mes y rememorar con David y Cat, he recordado un montón de cosas que había olvidado... o más que olvidado, enterrado. Lo positivo es que me he dado cuenta de que muchas de las cosas que había hecho no me hacían feliz. Estaba buscando una gran cuenta en el banco en vez de centrarme en las cosas que realmente me importan. Entre el calendario de proyectos imposible, mi terrible elección de mujeres y el alcohol, había olvidado quién soy. Pero no pienso hacerlo más. Le estoy transfiriendo mi empresa a otro contratista y luego me mudaré fuera del condado de Fairfield y empezaré de cero. A algún sitio no demasiado caro. A algún sitio donde crea que puedo ser feliz.

Gabby había estado aguantando la respiración.

—¿Adónde?

—Mi primera opción es aquí. Sé que puedo ser feliz con una pequeña empresa de reformas que me deje tiempo para hacer senderismo, pescar, leer y pasar tiempo contigo y con Luc, pero si te preocupa mi historial con la bebida y no quieres correr riesgos, encontraré otro sitio.

—¿Te quieres mudar a Vermont?

El corazón le latía con fuerza en el pecho.

—Quiero estar donde tú estés. Y creo que ya sabes que estoy loco por Luc —bromeó Jackson y luego miró a su alrededor—. Por cierto, ¿dónde está?

—Con Noah.

Jackson abrió los ojos como platos.

—¿Ya te ha llevado a los tribunales?

—No. —Gabby negó con la cabeza—. Hemos llegado a un acuerdo. Sigo teniendo la custodia en solitario, pero hemos fijado un sistema de visitas regulares. Hoy es la primera vez que Luc duerme fuera de casa.

—¿Y cómo te sientes?

Jackson le volvió a tocar la mano.

—Aterrorizada.

Gabby se mordió el labio.

Jackson hizo una pausa y ella habría podido jurar que estaba evaluando deprisa sus propios pensamientos.

—Creo que es lo correcto. David dice que establecer la paternidad es importante para muchas cosas, como las prestaciones, las cuestiones médicas, por no mencionar el sentido de la identidad de Luc. —Jackson frunció el ceño, aparentemente decepcionado—. Ah, pues, entonces, ahora que por fin habéis firmado una tregua, supongo que estar aquí podría provocar fisuras entre vosotros. No quiero causarte problemas.

—Noah se ha dado cuenta de que no puede controlar mi vida personal utilizando a Luc. El abogado y el mediador le advirtieron de que los tribunales no verían con buenos ojos ese tipo de manipulación. Creo que sabe que se pasó de la raya.

—Oh. —La expresión de Jackson se iluminó—. Entonces, lo único que necesito saber es si todavía te importo o no.

—¿Acaso necesitas preguntar? Me enamoré de ti cuando construiste el parque de juegos de Luc, y nada ha cambiado desde entonces.

—Sé que querías que me tomara un tiempo, pero no soy un tipo paciente y no necesito más tiempo para saber lo que siento por ti. Con todo, si necesitas más tiempo...

—Me preocupa el asunto de la bebida, pero te creo cuando dices que lo tienes controlado. Jamás has incumplido tus promesas y eso es más de lo que yo puedo decir. Teniendo en cuenta la forma en la que te decepcioné, ¿estás seguro de que quieres cambiar toda tu vida por mí?

—No lo hago solo por ti, pero estoy seguro de que te quiero en mi vida.

—No me puedo creer que estés aquí sentado diciéndome eso.

Por fin se permitió llorar.

—Créelo, Gabby, y déjame formar parte de tu vida y de la de Luc.

Gabby saltó sobre su regazo.

—Estaba siendo un día horrible hasta que llegué aquí. Soy tan feliz. No sabía si iba a sobrevivir a la primera noche sin Luc.

Jackson le rodeó el rostro con las manos y la besó y todo el cuerpo de Gabby se fundió contra el suyo. Todo parecía un sueño demasiado bonito para ser verdad, uno muy vívido. Había pasado tantas noches recordando y echando de menos sus besos. Deseando volver a sentirse segura entre sus brazos. Podría besarlo sin parar el resto de su vida, pero su cuerpo pedía más.

Cuando le desabrochó el primer botón de la camisa, Jackson preguntó:

—¿Dónde está tu padre?

—En el club Rotary.

Lo besó y le desabrochó otro botón.

—Deberíamos llevar esta reunión al apartamento para que no le dé otro ictus si entra.

Jackson frotó su nariz en el cuello de Gabby.

—Buena idea. —Se levantó de su regazo y sacó las llaves del apartamento del cajón de sastre—. Te echo una carrera.

Epílogo

Mayo

Jackson ocupó con orgullo su lugar con Cat en el altar, junto a David, Vivi y la pequeña Graciela —Gracie— Marie St. James. David y Vivi le habían puesto a su hija el nombre de su madre, algo que seguramente a ella le habría encantado. Su madre había adorado a Vivi desde la primera vez que durmió en casa a los trece años y, aunque jamás conocería a la recién nacida, Jackson sabía que sería el ángel de la guarda de su nieta.

Jackson puso la mano sobre Gracie mientras Vivi le sujetaba la cabeza sobre la pila bautismal. Grace lloriqueó cuando el padre Fernando le vertió el agua por encima. Jackson ocultó su sonrisa y entonces pilló a Cat riéndose también.

—Es bastante quisquillosa, como yo —susurró Cat.

—Pues tenemos un problema —respondió.

David y Vivi estaban demasiado absortos en la angustia de su hija como para prestar atención a las bromas de Cat y Jackson. Miró a los bancos de la iglesia y vio a Gabby sentada con su padre y Janet.

Jackson y sus hermanos hablaron mucho sobre aquella situación durante el mes de diciembre y decidieron intentar encontrar una forma de dejar el pasado atrás por la memoria de su madre. Ella quería que la familia permaneciera unida, incluidos su padre y Janet, así que estaban trabajando para aceptar el hecho de que la vida puede ser complicada y fea, pero la sangre es la sangre. La familia resuelve los problemas y se perdona.

Jackson no tenía que preocuparse, Gabby era más que capaz de lidiar con el grupo. Podía ser joven, pero era una dura superviviente que había sabido llevar a su familia como una campeona.

—Gabby es muy guapa, Jackson. —Cat le dio un codazo con una sonrisa—. Puntos extra por cómo parece saber tratar con papá y Janet.

—Pues sí.

Sonrió, sabiendo que Gabby sería capaz de enfrentarse a cualquier cosa. Tras el bautizo, la familia posó para las fotos. Jackson cogió a Gracie en brazos. Olía bien y lo miraba con sus serenos ojos redondos.

—Siempre está tranquila contigo —se quejó Vivi—. No es justo.

—Es porque sabe que la protejo.

Jackson sonrió a su sobrina, totalmente fascinado con ella.

—¡Yo también la protejo!

Vivi se echó a reír.

—Puede que simplemente huela mejor que tú. —Jackson arqueó las cejas—. O que le guste mi voz profunda, que es diez veces mejor que todo ese parloteo de bebé que David y tú hacéis.

—¡Dámela!

Cat estiró los brazos, impaciente por que llegara su turno. Prácticamente le robó la pequeña a Jackson y entonces frotó su nariz contra la mejilla de Gracie.

—Eres la niña más bonita del mundo.

—No es la más bonita —dijo Hank mientras se situaba junto a Cat.

Jackson le estrechó la mano a Hank, feliz de que su hermana hubiera acabado con su mejor amigo. Hank cuidaría de ella siempre, incluso cuando se transformaba en erizo. Tenían planeada una pequeña boda para finales de verano y habían empezado a considerar la posibilidad de la maternidad subrogada como solución a la infertilidad de Cat.

Jackson le hizo señas con la mano a Gabby. Su padre y Janet la siguieron.

Cat se acercó.

—No habías visto a Janet desde mi cena de compromiso, ¿eh?

—No.

—¿Estás bien? —preguntó Cat.

Gabby le había enseñado muchas cosas a Jackson, como que había que escoger la felicidad. Sabía que cada paso que había dado aquel otoño lo acercaba cada vez más a tener la familia que siempre había querido.

—Mamá quería que fuésemos una familia, así que voy a luchar por estar bien. —Miró a su hermana—. Si tú puedes, yo también.

Gabby se acercó tímidamente a todos, a quienes había conocido brevemente antes del servicio, pero ese era su primer evento familiar.

—Gracias por venir, Gabby. —Vivi la abrazó—. Estoy deseando que nos conozcamos mejor. Jackson habla maravillas sobre ti y tu hijo. Siéntate conmigo durante la comida y háblame de la casa vieja que Jackson está renovando.

—Todo el mundo cree que está loco por comprarla, pero la consiguió muy barata y va a ser maravillosa cuando la acabe.

Gabby le guiñó un ojo y él se sintió orgulloso.

—Siempre ha tenido buen ojo para el diseño. —Vivi sonrió—. Estoy deseando ir a verla.

—Cuando quieras, Vi. —Jackson se coló entre las dos mujeres y rodeó a Gabby con el brazo—. Ahora, si nos disculpas un segundo.

Arrastró a Gabby lejos de la muchedumbre.

—Has sobrevivido a mi padre y a Janet.

—De hecho, han sido bastante amables. Solo han hecho un comentario sobre mi edad, pero creo que Janet lo ha dicho como algo positivo.

—Ella siempre está intentando aparentar tu edad… —se quejó Jackson.

—No seas malo. Pasa página y sé feliz.

—Soy feliz. —Jackson la besó. —¿Eres feliz?

—Mucho. —Gabby miró a Vivi, David y Gracie—. Parecías muy cómodo con tu sobrina.

—Puede que algún día le demos a Luc un hermanito o una hermanita.

—Por favor, nada de embarazos antes del matrimonio —bromeó Gabby—. Uno es mi límite.

—Vale. Pues, entonces, después de que nos casemos.

Jackson sonrió y la besó, seguro de haber encontrado su lugar en la vida.

—Pareces muy seguro y ni siquiera me has preguntado qué quiero yo.

—Si no estás interesada —se burló—, no te lo pediré.

Gabby le dio un golpe en el hombro.

—No bromees con el matrimonio. ¡Menuda falta de consideración!

—¿Y quién ha dicho que yo sea considerado?

Jackson le hizo cosquillas en el costado.

Gabby lo miró de reojo, así que la soltó. Se acercó a ella y le susurró al oído.

—No te lo voy a pedir aquí, en el bautizo de mi sobrina, delante de toda mi familia, pero lo haré.

La sonrisa de Gabby iluminó toda la iglesia y Jackson casi deseó llevar el anillo en el bolsillo.

—Debería dejarte con la intriga. No me gusta nada ser aburrida y predecible.

—Sigue siendo exactamente quien eres. —Jackson la abrazó, haciendo una promesa allí, ante el altar—. Eso es todo lo que necesito.

AGRADECIMIENTOS

Son muchas las personas a las que tendría que darles las gracias por ayudarme a haceros llegar la historia de la familia St. James, entre ellas, mi familia y mis amigos, por su amor constante, su ánimo y su apoyo.

Gracias también a mi agente, Jill Marsal, así como a mis pacientes editores, Chris Werner y Krista Stroever, y a toda la familia de Montlake por trabajar tan duro y creer en mí.

Un agradecimiento muy especial a Angela Lafrenz, fan y enfermera, que respondió a todas mis preguntas sobre las víctimas de ictus. Si hay algún error, ¡son todos míos! Muchas gracias también a Chris Glabach, de Vermont Escapes, que tuvo la amabilidad de describirme los entresijos de dirigir un negocio de mantenimiento de casas en Stratton, en la zona de Vermont.

Mis «chicas beta» (Christie, Siri, Katherine, Suzanne, Tami y Shelley) son las mejores y siempre me ofrecieron comentarios muy valiosos sobre los diferentes borradores de este manuscrito. Gracias también a Heidi Ulrich por las horas que pasó haciendo críticas a la historia.

Y no puedo olvidarme de los maravillosos miembros de mi sección de la CTRWA (sobre todo mis MTB, Jamie Pope, Jamie Schmidt, Jane Haertel, Denise Smoker, Heidi Ulrich, Jen Moncuse, Tracy Costa, Linda Avellar, Katy Lee y Gail Chianese). Año tras año, todos los miembros de la CTRWA ofrecen infinitas horas de apoyo, comentarios y asesoramiento. Por ello, los adoro y me siento agradecida.

Por último, y lo que es más importante, gracias a vosotros, lectores (sobre todo aquellos que me han escrito para preguntarme por la historia de Jackson), por hacer que mi trabajo merezca la pena. Con tantas opciones disponibles, me siento muy honrada por haber elegido pasar vuestro tiempo conmigo.